寻根记

樊雄 著

中国出版集团　现代出版社

图书在版编目（CIP）数据

寻根记 / 樊雄著. -- 北京：现代出版社，2023.12
ISBN 978-7-5231-0656-3

Ⅰ.①寻… Ⅱ.①樊… Ⅲ.①随笔-作品集-中国-
当代 Ⅳ.①I267.1

中国国家版本馆CIP数据核字（2023）第233148号

著　　者　樊　雄
责任编辑　杨学庆

出 版 人　乔先彪
出版发行　现代出版社
地　　址　北京市安定门外安华里504号
邮政编码　100011
电　　话　（010）64267325
传　　真　（010）64245264
网　　址　www.1980xd.com
印　　刷　成都现代印务有限公司
开　　本　880mm × 1230mm　1/32
印　　张　13.75
字　　数　270千字
版　　次　2024年2月第1版　2024年2月第1次印刷
书　　号　ISBN 978-7-5231-0656-3
定　　价　78.00元

目　录

自序：我的寻根之旅 ……………………………………… 1

家世：祖辈父辈

从爷爷的身世之谜说起 …………………………… 16

可惜父亲不是文盲 ………………………………… 36

妈妈的根和妈妈的命 ……………………………… 56

苦命苦熬说二姨 …………………………………… 81

舅舅和幺姨，隐入尘烟 …………………………… 95

年轮：童年青年

人之初，在运动中接受启蒙 ……………………… 106

16岁的逆行 ………………………………………… 130

县城师范的苦闷时光 ……………………………… 148

大北街11号 ………………………………………… 165

荒漠年代的文化滋养 ……………………………… 189

城里来的乡村老师 ……………………………………… 211

故乡：故人故事

记忆中的故乡地标 ………………………………… 236

毛根儿朋友 …………………………………………… 262

我的初中班主任老师 ……………………………… 274

汪婆婆的家庭官司 ………………………………… 288

开出租车的包工头 ………………………………… 301

两把古月琴 …………………………………………… 313

外来户 ………………………………………………… 324

小城生活笔记 ……………………………………… 341

附　录

四川樊家人的前世今生 …………………………… 376

我的列祖列宗 ……………………………………… 416

自　序

―――◎―◎―――

我的寻根之旅

◎　90年前，飘落在川东北小城的一颗种子

　　1963年阴历润4月29日（公历6月20日）上午10点左右，我出生于川东北小城达县大北街11号小院，给我接生的是同院居住的街道赤脚医生贺妈，她在5天前也刚生了最小的儿子——和我从小一起穿叉叉裤长大的茂儿。我则是樊家长子，也是唯一的儿子。

　　在大北街那间连窗户也没有，35平方米的两间小偏房里，住有我的父母、婆婆（奶奶）和婆婆的姐姐大婆。据说，我出生那天，我爹还在离城几十公里的盐滩湾建设煤矿拉板板车搬运煤炭，家里只有两个老太婆和产妇。头胎生了个儿子，一家人很高兴，欢声笑语溢出了阴暗潮湿的小偏房，但当时除了一碗热气腾腾的荷包蛋，大人们肯定没看见满屋霞光，巨龙盘旋之类的异象闪现，所以我长大后，一直

只是个普通人。

不仅普通，而且从出生到长大，我和我家人的生活，也一直就像这间小屋一样阴暗潮湿。婆婆年轻守寡；大婆也孤身无子，27岁的我爹从小下苦力为生，我妈则刚从宣汉县农村嫁到城里不久，一家人都没有稳定生活来源。贫穷潦倒，是我尝到的第一道人生滋味。

从记事的时候起，我就知道自己家庭出身低微，父母无正式单位，打零工糊口，一贫如洗。而且我的姓氏在本地简直就是凤毛麟角，压根没有同姓大家族的概念。我的母亲也是20岁就丧父丧母。父母两个苦命人，都没有可以依靠的家族支撑。无依无助，是我尝到的第二道人生滋味。

长大以后，从长辈们零星的叙述中得知，我爷爷来自成都附近的简阳县，20世纪30年代随军驻扎达县，与本地出生的婆婆成婚，后脱离军界在外经商十余年，年仅44岁，孤身客死异乡。我爹从小没了爹，本来还有个大他7岁的长兄，但22岁猝死，只剩下一个大他4岁的姐姐。因而，我爹从来没到过他爹的老家，没看见过他的爷爷，更没有见过大爸二爸么爸以及堂兄堂弟之类的族亲。8岁丧父，我爹连他自己爹的经历都说不清楚；爷爷的身世，则成为我从小到大的一个谜团。

就像一颗飘零的种子，客死异乡的爷爷单传于我爹，已是无根的浮萍；幼年丧父的爹单传于我，又让我成为生在故乡的异乡人。朝不保夕的贫穷和无依无靠的孤独，让我从小就有了逃离故乡，寻求出路的决心。而在我基本生存无忧，成家立业之后，则有了念滋厥初，寻根问祖的冲动。

◎ 48岁，我在成都简阳找到了爷爷的根

2011年清明节，当我踏上爷爷曾经生长的故土，我已48岁。

偶然的机会，结识了出生于简阳的同姓宗亲，把我引荐给简阳的族委会。在这里，第一次看见民国版的宗谱，上面赫然印有我爷爷的名字。当然，还有我爷爷的爷爷的爷爷的名字。那一刻，我的内心无比震撼——我终于找到我的根脉所在了。

在爷爷出生的村落，我看见了爷爷亲兄弟的儿子的儿子，与我同辈堂兄弟居住的房子，其中一家房后，荒草丛中，隐约可见一排快要被淹没的石头地基，堂兄弟说，这里就是我爷爷曾经居住的地方。房屋已完全倒塌，连断垣残墙也未剩下，已无法恢复原貌。但我依然在灵魂深处，与未曾谋面的爷爷对话。脑袋里不停闪动的画面是：年轻的爷爷，背了一捆竹子去集市售卖，微薄盘缠，简易行囊，只身赴成都入读军校……

时过境迁，爷爷的生活痕迹在他的出生地已荡然无存。

所幸的是，堂兄弟的家中，还保存有曾祖父行医时供奉的药王菩萨，还有曾祖父开药方的印章，仿佛让我看见中年折戟的曾祖父，考中秀才却应举不第，郁郁寡欢、壮志未酬的眼神。

在简阳，我还看见了族委会修建的纪念简阳始祖敬公的祠堂。敬公为入川第五代，刚迁居简阳，其长子一房的8个儿子，就有5个金榜题名，进士及第，还有2个举人，1个贡生。中榜人数超过了豪华的苏门，这在当时肯定会轰动一时，也足以让我意外发现，原来我的祖先在本地，曾经如此风光。

如今，每年清明节，简阳十里八乡的宗亲，都会聚集祠堂，祭拜先祖敬公，场面壮观。我还得知，小小的简阳一县，同姓宗亲人口已达煌煌10多万之巨。从始祖敬公到现在，600多年，开枝散叶，已为当地巨族。

在参与简阳新宗谱编撰的过程中，拜读了不同年代多种版本的宗谱，我才知道简阳一脉，来自四川宜宾。而如今宜宾叙州区的大塔乡，才是四川樊氏一族的发源地。

◎ 大塔小盆地，探寻四川一脉发源地

我的祖先一定有坚韧顽强的生存能力和独具慧眼的判断力。在元末大乱之后的明洪武初年，祖孙四代，随第一次"江西填湖广""湖广填四川"的人流，从江西进贤县到湖北麻城，再到四川宜宾。千辛万苦抵达蜀地边陲，领头的曰迁公已71岁。

万里长江第一城的宜宾，那时还是偏远蛮荒之地。曰迁公一家老少四代，虽经千里跋涉，来到陌生世界，却很快站稳了脚跟。仅40余年，就积累了第一桶金。到随同入川的四世孙伯龙公时期，已有了对外置办的家业。宜宾大塔的祖业留给大儿子奉公；成都宣化镇罗林沟家业，留给二儿子敬公，后迁居简阳，成为简阳一脉的始祖；仁寿县垄石桥的家业，留给小儿子守公，成为仁寿一脉的始祖。

大塔乡是曰迁公宗族的福地。插占为业，垦荒造田，一切从零开始。四世孙伯龙公的身份，已多了"贡生"二字，说明他已成为见官不用下跪的秀才。此后，宜宾曰迁公后裔，有20多人成为明清两朝进士，不少人官居尚书以上职位。其中的樊垣，嘉靖乙丑进士，常德太守，有"天下清官第一"美誉。名相张居正改革所推行的"一条鞭"法，就沿用他的发明。其子樊一衡，万历末进士，曾为宁夏巡抚，南明户部尚书、兵部尚书，率全族抵御流贼，致31位家人蒙难。耿介、刚直的书生本色，名垂青史。

曰迁公一脉能在遥远的川南边陲开枝散叶，进而以三大支脉辐射全川，首先得益于他选中了大塔这个世外桃源中的风水宝地。位于岷江北岸的大塔，幅员面积53公里，四周皆高山，中间低洼，形成方圆15公里的小盆地，俗称大塔坝。

此地盛产龙眼、荔枝、大米，闻名遐迩。四周崇山峻岭，又是满眼皆绿的"中国油樟之都"。我的宗亲尚富，早年承包万亩荒山，种植油樟，终身坚守，已成为名副其实的油樟大王。站在山头眺望大塔坝，群山围合的小盆地，沃土良田数千亩、果树成林硕果累，不得不对老祖宗的选址眼光，佩服之至。

此外，曰迁公祖孙四代，虽然都属于朱元璋治下的"迁谪之人"，却出自世代书香门第，有耕读传家的基因。进一步追寻宗族史发现，曰迁公的根，远在江西进贤县，富庶的鱼米之乡鄱阳湖。

◎ 鄱阳湖畔，豫章始祖乃耕读传家望族

2023年4月初，我和妻子第一次从成都飞抵江西南昌。

从机场打车约一个多小时，来到了南昌城南的进贤县。90万亩山，90万亩水，90万亩耕地的进贤，号称"三山三水三分田，一分道路和庄园"。这里湖山壮美秀丽，气候四季宜人，青山绿水，空气清新，生态资源一流，自古享有"鱼米之乡"美誉。

一年一度祭拜豫章一世祖韬公的活动，正在进贤县三阳集乡北山村举行。此地宗谱记载的老地名为进贤县南岸北山崇仁里二十八都，是豫章一世祖韬公的生息地，某种程度

说，也是江西、湖北、四川、重庆、湖南等地樊氏根脉的发源地。来自江西全省各地和全国四五个省份的宗亲百余人汇聚。全国宗亲会的会长，来自上海的遵学先生，已提前在这里等我。

第一眼看见巍峨壮观的韬公祠堂，我很震撼。祠堂临湖而立，占地约10余亩，由20余米高的墙体围合而成，中间为举办祭祀活动用的大庭院。祠堂的外围墙体均涂抹为深红色和土黄色，庄重肃穆。顶部为两层木结构的琉璃瓦造型，四角飞檐朝天；所有廊柱为朱红色，横楣雕梁画栋，木窗雕花格子。逆光之下，斑驳迷离中的古风建筑，大气无声、恍若宫殿，令人肃然起敬。据说，祠堂为本地出生的宗亲樊华领头建造，得到了全国各地宗亲上百万元赞助。活动结束回南昌时，遵学会长带我拜访了樊华。在他的办公楼，我发现他的业务之一是创办了中国谱联网，将收集到的若干族谱数字化，任何人都可以在该网查询自己的家谱身世。

我的第二个震撼，是前往韬公墓祭拜的仪式。所有人都围上一条红色围巾，上面印有篆文"樊"字标识，并配有"尊祖敬宗、敦亲睦族，忠孝传家，明德笃行"12字。祭拜的人群显然都有备而来，手举印有樊氏宗亲会标识的红色、黄色、绿色旗帜与经幡，拉起横幅、吹起唢呐，不少人还手提肩扛大箱小箱的鞭炮和祭祀用品，长长的队伍行进在乡间小道，顿时让人感到古风犹存的壮观。

　　我的第三个震撼是看见了气场强大的韬公墓。在一望无际、浩瀚无边的湖水畔，起高台，垒石阶，门柱护卫，圆形凸立、古树相伴的韬公墓，可谓居高临下，横扫四方，占尽风水。祭拜的人群在暖暖骄阳和招展旌旗下，摆放祭品，宣读祭文，焚香祭拜。每个人都恭恭敬敬给祖先鞠躬磕头，有公职人员、大学教授，企业家，也有本地的村民和儿童。最后的高潮是湖边黄土上摆满的那一排排长蛇阵的鞭炮礼花，一起燃放，烟火缭绕，声震云天。据说，仅湖北后裔祭祖团购买的烟花爆竹，就达上万元。

　　韬公，字怀韬，号三阳居士。豫章（也称江右）樊姓始祖。"为人宽洪雅量，而识见超迈，虽处饶益，而重义轻才，好行其德贤，士大夫以此多之乡里，远迩无间言矣"。从韬公开始，樊氏一族继续保持千年望族家德家风，耕读传家，世为乡绅名流。其封爵拜相虽不及前辈，但仍家道殷实，财丰物阜，门庭兴旺。据不完全统计，仅豫章韬公直系后裔，历宋、元，明、清各朝代，进士及第达40余人。民国时代，仍有多人赴日本东京帝国大学等海外学堂深造。说明韬公后裔，一直重视耕读的"读"字。此外，我还发现，韬公后裔不仅耕读传家，还是忠贞节义的豪杰。宋建炎四年王虎倡乱，元末的红巾军逼藩城，韬公五世孙、十二世孙，均举家族义兵上千人平乱，阖族牺牲数十人，皇帝诰封"忠愤铭心，豪杰成性""三义世家"。韬公后世，无论身处何地，历代族谱上都有这样一条家训："时平则食禄行义，世乱则讨叛死忠"。

我突然领悟，作为韬公十一世孙的日迁公，得以在遥远的川南蛮荒之地繁衍生息，发扬光大，还有一个深层次的原因，那就是祖荫庇护。

◎ 班班可考的先祖，竟然是千年豪门显族

继续寻根问祖，我看见了我的祖先最辉煌的时代。草根出身的我，竟然出自华夏历史上的千年豪门显族。

豫章韬公的先祖，就是东汉初期大名鼎鼎的南阳樊重。

樊重，乃东汉开国皇帝刘秀的外公，也就是皇帝生母娴都的亲爹。樊重祖孙三代，5人封侯，门庭显贵，这还不算奇迹。更令人惊奇的是，从一世祖樊重，到韬公之父镇公，历三十代，椒衍瓜绵、金紫煌煌。仅按直系父子关系逐代相连：【汉朝】一世重，寿张侯、大富翁。二世宏，光禄大夫，寿张侯（宏弟丹为射阳侯、兄之子为玄乡侯、族兄为更父侯）。三世儵，拜长水校尉，封燕侯，大学问家（其弟为平望侯）。四世汜，嗣燕侯。五世时，嗣燕侯。六世盼，复封燕侯。七世尚，嗣燕侯。八世稠，拜右将军，封列侯。九世真，工部郎中。【三国】十世建，蜀国尚书，魏国给事中，封列侯。【晋朝】十一世坦，章武内史。【南北朝】十

二世天德，大司农。十三世贞，侍中。十四世方兴，散骑常侍，司州刺史，鱼腹县侯。十五世文炽，散骑常侍、东益州、黎州刺史，新蔡侯（弟文皎，天门太守）。十六世俊，梁兴太守、侍中（其长弟毅为右中郎将、天门太守，封夷道县伯，又拜荆州刺史，侍中护卫将军，封逍遥公；少弟猛为湘州、南豫州刺史，左卫将军）。【隋朝】十八世兴，左监门卫大将军、检校右武将军，封荣国公。【唐朝】二十世元僖，国子监博士。二十一世贞德，秘书正字。二十二世霖，侍御史，汉中通判。二十三世咏，兵部尚书。二十四世泽，山南、荆南节度使，检校尚书右仆射。二十五世宗师，著作郎、太子舍人、绵州、绛州刺史，大文学家。二十六世基，国子监国士。二十七世俪，汉州司户参军。二十八世知谕，金坛县令。【五代十国】二十九世潜，汉阳、石隶县令。三十世镇，饶州司户参军（其弟蒙，拜三司，为江浙一脉始祖）。

整整三十代人啊，从东汉至北宋初年，历经汉、三国、晋、南北朝、隋、唐，五代十国，七个朝代，一千余年，仅完整的父子相连（不算兄弟家族），就有十二代人封袭爵位，二十八代人入仕为官，文武兼备，职位最小的也是县令。改朝换代，似乎对这个家族辉煌延绵没有任何影响。我不知道华夏历史上，除了天下第一的孔家，还有几个家族能如此持续兴旺。

◎ 德，这个字，太伟大了。德，才是我找到的根

据史书记载，樊重，"三世共财，父子礼义，恩德行于乡里"，因而被举为执掌教化的"三老"。

论权位，他是皇帝的外公，祖孙三代封侯，不可谓无势；论财富，他坐拥"田土三百余顷"，"赀资巨万"，不可谓无钱。有权有势还富甲一方，但他却从不张扬跋扈、横行霸道，而是温和厚道，德行礼仪，乐善好施。他尽孝道，为母亲修建避雷石屋。他讲规矩，"子孙朝夕礼敬，常若公家"。他长于稼穑，善于经营管理，还非常节俭，懂得人尽其用，连自家住的楼台亭阁，四周也建有陂渠灌注，庄园内还挖池养鱼，牧养牲畜，搞立体农业。对四邻八方伸出的求助之手，从不拒绝；对家族纷争，及时平息。临死之前，还一把火烧掉百万巨资的借据文契，史书中"樊重树木"的典故就出自于他。妥妥一个有背景、有靠山、有钱花，还谦逊、低调、规矩、良善的好老头。言传身教下，身为皇亲国戚和富二代的儿子樊宏，也是"谦柔畏惧，不求苟进"。宗族染其化，无一人违法乱纪。他还告诫后辈"富贵盈溢，未有能终者，吾辈不喜荣势也，天道恶满而好谦，前代贵戚皆明戒也。保身全己，岂不乐哉"。因此，三代孙樊儵，也"谨约，有父风"，洁身自好，不私交诸王，不拉帮结派，埋

头删定公羊严氏春秋章句，成为门徒三千的大学问家，世号"樊侯学"，其弟子也位列三公。

南阳樊重、樊宏、樊儵祖孙三代，隐德不耀，积百余年，乃大德、大隐、大君子。千年世代望族的内在基因密码，都在一个"德"字。

如果再往前追溯，南阳始祖樊重，乃仲山甫后裔。而仲山甫，就是辅助周宣王中兴的那个著名卿士（相当于宰相）。《诗经》中有两首诗，专门赞美"仲山甫之德/柔嘉唯则/令仪令色"。热情洋溢的夸他，不仅位列百官首位，而且还是个仪表堂堂、风度翩翩的君子，更重要的是才德出众，智慧聪颖，早晚勤勉用事，为人师表，不侮鳏寡，不畏强暴，纠正天子过错等等，活脱脱又一个周公旦在世。很明显，先祖的精神世界，一定感染了后世的樊重。

往后追溯，南阳樊重一脉至三十代后，无论豫章始祖韬公，还是江浙始祖蒙公，两兄弟都有樊重精神身影显现。懋种隐德，克隆支本，积厚流光，方能使韬公、蒙公后代，从宋初至清末，耕读传家、缵续成业，人才辈出，弥久不衰，延绵先祖荣光，又一千多年。

这正是"德"的感召和力量。

追寻祖先懿迹，感受最深的正是这个"德"字。德行天下、德披后世、德生万物。祖宗积德，如同前人种树。《诗经》曰"天生蒸民/有物有则/好是懿德"。全天下人都无比尊崇的美德，一定至高无上，令人叹服，当然是后世家风传承最稳固的基石。所以古人才说"积善之家，必有余庆"。自古根深，才能树大；而浇灌根的养分则是德。天下家传，唯德不破。我发现，原来根，即是德；而德，才是我找到的根。

如果失去了起码的德行良善，即便贵为朱皇帝，大杀四方，横扫天下，大位登顶，唯我独尊，消灭了所有功臣良将，给26个儿子都封了王，以为从此万世无忧，子子孙孙坐享钟鸣鼎食，结果才270多年，义军起，专杀王，投降求饶也必杀，最肥的那个王还和鹿肉一锅炖了。煌煌数万的王子王孙，顷刻间灰飞烟灭，香火断绝，彻彻底底斩草除根，连庶民都不如，哪里还有什么万世。

◎ 生命传承，不仅有血缘基因，还有精神基因

以前的我，不知自己从哪里来。现在竟然能一代不漏，班班可考，找到我爹的爹的爹的爹，一直连到两千年前的东汉樊重，整整六十五代的延续脉络，终于清清楚楚，但这并不是寻根的全部意义。

我知道，人固然不能选择自己出生在什么时间、地点和家庭，但生而为人，一定有根，哪怕只是草根。如果有幸生在显贵之家，也没必要张扬跋扈，因为上数几代，可能也是

庶民。如果生在庶民之家，也没必要自悲自贱，因为多数几代，可能就是显贵。生命传承，不仅有血缘基因，还有精神基因。某种程度上，精神基因将决定血缘基因的价值。从兴盛到衰落，更在于精神基因的退化和断裂。无论显族还是草根，都需要一代又一代的人的精神接力，这才是长盛不衰和兴旺发达之道，也是真正意义上的把根留住。

我的寻根之旅，不仅理清了几十代人的血缘脉络，而且更重要的是找到了强大的精神力量。不仅为后辈续写了家史，让下一代的下一代不再迷茫于生命的来路，而且还拨开历史荒草，让以德传家的精神源泉，源远流长，浇灌后世。生而不幸，出于尘埃的我，这一刻，也热血沸腾。

因为我知道，"种德以遗后人"，任何时候都为时不晚。

草根一族的生活，在历朝历代的史书中都不会占有一席之地。人死灯灭，不出三代，在自己的后辈眼中，也只会是个模糊的影子。但我依然用文字记下我的家族薪传、个人生长与原乡故土。这些无足轻重的小民小事，影响不了社会，更上不了史书，但却是一个时代，个体生命的细胞，鲜活而真实。我相信，我的所有生活痕迹，都将随岁月尘烟而风化消失，但文字不会被风化。很久以后，我的后辈还能看到这些历史典籍和教科书上都看不到的文字记录时，或许会感叹地说一声：

"试念其初，一人之身。"

◎家世◎

祖辈父辈

简阳樊氏宗谱民国版

从爷爷的
身世之谜说起

一

汽车开出成都东门，翻过龙泉山，大约一个小时就来到资阳市雁江区了。

龙泉山以外的地形，不再有一望无垠的平原，而是延绵起伏的丘陵。这里没有崇山峻岭的雄奇，也没有平原大地的辽阔。浑圆形状或长条状、桌状的浅丘、中丘和岗丘杂陈，如起伏的波浪。放眼远眺，盆地腹心的丘陵地貌，山脊走向明显，沟冲曲折纵横，谷坡平缓，覆盖紫色砂页岩石层，沱江的几条不知名的支流静静地淌过这片土地，如同我草根家族的身世一样平凡普通。

2011年清明节，我带上年迈的父母和老婆孩子，第一次来到我在履历表上填写了几十年的祖籍地：资阳市雁江区高龙乡樊家坝。小时候经常听婆婆（我从小把奶奶叫婆婆）说，我爷

当中医的曾祖父留下的药王菩萨

爷的老家在成都附近的简阳县施家坝。后来才弄明白，施家坝只是我爷爷老家附近一个知名的大镇，去往老家还要向南钻进一条深沟里，在起伏的丘陵坡谷中行驶约20分钟。老家所在的高龙乡，之前属于保和区，如今已并入老君镇，不再有乡级建制，而是老君镇下辖的高扬村。我爷爷的出生地，也并非在高龙洞乡场，还要步行半里地才到樊家坝。

汽车开进昔日的高龙乡场，几十间平房拥挤在道路两边，仍然可以感觉到乡级场镇的规模。一条独街，两边虽店铺林立，但由于不是赶场天，人很少，冷冷清清。接待我的是本家人樊治席，按辈分与我爷爷同辈。他60多岁年纪，是樊家坝所在高扬村5社的社长，也是简阳樊姓家谱编撰，我们这一支脉的资料收集人，老家的情况，应该数他最熟悉。

按我事先的托付，老辈子樊治席提前在场上订了一家餐馆，我们就在这家路边的餐馆里坐下来喝茶。一会儿来了一位壮实的中年人，五大三粗的样子，是乡场上卖猪肉的老板。一介绍，竟是我爷爷亲弟弟的孙子。接着又来了一位面色温和的男人，60来岁的年纪，衣着朴素，与前一位是堂兄弟关系。他们俩均与我同辈，一个叫邦全，一个叫邦清。他们的父亲都已去世，老一辈的人只有邦全的母亲还健在。

在樊治席和两位兄弟的带领下，我们朝附近的樊家坝走去。天空飘着霏霏细雨，空气清爽，我们踩一路泥泞，走下一个缓坡来到沟谷。翠竹掩映下，一条叫杨化河的溪流环绕谷底蜿蜒而过，旁边几块不大的农田里，油菜花正开得恣意。高低不平的田坎上，零星散落几十户人家，包括3个小社，400余位樊姓人，这就是我猜想了几十年，传说中的樊家坝。没有宽广平坦的大平坝，而是河谷里地势稍微平坦的一条缓沟，丘陵地带一个普普通通的沟谷，以至于我都不好用山水秀美，土地肥沃之类的词语来形容。

爷爷出生的老房子早已毁损，只留下荒草丛中长满青苔的基石。旁边就是邦清的家，房子也很破旧，已经到了该翻新重建的时候。邦清有两个儿子都在外地打工，让他成了留守老宅的空巢老人，经济收入拮据。与邦清相隔不远，是邦全家的平房，走进门就看见一尊木雕的药王菩萨供奉在进门正中的案几上，上面还盖着红布，这是爷爷的爹，我的曾祖父留下的遗物。见我们一家人到来，邦全的妈妈，70多岁的老太太很有些激动，拿出一大口袋花生招待我们。

我提出去祭拜曾祖父，他们又带我穿过几道田坎，在另一个樊家人房屋背后的山坡上，找到一个不起眼的坟包，上面已长满乱七八糟的杂草，还有掉下来的枯枝败叶。坟前没有墓碑，只有一面低矮残缺、布满苔藓的挡土砖墙，如同荒野孤坟，很久没人打理，也没人祭拜了。虽然还有后人生活在这个地方，但曾祖父对于他们似乎已很遥远了。

二

我在老辈子樊治席这里第一次看见了《简阳樊氏宗谱》，民国三十一年（1942）石印本，32开长条形，共10本，由四川樊氏二十二世裔孙樊树善编撰。翻开草纸一样细薄柔软的宗谱页面，赫然看见我爷爷的名字。那一瞬间，我的身体如遭电击，浑身血液偾张，心跳加速。几十年了，我的根到底在哪里，一直只听口传，无法证实。老谱上这几排白纸黑字闪现在我的眼前，仿佛让我一下子遇见了祖宗，终于找到了我的根脉所在。这一刻，我已48岁。

宗谱上有关我爷爷的文字这样描述："（樊）治宾，字惠然，现任二十三军营长，光绪庚子二十六年（1900）全月初十日酉时生。"爷爷的名、字和排行，与我婆婆、姑姑、我爹以及其他渠道曾经告诉我的完全一样，只是有人说过爷爷是连长，也有人说代理过营长，而宗谱上明确记载为营长，这个已经不重要了。

在宗谱上，我同时看到了我爷爷的爹，也就是我的曾祖父，名"廷堃，字天太，监生，同治辛未十年（1871）八月初七日亥时生，民国丁巳六年（1917）八月十三日巳时故。配朱氏，同治庚午九年（1870）四月二十日卯时生，民国己丑十四年（1926）十月初四日丑时故"。可见，曾祖父只活了46岁；曾祖母姓朱，比曾祖父大一岁，活了56岁。曾祖父是监生，意为国子监（国家最高学府）生员，包括在读和取得就读资格的人通称为监生。有清一代，监生分为恩监、荫监、优监、例监四类。查看曾祖父以上长辈的身世，恩监（功勋）、荫监（世袭）几无可能，而以曾祖父家庭当时的经济状况，捐纳钱粟买得例监也似乎行不通。因此，曾祖父这个监生资格，应该是优监，即通过读书考中了秀才，经过乡贤从秀才中选拔去国子监读书者称为贡监，也叫优监。曾祖父获得了参加科举乡试和入仕做官的入门资格，但却并没有走上仕途道路。据婆婆说，曾祖父在光绪年间考举人未中，忧虑成疾，后改行行医，成为本地有名望的中医。邦全的爷爷是曾祖父的四子，从他家至今仍供奉着曾祖父留下来的药王菩萨和开药方的印章也证实，曾祖父应该确实是一名中医。

曾祖父有5子1女。爷爷排行三，次子。其余有长子樊治国，精通八股文，喜欢咬文嚼字。爷爷随部队驻扎在达县时，他曾到过达县，在我婆婆面前满口之乎者也，让人不知所云。据说后来他去了陕西教书，来过一封信后失联，从此下落不明。值得一提的是，他有个儿子，名叫樊怀敏，小名清纯，老谱记载生于民国丙辰五年（1916）二月十二日卯时。清纯从小跟随我爷爷，也就是他的三爸，在我爷爷手下当兵。1933年宣达战役竹裕关一仗，刘存厚的国军部队被打散，从战场逃回来的士兵口里听说，清纯没有被打死，而是当了红军俘虏后参加红军走了。几十年后改天换地，我家早已败落抬不起头，曾经有一段时间，我婆婆、姑姑和我爹，都曾幻想着清纯有一天能够作为新政权的老红军，回来找到我们。八十年代初期，我爹落实政策平反后，曾专门去过一趟樊家坝老家，在那里他听说曾经有部队几次来人，查找我爷爷这一支脉的下落，每次都得到查无此人的回答。而仍然生活在当地的我爷爷四弟一家，以为又来搞政审，吓得不敢主动前去接洽。

在曾祖父的子女中，排行第二的是女儿，名叫樊治碧，老谱上无记载（家谱记男不记女）。据婆婆说，爷爷最喜欢他这个姐姐，知书达礼又聪明能干，嫁给了翘脚河王家，属于乐至县，已失联。排行第四的儿子樊治礼，长子怀卿，也就是我见到的邦清的爹；次子怀模，也就是乡场上卖肉的邦全的爹。还有一子怀成，据说在龙泉洛带；有一女怀珍，嫁施家镇李家，其女儿淑华八十年代初期曾到过达县，在我家住了几天。次女碧芳，据说就住在成都建设路，却一直没联系方式。据婆婆说，爷爷

档案馆里查到一张爷爷五弟的照片

这个弟弟，做过当地保长，团防队长，1960年去世。八十年代初期我爹辗转找到老家，见到他四爸的二儿子怀模、这位堂兄弟从老房子瓦楞里拿出一张深藏已久的照片，正是我爷爷的半身戎装照。看上去约30岁年纪，身穿国军军官服，头戴军帽，端正笔挺，相貌堂堂，威严的表情中又带有几分儒雅，一看就知道是一位有文化修养的军人。可惜的是，九十年代初期我还在蓉漂，老家的老房子拆迁，竟然丢失了这张珍贵的照片。尽管后来我想了很多办法，但至今也未能再找到一张爷爷的照片。

曾祖父的其他子女，五子治全，别号大用。我在达县档案馆查看到一本刘存厚时期"川陕边防军军事教育团"的毕业同学录，上面竟然印有樊治全的名字和照片，当年21岁。可见爷爷的这位弟弟也跟随他一起在达县刘存厚的部队，级别应低于爷爷，约为连排长。婆婆曾说，爷爷突然在宜宾去世后，她从达县发电报托五弟代表樊家赶往宜宾奔丧，处理完爷爷的后事，这位也曾在达县生活，与兄嫂朝夕相处过的五弟竟然不顾手足之情，贪占兄长遗物携款出走，直到20世纪50年代才回到老家，后暴病而亡，也做了短命鬼。其妻姓文，后改嫁李家，有一子怀泽，也改姓李。在这次寻根途中我见到了怀泽，个子矮小精瘦，60岁左右年纪，看上去憨厚老实，以走乡串户贩狗为业。得知其母健在，我马上开车赶到几公里外的他家，见到这位唯一和我爷爷同辈的长辈，老太太却什么也回想不起来，没能告诉我一条有用的信息。貌似已痴呆的老太太，却知道把家里最好的东西拿出来给我，临走时硬要给我一只鸡，还有一桶菜油。

曾祖父最小的儿子，老谱记载名叫治旺，据说也曾在爷爷部队当兵。因喜好赌博经常遭爷爷训骂，估计也是在1933年部队打散后，躲进了万源厂溪。1961年我爹结婚后曾专门找到他这位幺爸的住处，但人已辞世。据当地人说，一生从未婚配。

曾祖父一脉，5子1女，如今只有四儿子的后人还生活在丘陵沟谷中的樊家坝。据说邦清、邦全的子女早已在外打工，如果都在外地置业安家，几十年后的樊家坝，已很难寻觅曾祖父一脉的踪迹了。

三

婆婆说，爷爷从小打了娃娃亲，但他有志向，心向远方。

据说是背了一捆竹子去集市卖了，行囊羞涩，跑到成都，考上了军校，三年后当了连长，回老家退了娃娃亲。因而婆婆强调说，爷爷从来没有当过士兵，也没当过班排长，而是一开始从军就当了连长。从这点看，爷爷可能确实读了军校，不是军校科班，不可能直接就当连长。但爷爷到底读的哪家军校呢？婆婆没说过，姑姑和我爹也说不出来，因为爷爷死的时候，我爹只有8岁，姑姑只有12岁，唯一可能知道更详细信息的大爸，当年15岁，但大爸却早在1951年就已去世。

我大致查了一下1920年—1930年，也就是我爷爷20~30岁之间，成都的军事院校只有四川陆军讲武堂，由熊克武于民国八年（1919）创办于成都，学员有各军送来的中下级军官及招收的中学毕业生共600余人，编为六个区队。1924年杨森续办四川陆军讲武堂。先是在成都南校场办四川陆军教导队，招收青年学生进行训练。同年8月，讲武堂正式开学，接收部分军官及其亲友入学，共编九个区队。分步、炮、工三科。

我爷爷的驻扎地在达县，时间为1930年前后，这期间只有刘存厚的部队。刘存厚，陆军上将，四川简阳人，出生于盐商家庭，光绪二十九年考入四川武备学堂，光绪三十三年留学日本，入陆军士官学校第六期步兵科，同期的同学有孙传芳、阎锡山、唐继尧、王陵基等。我爷爷是否受了同乡刘存厚的影响而入读军校不得而知，但1924年刘存厚已被北京政府任命为川陕边防督办，督办公署就设在绥定（今达县），支配周边宣汉、万源、城口四县。1928年10月，刘存厚转投南京国民政府，依然固守绥定周边实质自治，并独立组织"兴国军"，期间还庇护了落难到此地的北洋军阀吴佩孚。1933年5月，刘存厚被任命为第23军军长。10月，任四川剿共军第六路总指挥，迎击中国工农红军，遭到红四方面军徐向前部大败，丧失绥定，被蒋介石追究轻弃据点之责，罢免了本兼各职。此后，刘存厚的余部被蒋介石整编，刘本人的军事及政治生涯结束，隐居成都。

上述既知的史实可以得知，既然我的大爸1929年出生，那么我爷爷至少在1928年—1933年必在达县，可以肯定是刘存厚手下的一名连营级军官。至于爷爷在1928年之前，什么时候入读军校，什么时候到了达县，则给我留下了一片认知的空白。

分析刘存厚的简历，刘于1920年5月与熊克武捐弃前嫌，联手驱逐四川省内唐继尧手下的滇军。8月，刘获任靖川军总司令回到四川，熊克武攻略成都驱逐滇军。同年12月，北京改府任命刘存厚为四川督军，熊克武为四川省省长。我爷爷很有可能在这一时期，入读与刘存厚有合作的熊克武创办的四川陆军讲武堂，三年以后到了达县的刘存厚部队，与刘存厚占据达县的时间1924年基本吻合。而杨森续办四川陆军讲武堂是1924年8月，这时候我爷爷已24岁，三年后到了达县刘存厚部队，也是在刘存厚统治达县的时期，时间上也很可能。只是杨森所办的军校是否愿为刘存厚部队培养军官，有点存疑。

四

婆婆说，爷爷身高1.8米，英俊、聪明，又有文化。在家时，爷爷是个大孝子，曾经割肱肉救过病危的曾祖母。曾祖母病愈后含泪对爷爷说：三娃呀，我的好儿子，只有你才是真正的孝顺我，那几个我都靠不到。曾祖母病逝后，爷爷哭得晕倒几次。当了军官以后，爷爷骑在马上，但凡遇见了长辈，立即就会下马行礼。婆婆曾随爷爷回到过樊家坝老家，族人在施家镇铺上红毯敲锣打鼓迎接。婆婆和爷爷整天见了长辈就磕头，把头都磕晕了。以后，爷爷无论在哪里驻防，都是先把祖先牌位供上。亲朋好友和族人乡邻对爷爷的口碑最好。

爷爷随部队驻防达县，经人介绍与本地出生的婆婆相识。这时候，爷爷的年龄应该在25岁左右，婆婆则20岁左右。婆婆娘家姓杜，其父名杜永兴，老家在山那边杜家大堰，娶周氏。杜家本以销牛皮为生，后在滩头街凉水井开膠房，生意做得比较大，杜周氏还给达县的县长家里做针线，在头面人物圈子里有走动。

杜家本有2子3女，不幸的是两子早夭，婆婆她爹忧虑成疾，不到45岁病逝，葬在北外南岳庙对面，解放前婆婆每年都要和她母亲去扫墓祭坟。婆婆的大姐杜宗林，先嫁给双龙乡乡长的弟弟，结婚不到两年就遇到老公与人私奔，离奇出走，守了整整12年。后嫁给大地主况成安家做续弦，在况家很受尊敬。婆

1938年左右，婆婆怀抱幼年的父亲，左边是她大姐和母亲

婆的二姐嫁给了文家梁常家，不知何故我从小叫她七婆。1949年后，婆婆的母亲跟她的二女儿七婆住在一起，后遇到挨饿，七婆的老公把她藏在床底下的两三斤米偷来吃了，这是用以熬稀饭救命的米，婆婆的母亲从此一病不起，临死前想吃几颗肉丸子，但哪有可能。她说算命的说她要活到90多岁才会收命，结果70多岁就因饥饿而亡。既吃不饱，更缺乏营养的老人家，临死前都还一直念叨，她是要活90多才会死的人。

婆婆原名杜克珍，大约生于1904年农历7月8日，嫁给爷爷后改名樊杜清。她在娘家排行老幺，从小娇生惯养，生活宽裕。年轻的时候，婆婆长得很漂亮，高挑的身材，飘逸的长发，身穿毛线衣，是那个年代的时尚女性。到了晚年，婆婆的生活条件大不如从前，但她依然很讲究生活细节和品味，随时把自己打理得干净精致。即使在最困难的时候，婆婆身上也有一股贵气，可以把苦日子过出甜味来。

婆婆曾对我爹说，爷爷和她结婚前有三个条件：一是要口碑好（邻居评价高），二是身材要高得适度，五官端正漂亮，三是绝对要女亲，闺婚。婆婆说爷爷经常告诉她，一个男人要娶妻，三种女人千万不能娶：一是谋杀丈夫的女人，二是多次嫁人的活人妻，三是跟人私奔抛弃丈夫的女人。爷爷说，宁肯娶一个一心从良的妓女都比这三种女人好。因为妓女一生都受压，受男人玩弄，鸨母打骂，饱受歧视和凌辱，一心想找个好丈夫，从良后终身依靠。只要你真心对待她，就会死心塌地跟着你，永远不会变心，因为她头脑里再也没有好的男人值得留恋，浪子收心一片宝。

爷爷曾经给婆婆讲过花连长的故事：花连长娶了三房太太，原配早逝，二房是个姨太改嫁，三房是妓女从良，会弹唱，有文化。花连长特别喜欢三房，无论到哪里都带上她，从来没有嫌弃她。后来，花连长在剿匪中被土匪捉住大片了（砍成肉片），尸体拉回来后，二房只是哭，不近身。三房像疯了似的扑在花连长身上嚎啕大哭，用双手把丈夫被砍下的肉一一合拢。在场的官兵都感动得哭。王团长说，花兄弟眼力不错，有这样的老婆死也瞑目了。后来这个女人失踪，有的说她自缢了，有的说她出家了。

爷爷擅长月琴，婚后就教婆婆唱歌。婆婆唱歌的音色好，也不跑调。会唱的有《孟姜女哭长城》《玉美人倒牙床》之类小调。可能是长期浸泡在军官太太中间的缘故，婆婆喝酒、抽烟、打牌样样都会。到了晚年八九十岁的时候，还依然烟不离手。

五

我在四川省档案馆查到一份资料，内容是民国三十一年至三十二年渠县新、旧任县长会报交接总清册，目录上面有一条："独立营连长樊惠然条报，击毙匪首谢吉林"。

不止一次听婆婆说，爷爷当年是负责治安城防的军官，骑着高头大马，威风凛凛，有点类似于如今的县公安局局长。小时候，有几次在街上，碰到一个壮汉，婆婆就会对我说，这个人是爷爷的警卫员，叫涂元，住在滩头街。我爹也给我说过多次，只可惜我那时年纪小，没能去找这个涂元老伯摆几次龙门阵。按照爷爷的级别，警卫员估计还不够格，勤务兵倒有可能。

婆婆还说过，爷爷乃袍哥人家，是"仁"字号的三爷，很讲面子。查达县地方史料，青帮是民国三十二年才出现在达县，而哥老会之嫡派的红帮则从民国初到新中国成立前一直活跃在达县。由此估计，爷爷的袍哥身份可能属于红帮"仁"字号。红帮由林钧所创，相传发起于洪钧老祖庙里，故名洪帮，亦称洪门。因帮内众人规定以赤心相待，遂改洪为红，聚众较青帮少，但帮规比青帮更严。到了民国三十五年（1947），达县城的

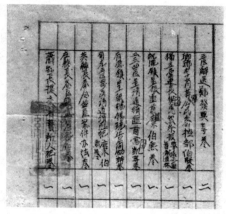

四川省档案馆查到的有爷爷名字的资料

红帮成员多达2600多人，堂口遍及城内各街巷。仁字号头目、县参议会议长曾辑五将5个字号一起成立了袍哥联合组织达县联谊社，至此红帮由官府直接控制。

爷爷既然负责治安城防，料不会作为先头部队去打仗。婆婆说，爷爷宅心仁厚，虽是军人，内心却很柔软。

婆婆给我爹讲过爷爷枪毙土匪的故事：部队剿匪中抓住了一个年轻的土匪头目，上级让爷爷执行枪决。爷爷看这个土匪年龄不过20来岁，仪表堂堂，气宇轩昂，一点没有畏惧感。爷爷有些惋惜这个年轻人，审问时让他坐下。土匪从容不迫侃侃而谈，说他罪有应得，死有余辜，杀过好几个人，有该杀的，也有不该杀的。他狎妓，但从未奸淫过良家妇女。为啥？因为母亲和妹妹不知下落，父亲被当地一个保长害死。他有文化，讲道理，但告状无门，走投无路只能去打家劫舍，胆子越来越大，抢来的钱除了挥霍就买枪支。他约了几个人杀死了保长和保长的妻儿，早将生死置之度外。爷爷见他毫无恐惧感，就打趣地说，托你去给阎王带个信，让我再活30年。土匪说，一定一定，请放心。爷爷的士兵把土匪押解到郊外的土堆上，又让他坐下。土匪催促爷爷快点执行，爷爷说再坐会儿，托你的事要带到哦，土匪说放心，一定带到……后面枪声响了，爷爷有意让这个年轻人在摆谈中不知不觉被处决，以减轻被杀前的恐惧。

爷爷常说，他的阳寿很难活到55岁。他说自己三更太短，眼睛过早落堂（四川话，指凹陷），可能是不经意的一句话，没想到却一语成谶。

六

1933年10月17日–27日，宣达战役打响。红四方面军在总指挥徐向前的统帅下，调集红四军5个团加1个营，红九军、三十军各一部7个团的主力部队，围攻驻守在宣汉、达县、万源、城口一线的刘存厚23军，15个团，2万余人。双方兵力相当，但刘军驻守在万源至达县以西150多公里的防线上，兵力分散，后方空虚。红军采取声西击东的策略，表面上佯装西进，实则调动十余个团的主力集结东线战场，中路主力突破打开要塞，左右两路夹击，形成围歼，短短十余日，占领了宣汉、达县、万源，

刘存厚时期设在西山寺的川陕边防军军事教育团校园大门

兵锋直抵城口近郊。毙俘刘存厚部4000余人，缴获长短枪8000余支、炮3门、电台2部和大批军需物资以及兵工、被服、造币等工厂的成套设备，苏区从巴中向东扩展约150公里，与川东游击根据地连成一片。

这一仗，打得刘存厚灰头土脸，让刘从此彻底沦为成都寓公（新中国成立前夕托留日同学阎锡山关系逃到了台湾）。战事惨烈，负责治安城防的独立营想必也遭遇了战斗，爷爷是从死人堆里逃出来的，亲兄弟和亲侄儿失散（后者被红军俘虏当了红军），爷爷也从此脱离了军界。我猜想，袍哥人家的爷爷本身讲义气，又是刘存厚同为简阳人的资格老乡，说不定本身就是刘存厚的嫡系亲信，刘存厚被蒋介石一抹到底成了平民，这可能正是爷爷也彻底告别军界的原因。这一年，爷爷33岁。

此后，爷爷具体在干什么又是一段空白。我爹是爷爷最小的子女，生于1936年，说明至少在这时爷爷仍在达县。做什么呢，不知道。也不知道爷爷何时一个人离开了达县，到宜宾、泸州一带经商。有说他在宜宾的轮船上做过仓库主任，也有说他在泸州开盐糖干杂铺，还有说他在泸州办了糖厂。婆婆曾经去过宜宾，还在那里认了一门叫杜洪泽的亲戚。达县到宜宾，相距500公里，从川北到川南崇山险阻，在交通极为落后的民国时代，往返一趟，应是极其艰难。

1944年春，噩耗传来，爷爷已于当年3月11日在宜宾突然去世。姑姑说是她拆阅的来信，发信报丧的人名叫胡永林。姑姑这年12岁，小学毕业，从小聪明伶俐，阅读此信应该问题不大。但为何是姑姑拆信而不是大爸，不知道大爸此时是否人在达县。一家人万分悲痛，发电报到简阳老家，委派爷爷的五弟前往宜宾奔丧，谁知竟一去不返。后来婆婆多次写信给身在老家的爷爷四弟，回信说五弟料理完三哥的后事，再也没有回到老家，一直下落不明。

直到一年以后，婆婆在宜宾结拜的亲戚杜洪泽来到达县，才告知了爷爷去世前的情况：爷爷偶感风寒发烧，好友胡永林伙同宜宾医院院长（均为达县人），给他吃了封喉麻药，欲图财害命。爷爷服下药就说不出话来，肚痛难忍，在旅馆昏迷而死。古典文学中即有"见血封喉"一说，指的是采用筒箭毒碱，能够阻断运动神经与骨骼肌之间的信号传递，产生强大的肌肉松弛作用。人能感受并表达出因喉肌麻痹而出现的强烈窒息感，几分钟到半小时左右死于呼吸抑制。晚近医术中也提到"见血封喉",乃箭毒木,乳白色汁叶含剧毒,能让中毒者心脏麻痹、心律失常、血管封闭,血液凝固,以至窒息而亡。

杜洪泽说,爷爷在昏迷之前仍坚持给达县家人写了一封信,托旅馆的人代为邮寄,也被胡永林买通旅馆伙计把信劫了。他说,爷爷留下了很多遗物和大洋、金条等财产,大部分被胡永林贪了,剩下的被五弟全拿走了。杜洪泽了解这些情况,都是听到旅馆的人和街坊邻居在谈论。

爷爷正值壮年,却惨遭横死,年仅44岁。此时距他离开军界已有11年,多年的商旅生涯,爷爷应该早有积蓄,就在他准备结束生意回达县扩建房屋当寓公的时候,却意外地魂陷他乡,死于轻信他人,死于好友构陷。我也有轻信他人的毛病,也曾数次被好友所骗。每当我遥想爷爷死不瞑目的情景,就会感到惊心动魄的恐怖,内心会一阵揪痛。轻信他人和容易上当,可能是潜伏在家族基因里一个可怕的天敌,值得我和我的后辈一生警惕。

翻阅《简阳樊氏宗谱》,我沿爷爷一脉,上溯十余辈,每代人的一生,都只有生、死时间,两排冰冷的文字。如同大地上的杂草生生死死,死死生生,完全自生自灭,悄无声息。好不容易到了我曾祖父,才多了两个字"监生";到了我爷爷又多了"二十三军营长"几个字,总算在杂草丛中长出了一棵小苗,但曾祖父46岁早亡,爷爷44岁丧命。一个普通的草根家族要经历多少代人，多少时间，才能长出一棵大树，培育一片森林呢？

爷爷撒手人寰，生前只在达县复兴乡月儿垭置有薄田10亩，租给佃农耕种；在箭亭子街黄桷树附近有带天井的街房两间，留下婆婆和3个子女。婆婆悲痛于心，郁闷难解，染上了鸦片毒瘾，靠着强大的精神毅力，守寡五十余载直到90多岁寿终正寝。大爸被抓壮丁去了重庆，姑姑与她母亲和外婆一起纺纱织线，我爹小学辍学。孤儿寡母失去了生活来源，首先变卖了箭亭子街的房子，将钱存银行以供家庭度支，日本投降后国统区物价飞涨货币大贬值，存在银行的钱只够买两捆柴。一家人只能靠典当度日，日渐耗空了家中的细软。

等待孤儿寡母的还有更多的凄风苦雨……

可惜父亲不是
文盲

一

　　我爹8岁的时候，他已经没了爹。

　　我爹在3个子女中排行老幺，上面还有一个哥哥，一个姐姐。

　　我的大爸樊怀德，小名荣华，1929年生，通川中学毕业，十七八岁的时候被抓壮丁去了重庆当兵，据说驻扎在渣滓洞，一个关押共产党要犯的地方，属于国民党特务机构。按大爸的年龄，估计还不够格当上特务，充其量不过是负责看守的士卒。后来部队起义投诚，大爸又参加了解放军，这一次是自愿当兵到了成都，还做了部队文化教员，但不知为什么，1951年刚过了年，大爸又复员回到达县，才四十余天就突发痢疾猝死，年仅22岁，由居委会买的棺木，葬在半边街乱坟堆里。据说，大爸复员后先回了一趟简阳老家，又去宜宾探访爷爷的坟墓，爷

中年时期的父亲，1979年平反

爷的身世之谜，大爸应该知道得更详细，但也随他的暴死，一起埋进了乱坟堆。

我的姑姑樊怀志，1932年生，比我爹大4岁，小学毕业生。爷爷死后，随着家产耗尽，12岁的姑姑和婆婆、大婆，还有曾外祖母一起在家纺线，维持生计。姑姑后来参工进了县碾米厂。1952年，20岁时嫁给姑爹杨永茂。姑爹老家在莲花湖，出生于黄泥扁一个小手工业者家庭，读过5年私塾和小学，参加过会计函授培训，1949年前在私人作坊当学徒，新中国成立后做过一阵粮油生意，公私合营又进了河市粮油加工厂，然后成为国家干部，进入县粮食局加工股，直到成为国营碾米厂的厂长。姑姑一家有二子二女，夫妻俩都在当时的热门单位粮食部门工作，姑爹还是个小干部，但却很少关心照顾我家。在我的记忆里，几乎找不到来自他们一家的帮助。后来，我看了姑爹的入党申请书，上面写到：岳母1957年就和他们住在一起带孩子，"但弟樊怀义，由于他是阶级异己分子，我们接触极少，以表示对他的错误行为仇恨"。

我爹樊怀义，这个被姐夫"仇恨"的"阶级异己分子"，1936年1月14日生于达县观音阁黄家大院，属虎，出生时体重12斤，吃了5年母乳，因长得肥头大耳，蛮头蛮脑，故乳名中汉。他8岁丧父，小学辍学。看见同龄人上学，伤心地落泪。我爹说，他最喜欢听启蒙老师讲太平天国，洪秀全金田起义，石达开弃城逃走……而当他再次碰到这位老师时，自己已经是一个挑煤炭卖的小棒棒，放下担子给老师行礼，老师摸摸他的头叹息一声。不曾想到，肃反运动到来，老师夫妇二人双双自尽。

1951年初，屋漏偏逢连夜雨。大爸死后不久，减租、退押运动开始了，婆婆和我爹，被复兴公社的几个农民武装队员，押解到复兴乡的刀口庙。曾经的佃农说他交了押佃要求赔偿，说赔多少就赔多少。婆婆吓得两腿打颤，对佃农的漫天要价，样样依从。14岁的我爹被扣做人质，关在刀口庙，婆婆则被放回去凑钱。我爹至今仍清晰的记得，一个女武装队员对他说：地主娃儿，我们把你扣在这里干啥子？我爹赶紧说：我们剥削了你们，该赔偿。在被关押的五六天里，我爹白天站在土堆上，陪地主挨斗；晚上看见武装队员，让"顽固不化"的地主跪在瓷瓦片上，膝盖都跪出血了。武装队员嬉笑怒骂，拿起烟杆敲打地主分子的脑壳，就像吆喝牲口一样。

　　婆婆回到家里搜肠刮肚，把稍微值钱一点的家什都变卖了，交足了"押佃"，我爹才被放出来。所谓减租、退押与清匪、反霸一起，被称为建国初期的四大运动，是土改的前奏。减租，即减少佃农的租金，要求从1950年起执行，最高租金不得超过土地正产物的35%。退押，即退还佃农租种土地支付的押金。通常押金只在定租（议租、实租和预租）才有，即交不起约定的租金才扣押金；而分租与力租（类似于钟点计工）方式，则并无押金。运动一开始，无论哪种方式，都要求押金全退，但从什么时间开始计退，原则上应是建国后收的押金，实际执行有的地方则上溯到抗战爆发后，以当时贬值的货币折算十几年前的金额，赔偿的则是一笔巨款，一些地方因此出现，无押追逼和加码翻老账的混乱现象。

　　1952年，土地改革正式开始了。从那时起，所有在西圣寺召开的批斗会，都是我爹去参加。在几十个男女地主中，我爹年纪最小，乳臭未干。他清晰地记得枪毙几个恶霸地主，他站在前排看得清清楚楚，站在一起陪杀场的其他地主都吓得瑟瑟发抖。轰轰烈烈的大批斗后，正式公布每个人被划分出来的阶级成分，用一张大白纸写好，公开贴在墙上。谢天谢地，我婆婆的成分是小量土地出租，简称小量，不属于地主、富农。心中石头落地，但已失去了基本收入来源，家徒四壁了。婆婆和她的母亲、大姐加上12岁的姑姑，老少三代四个女人，只有昼夜不停地纺线，来维持生计。

从14岁开始，我爹和别人一道去铁山挑煤炭卖，隔壁有个赵铁匠愿意买他的煤。先挑30斤，逐渐加到50斤、80斤、100斤。正是身体发育的年纪，每日重担在肩，我爹害怕把背压驼，睡觉的时候，就把压席石垫在背下。1952年，姑姑出嫁以后，曾外祖母到婆婆的二姐七婆家居住，婆婆的姐姐大婆被继夫家女儿接到了成都。我爹已年满16岁，力气比之前大了。婆婆不再纺线，每天半夜起来给我爹煮饭，吃饱了寅夜出发，走拢了铁山，天还没放亮。前来担煤的人特别多，寒风中个个搓手顿足，等待煤场敲钟后，蜂拥而上，用双手在煤堆里掏煤，十根手指如似针扎。

二

1953年，西南森工局来达县招工，说是去成都木材厂上班，17岁的我爹去应招，50多个同时录用的工友，竟被一竿子拉到了遥远的峨边。到那一看，心都凉了。此地还没有达县的乡镇河市坝大，四面高山陡壁，满眼尽是彝人。整个县城多半草房或平房，连戏院也是露天场地，木头墩子座位。只有县政府、招待所才有一层砖房。

第二天，50多人被分配上山伐木。出发前都发了干粮和水，早上9点钟就钻进了原始森林。这里山峦起伏重叠，到处悬崖峭壁，山路崎岖嶙峋，四面古木参天，不时听见狼嚎猴啼。下午4

点才走到伐木场，看见冷沙树盖的工棚里，睡的全是连间通铺，以柴油机发电。干活的工人都是大块头，脚穿水靴，十几个人抬一节大木料，喊着号子，把木料从山壁上挖出的壕沟洪道里往下放，十几米长的木料，随巨大的惯力冲击，从悬崖上呼啸而下，让人心惊肉跳。

一行人在伐木场住了一晚，半夜野兽的嚎叫，让人毛骨悚然。第二天一早，他们背起行李回到森工局，50多人涌进局长办公室讨说法。局长态度强硬说，去成都木材厂不可能，要回达县可以，不发路费。经过三天时间拉锯，局长最后才同意，将愿意回达县的人用车送到峨眉，到了峨眉自费回达。只有6个人自愿留下，年龄最小的我爹是其中之一，原因自然是没钱没盘缠。好在局长开恩，没有将留下的人，继续派去伐木场，而是安排他们到了第三流放分队。此队离县城25公里，设在两山对峙的峡谷底、溪流边。工棚仍是树皮盖的，住连间铺，30多人，晚上仍以柴油机发电。吃的很少有蔬菜，大多吃腊肉、雪芋、花生米、鸡蛋等，伙食还算不坏。工作不背不抬，全是手上活，工资每月25元。

流放分队的主要任务是，每个人都拿一根4米多长竹竿做的爪钩，巡视溪流。当木料在河道漂流中受阻时，要在三四米远的距离，把爪钩抛出去，钉在木料上，然后用力将木料拖到近处，摆正位置。抛爪钩很讲技术，力度要用在钩子上，有时十几个人，才能拖住一节木料。上游筑了一个大堰，两天放一次水。利用堰水冲击力，把摆正的木料，送进下一个分队。一站送一站，直到县城大河，然后扎成木筏，送到乐山沙湾。木料全系冷沙木，供铁路作枕木用。

　　山坳中住的多是彝人或娃子（娃子就是把汉族女人抢去生的孩子，一代代繁衍都不算正宗的白彝，只能算黑彝），性格粗暴，不讲卫生，经常到工棚来，要食物和香烟。工棚两岸都是壁陡的高山峡谷，太阳照不到的地方，阴暗潮湿，蚂蟥（水蛭）无数。林中的青猴，随时都可能发出一声揪心的嘶鸣。我爹说，他们上下班都是集体行动，最艰苦、最危险的是山洪暴发，上游所有堆放的木料，向下冲击，不管下多大的雨，都要披上雨衣，拿起爪钩，去拉住激流中的木料，稍有不慎或来不及反应，木料在水中一横，就堆起垛子几丈高。无论如何，要趁洪水未退之前，把垛子拆开。有时人无法去，就用大麻绳或钢丝牵过对岸，系好绷紧，然后将保险绳围在腰上，再靠滑轮滑到垛子上，用杆子撬开木料。如果水退了留的垛，要10天才能拆完。上垛时要心灵手快，稍有疏忽，就会被木料，拖下滚滚洪流。

　　我爹在那里干了八个多月，思乡心切，便写信给居委会工作的邻居，托她想法在居委会，办个母亲生病的证明。不久，邻居寄来了居委会证明，我爹便含着眼泪去哀求队长，这个队长见我爹年龄实在太小，同意他请长假，并到局里领取了回家的路费。

　　回到达县，我爹仍以挑担为生。那时候，城关镇专门成立了个渠江钢铁组，我爹也加入其间，共有八九十人，男女均有。虽说还是苦力，但不需半夜再去抢煤。从渠江钢铁厂担铁去龙爪塔，行程8公里，每百斤9角4分5，公家抽1角办公费，负责人和会计工资由厂方支付，5天发一次钱。我爹说，虽然从小下苦力，但他会用巧力，从来没有下过傻力。他常听自己外婆说："勤人走三转，懒人压断腰"。因此，体重160斤的他，担的重量绝不超过体重。运输社多少下傻力的人早已吐血身亡，我爹宁肯多跑一趟，也不多担十斤八斤。从渠钢到龙爪塔，来回需要4个半小时，别人一天担一趟，我爹经常跑两趟。

从18到20岁，我爹继续在挑担生涯中度过青春。

三

年满20岁那年，万福钢铁厂来达县招工，我爹又去应召。这是1956年秋天，达县有60多人和我爹一同来到了万源县的万福钢铁厂，一行人全部分到了运输队。我爹依旧下苦力，每日上山担矿，山路狭陡，比城里担煤还辛苦。特别是冬天，冰霜冻结小路，脚一打滑就会连人带担子跌下深崖。两脚磨起泡鼓成鱼鳃，疼痛难忍，就用二胡琴弦把鱼鳃刺破。说起二胡，我爹会那么一点点，竟因此被调去厂部搞工会工作，除了排练厂里的小节目外，大多数时间，他便待在图书室，一生中第一次有机会阅读小说。他读完了巴金的《激流三部曲》以及《红楼梦》等书，发现好的诗词警句，就抄写在笔记本上。我爹说他自己"敏而好学"，有不认得的字还"不耻下问"，虚心向厂里的人请教。

貌似命运的转机，为我爹埋下了一辈子的祸根。我常常想，如果我爹没读过小学，不识字更不会拉二胡，就不会被调去工会，也不会一知半解，口无遮拦。如果他只是一个文盲，一个苦力，一辈子勤勤恳恳当工人，也有可能成为劳动模范，与我同样是劳动模范的农村文盲母亲，就会产生共同语言，那么，我至少还有一个虽然贫贱但却温馨的家庭。

反右第二阶段，"认识鲜花毒草"，开展"和风细雨"的辩论。组长在文盲成堆的工人中点名我爹发言，谈谈怎样帮党整风。我爹就直截了当地讲了厂里官僚主义严重，家长作风，动辄训斥工人，希望发扬民主作风。我爹那点文化，连左右派别是什么意思都分不清，轻易被"引蛇出洞"。几天后，厂里贴出了大字报，把我爹画成一条蛇，张开血盆大口，喷出的毒液上写有："恶毒攻击党的领导，妄想国民党反攻大陆"等字眼。晚上，在阵阵口号声中，我爹被强行拉出来，站在板凳上接受批斗。有人说他出身反动家庭，我爹还傻乎乎地回答："母亲还没生我，我哪知道是什么家庭。如果知道我就另投娘胎了"，下面一阵哄笑。有人拿出了我爹的私人笔记本，上面从未记过日记，全是读到的诗词和名言警句摘抄，其中一首汉献帝被董卓囚禁在洛阳，看见飘飞的燕子触景生情的诗，由郭沫若译成白话，被人大声读出来：

> 柔嫩的青草像片烟雾
>
> 双双燕子轻飘飘飞扑
>
> 洛水轻轻地流着
>
> 田间人谁不美慕
>
> 远远看去我从前的宫殿
>
> 已隐落在碧云深处
>
> 有谁人仗义前来
>
> 消除我心中的痛苦

这首诗让我爹有口难辩，恰恰对应他的身世，硬行定性。第二天厂部来了一群人，强行将我爹和队里其他5人拉去厂部，跪在事先准备好的炉渣上，遭受拳打脚踢。有人端来板凳，准备敲6个人的软板凳。所谓软板凳，就是把手指绑在板凳上，然后用竹签从指缝打进去，这是国民党监狱用来对付共产党的刑法，6个人都吓得含辱招认。晚上，他们被关在办公室写交代，自己编织大帽子往头上戴，全是空洞乏味之词，6个人都写笑起来了。你看我的，我看你的，年龄都只有22岁左右，5个是出身不好的人，只有一个年龄大些，约32岁，贫农家庭出身。他只初识几个字，平时好喝酒，喝醉了就骂人，也骂过队长。这次把他"揪"出来，他所有的交代都只有几十个字：诸如"我痛恨为啥要李某某来当队长"之类。他问我爹啥子叫"右派",我爹和其他几个人都不太明白,只好打趣地说:好比一根绳子,他往"左"拉,你往"右"拉,就叫"右派"。

厂保卫科赵科长,政法大学毕业,地主家庭出身,曾任达县公安局科长,后调万福钢铁厂。反右第一阶段他是整风组成员,曾两次到我爹的运输队讲过话,谁知第二阶段把他也揪出来,受的折磨最多,整得更惨。他自身没有劳力,身体又肌瘦。当科长时得罪的人不少,泄私愤的人趁机报复。他和我爹等人一起被下放修路,我爹每次看见他搬石头、干重活艰难的样子,心生同情,就主动上前帮他干。两人关系一好,赵科长悄悄对我爹说:"这次反右是按3%的比例划分,你们属于凑数的,你一句话不说,也要揪你,谁让你出身不好呢"。我爹问他:"那你呢?"他摇头苦笑说:"欲加之罪,何患无辞,一言难尽。我真羡慕你的劳力。"

在此期间,厂里派我爹和其他几个"分子",两次去抬自杀的工人到厂部医院。一个是位中年工人,经受不住体罚折磨,跳楼摔死了。更惨的一个是个老工人,成分好,有点技术资本,经常跟车间主任斗嘴。这次被揪出来,说他反党。他从小受苦受难,是新中国让他当上了技术工人,感激都来不及呢。他恨的是那个车间主任,作风不好,跟家属乱搞,曾在众目睽睽下,骂那个车间主任。老工人受尽体罚,始终不承认反党,一直骂不绝口。晚上用枕木钉打进自己的太阳穴。我爹去抬他时,他还没有死，钉子还在太阳穴里不敢拔出来。

不久，武汉钢铁学院又押送来十多个大学生右派，和我爹一起劳动改造思想。我爹因为自己文化水平低，就总爱往知识分子身边凑。或许因为不时捡来一些自己都还搞不清楚只言片语，引祸上身。

厂里为了纯洁工人阶级队伍，共开除了83人，科长以上的未开除。我爹是被开除者之一，头上戴了顶"反社会主义分子"的帽子，被押解回乡。很多年后，我看见1979年5月18日，中共万福钢铁厂委员会给我爹出具的"改正说明"文件上写到，他于"1958年1月5日，经厂党委讨论，定为反社会主义分子，交群众斗争。同年11月7日开除回原籍。"然后又"根据1957年9月，中央关于在工人、农民中不化右派分子和不戴反社会主义分子帽子的指示及中央、省委（78）和（79）号有关文件规定"，对他"被定为反社会主义分子的政治结论应予改正，恢复其政治名誉"。

我惊奇地发现，"改正说明"中清清楚楚写明，1957年9月，中央就规定了"在工人农民中，不化右派分子和不戴反社会主义分子帽子"，但随后的1958年1月，我爹这个22岁的"工人"，还是被戴上了帽子，一直戴了21年后才"改正"。此时，他已43岁。

四

达县共有5人被万福钢铁厂开除。其中，干部1名、医生1名、工人3名，押解到通川中学关押批斗3天，经公安局来人训话后，让他们各自去街道居委会报到。

我爹说，他是姐夫来接回家的，下午就到居委会报到，安排去铁山，给街道的三个公共食堂担煤炭。那里已经有3个"五类分子"——两个"地主婆"和一个"历史反革命"。我爹去了后，每天担煤量超过3个人的总和。他们住在农民家里，不分男女，住连间地铺。粮食按45斤定量，排轮子蒸饭。三餐都吃不饱，收工后就去山上找野菜。晚上，睡在连间铺上吹牛聊天。我爹至今还记得当过县长姨太太那个地主婆吐烟圈的优雅姿势，而另一个地主婆个性温柔，说话细声细气，中午常帮我爹煮饭，我爹就帮她多担50斤煤。大约过了两三个月，居委会公共食堂撤销了两个，由我爹一个人负责食堂运煤。为了出工方便，我爹便借住在居委会主任家里。此人在旧社会是个轿夫，见我爹劳力大，很关心我爹，粮食定量提高到55斤，由食堂补贴。我爹勤快，晚上帮炊事员切菜，每次加餐，炊事员都要多蒸一碗饭留给他吃。

不久，厂方愿意直接给食堂送煤，我爹被放回家，粮食定量和居民同样，每月25斤。当时不管什么劳动，都要经过城关镇劳动调配站统一安排，劳动一天才有半斤粮食补贴。我爹在城里下野力，抬石头、拉船、打片石……不怕辛苦，最怕肚子挨饿。有时饿得发慌就喝盐开水。当时的食盐是海盐，放进水中还能喝出泥沙。我爹说，有一次他在财贸校抬石头，饿得实在克制不住，半个月就把基本口粮吃完了。调配站只补助8斤粮票，要吃15天，又要干重活，肚子饿得实在难以忍受，天天吃没有油水的萝卜，吃得呕吐，连做梦都吐萝卜，几十年后他都不喜欢吃萝卜。

最困难那年。也算命不该绝，劳动调配站调我爹到公社煤厂扛井木，粮食定量50斤，我爹高兴到了极点。由幺塘公社到铁山15里的上坡路，到了一看大开眼界：四处都是大办钢铁留下的土高炉废墟。一年前这里还是人山人海，全民出动，敲锣打鼓，土法上马，热火朝天大办钢铁。农业荒废，森林砍伐，成千上万人通宵达旦，留下一座座海市蜃楼的废墟。这是我爹跟农民接触最长的一次，这里每个生产队就有个公共食堂，农民到食堂吃顿饭，上坡下坎要走半里多路，吃一碗红苕，喝一碗盐汤，大多数人浑身浮肿，经常看见出工的农民饿昏在丑里。当地农民告诉我爹，天旱是有点，但幺塘公社并不严重。只要井里有水，溪沟里有水，再天干也饿不死人。谷物收成少，农民担水种点门前的瓜苗小菜也能填饱肚子。问题是不让种，锄镰铁钯大队收走，颗粒归公，养鸡养鸭也要挨斗，只剩下饿肚子一条路。

后来公社煤厂撤销，我爹又为粮食定量发愁，天天守在劳动调配站等安排。苍天有眼，我爹又被派去给真佛山新建的福利工厂放木料，这活儿对他来说驾轻就熟。此次派出的15人，清一色牛鬼蛇神大联合。他们大多为民国时期大学生，有旧军官、和尚、剧团编导、教师等，头上都戴有"地富反坏右"的帽子。只有我爹和另外两三个人没上过学。带队的队长是个转业军人，干部身份。

这个放料队采用临时粮证，就地买粮。每人每月粮食定量45斤，肉1斤，清油4两，每个人的肚子里都没油水，胃口越饿越大，每天吃完饭就面面相觑，敲打空碗。一群人白天在河里放料，晚上因地就宿，或住农家，或住沙滩，高山明月，清风徐徐，蛙鸣虫伴。触景生情，难免"旧病"复发。有人便讲起了昔日在上海、南京的见闻。有人则眯眼参禅打坐。还有两人爱写诗，每次写好后就念给大家听，然后撕掉，从不保留。

我爹说，他一生都忘不了敞开肚皮吃的那顿饭。一个队员拿临时粮证到江阳粮站买了350斤米，开票员是个年轻妹儿，开票收了钱，却忘记减去粮证上的数量，队员急忙找搬运把粮食搬走，回来提心吊胆了几天，见没什么动静，另派几个人去盘石粮站又买到350斤米，于是立即生火煮饭，又称了2斤米去附近生产队换了土豆回来烧汤。很快，一大锅米饭煮熟，人人敞开肚皮大吃，个个都吃得伸直了颈，用手撑肚皮，弯腰都困难。吃得正欢，队长回来了，一问情况，赶紧让所有人都到河边开会，说这样吃下去，很快就会被院子里的农民发现，不如放半天假，每人分15斤米拿回家，剩下的每天伙食加点，绝不能让人看出猫腻。

四个月的放料，是我爹有生以来最愉快的时段，恍若世外桃源。露宿沙滩高山月夜的开心畅谈，悠悠州河木筏泛舟的引吭高歌，龙王庙里朗读普希金的动情诗歌……人生似幻，我爹竟然把劳动改造的"牛鬼蛇神"当成了他求知问道的"师傅"。

五

1960年，城里和乡下人仍然在公共食堂吃大锅饭。放料结束后，我爹又勒紧裤带，忍受辘辘饥肠。不久，劳动调配站又派他和另外14人，为达县农校搞基建抬石头、放木料，每人粮食定量45斤，学校伙食团补贴10斤，猪肉2斤，油1斤。一行人来到了宣汉县黄金公社太平坝搬运木材。

在太平坝，我爹经人介绍，认识了大队食堂里，那个整日眉头紧锁，面容忧愁，长相美丽的小个子姑娘，这个姑娘就是我的母亲。刚满20岁，刚刚亲手埋葬了自己的父亲、两个亲叔叔和小弟弟。一家的男人都在前一年死了，只剩下她的母亲及两个妹妹，一个堂妹，无依无靠。媒人是我妈妈家的远房长辈，两个人一点头，马上就地成婚。

我妈进城不久，就到城关公社印刷厂上班，开始了她一辈

1963年父母合照，这年6月我来到了这个世界

子打零工的生涯。我爹加入了计件制的城关镇搬运社，派到盐滩湾建设煤矿搬运煤炭上船。1963年6月20日，我出生在达县大北街11号，这一年我爹27岁，我妈23岁。不久，晓芹和晓燕两个妹妹，又于1965年和1968年相继出生。一家7口人（还有婆婆和她大姐），挤在35平方米的两间小偏房里，熬过了最艰难困苦的16年。

"文革"爆发以后，武斗又开始了，小城的正常生活，一度瘫痪。两个没有固定工作的人，要养活一家7口人，唯一的收入来源全靠打零工，一旦无工可打，便断绝了生路。我爹唯一能找到的零工活，竟然是去"造反派司令部"排轮子，抢抬那些被打死的"革命烈士"尸体。

风声紧的时候，大家都不敢出门。我家的3个小孩，晚上躲在桌子底下睡觉。为了保我这根传宗接代独苗的安全，婆婆带着我去了城郊西外的文家梁七婆家躲武斗，而我的父母还得冒死出去觅食。他们跟着隔壁的李家学做蚊烟，要冒着流弹危险，穿城去二马路的地区建筑公司，找锯木面。所幸的是，我爹有点绘画的手艺，在运动中竟意外地找到了一条生路。先后给石油公司、505厂、县酒厂、金刚煤矿、豆芽厂等单位，画巨幅宣传画。不仅暂时找到了饭钱，而且绘画剩余的白色画布，还可以染了颜色，给小孩做衣服。一家人竟奇迹般的熬了过来。

六

"文革"后期，我爹所在的搬运社也派来了军代表。此人乃巴中参军农民，刚提拔为排长。在这个牛鬼蛇神扎堆下苦力的地方，军代表一来就搞事情。

有人举报一个右派分子藏了很多书，军代表便要他交出来，右派分子只得将一箩筐书抱出来，几乎都是一些文学名著。军代表顺手拿起一本鲁迅的书问：鲁迅是什么人？你看他的书！右派分子说：他是伟大的文学家、新文化的旗手。军代表听了大声说：放屁！他算什么旗手？只有江青同志才是旗手！众人哑然，任凭军代表将书没收，堆放在办公室的角落里，后来又被人一本一本地偷走。另一个右派分子犯错被斗，检讨说：我错了，立即改正，亡羊补牢。军代表大发脾气骂道：混账，谁要你去补牢房，我们的监狱修得铜墙铁壁一般牢固，要你一个

70年代初期的达县城

右派分子去补？

在搬运社，我爹最佩服一位姓王的仁兄。此人曾任国军青年军连指导员，在中央大学读了两期，该校迁台湾，他为了含辛茹苦守节的母亲自动退学，回乡在达一中教书，此后在劫难逃难，和我爹一样沦落为搬运工。他指导我爹去读点古典名著，说有文化不一定是为了升官发财，而是明事理。我爹把他当师傅，在处事为人，鉴别是非方面，多靠他的提醒和教诲，平反落实政策也是在他的点拨下，我爹才鼓起勇气提出申请。

1979年，风向有变，平反冤假错案开始，我爹在王老兄的积极鼓励下，平生第一次去找了在市委工作的远房亲戚，很快被落实政策，安排到达县市百货公司，职务竟是专职美工。说起画画，我爹本来只是半罐子水教出来的徒弟。1961年冬，朋友伍兄的父亲去世，我爹去帮忙，看见伍兄在给老人家画像，一种用炭精画出来的黑白画，以把人画得很像为准，工匠的成分居多，谈不上绘画艺术。我爹跟他学了几年画，以从旁观摩为主，依样画葫芦，慢慢上手。这点小手艺，不仅让我爹在武斗中找到饭碗，还在日后偶尔混得一些鸡鸭鱼肉，改善生活。

百货公司的美工，主要职责是画橱窗和写美术字。我爹去之前公司已有一个真资格的美工，年轻人，一身的艺术气质，后来考取了四川美院。此人喜欢画自己想画的作品，就把公司里要画的东西都甩出来，让我爹有大把机会练手。我爹一边观摩此人作画，一边还练习素描，临摹石膏头像，绘画的手艺又涨了一成。

我爹小学辍学，从14岁开始担煤、担铁、抬石头、拉船、打片石、放木料，一辈子都只是个底层苦力。因为会一点点二胡而进了工会，又因为这一点点才艺，让他戴上了帽子，祸兮福兮。因为能把人脸画得很像，可以挣得一点外快和肉食，又读过几本书，认识几个"臭老九"，就不把自己当成真正的普通劳动群众，得乎失乎。

在那个特殊的时代，如果可以选择，我爹还真不如做一个纯粹的文盲。

妈妈的根和
妈妈的命

　　一转眼，妈妈离世已经是第二个母亲节了。在没有妈妈的日子里，地球照样运转，太阳底下照样发生着该发生和不该发生的事情，但在我心里，妈妈却从未离我远去。无论是在睡梦中，还是在白天，坐在办公桌前，在吃饭、走路的时候，甚至上下楼梯或电梯的一瞬间，妈妈经常会出现在我的面前，只不过这个妈妈，再也不是活生生的真人，而是记忆中留下的那个影像。明明就在眼前，却再也换不回真人来，心底里面涌出一阵悲伤，还有一股冷冷的隐痛，一种往下坠入深渊又悄无声息的痛。

　　只有真的失去了至亲的人，才能理解这种痛。

一

　　2009年正月初二，我站在四川宣汉县黄金镇太平坝的田野

妈妈的大半辈子都眉头紧锁

上，凝望着群山之间这一大片上天恩赐的平坝河谷，满眼平整肥沃的土地，生长着绿油油的庄稼和蔬菜，还有成片成片的菌类种植园。让我不可思议的是，这样一个主产水稻、小麦、玉米、两薯、四豆，还有油菜、花生、番茄、魔芋、生姜、烟叶、青麻以及桐、茶、桑、棕、核桃、木耳的富饶之地，怎么会有人饿死？

地方志《黄金镇志》记载：黄金镇，黄土如金，境内土地肥沃，气候温和，雨量充沛，物产丰富。

尽管时值隆冬，平坝上到处显露出春之将至的生机。我信步所至，来到一条时断时续，损毁已久的石板路上，路边有一排年久失修，破败无人的红砖房，这里正是当年生产队的公共食堂。镇志上说，大办公共食堂，始于1958年人民公社宣告成立的那年冬天，全乡共建有156个。从那时起，"取消农民家庭小伙食，取消自留地和家庭副业，将农民集中迁移到食堂附近居住，实行伙食供给制，集中吃饭不要钱，集体出工8小时，按月发放工资1.5至3元不等（发至三个月后，因无钱而停发）。"

无言的石板路，向我诉说着"大跃进"时代的昔日荣光，而富饶的太平坝又在黄金乡最早成立"高级农业生产合作社"，意味着土地、牲畜、农具等一切生产资料归公更彻底，意味着"全面完成了农村的社会主义改造"。

我仿佛看见，横扫一切的"跃进风"刮过太平坝，留下一片狼藉的土高炉，颗粒无收的高产卫星田。灰暗的天空下，公共食堂里有一个煮饭的姑娘，身材矮小，头上包着白帕子，俊俏而又苍白的脸上眉头紧锁，整天不说一句话，也不会露出一丝笑容。这个愁容满面、木讷不语的姑娘，就是我的妈妈。

1959年，饥荒袭来的时候，太平坝的人，浑身浮肿，气力衰弱。最先挺不住的是我外公的弟弟，他老婆跑了，不知所终，自己也病死，留下13岁的女儿，过继给我外公的大哥。而单身未婚的大哥，却又率先饿死。接着是我的外公，乡村裁缝张仕位，也活活饿死。张家的3个男人，年龄都在40–50岁之间，正值壮年。据镇志记载，整个黄金乡"患浮肿病5657人，妇女闭经1328人，不正常死亡3327人"。

太平坝饿死了很多人。妈妈那个过继给大爸的堂妹，在妈妈的灵堂前对我说：活着的人都浑身浮肿，连抬运尸体的力气也没有。我妈妈用一床草席裹了外公，拖到房后的土坡上，草草掩埋，这也成了我妈妈一直以来的一块心病。

妈妈在家排行老大，下面还有一个弟弟和两个妹妹，加上已无依无靠的堂妹。突然之间，张仕位这一房，顶梁柱的3个大男人全都死了，外婆也卧病在床上，如同天都塌了。18岁的妈妈，开始独自支撑这个家。

第二个打击接踵而至。妈妈的弟弟"狗儿"，年仅10岁，饿得实在难忍，在地里悄悄摘了一把油菜花塞进嘴里，不幸被大队妇女干部看见，遭当场呵斥，并追撵着打。"狗儿"不敢回家，竟钻进集体食堂的灶孔里躲藏。第二天早上，食堂的炊事员来生火，才发现灶孔里，有一位身体蜷曲的小孩。拖出来一看，人已经死硬了。妈妈获知消息，匆匆赶到食堂，弟弟已经变成一具冰冷的尸体。

看着弟弟瘦骨嶙峋、蜷缩一团的尸体，妈妈的内心一定留下了一辈子也抹不掉的伤痛。妈妈的父亲和两个堂叔都死了，唯一能延续张家香火的弟弟又没能保住，妈妈的心里有万般无奈。她虽然比弟弟大8岁，但她自己都还只是个刚满十八的姑娘家，面对饥荒灾年，内心又有多么绝望！

祸不单行，我妈妈的妈妈，也就是我的外婆，其实只有40多岁的外婆，按照生产队迁移居住的要求（把死人家的剩余人口并入人少的家庭），住到远房侄儿家的吊楼，侄儿半夜起来烤火，烧的丫丫柴，火光冲上房顶，外婆以为天亮，神情恍惚，从吊楼上摔下来，中风瘫痪。

依照当地习惯，不是请医生（想请也没有能力），而是请来一个女巫婆"收鬼"，女巫婆烧了一碗桐油在锅里，边唱边跳，将滚烫的桐油敷在外婆的大腿和屁股上，说是用滚烧油激活筋脉。第二天，外婆的两腿及臀部全都起了大泡，这些泡，又全都溃烂化脓，外面结一层硬硬的壳疤，从里面烂到肉里。我妈妈又眼睁睁看着她的妈妈，在撕心裂肺的惨痛中死去，一点办法也没有。

为了活命，妈妈不得不将只有8岁的大妹，送到她居住在山区里的外公家，将只有4岁的小妹，过继给大山里的一户农家。15岁的孤儿堂妹，也与别人家打了娃娃亲，同样送进了大山。因为那个时候，只有深山老林，才没有公共食堂。

从古人说的及笄之年（15岁）起，迎接我妈妈的没有校园没有青春，甚至连最基本的生存温饱都没有。她出身贫农，本该有这个社会最骄傲的身份，但她步入人世却厄运连连，在刚刚含苞待放的青春时期，她就以孱弱的身躯埋葬了父亲和堂叔，埋葬了弟弟，埋葬了母亲，送出了小妹。她就这样长大成人了，现实中遭遇的苦难真实得像一把刀片，深深雕刻了她的性格：愁眉苦脸、木讷少言的面孔，几乎成了她一生的定格。

二

我在想，天上的太阳，一定也同样会照耀那时的大地，但太阳底下，我的妈妈面无血色、双眉紧锁的面孔背后，承载了多少人间苦难，随着妈妈的离世已无从知晓。即使在妈妈身前，我曾试图询问更详细的细节，但又实在不忍心，一层层去揭开那痛苦的伤疤。我只是设想，如果没有遭遇到不正常的年代，裁缝张仕位一定能养活他的四个子女。古语云，"天干饿不死手艺人"，历朝历代有手艺的人都不会挨饿。虽是乡野人家，但我的妈妈，至少也会有一个村姑的青春快乐。

妈妈之所以能活下来，据说是因为本家一个叫全正的远房长辈，为此妈妈在晚年都一直念叨要感恩这个老辈子。全正公公当年是生产队的保管员，也是公共食堂的负责人，是她将妈妈安排到食堂里煮饭，让已经变成孤儿的妈妈不至于饿死。

时间到了1960年，公共食堂的隔壁房间，租给了一群城里来下苦力的壮汉。他们在楼上打地铺，楼下生火做饭。这群城里来的人，有的是戴了帽子的坏分子，有的则是无业游民、统统由一个当时叫"城关镇劳动调配站"的衙门派遣，为城里修学校运送木料，具体工作，就是将大山里砍伐的木料扎成木筏，顺着州河水，将木料运送到几十公里以外的达县城。

吸引这群城里人甘愿来山区下苦力，是因为这份体力活，每月有45斤口粮指标，还有2斤猪肉和1斤清油票。说明城乡差距，在当时就有天壤之别。城里的坏分子和无业游民，基本生存保障也比普通的农民强。劳动之余，这群城里人，每天都能看到人民公社浑身浮肿的社员们，端起饭碗来公共食堂：早上是一碗稀饭，不用筷子，几口就喝完了。中午还是一碗稀饭，再由伙食团长，提着秤，给每家称一斤红苕……

久而久之，食堂里那位煮饭的姑娘，头上包着白帕子，面容俊俏却愁苦不言，引起了一个城里小伙子的注意，这个头顶也戴着"反社会主义分子"帽子的25岁的小伙子，就是我的爹。

全正公公对喜欢来找他烤火摆龙门阵的我爹说：我是张家的长辈，想在张家给你物色一个对象。她是张家的低辈，叫我公公，她的爸爸、弟弟和叔叔，去年都饿死了，只有妈妈和两个妹妹。

我爹说：明白，但我头上还戴着帽子呢。

全正公公说：虽说我也是党员，但农村人不管这些。

两个男人对话的第二天中午，我的妈妈就被喊到全正公公家，在柴火灶旁边，红着脸点了头。

全正公公得知我爹的差事即将结束，要求我爹结了婚再回城。所谓结婚，并非像现如今要办一场婚礼，而是要有一顿婚宴——准确的说根本谈不上婚宴，就是请亲朋好友吃一顿饭。

此时，饥饿期已近尾声，我的妈妈不知道从哪里找来了一些面粉食盐，我爹则跑到黄金公社街上，找到了在榨油厂干活的一个朋友的父亲，偷偷弄了五六斤菜油，趁夜色掩护，悄悄带回了太平坝。他们要做的是整个婚宴唯一的主菜：面鱼儿。就是将调了盐的面粉捏成鱼儿形状，然后用菜油炸出来。饭桌上没有一丝的肉影，鱼儿形状的油炸面团，足以吊起人们对荤菜胃口的想象。据说，我爹妈的婚宴在当时还算有面子的。除了面鱼儿，饭桌上全是冬瓜、南瓜，亲友们送来的礼物也大都是冬瓜、南瓜。婚宴当天，收到的最珍贵的礼物是：一碗米。

婚后，我爹要回达县城了，临行前拜托全正公公，在粮食上尽量照顾我妈妈母女仨。全正公公说，现在好多农民都在私自收割小麦，让我妈也趁晚上去割一点，他会睁只眼闭只眼。几个月后，当我爹背着20斤海盐，回到太平坝，才发现我妈一颗麦子也没去割，原因自然是弟弟的惨死，留下那刻骨铭心的伤痛。

我爹只好又去求全正公公。他对我爹说，莫着急，晚上到保管室来，晚一点来。大约深夜一点多，我爹去了保管室，全正公公让我爹扛了两麻袋小麦，大约200来斤。

我爹每隔几十天，就要徒步80多公里，从达县城走到太平坝。他每次去，都背上20斤海盐。那时候，盐巴比粮食更紧缺，吃不到食用的井盐，海盐已是很不错的救命物资。第二次回到太平坝，外婆就出事了。外婆一死，我妈只有将两个亲妹妹和一个堂妹，都让人带进了山里。时间已经到了1962年，农村的公共食堂正式撤销，我爹向街道居委会书记申请，将我妈的户口从农村迁移到达县城，没想到半天时间，就拿到了准入手续。第二天，我爹就赶到太平坝办理户口迁移手续，全正公公再一次给我妈妈送了一份大礼：本来只给迁出人员一个月口粮，全正公公给我妈妈安排了半年的口粮。

一条小船，从宣汉县黄金公社太平坝的河道启航，载着我瘦小的妈妈和她的全部嫁妆：全正公公代表生产队配置的半年口粮——也就是满满的一船南瓜，驶向她从未去过的达县城。

三

宣汉县黄金公社太平坝的贫苦农民张才美，嫁到了达县地区行署所在地的达县城。

很长时间我都不明白，像我妈妈这样地地道道的贫下中农出身，为什么一直都不走运，反而日子越过越苦？

与今日进城的农民相比，我妈妈无疑是新社会最早进城的农民了。在城乡差别鸿沟天堑的时代，我妈妈脱离了农村户口，变成了城里人，本应非常幸运，但终其一生，她在这个城里，也始终只是一个边缘人。

从农村里来的妈妈，一辈子也搞不明白，外面世界的风云诡谲。她只知道埋头干活，在任何地方都是勤勤恳恳、任劳任怨地干活，但她不知道，从她嫁给我爹的那一刻起，冥冥之中已经注定了她一生的命：只能从农村贫农到城市贫民。

在我的记忆中，妈妈最早的工作，是在城关公社印刷厂上班，不知干了几年，工作没了；然后又到饮食服务公司的一食堂上班，工作又没了；然后又到我后来读小学的伙食团上班，工作还是没有了。所以，我很小就知道了"转正"这个词。我的妈妈为什么就不能像别人那样"转正"呢？在每个地方，她都是一个样子：眉头紧锁，低头沉默，干的是最苦最累的重活脏活，但她无论干长工还是打短工，每次都不能"转正"。

我的妈妈一辈子没有正式的工作。我爹也没有正式工作。他在离城几十里的盐滩弯建设煤矿拉板板车，运送煤炭上船，干一天才有一天的收入。从1963年–1968年，我和两个妹妹相继出生，刚进城的妈妈，又遭遇到她成人后的至暗时刻——又一次死亡线上的挣扎。夫妻俩都没有固定收入，每天一睁开眼，就有7张嘴要吃饭。随着"文革"爆发，"武斗"开始，打零工讨生活的人，更没有活路。

我的爹妈拼命找活干，艰辛胜过牲畜。妈妈在建筑工地干体力活，起早贪黑，不仅挖土，还要挑混凝土上梁，后面还拖着小妹。煤矿停产"闹革命"，我爹无煤可拉，与人争抢着去抬武斗打死的"烈士"尸体。在无工可打的时候，我还和妈妈一起，去捡过废铜烂铁，以及牙膏皮之类。春夏时节，妈妈还制作过熏蚊子的蚊烟，来维持生计。

大约在我十五六岁的时候，妈妈有了一个相对比较固定的工作单位——街道居委会的手工作坊。在一间阴暗、简陋的屋子里，一人一个小矮板凳，坐有五六个人，各自在自己面前的小木箱支架上，生产一种叫"压发"的产品。这"压发"是女人头上固定头发的装饰品，用纤细的铁丝绾制而成。这是一份相当枯燥的工作，我看见妈妈整天枯坐在小板凳上，手里来回不停地缠绕小铁丝，一天下来，双手会被铁丝磨得红肿，一丝丝钻心的疼痛。

后来，小作坊又改做拖地的拖把，依然是坐在小板凳上，一根竹竿夹在双腿，在端头上缠绕布条。虽不像绾铁丝那么磨手，但堆积在小屋中的原材料与废旧的布料，抖动一下便扬起满屋子尘灰，戴上口罩都很憋闷。妈妈后来患有腰椎错位、心血管阻塞，慢性肺栓塞等疾病，或许与此有关。

记忆中与妈妈一起在小屋子从事手工生产的人，只有妈妈一人来自农村。另几位，有曾经大学毕业的高中老师，有曾经的国企会计师，有市医院的前护士长，当然也少不了有一个地主婆。5个人，由一个邋遢得像乞丐的"贫协主任"领导。无论贫农，地主，还是知识分子、商业与专业人士，历史的种种因素，让他们统统归属这个看上去就像街头无赖的痞子来领导。一间小作坊，简直装满了一个时代。

没有单位和正式工作，成了我妈妈一辈子最大的心病。直到晚年，子女们已经能让她衣食无忧，养老就医都能享受到比一般干部还好的条件，但妈妈还是会时不时地一声叹息。

四

在那个物资紧缺的年代，有国家单位的正式工作，意味着基本生存的保障。有领导干部身份，会多一份肉食烟酒供应；

有普通干部身份，会多一份单位的特权福利。即便是最普通的国企职工，也有铁饭碗的工资福利。

所以，我的妈妈把"没有正式工作"，这一刻骨铭心的失落，一直带进了坟墓。

在我的记忆中，那时候但凡有点权势的干部，都会将家属或子女安排进供销社、饮食服务公司、糖酒公司，或者肉联厂、罐头厂、碾米厂、面粉厂、榨油厂之类的单位，这些单位共同的特点，就是占有物资——尤其是"进口"的物资，无非是能比一般人，多吃到一点米面酒肉。何曾料想，改革开放以后，物资丰富起来，首先倒闭的正是这类国有单位，而首先成为下岗职工的也是这批当年的权贵子弟，这是后话了。

妈妈在街道手工作坊干了整整9年，又失业了。作坊倒闭，付给妈妈包括死后安葬费在内的全部"安置"费用，合计380元钱。时间已到了1983年5月，妈妈准备在家门口摆地摊讨生活。办执照的申请递到工商所就卡住了，我爹找了一个认识工商所办事员的同事，花3元钱称了几斤水果糖，以这个同事的名义送给办事员的妈妈，不到半天工商所就签字上报工商局了。我爹又找打鱼的唐叔叔，弄了几斤新鲜的鲤鱼，看在鱼的份上，我妈终于拿到执照，成为个体工商户了。

那时候，大北街还是农贸市场，是达县城里人流最大的街道之一。妈妈的摊子由几根铁架焊成，上面摆放几个瓷盆，售卖大蒜、花椒、八角、三奈等副食，另外还有一个大玻璃匣子，售卖香烟。摊子的背后放有两个大塑料桶,零售酱油和醋。记得我和妈妈一起,到小北街的酱油厂进货,每次抬一塑料桶,我抬前面,妈妈抬后面,妈妈总是会将绑在桶上的绳子往后移,以减轻我的负担。小北街离大北街现在看来最多只有几百米远,但对当时的我来说却是那么漫长,从小力气单薄的我,抬一塑料桶酱油,总是摇摇晃晃。

因为没有正式工作,我的妈妈成了改革开放后第一批个体户。虽然她并未因此成为最早富裕起来的那一批人,但却从此改变了全家的生活状况,摆脱了生死线上的挣扎。

大约在1983年末,我到地区文联参加文学活动,看见《巴山文艺》又新办了一张市民生活小报,叫《太阳报》,头版登了一篇《真佛山疑云》,阅读性强,吊人胃口。我抱了一捆报纸,在妈妈的副食摊销售,结果非常畅销。受此启发,我又与各地刚刚新创的市民生活类报刊联系代销,竟然很快就收到了从全国各地发来的"货"。我在妈妈摊子背后的墙上,挂了一块牌子,上面写上这些市民小报的主要标题,诸如李谷一师生恋,刘晓庆离婚之类,结果大受欢迎,发来的货都卖得很好。那时候也真神奇,发货的报刊都只管发货,却很少有人催款收款。每卖一批报纸,我们都按照发货地址,把该结算的款项老老实实汇款,没有拖欠过一分钱。

因为这个地摊,我的妈妈在八十年代中期就成了万元户,大概有了将近3万多元的存款;我也成了万元户,大概有一万多

1983年5月，妈妈在大北街家门口摆起了副食摊

元的存款。说来也奇怪，从那以后，我虽然至今也并没有大富大贵，但却从此就没感受过，生活"缺钱"的滋味了。

五

我的妈妈一辈子最显著的特征就是：面容忧戚，寡言少语。

从宣汉县农村嫁到达县城，虽然进入的只是一个社会最底层的城市贫民家庭，但即使在这样的家庭里，我的妈妈也依然遭到歧视。

我的奶奶，我从小叫婆婆，达县城滩头街杜家染坊的三小姐，曾经的军官太太，30多岁丧夫丧子，守寡达半个多世纪，一辈子仍干净讲究，自得其乐，还颇有点小资产阶级情调。我的妈妈嫁进来的时候，婆婆对这个农村来的文盲儿媳自然多少有些嫌弃，经常骂我妈妈。我的妈妈刚经历一场人间惨剧，孤身一人又跌入一个火坑。生计无着，社会遗弃，连平民百姓的家庭温暖也没有，真正的无依无靠。在这样的环境下，我的妈妈养育三个子女，既要同贫穷斗争，还要被家庭战消耗，她的脸色更阴沉，眉头锁得更紧，瘦小的身躯里，不知积压了多少屈辱的忍气吞声，才能坚持下来。

这个一贫如洗又战火连绵的家庭，从我记事起，就留下永无休止的争吵打斗。每当战斗打响，我和两个妹妹都只能哆嗦在角落里，耳边听到的是不留情面的叫骂抓扯声、锅碗瓢盆甩得稀烂的破碎声，还有就是战斗进行到最激烈的时候，走投无路的妈妈披头散发，自己以头撞墙的声音。阴沉而结实的撞击，每一声都像撞击到我的胸口，让我对这个家庭深恶痛绝，恨不得立即长大成人。

家庭战争的导火索，有时候是婆媳矛盾，有时候是夫妻之争。作为一家之主的我爹，虽然也殚精竭虑，为了全家人的生计在拼命，但他却既不知道如何安抚自己母亲，也不知道如何体恤自己妻子，反倒打心眼认为，我妈是蛮不讲理没有文化的"栾肚子"。主心骨作用的缺位，导致我家的战争还有另一个特色，那就是不知道熄火，也没人来熄火。往往都是一点小事，一根引线就燃起火来，闹起来更不可开交，一直要闹到街道居委会，由居委会领导来调解。

战争的结果无论多惨烈，最后收拾残局的还是只有我妈妈。可怜的妈妈，既要出去打零工挣生活费，又要承担全部家务，每一次毁灭性的争吵打斗，实际都是在给她雪上加霜。

随着年龄的增长，我越来越能理解妈妈身上的一些坏毛病和坏脾气。

比如炒菜，妈妈总是偏向重口味，总是要放超量的油盐和辣椒，即使晚年生活无忧又患上了心血管疾病，妈妈还是照样如此。这是不是与当年的饮食太缺油少盐有关？

再比如妈妈煮饭总是煮得很干，最喜欢白干饭，这是不是与她挨过饿、喝了太多的稀饭有关？

至于脸色阴沉，双眉紧锁，那是因为她遭遇太多的人间苦难，每一次都无依无靠，全凭自己坚韧煎熬。像草根一样顽强生长，又像草叶一样漂浮不定，一辈子没有安全感，没有单位的庇护，没有亲人的呵护，她只能默默忍受，直到忍无可忍的那一刻，她倾斜着身体将头朝墙上撞去，这是她最后抗争，以她自己的方式，看上去像一头蛮横的疯牛，用任何正常的道理来规劝和解释都已经苍白无力。

我想起最近很流行的一句话：只有从小一直被深度呵护的女人，脸上才可能有傻白甜的笑容。

六

夏天的雨总是一阵子大，一阵子小，下起来，就是好几天了。

出得门来，正是雨小的时候，刚才大雨时的水雾还没有散尽，大街上灰蒙蒙的一片。

妈妈走在我的前面，她背着我的箱子。箱子沉沉的，压得她直不起腰来。这样，她本来很矮小的身子，变得更加细小了。她没有打伞，只戴着一顶草帽，箱子上面搭了一层油布。她急促地走着，朦胧中只有影子在晃动。

我离妈妈好几丈远。我是故意这样做的。出门时，妈妈不但固执地要背我最重的箱子，让我只提一个网兜，还唠唠叨叨千叮万嘱。我一听到她的声音便感到难忍的疼痛，要是再看见她憔悴的脸，我的心也会碎的。

这是40年前，我第一次离开妈妈那天记下的日记原文，时间是1979年夏天，16岁的我初中毕业，考入宣汉县师范学校读中师。

这一年，是我家最贫穷又内战最密集的年份。很多次，我下了晚自习，还流着泪到姑姑家，搬救兵平息战火。或者坐在居委会的办公室，看着街道领导们，艰难而又漫长地调解我的家庭纠纷。我下决心逃离这个家，逼迫自己马上独立、马上长大，以最快的速度拯救我的妈妈。为此，我不惜自毁前程，放弃了读高中升大学，改变命运的金光大道，主动选择了读中师，可以不交学费，不交生活费，这是我唯一能马上"自立"的选择。

从此，我开始了长达10年的流浪之路。我不能像正常同龄人那样，享受青春岁月的种种美好，而是用青春的爆发力，鼓舞自己彻底脱离原生家庭环境的一切影响。从中师毕业到乡村教师，从乡村到县城，从县城到成都，整整10年，我的生活才安顿下来，才回到读高中升大学同龄人本来的起点。这10年我忘了家乡忘了家庭甚至忘了妈妈，最长一次整整5年才回老家。

我要做的是我的原生家庭力所不及的事情，好比一出生就掉进一个很大的深坑，下面没人推，上面没人拉，但我却非要爬出来，而且还想站到更高的舞台，这或许正是我与妈妈的区别。妈妈这一辈人，更多选择的是听天由命、逆来顺受，是原地禁锢的忍和熬。

这10年是我家庭记忆的空白期。忙碌中偶尔会接到家里的来信来电，不用看不用听，我就知道肯定是坏消息。在我四处闯荡生活无着的时候，我也没指望会有来自家庭的帮助和温暖。只要是达县来信来电，我都会条件反射的意识到，坏事又来了。要么是又吵架了，要么是谁住院了，要么是某某需要帮助。总之从来没有好消息和我分享，当然也没有给我帮助或关心。我当时一门心思认定，只有跳出原生家庭这个深坑，自身强大了，才有足够的能力解决一切问题，就像俗话所说，只要是钱能解决的问题就不是问题。

随着我的独立和两个妹妹日渐长大，我爹获得平反，落实政策，安排在百货公司当美工，后来还在凤岭关库房，分到一套两室一厅的住房。大妹妹顺利接班，安排在百货公司工作，也在同一个小区分得两室一厅的住房。我爹退休后，也和妈妈一起摆摊。大北街农贸市场取消，他们先后在大西街、大众旅馆、红旗旅馆的批发市场卖衣服和小百货。日子一天天好转起来，尤其是在婆婆去世以后，家庭战争也日渐减少，风平浪静。唯一遗憾的是，家庭战争的基因，已经融入这个家庭每个人的血液里，只要遇到风口，稍一点火，同样会熊熊燃烧起来，哪怕40年后还是如此。

七

在接下来的日子里，每年春节回乡，我和太太都约定各回各家。所以，很多个大年三十，基本上都是由我陪着爹妈过除夕，一起等待新年的钟声敲响，放完鞭炮。

35岁那年，我的第二个孩子——小儿子出生，我接妈妈到成都居住。在成都带孙子这3年时间里，我发现妈妈的性格，比以前开朗了许多。以前没见过的场面，她都乐意参与；没吃过的东西，也乐意尝鲜。给她钱和礼物，她也会乐意收下。很多时候还能独自和楼下的我都不认识邻居老太交上朋友。

妈妈一生中难得与孙辈同游

　　还有两次外出旅游，我太太带着妈妈和她的孙子们，一起去桂林、去九寨沟，我看见照片上的妈妈，已经开始展露出难得一见的笑容。遗憾的是，在妈妈生前，我竟然没有过一次，亲自带她出门旅游。

　　妈妈从来没为她自己向我提过什么要求，但她看见子孙中谁有困难，过得不如意，就会在我耳边嘀咕：某某你帮他一下哦，某某的事情你要管哦。除了自家儿孙，妈妈牵挂的还有宣汉农村的二姨，她唯一活在世上的亲妹妹。当我们决定赞助二姨家修新房时，妈妈非常开心。除此以外，妈妈心里还有一件大事，就是把她的父母重新安葬在一起，造坟立碑，这一心愿终于在2009年春节得以实现。我的父母带着他们的3个子女和所有孙子孙女，一大群人回到黄金镇太平坝，隆重地扫墓、祭祖、谢恩。我的妈妈，这个大饥荒中熬过来的孤女，心中一定百感交集。

2010年8月，妈妈70大寿，我们邀请了父母家亲友，还有几位街坊邻居，为妈妈祝寿。这一天，是妈妈最高兴的一天，我发现每一张照片上，妈妈的笑容都很自然灿烂。一辈子没见妈妈笑过，偶尔挤出一丝笑容也是苦笑。只有到了这个阶段，妈妈才有了会心的笑脸，说明灾难过去，妈妈真正有了享清福的感受。

然而，无情的病魔，却并没有给我妈妈更多的开心时光。

妈妈中年时就患有败血症。在我17岁那年，妈妈脸上长了一个疮，在危险三角区，由于医治不及时化脓了，转为败血症，差点丢命。记得那是年底，我从宣汉师范回来，带妈妈去地区医院看病，医生说妈妈还没有脱离生命危险，要少说话、吃软食，多休息。当天要找一种叫红霉素的药，我冒着蒙蒙细雨，跑遍了达县城的各大医院，最后还是在一所很不起眼的小医院找到的。

60多岁的时候，妈妈脊椎骨又出了问题。我带她到成都体育医院检查，发现两根脊椎骨已经移位，一旦错开，人就瘫痪了。要彻底解决问题，只有在上下两根骨头之间，安装夹板，打钉子固定。我请教了体育医院、铁路医院好几个专家，都说老年人不宜做这样的大手术。我犹豫了很久，最终没有选择让她做伤筋动骨的大手术，而是采取药物加调养的方式，控制病情。这个病折磨了妈妈很多年，很多时候睡觉都困难。

2002年，意外地发现，妈妈的心血管，已经有两个地方堵塞，最狭窄的地方，细得像一根线。我当即决定听医生的建议，给她安装了两个进口的支架。血管打通了，但妈妈从此必须终身服用大量激素类药物。由于长期服药原因，妈妈的肚子到后来涨得像一面鼓，口味也愈加寡淡，导致她更加重口味的食用油盐和辛辣食物。

为了看病方便，我和妹妹决定让爹妈都搬到成都居住，但每住一段时间，我爹就吵着要回达州，说成都没有朋友。于是，他们冬天回到达州，第二年开春后又回到成都，就这样过了几年，妈妈的药物从来没中断，也没出现过大的险情。直到2017年春节，妈妈突然住进了达州的医院，这一次直接下了病危，血压低到只有40，成都专家视频指导达州的医生，才把妈妈从死亡线上抢救回来。

我再也不允许父母回到达州，专门在医院的隔壁找了住房，任何紧急情况出现，都能以最快的速度到达医院。这段时间，我发现一向坚韧顽强的妈妈变了，变得越来越像个儿童了。她一反常态，经常主动给我打电话。以前很久才有个电话，每次都是要我帮帮某某，几乎从来不问我咋样。而最后这一两年，妈妈每次得知我有伤风感冒之类的小病，都会不断打电话，关心询问我的情况，从她的语气中，我前所未有地感受到她对我依赖，就像儿童对成人的依赖一样。

我意识到妈妈真的老了，但我却从未想到她很快会死。每

年冬天，都会格外小心她的病情，而2018年的春天刚过，妈妈
又一次住进医院，血压、心跳、血氧含量都达到惊人的低值，
第一次接受电击，她又活过来了，出院以后我还在想冬天要特
别小心了，哪知道才过了十来天，也就是在她78岁生日这天，
再次遭遇病危，这一次又是电击、再电击，她没能挺过来，需
要上呼吸机了，转入ICU。

八

当我推着妈妈进入ICU（重症监护室）那一刻，我才突然意
识到，我可能很快就没有妈妈了。

当天晚上，妈妈就出现了大出血，立即送进手术室做手术，
由于不知道出血点在哪里，需要通过腹腔镜，找到出血位置，
再钳住止血，这样的手术非常复杂，一直做了五六个小时，妈
妈挺过来了。第二天，由于失血过多，血小板急剧下降，造血
功能严重不足，需要输入大量血小板，而成都血库血小板短缺，
各大医院只能排队等候，我们又通过各种渠道，以最快的速度
给妈妈输入了血小板。

平生第一次进入ICU，医生拿出十几页纸让我签字，各种各
样的抢救措施，闻所未闻，只要有救命的希望，我都一一签字。
我内心固执的认为，妈妈不是癌症这样的绝症，就一定会起死
回生。

七十寿诞，妈妈笑得最开心的一天

最初的几天，妈妈还是清醒的，但越到后来就越进入弥留之际，她在ICU熬了23天，最终于2018年9月16日黄昏时分，停止了心跳。医生告诉我，妈妈是因为全身器官衰竭而亡，任何药物和医学手段，都已经刺激不起器官的功能了。按理说，她是真正意义上寿终正寝。

我决定将妈妈连夜送回达州，因为妈妈的亲友大多还在当地农村，应该方便他们来向妈妈告白。为此，我定下了达州殡仪馆最大的悼唁大厅，为妈妈设灵堂，办丧事的一应规格，也按高标准选择。我只想让我卑微一生的妈妈，魂归故土，能够多一分尊严和体面，一辈子没有固定工作的她，也一样有风光排场。

宣汉的二姨和表妹，妈妈的堂妹、表妹，全正公公家的后人，以及妈妈生前好友，都赶来悼唁妈妈。从妈妈的堂妹口中得知，妈妈家传有一口红箱子，我赶紧回凤岭关住宅，找到了这口箱子，这是一个做工和用料都极其普通的木箱子，打开箱子，在箱盖的内面，用毛笔字工工整整的写有几个人的名字和生辰，这正是妈妈的全家：我的外公、外婆、妈妈、舅舅、二姨、幺姨，6口人，4个已经只剩下这一排文字。如今我的妈妈也走了，我不想妈妈和二姨最终也只剩下一排字，在灵堂前就萌生了想法，一定要为我的妈妈和她一家，留下记录的文字。

出殡那天清晨，十几辆小车的人为妈妈送别。在达州西郊，我望着火葬场高高的烟囱，仅仅二十分钟，就将我的妈妈化为灰烬，从此真正从这个世界消逝。

当我双手捧着妈妈的骨灰盒，走上灵车的那一瞬间，我内心的悲伤一下子像泄洪的堤坝，涌出滔天巨浪。我突然发现，在我成年以后，竟然从来没有一次拥抱过我的妈妈。而我第一次也是最后一次拥抱妈妈，却是这坚硬的骨灰盒。尽管盒子里还有炉膛的余温，但绝不是妈妈的体温。我小时候经常生病，趴在妈妈的背上朝地区医院走去，至今还能记起妈妈的体温；而我的妈妈患病已久，直到命若游丝，我为什么就没有给予妈妈一个温暖的拥抱呢？妈妈，如果有来生，我多想拥抱你！

妈妈……

苦命苦熬
说二姨

一

历经三年饥荒，宣汉县黄金公社太平坝的张仕位三兄弟一房人，只剩下四个小姑娘。

突然之间，张家这一房人，没剩一个男人，也没留一个能主事的大人。

活下来的四个小姑娘，年龄最大的是我妈，20岁。我二姨，8岁；我幺姨，4岁。还有我妈的堂妹，15岁。3个小姑娘，眼巴巴望着我妈妈——她们眼里唯一还能看见的"大"人。

20岁的我妈，泥菩萨过河，自身难保，看着3个稚气未脱、嗷嗷待哺的小妹妹，束手无策。

她只能含着眼泪，无奈地看着别人，把3个小妹妹领走：

妈妈的外公带走了二姨，到了偏远的陶家沟。老人家已年迈体衰，只能领养一个。

妈妈一家6口，只剩下她和二姨（左）

一户姓周的人家将我的幺姨，带到了半山上的斑竹林，过继给这家人，改姓周。

一户姓李的人家，与我妈的堂妹打了娃娃亲，将她接到离太平坝20里地的李家坪山上。

张仕位一房，活下来的四个孤女，凄零四散。

二

8岁的二姨，独自跟随她的外公外婆，由两位风烛残年的老人，抚养长大。

到了20岁，二姨的外婆给她介绍了一门亲事。男方姓吴，家在夏家沟，孤儿，过继给本家堂伯。本人长相英俊，初中文化，还是大队党支部副书记，家庭条件不错。

　　小时候，我曾多次见过这位姓吴的姨爹，还和他在达县人民公园拍了一张合影。照片中的吴姨爹身材高大，相貌堂堂。他穿一件四个兜的绿军衣，蓝色裤子，黑色布鞋。虽从农村来，却一点不像那时候农村人的样子。说话低声细语，面带微笑，很有亲和力。尤其是上衣兜里还别着钢笔，显示他有文化。据我爹说，他确实比较爱学习，写得一手的好字，有时候还爱写一点小文章。

　　二姨嫁到夏家沟的吴家后，我几次去过她家。记得坐车到了黄金场镇，便不再通公路，在起伏的浅丘中，步行几里地，看见一条从老君山流下来的溪沟，掩映在竹林和树木里，这便是夏家沟。翻过一个小土坡，山坳中，有一个很大的半围合的院子，石梯坎、石板地，住有好几户人家，二姨的婆家是其中一户。

　　院子里的房子，都是泥土筑成的墙壁，房顶斜伸的木支架上，盖有青瓦。土墙上的窗户，只是一米左右，裸开出来的方形小洞，中间并排竖立几根木棍。土墙边，家家都有一大堆，从山里捡来的青冈木柴禾，碗口大小，砍断成一米左右的短棒，外皮斑驳，内芯嫩黄。

　　走进二姨的家，堂屋就是灶房，地上有一口四方形的火塘，从房梁上吊下一根粗铁钩，在火塘中间。上面可以挂铁罐子，煮饭、烧水；也可以挂铁锅，炒菜。铁罐底下，几根燃烧的短青冈木，形成拱形支架，用一把铁钳，不时将中间掏空，再夹几根细枝残叶进去，柴禾会烧得通红，直烤人脸。火塘里积满了柴禾烧过后的灰烬，埋几颗土豆在灰烬里，慢慢煨熟，会成为一道清香的乡间美味。

火塘四周的土墙，已被常年的烟熏火烤，涂抹一层黑腻腻的油垢色。房子里的卧室在二楼，需爬上一道变色的木楼梯，躬腰踩上呀呀作响的木楼板，里面黑咕隆咚，除了床和木箱，几乎看不见其他任何家具。而床上则罩着蚊帐，纯白色的蚊帐，已白里透黑，仿佛一整年，也不曾清洗。

我到了二姨家，她都会做几个菜，招待我。平时不常用的小方桌，会专门抬出来，放到火塘边。我看见二姨，一边弯腰抹桌子，一边将一把筷子，啪的一声，放到小方桌上，一股灰尘顿时从桌面弹起。这是小时候，我在她家，留下印象最深的一个场景。

三

二姨生得五官端正，圆脸，体格丰满。与我妈及幺姨一样，三姐妹都天生丽质，属于《诗经》里描绘的那种山野天然美女，但却没有这种女孩的洒脱奔放、热情洋溢。三人都有一个共同的特征，性格阴沉，愁眉紧锁，没有文化，不爱说话。只知道成天闷头干活，再苦再累的活，都不知挑拣，默默干完，默不作声，却显出一股倔劲。

二姨刚嫁到吴家，就不受待见。她的婆婆，是吴姨爹的继母，终生未曾生育，性格暴躁，蛮横霸道，乃四邻八方有名的悍妇，天生就缺少母性。二姨过门时，婆婆也只不过40岁左右，体格剽悍，一身蛮力。她给我二姨的见面礼，就是一阵暴打。三言两语，稍不随意，就拳打脚踢。二姨孤儿一个，在当地没有更强势的娘家人，来为她撑腰，只能默默忍受，打不还手，骂不还口。实在被打得太凶了，时而也稍做抵抗，婆婆竟会喊来公公，一起打她。两个人劈头盖脸，暴风骤雨，经常把二姨打得皮青脸肿，经常是被打在地上，爬不起来。

那位吴姨爹，偏偏又是个妈宝控，虽贵为大队副书记，佢却一直臣服于她过继的后母，从小就患上了后母恐惧症，想必小时候也没少挨打骂。眼见公婆毒打媳妇，他不仅不吭声，不制止，反而连他自己的言行，也时时处处受到后母的掣肘。无论他想做什么，只要后母河东狮吼，他都会立马当缩头乌龟。长期逆来顺受，在他的心中，早就积压了一肚子的憋屈，又是一种无力反抗的憋屈，一种无力挣扎出来的憋屈。他也需要发泄，需要轻松一刻。娶了媳妇进门，媳妇一没文化，和他没有共同语言；二又是个闷墩，三天放不出一个响屁。不能和他沟通，不能给他点拨，更不会逗他开心。只有在被公婆打得惨不忍睹的时候，才会发出声嘶力竭，野兽般的叫喊。他反而认为媳妇也性格蛮横，不讲道理。无形之中，他也把媳妇当成了出气筒，施加冷暴力。

可怜的二姨，好不容易，从幼年失怙的伤痛中，挣扎出来。走进人生的花季，却又掉进了冰窟窿，成了公婆和丈夫的受气包，两面挨打。

尽管如此，二姨还是连续为吴家生了春梅和春燕两姐妹，按当时的政策，已超生一胎。为了延续吴家香火，二姨又怀上了第三胎，这一次是个儿子。满以为，为吴家生了儿子，可以改变她在吴家的处境。万万没想到，儿子的出生，却是她更大噩梦的开始。

就在二姨的小儿子六娃，只有三个月大时，颈上长了脓疮，久治不愈。二姨那位打娃娃亲嫁到李家山的堂姐，给她介绍了山脚下刘家沟的一位草药医生。二姨背上六娃，步行十几里地到了刘家沟，住了几天，给六娃医治。等看完病，二姨又背起六娃，回到夏家沟，竟然发现：她的丈夫跑了，突然失踪了。

天塌地陷。我无法描述二姨当时的内心，何等震惊。

家里的门锁完好无损，但这个狠心的男人，却带走了家里唯一值点钱的家当——一口袋花生。

没有留下只言片语，也没有给任何人打过招呼，更没有留下一分一厘。

这个曾经的大队副书记，初中文化，写一手好字的大男人，却抛妻弃子，让穷得揭不开锅的一家人，让襁褓中的婴儿，饥寒交迫，喝西北风。

四

后来得知，二姨的老公，确实跑到了西北，据说在宁夏的一家小型养殖场。

吴家男人为什么会跑？夫妻感情不和？因素很小。恶母压抑？占一定原因。最重要的，还是因为另一个女人的出现，一段桃色新闻，闹得满村风雨。

吴家所在的大院，还住有一个姓罗的本地女知青，此女面容姣好，能说会道，婀娜多姿。已婚，并育有一子一女。老公是铁路上的一名道班养路工，正式的国企职工，性格老实巴交，长年在外，很久才回一次家。

同在一个院子，热情奔放的罗女与沉默寡言的二姨相比，自然更能吸引吴书记的目光。两人不知什么时候有了私情，久而久之，也传到二姨耳中。二姨隐忍，并没有当即揭穿，罗女还经常假惺惺与二姨套亲热，姐妹相称。但天下没有不透风的墙，两人忘乎所以，已引起议论纷纷。在二姨被吴家打骂、欺凌，到了忍无可忍的时候，终于爆发，将两人丑事一锅端，公之于众。由此，二姨和罗女，时常在院子里对骂，丑事发酵，成为全村人民群众，茶余饭后凑热闹的大瓜。吴书记丢了脸面，无地自容。

这时候，二姨又生了三胎。吴因为超生，加生活作风问题，被免去了大队副书记职务，成为压垮骆驼的最后一根稻草。

吴跑到宁夏后，曾给我父母写过两次信。几年后，他回来过一次。到我家来，我父母依然把他当妹夫接待，希望他回归家庭。他也信誓旦旦的表示，要把二姨和三个孩子，接到宁夏，一起生活。但过了不久，或许是罗女那边缠得更紧，他竟然带上罗女，再次跑了。从此，音信渺无，再无归期。大表妹春梅只依稀记得，那天早上，她在睡意朦胧中，只听到她爹在床边说了一句，听妈妈的话……

十多年后，二姨的小儿子六娃，已长到16岁，离家打工，竟背着母亲和姐姐，独自千里寻父。在完全不知道具体地址的情况下，一路摸爬滚打，边走边打短工，竟然在宁夏一家喂养生猪的小型养殖场，找到了他只在婴儿时见过，几乎完全认不出来的亲爹。结果，却令他失望至极。千里流浪，历经磨难，找到的亲爹，看到自己亲儿子，并没有多少热情，反而催促他赶紧离开，只说了一句，回去对你妈好点，就把他匆匆打发。没有给他盘缠钱，也没给他添置一件新衣，甚至连一件小礼品，也没有让他带回来。

五

二姨老公跑的那年，二姨只有29岁，大女儿春梅8岁，二女儿春燕4岁，小儿子六娃出生仅三个月。

突然之间，家中失去了主心骨，更失去了干农活的壮劳力。没有文化的二姨，靠她一人做农活，根本无法养活三个孩子。

三个孩子，都只有集体失学。

三个孩子，都只有像他母亲当年在饥荒过后那样，自寻生路，保命。

老大春梅，小学未读完，就到了广州打工，两年后，回来帮我妈妈守摊子。幸好我妈在大北街摆了个油盐酱醋摊子，那时候我已到宣汉师范读书，两个妹妹也正在上学，春梅就一直帮我妈看摊子。从大北街的油盐酱醋摊子，到大西街的服装摊子，红旗旅馆的百货摊子。从那时起，耳闻目染，浸泡在生意场，直到后来自己成了服装店的老板。

老二春燕，辍学在家帮母亲干农活，带弟弟。从小栽秧打谷，耕田犁地，样样都会。等弟弟长到十几岁，春燕也外出打工，一直干的都是苦活、累活、脏活。有一年，听说她在成都打工，我跑去看她，在一家石材加工厂，刺耳的切割机器声，刺鼻的石粉尘灰，看不清人脸的作业现场，待一分钟都感到呼吸困难，她却要长年累月待在这样恶劣的环境里，心里不禁一阵酸楚。

住在山上的二姨堂姐说，每年农忙，她一家人都会到二姨家帮忙干农活，从耕地播种到秋收打谷，二姨一个女人，根本干不完。年复一年，苦海无边。二姨的性格像我妈一样，沉默、沉默、沉默，悄无声息，内心却有一股无比倔强的力量，那就是熬，只能熬。熬呀熬，她要熬过岁月，熬到云开雾散。

据说，在二姨刚嫁入吴家，受到公婆虐待时，我父母曾劝她，趁当时只有一个孩子，把婚离了。还与她外公所在的陶家沟大队说好，准予她迁回。同院住的公社政法干部，见她经常被毒打，也劝她离婚，但她坚决不离。等她老公带上外面的野婆娘私奔，再次跑得无影无踪，她则坚决要求离婚。记得我还在师范上学，专门去了二姨家，帮她写诉状。已记不清我都写了些什么，法院在寻人启事的公告期满后，判决离婚。

现在看来，二姨的苦命苦熬，是她对命运无声的抗争。

几十年后，她终于熬到了春梅、春燕，长大成婚。但遗憾的是，她的小儿子，从外地打工回家后，已染上了职业肺病，不知还受到过怎样的刺激，人已变得憨傻痴呆。在二姨节衣缩食，含辛茹苦，为儿子盖起了新房时，本该娶妻生子的小儿子，却只活了34岁，不治身亡。

六

2009年清明节，我父母带所有子女和孙子，到太平坝扫墓祭祖。得知二姨想建新房，我家三兄妹都给予了赞助。一年后，新房落成，我去了二姨家，看见三层楼的新房，建在她自己的责任田里，门口有一条水泥路面的村道，四周都还是农田。

十年后，我又来到二姨家，这里已完全变样。二姨新房的前后左右，都建起了一栋栋独立的小楼房，水泥路面的村道，俨然已形成一条小街，甚至还立有公交站牌。房子不仅通电、通水、通网络，而且还开通了天然气。奇特的是，这里家家户户，仍然保留了火塘，仍然用铁钩吊起的铁罐子，烧水、煮饭。

二姨独自一人，居住在300多平的小楼里。70岁的她，不仅养了十几只鸡。还不听劝阻，一直坚持下地种田。我参观了二姨家的粮仓，两个高2米、直径1.5米圆柱形铁皮筒仓，至少储有几千斤稻谷，都是去年、前年存下来的。我不理解二姨为什么要储存这么多稻谷，二姨的女儿只说了一句话：她怕饿饭。

我要了一口袋，二姨亲自种的大米。没想到她家里就有打谷机、脱粒机之类的设备，插上电源，扭动开关，一会儿的工夫，就在自己家里，完成了稻谷脱粒、去屑等工作，将白花花的大米装进了口袋。

我正感叹，时代真的不同了。又吃惊的发现，二姨竟然用的平板智能手机。她已认得常用的几个名字，会拨打电话；还会使用微信语音和视频；劳动之余，甚至天天还要刷看抖音……

如今，二姨的两个女儿，春梅和春燕，都已在宣汉县城购买了商品房，两姐妹一起，经营了5家服装店，专做男装，尤其是冬天的羽绒服。从县城到二姨家，以前近一天的路程，如今已缩小到半小时。只需一个电话，两姐妹随时都可以回到二姨身边。

　　最早失学的春梅，从1980年代中期开始，先帮我妈看摊子，后又和老公一起，给浙江在达县的服装批发老板打工。老公也是太平坝人，初中文化，为人诚恳厚道，又聪明刻苦。小两口勤勤恳恳、踏踏实实，赢得了浙江老板的信任，让他们在宣汉县城的直营店入股，两人终于有了属于自己的门店，以后又接连在县城最黄金的口岸开店。30多年过去了，以他们的文化程度和认知能力，并未能抓住网络电商爆发的机遇，做大做强，但他们有一股顽强的韧劲，就是坚持只做一件事，只做自己熟悉的生意，至今仍然服务于县城乡镇，服务于确定的目标客户，同样能打拼出属于自己的小天地。在太平坝街上，春梅指向一栋新修的三层楼房说，那就是她和老公今后养老的房子。而她老公风尘仆仆，从县城赶来见我时，我看见他开的一辆丰田霸道越野车。

　　打工受苦最多的春燕，在姐姐的帮助下，也在宣汉县城安了家。姐姐带她一起做服装生意，既帮姐姐看店，又参与管理，慢慢还入了其中一个门店的股份，每年有十余万的收入。她的老公依然还在外打工，他们有两个尚在读书的孩子，需要供养。二姨已经与两姐妹说好，她的那栋房子，将来留给二女儿春燕。

　　春梅的大孩子是儿子，已经是西南石油大学的研究生，明年即将毕业；老二是女儿，在宣汉中学上高一。春燕的大孩子是女儿，刚考入成都大学，读商务英语；老二是儿子，在宣汉中学读高三，今年参加高考，上了重本线，已录取到重庆的西

晚年的二姨，孤独地坐在她的新房门前

南师大。我见到其中两个已在成都读书的侄娃儿，两个孩子都朴实、本分，礼貌，还很有进取心。他们知道了外婆家的历史，知道了母亲曾经的挣扎与打拼，会更加明白自己今后的路该怎么走。我相信，随着二姨家第三代的4个孩子陆续进入高等学府，春梅、春燕的后辈，将彻底改变原生家庭，生活在与父祖辈完全不同的，另一个世界。

七

夕阳西下。

金色的余晖投映在路边一栋栋小楼的墙壁上。修满了房子的村道，空空荡荡，寂静无声。道路两边的小楼房，大多关门闭户。偶尔有一个人影闪现，也几乎尽是老人。

二姨习惯性地坐在家门前的小条凳上，发呆。

也许她还感觉孤单。也许她正若有所思。

但我看见她，紧锁了一辈子的眉头已悄然解开，脸色轻松，嘴角两边还有一丝不易觉察的笑意。

那是历经沧桑后的平静。

舅舅和幺姨，
隐入尘烟

一

汽车驶出太平坝，便开始爬山，一路曲里拐弯，只有一条单车道的村路，却是很好的水泥路面。大约20分钟，远远望见山坡上，迎面伫立三栋很显眼的小洋楼，正是大姨的家。

大姨是我妈妈的堂妹，大饥荒后，张家幸存的四姐妹之一。她本是我妈妈幺爸的女儿，父亲早逝，母亲离家出走，从小便跟了单身未婚的大爸。大爸饿死，只有投奔二爸，也就是我妈家。二爸二妈又死了，她只能眼巴巴守望着我妈，这个大她几岁的堂姐。

那一年，她15岁，比我妈小几岁，又比我妈的两个妹妹大几岁。四姐妹走投无路之际，李家坪山上的李家人来打娃娃亲，把她带上了离太平坝十几里地的高山上。那时候不通公路，虽直线距离并不远，但步行爬山，也要大半天。

妈妈家传的木箱上，6口人只剩下名字和生日这一排字

大姨居住的山上，房子恰好建在坡顶。三栋小洋楼，修得像高档小区的别墅，一栋归大姨和姨父，另一栋属于大姨的小女和女婿，还有最豪华的一栋，欧式造型，雕梁画栋，属于大姨夫在杭州当包工头的弟弟，完全空置，只等今后回乡养老。

这里视野开阔，天高云淡。放眼望去，山下狭长的沟谷地带，阡陌纵横，炊烟袅袅，远处可见，大片油菜花，满地金黄的太平坝。

大姨和姨夫正在家门口等我。他们的小女和女婿，本在西北的建筑工地打工，春节回家后还没出门，准备再过几天，小两口就开上停在院坝里那辆私家越野车，返回千里之外的工地。

62年前，当李家坪的来人从我妈妈手里，把她15岁的堂妹牵上了山，虽是娃娃亲，却嫁到了好人家。最早失去双亲，无依无靠的大姨，却比几个堂姐妹幸运得多。姨夫忠厚朴实，大姨性格开朗。两人成亲后，夫妻恩爱，家庭和谐，四个子女，都有出息。其中，另外两个女儿，住在山下的大平坝；唯一的儿子，在杭州打工。我们人还没上山，儿子的微信已发给大姨。说明远隔千里，儿子对父母当天的生活情况，满心牵挂。

和我同行的表妹春梅说，大姨一家人都性格豪爽，个个爱说话，一说话就嗓门大。和他们一家摆龙门阵，从远处听见，就像吵架。

果然，我就在和他们的"吵架"声中，获知了更多的往事。

二

我想追问舅舅和幺姨当年的情况。大姨有些面露难色，吞吞吐吐，说我妈曾不让她摆这些陈年旧事，太穷太寒碜了，说出来丢人。但妈妈去世后，只剩她这位堂妹，当时年龄稍长，记忆相对真实，我又不得不问。

实际上，要写我的舅舅，根本不能单独成篇，甚至单独写一段，也无法作更多细致的描述。因为舅舅饿死时，年仅10岁。即使在当时13岁大姨的记忆里，也不过就是朦朦胧胧，一个普通农村小男孩形象。但大姨十分清醒，又非常肯定地对我说：

狗娃（舅舅小名）因饥饿难忍，偷吃了地里的油菜花，被大队妇女干部呵斥谩骂，攥着追打。狗娃不敢落屋，才躲进集体食堂的灶孔里，冻饿而死。

　　大姨说，她清醒地记得，她跟在我妈后面，赶到了食堂。看着18岁的我妈把死去的弟弟，背到后山脚下，裹了一床烂草席，就地掩埋。大姨还意外地告诉我，她知道我舅舅的坟地在哪里。今年春节，她为了却心愿和感恩，一家人凑集了一万元钱，为她大爸，也是她的继父垒高坟茔，立了碑文。她看见我舅舅的坟，就在旁边。

　　于是，我在下山时，由大姨的小女和女婿开车带路，在太平坝房子背后的小山坡上，离我外公外婆坟墓，几米之隔的地方，找到了一座用青石新垒起的坟墓，一米多高，墓前还有一小块平地，铺上了青石板。仔细查看墓碑，果然是我外公长兄的名字。墓地右侧，一个很不起眼的小土包，长满了荒草，前面立有一块未经打磨，已经风化的小石板，上面刻有："舅父张才东墓"，落款竟是我的名字。我才知道，按照当地风俗，幼年夭折的人，不能起大墓，墓碑也只能晚辈来立。我父母当年在为我外公外婆造坟时，也用我的名义，为埋在几米之遥的舅舅，立了这块小碑。这是10岁的舅舅，在这个是世上，唯一残存的符号。荒草凄凄，零落成泥，残破的小碑，终将彻底风化，消逝无影。

　　所以，我才决定，用文字记下我的舅舅，张才东，他来到过这个世界，虽然只有短短的十年，但我相信，文字，不会被风化。

舅舅留在世上的唯一符号

三

我妈妈的三个亲弟妹中，与舅舅一样隐入尘烟，还有我的幺姨。

幺姨比妈妈小16岁，过继给斑竹林的周家时，只有4岁。留给姐姐印象最深的画面，是把吃完饭的空碗，舔了又舔，嗷嗷待哺的饿像。据说妈妈出嫁时，曾想把幺姨的户口，一同迁移到达县，但城里老人婆那一关，无论如何也过不了。

幺姨抱给周家时，周家原无子嗣，但幺姨进门后，周家竟接连生了两个儿女，幺姨的厄运从此开始。本来就一贫如洗的周家，突然要养活三个孩子，生活困顿，温饱不定，自然首先满足两个亲生的子女，幺姨则只能像小猫小狗一样讨食，却又像牛马一样干活。长到22岁，仍孱弱瘦削，体单力薄。周家把幺姨，打发到更偏远的老君山柑子坪，嫁给周家一位讨不到媳妇的侄儿。出嫁的时候，竟然没有通知我父母，也没有通知住在夏家沟的二姨，只有李家坪山上的大姨得知消息，为幺姨置办了一床铺盖，扛起几根树丫（寓意发财），去送的亲。

幺姨嫁到老君山柑子坪，夫家更穷。一次普通的感冒，引发咳嗽，没钱买药，按山里人的习惯，有病就拖，以为拖一下就过去了，没想到咳嗽却一直不见好转，白天黑夜都咳咳咳，拖了几个月，发展到咳得吐血的地步。

小时候我曾见过幺姨，正是在她的病情到了最严重程度的时候。比我大不了几岁的幺姨，像个大姐姐，十足的美人胚子，五官端正、轮廓分明，身材高挑，苗条瘦削。放到今天，绝对是网红级别的大美女。遗憾的是，我看见的美女幺姨，却有一张苍白的脸、冰冷的脸，也是愁眉紧锁的脸。她就像一个活死人，沉默寡言，眼神暗淡无光，只有不停地咳嗽声响起来，才会让人意识到，她还是个活人。

在病情恶化，实在拖不下去了的时候，幺姨才来到我家。到达县的正规医院一检查，才得知，她已经从普通的感冒，肺部发炎，转换成肺结核。这个病现在算不了绝症，但在当时，却是十分严重的大病，而且传染性强。按照当时的医疗水平，也有能力治好此病，但需要住院，连续输液，打消炎针，加上充足的休息和营养。这就要求生活条件良好，还要花费几百元医疗费。

幺姨来时，正值机关瘫痪，正常的生产生活秩序被破坏的特殊时期。完全靠打零工，才有收入的我父母，早已无工可打，收入来源断绝，一家人正陷入历史上最困顿时期，勉强糊口都难，哪里去找这一笔巨款为幺姨治疗。无奈之下，我爹到打零工的搬运社财务那里，借了一点钱，为幺姨添置了保暖的绒衣绒裤，也给她买了一点应急的药物，无外乎止咳糖浆之类的常用药，根本买不起昂贵的抗生素消炎药品，更无力让她住院医治，输液打针。

幺姨来到我家，大北街的两间小偏房，只有35平方米，本来就挤了6口人，哪里还有她的容身之地。加之她又是传染病人，根本无法与家人隔离。一旦传染，这一大家人都将走入绝境。我妈妈明知幺姨回到山里，凶多吉少，死路一条，但也只能眼睁睁望着小妹妹孱弱的身影，黯然离去。据说，幺姨走时，我妈妈眼神冷漠，眼泪都流不出来，那是她无能为力，无可奈何的麻木。

四

我美丽的幺姨，在25岁的花季，本应该娇艳芬芳，花香袭人。但却因为得了一次普通的感冒，无钱买药，拖成了肺炎；还是无钱看病，转换成肺结核，更无力医治。小小的病魔，可以在她身上任意肆虐，她却无力还手，无法抵抗。就像一朵长在悬崖边上，无人养护的野花，一夜雨疏风骤，便香消玉殒。

她熬过了大饥荒，不是上苍要收她的命。但她却没有躲过贫穷，贫穷夺走了她如花的生命。

25岁，结婚不到两年，怀有身孕的幺姨，悄无声息地死了。她没有遭遇地震、山洪、车祸之类的任何意外。生活中再正常不过的普通感冒，接受不到哪怕一丁点儿正规方式的治疗，她就死了。完完全全属于"自然"死亡，或者换句话说，叫自生自灭。

多么令人心痛的死亡方式。她生活的这个世纪，人类早已能够，登上月球。

住在李家坪山上的大姨说，如今到老君山那边赶场，偶尔还会遇见我幺姨曾经的丈夫，还打招呼。这位青年丧妻的山里汉子，早已又娶了媳妇，有了自己的子嗣。时过境迁，他家多半已不再贫穷，很有可能也盖起了新房，很有可能孩子已上了大学，很有可能孙儿都会打酱油了。我本来想让大姨给个联系方式，去找他寻获当年更多的细节，突然又感到，已完全没有必要。

因为我的幺姨，已彻彻底底隐入历史的尘烟。她以如花似玉的形象来到这个世界，又仅仅昙花一现。我不知道她的坟在哪里，不知道坟前有没有墓碑。即便有，几十年来，又有谁，会去凭吊？有谁，会为她烧香祭奠？几十年的荒草，足以将一切隐没于无形。

但我始终不会忘记，我妈妈有两个亲弟亲妹：一个饿死了，一个穷死了。

◎年轮◎
童年青年

达县城的灯光球场，是当年的集会活动场地

人之初，
在运动中接受启蒙

一

1970年，我7岁，上小学一年级。

我没有读过幼儿园。记得在我家大北街附近，只有一所很小的幼儿园，设在拐角的荷叶街一个院子里，不知什么原因，我和同一条街上，同龄的儿童几乎都没上过这家幼儿园。

说来也许好笑，我的识字启蒙教育并非来自书本，也没遇到过给我发蒙的先生，而是从认识大街上的招牌文字开始的。大概在我四五岁的时候，我就特别喜欢看满大街的招牌，既有商店的店招，也有单位名称的标牌，无论两三个字还是七八个字，我只要认识招牌上面的一两个字，就要缠着别人教会其他的字。比如凤凰头的"一品香"，我只认识一字，但很快就认得了品字和香字。随着识字积累的增加，我几乎读遍了达县城大大小小的店招和单位标牌，比那些读过幼儿园的人认得的字

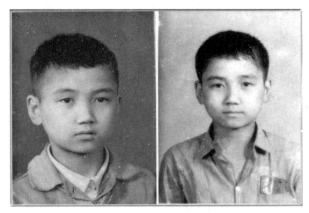

小学生的我

还多。

至今仍记得，我上小学的时候，每学年学费2.5元，一年级只有两本课本：语文和算数。书是薄薄的，书包也薄薄的——无论男女，每个人都要想方设法弄到一个黄色的军用挎包，作为人生的第一个书包。书包里只有两本书，两本作业本，一个铁皮文具盒里，还有几支铅笔、一个削笔刀加一块橡皮擦。上学放学，我经常拎起书包背带，边走边舞动书包，有时还把书包抛向空中，再双手接住。说明书包有多轻，学习任务就有多轻松。

一切都如此简单。

从一年级开始，每当新课本发下来，我们都要把书包起来。讲究一点的专门用8开的厚白纸，一般也是用铜版纸印刷的废旧画报的背面，将课本的封面和封底都仔细折叠包装，如同一种仪式，表明对课本的爱护。但不到半年，我精心包装的课本，就会像掉进油锅炸过一样，变得面目全非。这既因为我个人不太注重整洁，也因为仅有的两本书，在我手里翻来覆去地蹂躏，早已读熟、读烂了。

我的语文课文，多半是毛主席的语录和革命故事。5岁的时候，在婆婆或妈妈的怀抱里，我就已经背得若干条领袖语录和老三篇。在居委会所谓的学习会上，年老的婆婆背得两眼瞪直，不识字的妈妈也叫苦连天，我却比他们厉害，同样跟着念语录的人背诵，我只需一会儿就背完了。什么《愚公移山》《纪念白求恩》《张思德》等，我都背得滚瓜烂熟。到了小学，打开课本，大多数还是当年幼儿时在居委会学到的内容，所以我从一开始上学就从不费力，成绩一直冒尖，直到粉碎"四人帮"——我已经成为中学生了，竟然不知道世界上还有优美的诗歌，多彩的童话，更不知道中外经典名著。因此，我的小学成绩一直是拔尖的，而我的知识却贫乏得可怜。

我就读的小学——达县城关公社二完小，是达县城最好的两所重点小学之一。学校位于马蹄街南端的大西街25号旧守备署址，民国二年（1913）由县议事会长陈炳堃创办，原名女子高等小学。1950年改为达县第二完全小学，1963年——也就是我出生这年，经县人民政府确认为重点小学。"文革"期间学校停课闹革命，工宣队、贫宣队进驻学校，直到1969年才复课闹革命，逐步恢复正常教学秩序。到我毕业的1976年，学校被省教育厅确认为省级重点小学。

　　说是全城最好的小学，实际也就7亩地，大约4600平方米建筑。学校房屋多为砖混结构的平房，有教室22间，呈南北朝向平行排列，前后空间形成3个操场，约1600平方米活动场地。

　　正值"文革"后期，学校和学校之间不用比较教学内容和教学质量，更不用比拼统考和升学考分。重点与非重点学校，可以用来一比的大概只有体育和文娱。体育方面，学校给地区和省上输送了数十位体操人才，有几人获得过全国冠军，是省地级的体育先进单位。文娱方面，体现在学校紧跟当时的社会运动，每个运动的各种宣传活动都要打主力，因而学校的文娱气质浓厚，学生文艺骨干远多于非重点学校，无形中成就了学生的素质教育。

二

　　那时候，所谓社会活动，最多的无外乎两类：一类是庆祝活动，一类是批判活动。它们又统称为各种各样的运动。

　　庆祝活动有每年固定的，也有临时的。而六一儿童节是每年的固定活动之一，每到这一天，全城各小学校的学生，都会穿上白衬衣，系上红领巾，汇聚在人民公园旁边的灯光球场。那时的灯光球场，既是达县城最大的室内体育建筑，也是全城公共活动的中心，大致可容纳数千人。

达县城关镇二完小校园

　　早上在学校集中，每个班都排好队列，按年级顺序依次出发。走在最前面的是学校的旗手和护旗手，然后是锣鼓队，有时候还有舞蹈队，上千人的队伍走上街道，相当于一次游行。小城不大，不到半小时队伍就到达灯光球场，全城十余所小学校的学生汇聚一起，顷刻间就将整个灯光球场填得满满当当。坐在球场的石阶上，放眼望去，四周已成为白衬衣、红领巾的海洋。这一天往往都是大太阳天，热得难受，又没有水喝（瓶装水还没出现在我们的世界呢），学校、班级的队形却一点不乱，没有任何人敢随意走动或开小差。至于球场里的主席台上，有什么人，讲了什么话，举行了什么仪式，我已经一丁点儿也记不得了，只是那样的场面，那种气氛还盘旋在脑海。依稀中仿佛还记得，这一天临出门时，妈妈会将一个煮熟的鸡蛋塞进我裤兜里，作为过节的奖励。等到大会结束，走出灯光球场门口时，鸡蛋已经悄悄下肚了。

记忆比较深的固定活动，还有纪念毛主席畅游长江，就是伟大领袖"才饮长江水，又食武昌鱼"词作里写的日子。夏日炎炎，全城空巷，男女老少万人涌向州河岸边的南门河坝，从上游的东风大桥开始，一支规模宏大的水上游行大军，浩浩荡荡顺流而下。水中的游行队伍，前面的人抬着巨幅标语和领袖像，木筏上架起机枪，军人和民兵身背武器与水上通信工具和水上救护设备，后面跟着一大群套着汽车轮胎和自由泳的市民。当队伍游到南门河坝渡口，高潮出现了，一个穿黑衣的"特务"在水中现身，啪啪几声枪响，抓"特务"开始了，岸上的人群欢声雷动，游泳的人们奋力朝河对岸游去，直到下游的红旗大桥结束。

我那时刚学会了游泳，忍不住也跳进了水中，没有汽车轮胎当游泳圈，全程夹杂在水中的人流里。那时的州河在我眼里好宽好长，漂浮到河对岸，踩上陆地那一刻，已累得筋疲力尽。"特务"自然早就被别人抓走了，内心依然充满了横渡长江的自豪。很多年来，我都一直单纯地认为，武昌鱼肯定是让人流口水的美味，伟大领袖耄耋之年畅游长江，目的一定是为了强身健体，身体倍棒，吃饭倍香。至于其背后还有什么更深层次的寓意，为什么年年都要像过节一样庆祝老人家一次普通的游泳？我没想过，和我一样的小城人恐怕也没几个人会去探究。

三

从出生到长大，伴随我们这一代人成长的社会活动，除了庆祝，就是批判。

哪怕还只是个七八岁的儿童，也会参加过数不清的批判活动。几乎每隔一段时间，就会有一次大型批判活动，要么是批判某某走资本主义道路的当权派，要么是公审公判一大批阶级敌人，这样的活动照例少不了中小学生全体列队参加，就像集会过儿童节一样，只不过画面变成了一群头戴高帽，双手反绑，胸前挂一个大牌子的牛鬼蛇神，和振臂高呼口号，群情激愤的革命群众，这样的画面，这样的场景，同样已定格在我的脑海。

记忆很深的是一次参加公审公判大会后，冒险跑去观看枪毙犯人。

公判大会在达县城北的大操坝举行，比之于灯光球场，这里没有灯光也没有球场，因而面积更大，是举办万人以上聚会的场地。这一天全城依然像过节一样热闹，男女老幼早早就等候在街道两边看犯人游街，全副武装的公安人员骑着摩托车在街道上巡逻。主会场的大操坝更是人头攒动，各机关单位、工厂、学校都列队到来，还有好多乡下的农民也赶来看热闹，在人群里钻来钻去。

公判大会的议程先是领导讲话，然后对40多名罪犯宣判。

全达县地区，这一天同时在各个县城，对几百名罪犯宣判，判处死刑的有20多人，而大操坝会场，有5人被判处死刑。当死刑犯被押上台时，全场哗然，人们争相蠕动，踮起脚尖、伸长脖子往台上看。押上来的死刑犯，早已被五花大绑，脚下还戴有脚镣。5个死囚都是二三十岁的年轻人，胸前吊挂的大牌子上，清一色写着流氓犯、强奸犯。其中有一个年轻的女人，年龄只有30来岁，据说她的丈夫早已进了牢房，膝下有一女，还有个婆婆。她参与了流氓犯罪活动，获得赃款4000多元，还拍了几十张自己的裸照。

当宣判的法院院长大声喊道：判处死刑，立即执行。5个死囚胸前挂牌上的名字，都会立即被人用朱红色打上一个大叉，后背上也同时被人插上一根长条形的同样打有红叉的亡命牌。长大以后我才知道，这种牌子远自周朝即有，称为"明桔"，唐朝又叫"斩条"，既为了防止刑场杀错人，也为了让阎王收人时，能一眼看清是个罪犯。

此时，一位女领导带头呼喊口号，但她把本来的一句话断成了几节：

坚决打击——她喊道

现行反革命——

流氓、强奸——

和各种刑事犯罪——

分子的破坏活动……

人们一边跟着呼喊口号，一边议论的却是，哪个死囚比较镇定，哪个死囚呆若木鸡，哪个死囚已经吓尿了。这时候，我已经跑到了刑车跟前，看见那个女犯和另外几个男犯人双脚已经不能行走，被人架着拖上了刑车。紧接着的犯人大游街，是那个年代，小城生活的一大盛况。文化生活的单调贫乏，看犯人游街示众，也成了一种娱乐和消遣。打小我就喜欢跟着游街的刑车跑，近距离地观看各色人犯的长相和表情，以至于到现在看到一个人的相貌，还会不自觉地判断是不是犯人脸。这回一次毙掉5人，还有个女的，我突然产生一股冲动，竟然跟着刑车，一直往州河对岸的刑场跑去。

州河对岸，有一片状如馒头，高低不平的河滩，长满了一人高的茅草。大概有几百人跟着刑车，穿过红旗大桥，赶到这里。只见武装人员在一块相对低洼的地方，已围起了警戒线。5名犯人被拖下刑车，在警戒线内一字跪下。先由公安人员给每个犯人拍照，验明正身，然后有5名军人手持步枪，站在每个犯人的身后，旁边一名军人，右手高举小红旗，大喊一声口令，放下小红旗。"砰、砰、砰"，一阵枪响，5名犯人全都面朝泥土向前倒地。开枪的人逐个用脚踢几下倒地的死囚，有的还用双手将死囚的双脚抓起来，让死囚头朝地、脚朝天甩几下。然后又是各种角度的拍照，几个人拿着本子在记录着什么。我看见一个身着警服的年轻姑娘在行刑人中间，神色轻松、面露微笑，娓娓交谈，就像坐在办公室里，手里正端着一杯茶水那样，谈笑自若。

直到半小时后，行刑的人散去，看热闹的人一拥而上，把5具尸体团团围住。这是我第一次看见刚刚被杀死的人，内心难免恐惧，死尸的狰狞和血腥，让我有点想吐。

从围观的人群中挤出来，慢慢往坡上的公路走，突然听到一阵悲天跄地的哭声。只见一个满头白发、颧骨高凸，全身黑衣的老太婆，一手揉着深陷的眼窝里眯成一条线的眼睛，一手牵着一个五六岁左右的小姑娘。两人撕心裂肺地放声大哭，但由于河边空旷，河风吹拂，她们的哭声只有走近了才能听到。看热闹的人说，这就是女死囚的婆婆和女儿。后来在达县城里，还时常看到过这婆孙俩，据说靠变卖家当过日子，她们有那么多东西可卖吗？

四

天色已晚。

太阳早已落山了，钢铁厂下班的汽笛也早已拉响，革命歌曲和革命新闻已经轮番播放。高音喇叭一停，四周突然静下来，显得格外空洞。

我和同班同学朗丰强，被困在钢铁厂附近的一个检查站窝棚里。大约在下午5点多钟的时候，我们俩被钢铁厂巡逻的人逮住了，看管起来。

小学生有一项重要活动，就是捡拾废铜烂铁，支援国家建设。时间正是周日，我和朗丰强商量，去离城十多公里远的达钢附近捡废铁，干一票大的，挣个突出表现。朗同学是全年级个头最高的学生，父亲是五金公司的经理，和他一起出去历险，我的心里并不害怕。

我们俩背上小背篼，一大早就从城里出发，沿着塔坨抄小路往西外方向走，来到达县钢铁厂外面，一个倾倒炼钢炉渣的地方。面对堆积如山的炼钢炉渣，我们用带来的铁钩子在炉渣里面勾选，偶尔会发现一小块生铁。这个地方由于来的人少，本身又处于炼钢厂区域，自然能比平时捡到更多的废铁。有几个时候，还意外地捡到了几块比较大的生铁。

就在我们准备满载而归的时候，一个戴着红袖标的壮汉拦住了我们，把我们当成了偷铁的贼。我们被带到这个人临时办公的检查站窝棚，首先没收了我们一天的劳动成果，任凭我们怎样解释，他也认定我们是偷不是捡。我们俩又气又怕，被这个家伙看管了两三个小时，记不清最后是咋个说的，直到天黑才把我们放出来。

我们俩背着空空的小背篼，来到炉渣堆场外的小河边。郎丰强一气之下跳进了河沟，用背篼去网河里的鱼虾，没想到几条蚂蟥爬到了他的腿上，惊慌中上岸，立即用手拍打，结果还是让他的脚跛了几天。

想当年，小学生比的不是学习成绩，而是参加各种活动的积极性。除了捡废铁，还有学工、学农活动，比如到罐头厂去剥橘子皮，到城郊农村收割小麦。

学农活动相当于春游。每年的春游基本上有两次，一次是清明节，全校师生都要组织起来，祭扫烈士墓。这一天如同六一节，所有的人都要穿白衬衣系红领巾，不同的是书包里装有饭盒子，是扫墓后附带着春游的野外午餐。学校往往利用这一天，在烈士陵园的纪念碑下，分批次发展少先队员，最先戴上红领巾的自然满心欢喜。从那个时候起，我们就知道，红领巾是烈士们的鲜血染红的，每年都要在纪念碑下集体宣誓，然后参观墓区。男孩子们吵吵嚷嚷，边看边议论，哪个人的墓最大，墓大官职就大。最后大家都记住了，烈士陵园里最大的官是一个师长，他的墓碑比小学生的头还高，他的墓自然也比其他烈士墓大很多。

而学农活动则是在清明以后的夏天，老师带我们去城郊的农村，帮助农民收割小麦。每个人都自带一把镰刀，一个军用水壶，还有一水盅饭食。真正下地干活只是象征性的，每个人能割多少是多少，最多干一两个小时就热得汗流浃背，临近中午就躲到树荫里了。值得一提的是，那个时候的小学生，无论是出去干活还是郊游，瓶装的矿泉水、可口可乐还没出现在我们的世界，饼干糕点也很稀罕。野餐的饭食，喝的就是军用水壶里的凉水，吃的只是水盅里装的冷饭，加上炒土豆丝、炒汉菜等一两个素菜，带肉的菜也很少有。记得我很喜欢用苔来的汉菜，把水盅里的饭全部拌成红色，然后拿起军用水壶，一口饭一口水地吃下去。

五

离城几公里的新华印刷厂，是达县地区最大的国有印刷企业，下班的时候，我混迹在工人们中间，心中慌乱不已，两腿也吓得发抖，趁着人流最多的时候，我小不点的身体，像影子一样快速溜出了厂门。

我的怀里，夹着一叠工厂里带出来的白纸。

为了学习绘画，家里买不起那么多的白纸，我找到了父亲表兄家的女婿，我叫他王斌哥哥。王斌哥哥部队转业，安排在印刷厂工作，是车间里操作大印刷机器的师傅。不知为什么，他打小就喜欢我，每次去印刷厂找他，他都会请我在食堂里吃一顿饭，还带我参观印刷车间，重要的是，他每次都会选取印刷后的边角余料，用机器切一叠白纸给我。这么好的一位大哥，可惜英年早逝，我至今仍记得夹纸出门时的慌乱和兴奋，王斌哥哥其实一直为我担着责任的。

在"文革"盛行的20世纪70年代，参加学校组织的社会活动，是时代大潮的裹挟，每个人都身不由己。而自学绘画、音乐、体育等技能，则是家长为了帮助我们这一代人，逃避当"知青"的命运。

我的父亲没有受过正规的教育，连小学都未毕业，干的又是没有稳定收入的搬运工，但他有一定的文化知识，又是业余美术爱好者。他在自学绘画的同时，把希望寄托在我的身上，让我从7岁开始，也跟着他学习绘画。

和我一起跟着我父亲学习绘画的，还有我最好的朋友张凤国。凤国和我同住一条街，小学又是同班同学，我们俩从小在一起，形影不离，什么知心话都会告诉对方，情同手足，保持至今。他的家庭条件和我家一样，父母都是集体企业建筑社的工人，有六姊妹，他排行老四。不一样的是，他的家庭虽然和我家一样贫穷，但却比我家和睦温馨，这使得他有机会读高中升大学，借助大学这一关键的跳板，顺利地分配到北京的国家机关工作，走上了一条与我日后的命运完全不同的道路。

我和凤国在我家住的小院子里撑起了画架，画石膏像，也临摹一些人物和小品素描，这点手艺很快在学校派上了用场。我们起初包办了班上的各种专刊，随后是学校的、班级的板报墙报。记得有一次放农忙假，我和张凤国，还有字写得很好的贾永平，留在学校办专栏，这是一次需要下大决心才能完成的专栏——全部画成连环画形式。我们3人分配了任务，一个星期每人要完成12幅画，于是我们废寝忘食，苦干了6天6晚，眼睛熬红了，浑身上下都是颜色，当专刊贴出来后，我们的高兴不亚于大艺术家完成鸿篇巨制。听着专栏前人们的啧啧称赞，听着别人道出了小画家的名字，我们偷着乐。

是的，每次墙报、板报出炉，都是我们露脸的时候。

六

除了小画家，我还是小演员，不，准确地说，应该是"老"演员。

打从幼儿开始，我就爱唱爱跳，居委会的孩子们搞什么活动，我都是不可或缺的主角。上学以后，我从未缺席一次学校的文娱活动。

和许多人一样，第一次上台我还是很紧张。那是代表一年级新生上台读一篇"决心书"，7岁多一点点的我，拿着大红纸"决心书"走上台去，望着台下黑压压的人群，我两腿发抖，嘴唇直颤，从台上到台下如做梦一般。

但从那以后我就不害怕了。先是参加班上的节目被看中，到了校宣队我就一直没有被退回。我的学校是全城重点小学，在那疾风暴雨的年代，风浪连着风浪，运动接着运动，宣传成为重要的工具，而我们学校又是重点。因而，校宣队基本上成了我的"固定职业"，只要连续几次未被退回，直到毕业都是校宣队的一员。

为了应对上面下达的一个个政治任务，我们几乎成了"专业演员"。每天早晨，校宣队全体队员都要到学校练功，有专门的老师辅导，还时常请剧团的演员来指导。每天的课外活动，就是我们排练节目的时间。整个校宣队排好了一个又一个节目，只要上面一声令下，我们的大队人马，就会拉到大街上的宣传台。

印象很深的是在城中心凤凰头的演出。那时候，在凤凰头的市政府门前，搭建有一个固定的露天舞台，没有幕布也没有灯光，就是一个高出路面的素水泥台，来往的行人经常能在这里，看见各种各样的表演。但凡节假日和重要的政治活动，我们都会成为凤凰头舞台的常客。

有一次排练的舞蹈，叫《库尔班大叔你到哪里去》，只有我一个男生，扮演库尔班大叔到大寨参观后，返回新疆的路上，满心欢喜的样子。我穿的新疆长褂，是从医院里找来的白大褂，上面用彩色纸贴成若干长条，还有纸壳做的新疆帽子，脸上画上八字卷胡子，脚上穿着长筒靴，活脱脱一个新疆大叔。为我伴舞的，都是全校选出来最漂亮的几个女生。这个时候，我已经成为校宣队的队长和主角。

只要地、县两级有什么重大会议、重要活动，献花献词之类的表演，都少不了我们这个重点学校。每当上面的重大任务下来，学校领导也会紧张起来，辅导老师每次都以"看谁先背完"为号召，鼓励校宣队员，背诵台词。我就是背得瞪眼睛、吐舌头，也会提前完成，因此我经常能得到重用。

最隆重的一次在地区川剧团，记不清当时是一次什么重要活动了，出席会议的人员规格和会场布置的气氛，类似于如今

的党代会或人代会，由我们学校代表全体少先队员入场献花敬
礼。时间一到，我们列队从会场的两边通道进入，鼓号齐鸣，
旌旗飘扬，仪式感相当威严。而我被安排走近主席台最中间的
位置，正对着达县地区的一号首长——地委书记李香山，我给
他献上鲜花，系上红领巾。当时约莫50岁开外年纪，身体魁梧
圆胖，穿着灰色中山装的李香山，笑眯眯地伸出手来和我握手，
我感到一股暖流顿时流遍了全身，真的就像很多文章描写被伟
大领袖接见时，一样的感受。

七

小学3年级的一天，我们列队在学校操场，做广播体操。

操场在老师的办公室外，而我们是正面对着老师办公室，
做广播体操。我看见本班一个叫杜琳的女同学，正由她家长带
领，在老师办公室办手续，马上就要离开学校了。

我和这个叫杜琳的女生，从来没有说过一句话——当然和
其他任何女生也从没私下说过一句话，那时候叫做"分男女界
限"。但当我得知杜琳就要随同她转业的父亲，去到很远的地
方，从此再也不会出现在学校了，我的眼睛就一直死死地盯住
老师办公室，盯住杜琳，直到她和家长从办公室走出来，穿过
做广播体操的队列，穿过我的身边，消失在台阶下……

杜琳，圆脸，大眼睛，鼻梁挺直，大嘴笑容，花格子衣服，

从我的身边擦肩而过，这个画面从此在我的脑海中定格。

那一年，我10岁。

我不知道这算不算男女意识的第一次萌芽，往后的若干年，这个画面也一直不曾暗淡。隐约得知，杜琳后来到了河南，参加了当地的背篓剧团，任何同学都没有她的联系方式。直到2016年小学毕业40年同学聚会，我把这个定格的画面公布出来，热情的同学们立即开始寻找杜琳，竟然很快就找到了远在河南信阳的她，发过来小学时的照片一看，竟然与我脑子里定格的画面，分毫不差。

八

如果总结我童年和少年的性格特征，可以用四个字概括：早熟、压抑！

早熟体现在天生好学、主动求知，多才多艺，还积极参加社会活动，有很强的独立意识，属于本分懂事、好学上进那一类儿童。而压抑，则完全是一种外人看不见的内心感受。表面上和其他同学没什么区别，但在心灵深处，打小就压上了一块沉重的大石头，这便是胆怯和自卑。随着年龄的增长、成长的不顺，这块石头越发沉重。

我就读的重点小学，学生来源主要有两类：一类是小城机关干部、部队子弟和工宣队所在企业子弟，另一类则是纯粹的街道居民子弟。所谓居民子弟，换一种本地话，就叫"街娃"，父母大多没有正式工作或者只是集体企业或国有工厂基层工人，收入低还娃娃多，大多缺乏教养而实行放养，因而基本上都是"野路子"生长，我所在的大北街和我同年龄段的"街娃"，一部分人都自然成了1983年严打的对象。

我属于学校的第二类学生，只因为住家属于学区划片，恰好读到了重点小学。我的身上具有居民子弟或者说"街娃"的所有特征，另外还加上父母不和与长期家庭内战的阴影，因此我与生俱来的压抑是命中注定的一劫，是深埋于心的隐痛，让我从童年开始就形成了循规蹈矩、胆小怕事的性格，走上了一条与"野路子"街娃不同的路。一方面我想闯荡、改变命运，也很野；另一方面又严格操正步，不敢越雷池半步，还很怕。我少年时代身上所体现出来的与众不同的气质，学习也罢，才艺也罢，能力也罢，实际只是街娃出身的我，急于挣脱原生家庭状态的一种本能反应，一种过早的功利性努力，这些都不是一个十来岁小孩应有的本性。回首往事，我的童年没有欢笑，少年没有任性，青年没有潇洒，只有早熟的压抑和压抑的早熟，我不知道是该遗憾还是庆幸。

当40年前的小学生重新聚首，回忆往事，每个人都能倒一肚子苦水，就连干部家庭出身的同学，也会诉说当年家庭生活条件的种种艰苦。的确，物质贫乏的年代，再好的家庭也富不到哪去，但物质生活以外的精神层面，还是有天壤之别。他们永远不会理解的是：书记、局长只是你可以撒娇的爸妈，却是我只能仰望的高干；地县委大院只是你每天自由进出的家，却是我心中神秘莫测的中南海；你们的童年和少年，可以任性、调皮、开心、自在，但在我儿时的记忆里，却永远想不起一件淘气任性闯下的小祸，更写不出一段两小无猜、青梅竹马的故事。

唯有那一个定格的画面，也仅仅只是一个人，内心深藏的秘密。

九

我的第一任班主任老师姓曾，教我们语文，当时大约40岁，已经有很丰富的教师经验。

曾老师管理学生很有一套，尤其是对付刚进校的小学生。她的法宝，用四川话来说，叫"哄"。比如说上课开小差，说废话，她就会说：把家长喊来。有同学发生纠纷，她就会抓住学生衣领说：到公安局去。这两招都很让人害怕，所以她能把全班人管理得服服贴贴。但是曾老师只教我们到三年级，又重新折回去带一年级，说明曾老师特长是，带娃娃厉害。

曾老师的丈夫姓王，教体育。王老师身材魁梧，声若洪钟，他对付学生的法宝，是"吓"。有人敢冒犯他，他会像抓小鸡一样，把人拎到办公室，这一动作本身就足以让人害怕，连高年

小学毕业40年见到启蒙老师，已患阿尔茨海默病

级的学生，也对他畏惧三分。

曾老师和王老师就住在学校，一辈子都住在学校。由于他们曾经是很多届学生的启蒙老师，所以二完小的大多数学生都记得他俩。2016年40年同学会的时候，我和张凤国、夏仕兰等同学，专门找到曾老师家，发现王老师已去世多年，80多岁高龄的曾老师也接近痴呆，由他儿子在家伺候。坐在轮椅上的曾老师，已经认不出我们是谁，接她去参加同学会已不可能，只好站在轮椅边和她合影一张，人生第一位启蒙老师的最后一面，由此定格。

三年级的时候，来了一位姓李的代课老师，接替班主任，并同时教我们数学和体育。这个李老师很多人都回忆不起来了，但他却是我小学阶段遇到的真正有能耐的老师。

李老师当年只有30来岁，数学教得好，体育也很擅长，按理说这样的老师，应该给人很厉害的印象，但李老师却温文尔雅，说话低声细气。他一来，班上就乱套了，察言观色的学生，发现他比较好糊弄，课堂纪律顿时松散，变得乱糟糟的了。

直到有一天，搞学雷锋活动，同学们拿来榔头、锤子之类的工具，本来是修理损坏的课桌、板凳，结果却将桌椅板凳身首异处，钉出一些枪炮之类形状的玩具，还相互冲杀起来。李老师进来了，还是像平常那样，不哄不吓，让玩枪炮的人继续玩。从来就没怕过李老师的同学，竟当着李老师面，又冲杀起来。这下，李老师就让拿武器的人到讲台上去，一共30多个人，喊他们双手举起武器，结果这些人真的举了起来，还以为继续玩呢，哪知道李老师只让举起，却不让放下，有人想放一下，李老师都笑嘻嘻地说：继续玩、继续玩。

这是李老师第一次展现柔中带硬，但依然还是有一些人并不怕他，课堂纪律依旧松弛，下课后更是打闹不断。直到端午节上午，第四节课的时候，李老师抱了一个大算盘进来，放到讲台上，然后转身在黑板上，洋洋洒洒写了几个大字："76级1班文娱大会"，大家都瞪眼睛，伸舌头了。

李老师所谓的"文娱大会"，首先请两位上课经常吵架的女同学，上台表演"吵架的艺术"，由李老师引火，两位女生果真吵了起来，引起哄堂大笑。下一个节目是，请爱装怪相的同学表演"特艺才能"，一个又一个都引人发笑。下课的铃声早已响过，李老师却兴致勃勃，一点也没有下课的意思。

大家都知道，端午节下午放半天假，中午回家都有好吃的。然而放学都一个小时了，同学们都喊了起来。李老师不慌不忙地把算盘立起来，一边敲击算盘，一边念叨我们平日耽误的时间，一条一条，条条尽准，谁说他平时没管我们，原来他是在暗中收集材料。

按李老师的最低标准，我们也要到晚上8点才能回家，吓得一个个目瞪口呆。又是一个多小时过去了，李老师问大家饿不饿，然后说平日里耽误了那么多时间都不知道，但今天饿一个多小时就受不了，可见时间多么宝贵，生命就是由时间组成的，庸庸碌碌浪费时间，等于就是浪费生命。

虽然这回被李老师收拾了，却让绝大多数人心服口服。一个服字，道尽了教学的精要。像这样有能耐的老师，还有我们的副校长杨老师和教常识课的王老师，两位老师给人的第一印象，用四川话说，都很"糯"（软弱的意思）。

杨校长的脸和他身材一样，都是瘦长形。他长期爱穿一件黄色军装，显得很有精神。发现劳动课的时候有人偷懒懈怠，他从不会严厉地训斥批评，而是走到这个人身边说：休息一会儿吧，让我来，随即自己便帮忙干起活来。看见校长这样以身作则，谁还好意思继续偷奸耍滑呢。有了言传身教的示范，大家都愿意高高兴兴和杨校长一起劳动。

王老师则是圆脸，胖形，一看就很糯。当了他几年学生，从来就没看见他发过火，也从来没看见他摆过老师的架子，还非常理解学生心理。记得有一次，我费了九牛二虎之力，也解不开一道数学题，就在作业本上写了几个字："数学数学，实在难学"，结果被数学老师喊到办公室，厉声训斥。"学习态度不端正"之类的批评，劈头盖脸。王老师正好在办公室，他看了看我在作业本上写的字，对数学老师说：发现数学难学，说明他不是不学，而是已经学了，才知道难。就这一句话，轻飘飘的，却像一记重锤，直击我的心灵。

几十年过去了，老师中，凶巴巴的面孔，恶狠狠的呵斥，我都忘记得一干二净；唯有这几位"懦弱"的形象，因为服，而让我记！

16岁的
逆行

　　我青春期的艰难经历，而且一生为这样的经历所困，一切源于16岁的命运逆行。

　　1979年，我初中毕业，16岁。距离"文革"后恢复高考，已经两年。那时的人们都已经明白，改变个人命运，尤其是草根寒门，要改变个人命运，只有通过高考，上大学；再由国家分配，进入国家机关或大单位。高考，犹如科举，已成为鲤鱼跃龙门的唯一途径。曙光初现，很多人都朝着光明的方向奔去。

　　但我却只能痛苦地选择逆行。

　　那一年，正是我家最赤贫的时期，3个子女已逐渐长大，但又未到自立年龄。没有固定工资收入的父母，只能打零工，干一天才有一天的收入，生活陷入朝不保夕的恐慌中。在这样的艰难时期，我那该死的家庭内战，却一刻也没有停止，反而进入白热化。既贫穷，又不和睦的家庭环境，让我绝望地意识到，是读高中升大学，还是马上自立脱离原生家庭困境的选择中，

16岁初中毕业时与班主任王老师合影

我只能被迫选择后者。

一

1976年，我从小学毕业升入初中，但却还是就读于之前的那所小学。

可能是1963年出生的人口太多了吧。那一年，刚刚设立的县级达县市，原有的中学，已容纳不了当年该升初中的学生，就在两所市属重点小学，办起了戴帽子的初中班。作为这一届小学毕业的优等生，我自然被留在了母校。

回头来看，1963年，真是一个幸运的年份。这一年出生的人，恰好躲过了三年"自然灾害"的饥荒，也躲过了上山下乡当"知青"的命运。反过来，又赶上了"文革"结束，赶上了恢复高考和改革开放。

刚上中学不久，我们的吕校长——一位中年女性，有一天突然在校园里大声地奔走哭号："毛主席呀""毛主席！"，很快，学校的高音喇叭就响起了低沉的哀乐声，不断重复播放党中央的讣告。大家都知道，伟大领袖逝世了，红太阳落下山了。第二天所有的师生上学，手臂上都戴上了只有亲人去世才佩戴的黑纱。各个班级都开始做花圈，并且争相攀比，看谁的花圈做得又大又好看。追悼会那天，整个校园都布置成了一个大灵堂，到处是花圈和人手一朵的白纸花，无论是小学一年级还是戴帽子初中，都列队肃立在操场上，低头默哀。一些不明就里的低年级学生，跟着老师呜呜地哭起来。

毛主席走了，华主席来了，教室里并排挂起了两张领袖像。上课起立，也改为向毛主席和华主席敬礼。刚刚才沉浸在悲痛欲绝中的人们，突然又迎来天大的好消息：粉碎"四人帮"，揪出"王张江姚"。于是锣鼓喧天，载歌载舞，全校师生都涌向街头，参加声势浩大的全城大游行。一时间，校园里，大街上，甚至一些建筑物上，到处都是丑化"四人帮"的漫画。

我自然也忙碌起来。我的任务仍然是办板报。为了办出新颖别致的板报，我亲自写下了人生中的第一首"诗"，名字叫《好得很》：

浩荡东风传喜讯

八亿神州齐沸腾

热烈庆祝

我们党又有了自己的领袖，可靠的掌舵人

热烈庆祝

华主席为首的党中央铲除"四害"除祸根

多少个庆祝大会啊——

在工厂、农村、营房举行

数不清的人流啊——

在浩浩荡荡游行

多少个人啊——

止不住热泪滚滚……

唱起那欢乐的战歌，歌声高如云

捧起那胜利的战鼓，战旗映红心

啊！

八亿人民齐声欢呼这一伟大的历史性胜利

好得很！

呵呵，这样的"诗"，看上去是不是有点像我那位四川老乡，某大师的味道。

二

转眼又到年底了，学校要举办文艺晚会。我小学就是校宣队的队长，自然得参加演出。负责这项工作的是学校少先队总辅导员覃老师，她30多岁的年纪，热情大方，说话总是面带笑容，极有亲和力。她给我们介绍了一位姓徐的代课女老师，为我们编排舞蹈节目。

徐老师刚刚20出头，高挑的个子，一看就是舞蹈演员的身材。这一次分给我的任务是两男两女的新疆舞，其中一男一女是我熟悉的小学同学，另一位个头比我稍矮的女生，是刚进入戴帽初中的新生，一位非常亮眼的少女，穿着一件淡红的花衣服，一双水灵的大眼睛、端正匀称的鼻子，小巧的嘴唇，如柳的后背拖了一条长独辫。

徐老师对我们说："你们4个人排的这个舞蹈，是这次文艺晚会非常重要的节目，经过挑选，你们3个是本校毕业的大家都了解，这位俞同学小学也是全校有名的文艺骨干。"她笑着将那位漂亮的女同学拉到了身边。

我抬眼看见俞同学正低头红脸，双手不停地抚弄长辫。

"好！好！现在开始排练。"徐老师拍着手说，"这个歌舞是一个新疆民歌，我准备把你们两位女生打扮成维吾尔族姑娘，两个男生自然是维吾尔族青年。要快乐、奔放，不要拘束。"

徐老师设计的舞蹈动作非常优美。刚开始我们还有些拘束，动作也有些放不开。徐老师现身示范，我们跟着她舞姿模仿，很快就轻松多了，特别是俞同学，刚才还很矜持，但一跳起舞来，马上就热情奔放了。

我和俞同学个头差不多，每当要做造型的时候，我总是和她一起打组合。她一跳起来就进入陶醉状态，我则被她的舞姿迷住有点不知所措。徐老师发现了，说："怎么了？你平时不是跳得很好吗？今天怎么有点跟不上了？"

这时候，我的班主任阳老师走过来，碰到这种情况，插嘴说："我看他是有点骄傲自满了，认为自己了不起，可以随便做做样子。"

"哪里哪里。"徐老师打圆场说："或许他是另有原因吧。"

"你不知道呢"，阳老师进一步说，"他这一段时间和那几个留校的班委，都骄傲得很，认为自己有资格可以翘尾巴……"

啊！我的班主任竟当众这样说我？我的脑袋一下子就懵了。徐老师赶紧解围说："好了，好了，继续排练吧。"但阳老师还是没有走的意思，我发现他的眼睛一直盯住俞同学，眼神有点不对劲。他装着看我们排练的样子，我也努力使自己的动作更流畅，想以此驳倒他刚才说的话。一个动作需要修改时，阳老师就在旁边评头论足。有一个造型动作结束后，我和俞同学的位置站远了一点，阳老师便一边说一边伸手去拉俞同学，我竟然下意识地跨上前去挡住了他，顺便装着问徐老师另一个动作，俞同学也收敛了动作，阳老师伸出的手才收回来。

过后，我们越练越好，配合默契，以至于徐老师连声说："很好，很好！动作非常整齐，合得起来，合得起来……"

阳老师已经不见了踪影。

三

期末考试结束了，每个人都想早点看到自己的成绩。

下午快放学时，我看见老师办公室围了一群男生，原来是在看阳老师统计语文试卷分数。

天气很热，七八个男生围在阳老师身边，有的靠在他肩上，有的斜靠在椅子上，有的干脆趴在桌上，推推嚷嚷，看阳老师统计分数。我没有挤进去，站在人群后面。

这时候，一群女生也想到办公室来看分，发现有男同学围在里面，就不好意思进来。

阳老师大约发现了，便站起来说："好了，好了，不准看了，反正都要公布。"

"看看嘛、看看嘛。"男生闹嚷嚷地请求。

"看、看、看！"阳老师厉声呵斥，"你们倒安逸，压在我身上，围到一堆，热不热？"

男生只好悻悻然散开了。

可男生刚一走，那群女生便闪了进去，人数比刚才男生还多一倍，一下子把阳老师围得水泄不通，叽叽喳喳翻弄着试卷，有的女生干脆就趴在阳老师的背上，手指着试卷，脸和阳老师的脸挨很近，头发扫在阳老师的脸上。但这时，阳老师却一点也不觉得热了，他没有半点怨气，任凭嘻嘻哈哈的女生推来攘去。

"看哦，这就不热了！"我竟然大喊了一声。

看到这样的场景，一股怒气油然而生，让我突然非常痛恨这样的老师，虽然我只有13岁。

阳老师现在已离开人世。按理说，我没必要记下这段文字，但这段文字却不是我现在所写，而是我初中毕业时，清清楚楚记下来的日记，每一个字，都是一个13岁的少年，当时滚烫的记忆。不为评论是非，而是因为这次遭遇，改变了我今后的人生。

阳老师是我小学4年级接任的班主任老师，也是他让我留在了原来的小学读戴帽初中。说实话，二完小虽然是重点小学，但许多老师由于历史原因，完全能够胜任初中甚至高中教学。记得曾经有一位教数学的老师，后来就成了达高中的尖子老师，承担高考升学的重任。

阳老师出生农家，教学水平还不错。不知是因为我看不惯他，还是他看不惯我，把我留下来的他，又开始处处打压我、排挤我。他既要用我办板报、给班上和学校排节目，拿奖状，做了很多事，然后又把我一脚踢开。学校发展第一批红卫兵，我因为"骄傲思想严重","给集体办事不积极"被淘汰，而其他班委会成员，没做过什么明显贡献的学生，都光荣地加入了组织。我发现他照顾的对象，基本上都是机关干部的子弟。突然意识到，像我这样的平民子弟在他手下，将永无出头之日。

一气之下，我竟然萌生出了转学的念头，而且态度坚决，说干就干。

我找到父亲一位同事当老师的妻子，她所在的学校，叫达县市第三民办学校。那时的民办，绝非如今的私立贵族学校，反而是比公办低一等，各方面条件都差很多的二等学校，很少有机关干部子弟会就读这样的学校，但我去意已决。

13岁，我竟然自己办理了转学手续。这一转，改变了我以后的人生。

四

初一下学期开学的时候，我走进了新学校的教师办公室。

我的面前坐着一位戴眼镜的中年女教师，30多岁的年纪，圆脸、短发、笑起来很和蔼，她就是我的新班主任王静川老师。

"上期的成绩单带来了吗？"王老师一开始就问成绩。我的兜里揣着成绩单，但一想起上期的屈辱经历，就不想拿出来。摇头说："没有。"

"那你还记得吗？"王老师继续追问，"数学多少分？"

"88。"我只好如实回答。

"语文呢?"

"92。"

"政治?"

"96。"

"物理?"

"93。"

"还是不错嘛，"王老师点着头，站起来，脸上的笑容收敛了，"你为什么要转学呢?"

"……"

我咬住牙没有回答。王老师见我态度坚决，便没再多问："走吧，跟我到教室去……"

我就这样走进了新的中学：达县市第三民办学校。同样也是一所小学戴帽初中，校园面积比二完小还小很多。这里以前只是一座小庙，名叫白衣庵，1956年更名为第三民办小学。从校门进去，右手边有一栋二层楼的砖混结构教学楼，也是全校唯一的教学楼，总共大概十来间教室，因此全校也只有几百名学生。从教学楼往里走，有几栋小平房，住着学校的几位老师，王老师家就住在这里。整个学校连一个正规的操场也没有，唯一的小坝子也凹凸不平，校园环境与公办学校相比，明显要差很多。

学校的老师分两类：一类是有真才实学的人，因为各种历史原因，沦落到这种学校，有些人当时还没有"平反"落实政策。另一类则是普通参工人员，连中等师范也没上过，教书就当带孩子。曾经听到过一个传说，学校没有专业的英语老师，一位副校长晚上让上高中的儿子教英语单词，白天就在学校给学生教英文。

学校的学生来源则只有一类人，那就是清一色的街道平民子弟，只有凤毛麟角的少数几个学生，来自机关单位干部家庭，这与我曾经就读的重点小学二完小，截然相反。

我所在的初七九级二班，也是清一色的街道平民子弟。全班男女各半，女生倒还循规蹈矩，男生除了个别的几个人爱学习，大多数都不是读书的料。有几个打架斗殴，很小就成为混社会的"街娃"，当时班级的"大将"，毕业后都因为吸毒报废了。

五

我从一个好学校转到差学校，但我没有心理落差，因为我碰到了好老师。

我的班主任王静川老师，典型的知识女性，出身书香门第，上海一名牌大学教授的女儿，高考成绩绝对可以进一流名校，但却在比她成绩差很多的人都上了大学以后，她才知道，因为档案里填写的地主成分，她的高考试卷已被列入另册，根本未予阅卷，大学的录取自然与她无缘。王老师遭此挫折，没有灰心丧气，也没有一蹶不振，而是依然乐观豁达，刻苦自学，博览群书。她不仅书教得好，而且知识面丰富，到如今退休以后，仍然每天手不释卷，一辈子都在读书。

王老师的丈夫杜伏然老师，典型的好好先生，也是因为成分不好，与大学失之交臂。对王老师，他是百依百顺的模范丈夫；对学生，他是循循善诱的良师。从来没有看见过杜老师发脾气，他面容和蔼，平易近人，骨子里又有真本事，尤其是教授数学，一点不逊于名校名师。

我很幸运，王老师和杜老师夫妇，一开始就很偏爱我，把我选为班长，让我整个初中阶段，都成为男生中的一号人物。在我的家庭争战不休，内心极度苦闷的时候，学校成为我唯一的避风港，让我可以忘掉家庭，尽情发挥所长，无论是办板报还是搞班级活动，两位老师都对我大加支持。

曾经有一段时间，我的家庭内战达到白热化程度，身边没有一个人，能够帮我阻止家庭内战。白天忍住眼泪上课，晚上却要回到火坑，内心的隐痛，已经超出一个少年所能承受的极限。我唯一能诉说的对象，只有王老师和杜老师，他们没有看不起我这样家庭的孩子，反而更加关爱，悉心体贴，给予我支撑的勇气和力量，这样的老师如今已经很难找了。

王老师和杜老师最大的人格魅力，就是身经动乱年代，却没有沾染一丝一毫世俗气。王老师在"文革"之初，虽然年纪轻轻，被人暗算，但她却并不因此仇恨任何人，始终保留着知识分子的清高和独特的精神世界，始终坚持良知和正义，保留一颗美好善良的心灵，真正做到了出淤泥而不染。她经常说，她爱每一个学生，哪怕是调皮捣蛋的学生，真心希望每个学生将来都好。这些话听起来平常，而真正把教书育人作为一辈子事业，既不媚侍权贵，也不嫌贫爱富，不掺杂任何私心杂念，却不是任何一个从事教师职业的人，都能坚持做到的操守。

六

这个不起眼的学校，因为我的意外转入，从此改写了我的人生。我不仅在这里读完初中，还有两件人生大事，与这所学校密不可分。

一是我的初恋和婚姻。在同班同学中，曾经的团支部书记王同学，几年后成了我的初恋情人和妻子。恋情并不是在同学阶段展开的，但却无疑是同学期间播下了种子。毕业以后，她和我都选择了就读中专，她的条件比我好，考入了达县的"清华大学"：财贸学校银行班；而我则离开达县，去宣汉县师范学校读中师。第一封信，她主动写给我，等于正式打破了几年来的"男女界限"。于是，我们自然而然地开始通信。在我最困难最低落的时候，已经在人人羡慕的好单位银行工作，而且已经当了科长的她，与当时还只是一名乡村教师的我，恋爱、结婚，然后又随我到成都漂泊。青梅竹马、知根知底、患难与共。我的青春，虽然没有天之骄子们那种随心所欲的浪漫多姿，但却像一坛老酒，用生命精华酿造，历久弥香。

另一件大事是我的调动。从四川教育学院进修毕业以后，一心想留在成都的我，依然未能落实调动的单位。为了保住工作身份，我只能回到达州上班。由于我不善于打点关系，恰恰被发配到曾经就读的这所民办学校任教。这个时候，学校已更名为达县市第一职业高中，我在这里给职高的学生上课，与当班主任的杜老师商量，每周把我的课程，集中到三天上完，然后我就坐一天一晚的火车到成都，继续跑调动；然后又坐火车回来，上三天课；然后又坐火车，去成都……

这样的来来回回，我竟然坚持了整整一年！如果我的初中不曾就读这所学校，如果我任课的班主任不是杜老师，我这样长达一年多的出格行为，可能早就被半途掐死了；我的成都梦，也可能早就提前破灭。

七

我真的很羡慕现在的学生，为了高考、中考，甚至普通的期末考试，全家人都会动员起来，不看电视，不大声喧哗，连走路也轻手轻脚，生怕有所闪失。而在我的初中毕业季，却是下了晚自习，还要流着眼泪，跑到碾米厂找姑姑和姑父，恳求

他们去帮助平息家庭的战火。大多数时候，姑姑一家也管不了
或者不想管，这让我感到更加无依无靠。家庭的战火，不止一
次延烧到街道居委会，由居委会的领导，出面来平息。

在我初中毕业时，写满了两个大本子，名叫《隐痛》的日
志里，这样记录当年的家庭战争：

已经记不清这是一个多么可怕的场面，在我们家永无休止
的争吵打骂斗争中，这算是最激烈的一次战斗了。

屋子里的东西"轰啦""哗啦"惊人的震响声；

人扭着人，针锋相对的叫骂声；

坚实的拳头击打在背上，扎扎实实的共鸣声；

儿童们凄楚的哭喊声……

打着、闹着、哭喊着、毁灭着……从早上到中午，到下午，
到深夜，连看热闹的人都疲倦地散去，这里却鏖战正激，永无
休止……

这一仗，我可怜的母亲，挨饱了拳头、抓扯和辱骂，瘦削
如骨的背肿起来了。她披头散发，血迹满面，是最大的牺牲者。

刚才还老虎般凶猛的婆婆，打完仗也气息奄奄。她瘫痪在
床上，哼哼唧唧，悲哀地呻吟着，才露出一个垂暮之年老者的
衰弱。

勇猛如狮的父亲，那副"顶天立地"的英雄气概，也一扫
而光。他倒在床上，抱头直喊，因为他负伤了——在奋不顾身

踢破一口坛子的时候，瓷片划破了他的大腿，流出殷红的鲜血
……

而这一家的三个小生命虽然没有参加战斗，但早已吓得魂
不附体了。当他们的长者全都焦头烂额的时候，他们三个人一
个躲在门后，一个倒在床旁，一个趴在床上，像掉进了一场噩
梦，幼小的灵魂不知道怎么回事，却又本能地惊恐万状。

静寂了，月光窥视着这奇怪的一家，谁也不再说话，只有
摔破的坛子，还流淌着剩余的残水……

多么可怕呀，这一天之中爆炸般发生的事情。恐怖的场面，
不停的在我眼前重演：

婆婆死揪住披头散发的母亲，抓她的脸、身子，声声扬言
要"让群众看看这个打老人婆的媳妇"；父亲也不时抓住母亲，
雷雨般的拳头，扎实而坚沉地落在她的身上；母亲一直在挣扎、
叫喊，过后连她自己也打起来——鸣鼓般雷击自己的胸膛，挨
够了抓打的头，还要自己不停地撞向墙壁……

八

可以说，我是昏昏沉沉进入中专升学考场的。考场设在达
高中，考了两天，考有语文、数学、政治、物理和化学五门课。
就在临近考试的一个月，我生病了，折磨我的是从小一直就有
的呼吸系统疾病：咽炎和鼻窦炎，长时间不停地干咳，总想把

喉咙里的痰咳出来，但刚咳出来了马上又有，直到把头咳晕，大脑一片空白。

考试结果公布，我没有考上中专分数线，还差21分。

这或许是上帝最后给我制造的一次机会，好让我继续读高中升大学，走正道。为此，我苦闷、彷徨、纠结、恐惧，心事重重，几近承受极点，人都快要枯竭了。

也就是从这一年开始，我的胸口像压上了一块大石板，头部像戴上一个紧箍咒，从此很难再有解开的时候。这个病一直折磨我到现在，40多岁的时候，经几家大医院专家检查，都确诊为焦虑症、惊恐症，更多可怕的症状在30多年后才集中爆发出来，以至于持续至今，难以断根。如今，我每天早晚都必须要服用几种精神镇定药物，才能把病症强行压下来。不服药，症状随时就会爆发。

我才16岁，却必须马上就要自立——既是为家庭减轻一份生活负担，更是为了逃离战乱家庭的精神苦海。小小年纪的我，不知哪来的勇气，竟然提出了查分的请求。是升学考试查分哦，恐怕很多人想都不敢想甚至根本就不曾听说！我一个16岁，被逼到绝路的初中生，完全依靠自己打探、摸索，操作，竟然办完了当时绝大多数人都还弄不清楚的查分手续，果真在试卷上的小题分累加中查出了问题。于是改判，我的总分为261分，比录取分数线多了1分。

真是让人哭笑不得。一年前，我还在嘲笑填报中专的上一

初中毕业时，摄于三民办校园

届同学，而现在自己却拼死拼活往这条道上走。我必须读中专，只能读中专，而且还只能去读不要学费、不交生活费的中等师范。所以，我在第一志愿，填报了达县师范学校。由于我的户籍在新成立不久的县级达县市，已经与达县分开，而达县市没有自己的师范学校，因缘际会，当年达县市录取的几名师范生，全部就读宣汉县师范学校。

这里是我妈妈的故乡。

县城师范的
苦闷时光

一

宣汉县是达县地区的下属县，离达县市约40公里，人口百万，也是我妈妈的老家。

如今，从达州市城区到宣汉县城，驱车仅需半个多小时，而1979年夏天，我坐车从达县城北出发，经过罗江、双河两个大镇，然后就进入崇山峻岭之中，印象里留下的全是盘山公路的险峻，悬崖陡壁，弯弯曲曲，要3个多小时才能到达。

宣汉师范学校，位于宣汉县城西南角一条山沟里，在离县城约两三公里的道路边，有一座砖窑，从这里的一条支路进去约几百米，就能看到学校的大门了。

这是一所历史悠久的学校，创办于1905年，由宣汉县最后一名举人邓方达任县督学时兴办，虽几经更名，但整个民国时代，一直是县立师范。新中国成立后，宣汉师范与后来大名鼎

在县城师范的教室里苦读

鼎的宣汉中学，分而和，和而分，两所学校都云集了整个宣汉县最重要的师资力量。1977年11月，省教育厅正式命名"四川省宣汉师范学校"，到1985年，上级批准为"县级中等师范学校"。改革开放后的很长一段时间，宣师，基本上就是宣汉教师的摇篮。

遗憾的是，这样一所历史悠久的师范学校，现在却踪影全无。取而代之的是"四川省宣汉职业中专学校"，由宣汉师范和几所县属学校合并而成，占地800余亩，在校生达1.2万人。学校规模扩大，但名气却似乎远逊于曾经的宣师。

2003年，我和一位也在成都工作的宣师同学探访母校，昔日城郊的学校，早已湮没于如今扩张了的城市之中。几经周折，也难寻昔日的踪影，顿觉物是人非。

而1979年9月17日，当我身背一口大木箱子，手里拎着个大网兜，独自来到学校大门时，我的心情一片灰暗。眼前的学校，一条斜坡土路和一排高大茂密的桉树，一起延伸进校园。路的右边，是空旷加荒凉的大操场，长满了杂草，远处有几排老旧的平房和一栋新建的教学大楼，而进门左侧的学生宿舍，还在建设之中。

入校报到，我就被安排进学校大礼堂隔成的几个大房间里，一排一排摆满了上下铺的木架床，大概50多个人同住一间，与前段时间疫情中的方舱医院一样拥挤。

二

入读宣师的学生，绝大多数来自宣汉县的农村。

即便在20世纪80年代初期，跳出农门，获得城市户口，成为正式的国家干部，也是相当不容易的事。我的同学，从宣汉县各大乡镇的崇山峻岭，考进县城师范，初中毕业就端上了国家的铁饭碗，自然是欢天喜地。

而来自达县城和宣汉县城里的学生，总共也就五六人，让我一下子就产生了从城市跌入农村的感觉。如果说家庭贫穷，宣师同学中的大多数，或许比我家更贫穷，但我和这些同学的感受却完全不同。他们是鲤鱼跃龙门，而我更像被贬谪加流放。印象很深的是有一次学校搞活动，很多同学居然提出到达县城里去看火车，是的，就是看一眼火车。绝大多数同学都没看见过火车，甚至家门口还没通公路，要走几十里山路，才能到乡镇坐上汽车。

我从入读宣师就坚持记日记，在1980年的日记里，我记录了在方舱宿舍，三次丢失东西的经过。

第一次是5月，一瓶猪油，放在高低床下，我进校时背的木箱子里。这瓶猪油一次也没用过，可能是打开箱子拿东西时亮过相，放了十几天就不翼而飞了。

第二次是10月，还是打开箱子，准备换上我很喜欢的一件绿色运动衫，又不见了。虽然我并不习惯经常穿运动衫，但对这件运动衫非常中意，才穿过一次，就这样丢了。

记忆最深的是第三次，12月，我的一双崭新的皮鞋放在床下，也莫名其妙丢了。记得那是假期一个雨后初晴的日子，妈妈带我到鞋店，选购了这双我非常中意的皮鞋。我看见妈妈从兜里掏出10元钱，用长满老茧的手递给营业员，我知道这是妈妈舍不得自己用、舍不得看病，积攒的血汗钱。为了这双皮鞋，我郁闷了很多天。

50多人一间的方舱宿舍，有好几间连在一起，进进出出也没有门，来来往往，人员复杂，完全没有个人隐私。那段时间，宿舍里经常丢东西，我不能断定就是同学所为，但起码说明在那个时候，即使今天看来很寻常的物件，也是让人惦记的。

从进校起，我就很少与师范的同学接触，除了个别几人比较要好，慢慢地，我已喊不出他们中大多数人的名字。2004年，毕业22年同学会，我才知道他们中绝大多数人，当年都是从哪里来又回哪里去，在本乡本土的小学、中学教书育人。如同摆渡者，教了一批本地学生，又继续教学生的子女，如今已开始教学生的孙子辈了。他们才是真正的师范教育践行者。

三

进校第一学期，我的心情灰暗到极点。虽然出身贫困，但却心高气傲；虽然身陷囹圄，但却心有远方。从地级城市来到下面的县城，还将要从县城，去往大巴山深处的乡村。从小就训练绘画、音乐、舞蹈、打球等特长，希望以一技之长留在城市，避免上山下乡的命运。没想到，当历史已经不需要我这一代人再上山下乡的时候，我却自己走向了一条下乡之路。

我像患上了抑郁症一样生无可恋，最低落的时候曾经想到自杀。

第一个拯救我的是宣师教语文的杨开元老师。改革开放刚刚开启大幕，那时候还有很多相当优秀的高级知识分子，因为历史原因散落在宣汉这样的偏远小县，杨老师就是其中的一位。以后可知的还有宣汉中学的一位英语老师，后来成了四川省主管教育的副省长。

杨老师把我喊进他的宿舍，给我讲了雷祯孝的故事。

雷祯孝是大名鼎鼎的人才学创始人，此时正红遍大江南北，在全国各地四处演讲。没想到竟然是杨老师的学生，而且还是宣汉本地人。杨老师以雷祯孝为实例，说同一个地方，雷祯孝能走出来，我也能走出来。这样的联想，来自身边真实的人物，给了我醍醐灌顶的点拨，把我从绝望的情绪中拉了出来。从此我记住了雷祯孝，把他当成我心中第一个学习的榜样。不久后，杨老师就调到了省教育厅，担任《四川教育》杂志编辑部主任，一直与我通信联系，还为我发表了几篇诗文，几年后我有机会到四川教育学院学习，也是杨老师提前告知了我录取的消息。

我心中第二个学习的榜样是大明星刘晓庆。当我得知当时在全中国红得发紫的大明星刘晓庆，也是从宣汉走出去的，内心无比震动。我走在宣汉县城的街道上，在一些当年街头宣传留下的舞台前，有人对我说，刘晓庆就在这里演出过。啊？在这里演出过的人，也能跃上全国瞩目的大舞台？那一刻给我的鼓舞，是任何教科书都做不到的。我暗自把刘晓庆当成了第二个学习的榜样。

撬动我彻底从消沉中振奋起来的最后一根杠杆，是我得知了一条消息：普通中等师范学校品学兼优的学生，也可以直接推荐到师范大学读书。时间在我进校的第二年10月，这让我立即看到了一条切实可走的路，突然之间发现机会来了。就在我得知这一消息的第二天，班主任刘长珍老师把我喊到家里谈心，明确对我说，如果有推荐上大学的名额，她就推荐我，鼓励我以此为目标，尤其叮嘱我注意不要偏科，数理化的成绩也要迎头赶上。

毕业那年，我还真让人到地区教育局打听，中等师范学校，是否推荐有学生，直接上师范大学。得到的准确信息是，我们那一届学生，一律不统考，由各校自己出考试题，也没有推荐上师范大学的名额。尽管如此，当时得到这样一条振奋人心的消息，彻底点燃了我希望的火苗，望梅止渴的鼓舞，却真的把我从低落的情绪中，彻底拯救出来。

四

我读的是宣汉师范学校79级普师班。所谓普师，说白了就是培养小学教师。所学的课程，基本上相当于高中。除了政治、语文、数学、历史、地理、化学、物理、生物这些基础课程之外，与高中不同的有两点，一是增加了教育学、心理学之类的师范专业课，另一点就是绘画、音乐、体育等才艺课。

对于师范专业的教育学、心理学之类，我基本上是稀里糊涂地应付，而对于才艺课程，我倒是学了点皮毛。

首先是绘画，我小学和中学有点基础，所以和教美术的向伯纯老师走得比较近。向老师毕业于达县师专和西南师范大学美术系，那时也是二十几岁的年轻人，比我大五六岁。他特别擅长油画和水彩画，我经常去他的宿舍看他画画，他也教我素描临摹。在我临毕业时，他还专门给我画了一张肖像画。向老师后来成为巴山画家群中比较知名的一员，担任了达县师专（现在的四川文理学院）美术系主任，可惜英年早逝。

然后是学脚踏风琴，这是人人都需要学会的，能够完整弹奏的曲子，我只学会了《风笛舞曲》这一首，以至于几十年后，我一坐在钢琴或风琴前，弹奏的都是这首曲子，然后就没有然后了。

进校的第二学期，我还报名参加了手风琴培训课，全校一共选出8个人参加课外培训。教我们手风琴的老师叫姚正中，年纪不大，但手风琴的造诣相当深。上课第一天，就以他优美的弹奏让我陶醉。他给我看了他左手上厚厚的一层老茧，强调勤学苦练。遗憾的是，手风琴我也只是浅尝辄止，连一首完整演奏曲目也没训练出来，当时只学到勉强能伴奏的水平，现在已经全部还给老师了。

普通师范，就是样样学，门门瘟。比之于财会、农林、护理之类的专业中专，这样的课程安排，不会让人过早进入某一专业技能而成为匠人，完全的基础课程学习，实则相当于读高中，对于还有升大学念想的人实际更为有利。唯一遗憾的是，普师班所有的课程设置中，却没有外语，这成为获取更高学历的一大短板。我的3年中师生涯，也未能主动自学外语，以至于一辈子也未能学会一门外语，成为终生的遗憾。

相反，在与我们同一时期的学生中，有一个专门的英语班，因为专业学的是英语，虽然也同样是中专，但这个20多人的英语班毕业后，与任何一个班级都有很大不同。在20多年后成都的一次聚会上，我发现这个班的绝大多数人，后来都读了大学，很多人还获得了硕士、博士学位，成为大学教授、博士生导师的也不在少数，还有的做了中学校长、出版社总编、厅处级干部等等。总之，教小学的一个也没有。

当然，还有比我们生活更艰难的同学，那就是民办教师班的学生，简称民师班。这批学生，大多二三十岁，全来自于农村山区学校，不少人都已结婚，拖家带口来读书。他们中曾流行一句话说：学校其他同学收到的都是挂号（汇款单），我们能收到的却是噩耗：不是爹妈死了，就是细娃儿病了，连家里喂的猪儿起了瘟，也要来找我……

五

三年中师生活，记忆最为深刻的首推我的宿舍——严格意义上说，不是宿舍房间，而是学生宿舍两层楼梯之间狭小的储物间，大概2平方米，一般用来堆放扫帚、拖把，簸箕之类的清洁工具。从方舱宿舍搬进新建的学生宿舍大楼时，记不清是哪一位领导或老师开恩，竟然允许我——全校唯一的一人单独住进这个储物间，以利于我在每天晚上统一熄灯后，还能点起蜡烛继续学习。

这个储物间宿舍简直成了我的天堂，里面靠墙放有一张上

楼梯转角处两平方米的储物间是我独享的"宿舍"

下床，床上挂着蚊帐，床边用我背来的大木箱子搭成了桌子，再配一把大藤椅。墙上还有一扇窗户，白天光线明亮，住在里面也不觉得憋气。最大区别在晚上10点以后，当整个学生宿舍都熄灯休息，唯有我一个人的房间，还可以点亮烛光。小小的空间，尽情放飞思想。从那以后，我养成了熬夜的习惯，很多时候是通宵达旦。我在这里自学大学中文系的课程，在里面读长篇小说，在里面写日记、写诗文、写初恋的情书。半夜饿了，还能用开水冲一杯藕粉。

感谢学校，为我提供了这样一个独立自由的空间。实际上，从进校到毕业，我除了成绩好一点，并未显露出什么特别优异的才华。1980年4月1日，我平生第一次投稿，这篇题目叫《小花》的稿件，投到了达县地区的《通川日报》，但并没有发表。接下来的时间，我又陆续向各种报刊投过几次稿件，但直到毕业，也没有发表过一篇作品。

在当时，我只是有些与众不同的心高气傲，放到如今，可能恰恰会因此受到打压。难能可贵的是，我的学校，我的老师，不仅没有因此打压我，反而引起重视并加以呵护，把我当特殊人才一样特殊对待，这样的认知境界，即便只是中专的宣师，恐怕也要把现如今滥竽充数的大学们，甩几条街吧。

六

值得一提的是，我读的宣汉师范学校，不收学费，不交生活费。

像这样不花钱的学校，当时好像只有师范、卫生、农业、林业几类。我不用交学费，甚至连生活也自立了，每个月最多只要5元左右的零花钱，确实给贫困的家庭减轻了负担。

和我一起到宣师就读的几个达县城里的同学，家庭条件都比我好，他们经常会带些好吃的东西到学校来。其中一个姓皮的同学，父亲在达县灯影牛肉厂工作，他带到学校来的一种叫"果汁牛肉"的特产，吃下去有嚼劲，还满口余香，那样的感觉让我终生回味。后来的很多年，我买遍了灯影牛肉厂的产品，也找不回当年的口感。

城里与农村来的同学，生活区别可能只是多几样零食，但在一日三餐的正餐上则是天下大同。刚到校那会儿，我们吃的是大食堂，每桌10个人，农村来的同学往往比我们吃得快，动作稍慢点则有可能饿肚子。我几十年至今都没有改变过来，吃饭狼吞虎咽一扫光的坏习惯，就是从那时形成的。后来大家改成了分餐制，每顿饭轮流由一位同学将桌上的每盘菜，平均分配到10个人的饭碗里。至于当时的伙食好坏，我已经没印象了，只记得每周只有一顿饭吃肉，其余各餐只有素菜，也能吃饱，不会挨饿。那时的食堂也没有单卖的小炒之类，人与人都一样。

除了正常学习，我们还有劳动课，有时候是背米，更多的时候是背砖。学生宿舍还在建设的时候，我们每周都要去学校外面的砖厂背砖，要求每个人背50匹。当火热的一车砖从窑里推出来的时候，同学们蜂拥而上，哪怕烫人的砖块还冒着灼灼热气，哪怕尘埃弥漫粘在脸上和身上。把砖块放进背篼，背篼也像快要燃烧起来，但同学们还是小跑着前进，一趟又一趟。这样的劳动，对我来说完全就是剧烈运动，每次都累得筋疲力尽。不过，每次背砖的晚上，食堂都会增加一顿肉食，慰劳每人两片肥肉烧白。

课余的休闲，主要在学校的大礼堂。记得在大礼堂里，一字摆放了几台电视，我也和大家一样，在大礼堂里为中国女排一次次惊心动魄的比赛呐喊，为中国女排三连冠欢呼雀跃。那时候，几乎能喊出每一位中国女排队员的名字，尤其是一位叫周晓兰的女排姑娘，简直成了我心中最漂亮的女神。

学校的校办公室和学生宿舍中间隔着一个大操场，起码有几百米远，但每一次只要有学生的来电，校办公室都会用大喇叭通知学生接电话。想到这样的场景，至今仍感觉到学校的温馨体贴。我没有什么业余嗜好，偶尔接到一个电话，或者收到一封信，是我唯一的期盼。

周末，去宣汉县城，陪我去的好朋友，有时是刘飞，有时是侯芳强。我会一头扎进新华书店或者县图书馆，进去了就出不来，刘飞或侯芳强大多数时候只有独自去逛街、采购生活用品。到了该回去的时候，我经常会忘记了时间和约定，直到关门被赶出来。身上有钱的时候，偶尔也去解放街，看一场5分钱一张门票的电影。还有钱的话，也会奢侈一把，到南门黄葛村的八仙楼，吃一碗3角钱的肉丝面。印象很深的是，八仙楼负责打肉臊子的老太婆，只要看见学生模样的人来买面，打臊子的手从来不会抖，绝对实打实的照顾。

我沉浸在自己的精神世界，整整3年中师生活，对我来说只有一片单调的灰色，很少与身边的女同学交往，也收获不到一条花边新闻。正是青春期爆发的年龄，我却不可能像我同年级初中毕业读高中同学那样，讲得出那么多精彩浪漫的故事。

七

我每天都要走过这里，每天都要看见花。

花，好大几盆金黄色的菊花，栽在我们学生宿舍旁边的小土坡上，栽在校长家的门前。花开得茂盛、开得鲜艳、开得迷人，还溢出盆外，把花枝牵引老远老远。每当我接近这所房前，便会闻到沁人心脾的花香。

花丛中间，还有她。

她是校长的女儿，喜欢穿红色的衣服和裙子。她是花的主人，花的栽种者，每天路过这里，我都会看见她苗条的身影在花丛中晃动。

记得第一次，我被这片盛开的鲜花吸引，放慢了脚步欣赏，呼吸花的馨香，突然间看见花丛中倩影闪动，看不清脸，只有一双纤细白嫩的手，拎着小巧秀气的水壶，专注地给花浇水。我把目光从花移动到人，她没有发现我。

第二次，我下意识地减少了对花的兴趣，而盯住花中的她。她浇完了花，抬起头来，一只手撩开眼前的一笤头发，看见生人了，脸红，柳叶眉一闪，小嘴抿了抿。

第三次，我不再看花，只看花中的她。我走近了，她的脸也红透了，连忙背过身去，佯装不见，但我分明发现她最后的余光，曾猛地朝我一瞥。

第四次，我还没有走近，她便慌忙地放下水壶，一转身进了屋子。不知怎的，我眼前再也没了花的媚态，也闻不到花的馨香，只好怅怅地离开。

但当我又留恋地回过头来的时候，她却又出现在门口，倚门而立，怅然地望着我走过的路。

于是我看看她，看看阳光下娇艳的花。

这是我三年苦闷的时光中，少有的一抹亮色。为了练习文笔，我特意准备了一个笔记本，像素描绘画一样，用文字描述来作人物白描。我的目光自然先要打望美女，但整个校园绝大多数学生，都是刚刚从大山里出来的农家子弟，色调灰暗，一身乡土气，哪里有时尚靓丽的现代女郎。校长的女儿是我发现的第一个亮点，我就像照相机镜头一样，把目光聚焦在她出没的地方，用文字描述，"画"出我看见的人物和景观，既训练了文笔，又获得了消遣。

临毕业那年，低年级又出现了一位美女，个子高挑、容貌出众，穿戴打扮，光鲜亮丽。她性格开朗大方，经常活跃在校园的公共活动中，一下子就成为众人瞩目的焦点。我的目光自然也投向了她，暗自观察追踪，悄悄为她写了几百字的人物特写素描。如今翻看这本笔记，想起这位从未接触交往的美女学妹，想必已是儿孙绕膝的太婆了。我忍不住好奇地想，如果她想知道自己年轻时，在男孩子眼中的形象，看看这些逼真的文字白描，一定会有几分惊喜。

八

我第一次站上了讲台，台下是小学四年级的学生。

19岁，我已经到宣汉县红专路小学实习了。

几天前，学校举行了隆重的仪式，欢迎宣师79级5班实习团队。第一次，有两位女学生在大街上喊我"老师"，我愣了几秒钟才反应过来，机械地回答：有什么事吗？两位女生把头软绵绵地一偏，惊奇地睁大眼睛笑了。原来她们只是喊一声而已。

模拟试讲的时候，台下的同学装成学生样子喊我老师，我还不太习惯，没想到这么快就有学生真喊我老师了。

就在我19岁生日的前两天，我第一次走上了讲台，开口说第一句话，全班人就哄笑起来，笑的是我说的四川普通话。这堂课给学生分析作文，后半段讲一些语文知识，出了几道思考题，抽上来的学生全都能写出来。我又问，抽上来的人答得对吗？大多数人说对，少数人说不对；我又再重复问一遍，真的对吗？多数人更多，少数人更少了，说明学生对自己的判断，还是很有信心。

我喜欢在教室踱步。书声朗朗的时候，我在教室踱着慢步，从教室这头踱到那头，不时解答学生的疑问。自习的时候，每当教室里吵吵嚷嚷闹成一团，我就会用书本拍几下讲桌，喧闹的教室立马安静下来，几十双眼睛齐刷刷地盯住我。此刻，当先生的感觉，油然而生。

我给学生布置了一道课堂考试题：我为什么要读书？卷子收上来，说大话的学生极少，大约占10%，大多数学生回答：读书是为了自己。有的说不读书将来就找不到工作，要当"讨口子"；有的说读书才能挣钱，有的说读了书才不会被骗。我又给他们布置了作文《新老师》，选择写我的学生，说我鬈发、大眼睛、瘦削、不爱笑、老皱眉头，但写我的人并不多。大多数学生写了同组实习的李崇兰和侯芳强，他们在课后，更擅长和学生打成一片。

和实习这个班的学生，分别时的纪念照，我和侯芳强都身穿T恤衫，裤子是那时候最时髦的喇叭裤，而学生们则清一色白衬衣戴红领巾。在我眼里，大多数学生已形象模糊，但与我单独拍过照的，一定是我留心发现的尖子生和特长生。我至今还记得，有一个叫段祥云的女生，总是坐在自己的位置上，很少走动，几乎一整天都捧着书在读，或者握笔在写。偶尔，她也走到讲台边，摆几颗杏仁，玩抓子儿游戏。她一个人抓，抓得很起劲儿，一点也不准别人干预。我暗自猜想，这个女孩长大后，一定很有个性、有霸气。

还有一对叫唐红、唐梅的双胞胎姐妹。姐姐是文娱委员，妹妹也很活跃。两姊妹，说话虽然低声细语，却在全年级都有很高的知名度和辨识度。她们俩与同学相处融洽，在整个实习小组老师心中也很受青睐，一看就知道，是那种天生情商很高，遭人喜欢的人。

现在掐指一算，三个小学生都应该是奔五的人了。哈哈，我居然还记得，当年这几个小学生的名字。

大北街11号

一

大北街是达县城中一条南北向的街道，顾名思义，在城区的北面。

大北街南起马蹄街口，北至来凤路中段十字口，总长约300米，以前为10米宽的石板路，1959年，城关公社发动群众集资改造，拓宽为20来米的三合泥土路，到我出生后的1966年，已补修为水泥路。街道两边都是居民的平房，临街面大多为木板青瓦房，也夹杂少量的砖瓦房。平房之间有些不起眼的小巷子，连着一个又一个的院子。这些院子都不大，一般都只住有几户人家，有一个小天井和一口消防水缸，静静地雌伏在大街的背后，像一条蜈蚣身上长出的多条腿。

街的南端与上、下后街（荷叶街）垂直。再往南延伸是一条呈斜坡状的石板小巷，名叫马蹄街。靠马蹄街口，有一个自

大北街11号原貌，门口坐者是小院主人贺爸贺妈

来水供水点，是全城16个供水站中的一个，附近的居民都在这里凭自来水票挑水担水。供水站对面，有一个早餐店，供应豆浆、油条还有泡粑（学名发糕），那是我童年上学路上，奢望的美味。早餐店斜对面，是达县地区京剧团，靠东，紧挨着人民电影院。再往南，接大西街的右侧，就是我小学就读的重点学校，西城区二完小了。

大北街与下后街交会的十字路口，西侧有一栋两层楼房，转角能看到那个年代少有的砖混框架结构房子的飘窗。楼下是一家国营糖果店，大约十几米的开间，淡蓝色的门板，里面有本地红旗糖果厂和东风糖果厂生产的水果糖、红糖；有进口的古巴白糖；有名特产灯影牛肉和果汁牛肉干；更多的还有3分5厘钱一个的芝麻饼和泡饼，10个一封用纸包好，也可以零卖。这家高大上的水果店，是我童年奢望但基本无缘涉足的禁地。

　　糖果店的对面——大北街与上后街交会处的东侧，有一家国营饮食店，名叫羊肉馆。门口的灶台上，摆放着层层叠叠的小蒸笼，里面的美味叫蒸碗羊肉，又叫汽水羊肉，那是有着浓浓巴山乡土风味的饮食一绝。选用上等羊肉里脊，切成肉丝或梭子片，加入食盐、酱油、甜酱、剁细的豆瓣、干海椒面、花椒面、麻油、姜米、味精、料酒拌匀入味，再将米粉与入味的羊肉拌和调匀，装入小格子蒸笼，蒸至15分钟左右，取下一格蒸笼，将里面的羊肉翻扣入食盘，看上去颜色红亮，香味诱人；再撒上椒油、葱花、芫荽（学名香菜）在羊肉上面，吃进嘴里麻辣不燥、香嫩细滑、松软可口。只可惜杯口大的小蒸笼分量太少，让人想吃又舍不得下嘴。这样的美味佳肴，自然只有在打牙祭的时候才有口福，可遇不可求。羊肉馆让我记忆深刻的，还有8分钱一碗的素面（如果是1角1，就是臊子面），碗里有一小勺猪油配上调料，偶尔能吃到一碗，也算一顿大餐。

　　羊肉馆门前，还有一个凉水摊，摆放十几个玻璃杯，每个杯子上面都盖有一小块玻璃，里面的凉白开加了糖精，1分钱一杯，可以向摊主讨要点薄荷，摊主会拿一根小木签，在薄荷瓶子里沾一下，又在杯子里搅几下，喝起来清香沁脾。而更迷人的是凉水摊上的瓜子：葵花子1分钱一勺，南瓜子2分钱一勺，这是我偶尔能消费的地方，一小勺瓜子捧在手中，转眼就嗑没了，总是意犹未尽，以至于我现在只要一嗑瓜子，就会没完没了停不下来。

羊肉馆的旁边，临上后街面，还有一家国营肉店，四五米的开间，直接面对大街挂一排猪肉，基本上是上午挂出来，不到中午就卖完了。猪肉凭票供应，验票卖肉的师傅，就是我家院子里的邻居王爸爸。很多人都羡慕他这份工作，重权在握，想吃到好肉，甚至多吃点肉，都看王爸爸的心情。我小时候偶尔能占点吃肉的便宜，多亏王爸爸照顾。

从大北街的南端往北走，还有一个开水站，就是专门替人烧开水的地方。把自家的开水瓶提到这里，交3分钱就可灌满一瓶热开水。过了开水站，就是我家所在的大北街11号院子，而我家的斜对面，有整条街唯一的国家机关单位：检察院。铁门大院，自成一体，我从来没进去过。就像北京的胡同里藏着一家高门大户，铁门关起来的都是神秘。

过了检察院再往北走，一个斜坡上去，叫新市场。有国营粮店、油店和蔬菜店，我家就在这里买米、买面，打清油（菜油），也包括买玉米粉和红苕等粗粮，当然都是凭票供应。每天早上有很多小孩，天没亮就被家长派到这里，抓5分钱的新鲜豆芽回家。如果想吃湿面（又叫水面），还得将买来的面粉，端到凤凰头翠屏路的面店，以面粉换面条，一斤面粉能换一斤二两水面。如想吃汤圆，还得将买来的糯米，抬一口袋，到地区医院对面的打米店里，用机器打成湿漉漉的汤圆粉。

过了新市场，进入大北街的北端，设有街道居委办公室，在临街的二楼上。我家经常打内战，打得不可开交，无法平息战火的时候，往往都是在这里调解。很多时候还是在晚上，深更半夜，吵打起来至少都是几个钟头，谁也没有输赢。现在回想起来，实在太佩服那时的居委会，有如此耐心，来解决一个家庭的纠纷。

居委会以北，如今的历史文化浮雕墙前，有一口著名的探花井，乃纪念明末抗清名将李长祥。李氏达州人，故居位置在大北街北端张家院子附近，官宦世家，生而神采英毅，喜谈兵，年少时曾聚集年轻人练乡勇，协助守护达城。崇祯癸未年中进士，后选庶吉士。明亡，又与郑成功等人一同南下抗清，屡仆屡起，抗节不挠。南明鲁王监国，任监察御史，巡浙盐；后进为兵部右侍郎，督师西行，直至舟山兵败，被捕押南京。有金陵才女慕其名，私闯看押地，与他论诗问艺，竟一见钟情，如胶似漆，看守稍懈怠，二人便双双逃离，远走河北、山西，又折返广东。此时已到康熙时代，天下大定，遂隐居常州，筑读易台，赋诗作文，有《天问阁文集》，传世至今。

大北街的探花井，还滋养了本街另一个名人张鲤庭，名世燮，书香门第，是20世纪二三十年代达城著名的国文教员，曾带领张爱萍、魏传统等人闹革命，资历在张、魏之上。可惜1933年底，红军从达城撤离途中，在双河场会议时，被革命战友肃反所杀，仅46岁。此外，大北街还有个名人万如璋，第一个公派留学东洋的达县人，达城新学创办者。还有个当代高官杨超，曾任周恩来政治秘书、四川省委书记、省政协主席，出

大北街与荷叶街交会处，糖果店门口

生于达县双庙乡，原名叫李文彦时，曾在大北街居住。

　　走出大北街北端，来凤路以外，就是城郊了。此地以前叫猪儿坝，从事生猪买卖，附近可以看见一些泥巴外墙的茅草房子。街口右侧坍塌的断墙残垣上，有一个专门钉牛掌的窝棚，立起几根坚固的大木桩。钉掌前，师傅先给牛戴上捂眼罩，用手轻挠牛的左前腿，待牛感到舒服时，突然把牛的左前腿抬起来，固定套牢。两根粗麻绳，事先已将牛身捆住，套在木桩上，三条腿站立的牛也不会倒下。此时，师傅用工具把牛蹄上残缺不全的旧铁掌取下来，用锋利的铲刀把蹄子铲平，再从木框里拿出新铁掌，摁在牛蹄上，另一只手摸出长铁钉，插在铁掌的钉孔里，用羊角锤敲击，节奏均匀，叮叮当当，如同音乐。痛吗？不知道，温顺的黄牛，此刻正像在换一双新鞋。

二

大北街除了检察院一家机关单位，其余全是平头百姓的天下。

大北街的小娃儿，也都是标准的"街娃"。这里小孩子的称呼，多用一个儿字，比如我叫雄儿，还有茂儿、贺儿、罗儿，甚至还有叫黑儿、孬（pie）儿、夜壶儿。

而大北街的邻居，同辈的无论亲疏远近，均以哥姐相称，长辈的则干脆直接叫爹妈，比如我住的院子里，就有三爸爸、贺爸爸、王妈、贺妈、熊妈。

我家所在的大北街南端，是一个居民小组，家家户户都很熟悉。晚上，经常在我家斜对面的范家院子，召开居民小组会议。批斗的对象，是全居民小组唯一的地主婆，住在我家对面，一个只有1米宽的小通道里。平时就像老鼠躲进了洞里，基本上看不到这个人；但只要一开会，尤其是一个新的政治运动开始时，这个可怜的孤身中年女人，都会被拉出来批斗。我不知道她的具体身世，但却明白，她是唯一的阶级敌人，属于敌我矛盾；除此之外的居民，则属于人民内部矛盾。好在地主婆毕竟不多，街坊邻居的关系，大体上还算和谐。

地主婆小巷子口的两边，一边住着孬儿家，一边住夜壶儿家；相隔几间，还有我小学同班同学黑儿家。而我家这边，同院子的贺儿，茂儿两兄弟，加上隔壁的罗儿，几个小娃儿属于同龄人，经常在一起玩。他们几个都比我家条件优越，父母都有固定工作，或者哥哥姐姐大很多，基本上都参加了工作，因此，经常是我泡在他们家里玩，对他们这样的家庭里才拥有的一些新鲜玩意儿，充满好奇，心驰神往。尤其是隔壁的罗儿家，他的幺爸是达县造反派司令的跟班，赫赫有名的罗黑儿，腰里别着手枪，威风八面。如果和他家产生一些小摩擦，一般都只能忍让，没人敢惹。

幼儿时期，没有玩具，我学会了折纸飞机在街上飞。年龄稍大一点，开始在街上拍烟盒、拍糖纸、滚铁环、铲陀螺、耍弹弓、弹滚珠。多人游戏则有老鹰抓小鸡、丢手绢、翻绞绞、跳绳、跳马儿、斗鸡公。其中，男孩子聚在一起，爱玩的是跳马儿。由一个男孩头朝下，拱腰垂手站立，其他男孩从他背上，张开双腿一跃而过。还玩一种叫斗鸡公的游戏——单腿站立，另一条腿弯曲起来用手抓住，然后用弯曲的膝盖，去撞击另一个人的膝盖，看谁能把对方斗翻在地。可一对一单斗，也可多人群斗。这自然不是我的强项，从来就没赢过别人。我们中的"大将"是黑儿，在班里和街上都是。所谓"大将"，就是打架斗殴最厉害的人，但记忆中我们这几个娃儿之间却并未打过架。那时候，每家都是放养小孩，也没有什么家庭作业，放学以后，随意就钻进别的孩子家中，经常耍得忘了时间，直到家里的大人在街门口，扯起嗓子喊名字，才晓得回家吃饭。

　　记忆最深的是赤日炎炎的夏天，每到黄昏时分，家家户户都会端一盆水出来，洒向滚烫了一天的大街，扑哧扑哧的声音，纷纷从地面腾起，裹挟着最后一股带灰尘的热气，随夕阳一起慢慢消散。这时候，整条大北街都进入乘凉模式，人们从家里搬出两根长条凳，在上面放上一床细竹竿连成的凉芭棍，再铺上一层凉席，放上枕头，就是一家人在大街上过夜的床了。放眼望去，街道两边都摆满了这种临时搭起的凉床，也有木料或竹子做的凉躺椅，或者干脆把门板拆下来当床用。男人大多只穿一条内裤，女人也赤膊单衣，每家每户的男女老少并排躺在街边，有说有笑，没有隔膜也没有顾忌，更没有等级尊卑，所有人都自然而然，平等地享受着大街上一路吹来的凉风。

　　那是一个夜不闭户的年代。午夜时分，路灯已经熄灭，微弱的月光下，满大街随处可见蜷身而眠的孩子，迷糊中摇着蒲扇的老人，仰天撒腿熟睡的少女，鼾声如雷的男子，甚至交头缠臂、相拥入梦的夫妻。所有人都放心大胆地将自己的身体和隐私，交给了露天下的夜晚，交给了这条生命中的大街。如果将此情景定格，那是一幅场景震撼又备感温馨的地方风情画卷，这样的画面或许已永远从地球上消逝。

三

　　与大北街串联在一起的众多院子，大多以曾经的主人姓氏命名，如张家院子，李家院子，仿佛是对房产被充公的主人家依依不舍的祭奠。居委会对面的张家院子，是整个大北街最大的院子，里面住有五六十户人家，有两个居民小组。居委会的大型活动，一般都在张家院子举行。

我家所在的大北街11号——贺家院子，只是大北街众多的小院之一。

贺家院子自然曾经是贺家的，1949年以后被改造，只留下大约四分之一的房间，归贺家人居住，其余的房间则变成了公产，陆续住进来三户人家，性质属于租用国家的公房。

贺家院子临街有一个双开的木栓大门，大约2米多宽，还不算太窄。进去以后，有一条四五米长的通道，尽头有一口很大的消防水缸。水缸左边是贺家，右边是我家，中间是一块大约30平方米的小院坝，上几步台阶后，正面住着熊妈家，右手边还有一个小通道，走进去，左边住着王爸爸家，右边连着我家后门。通道的尽头，是全院子唯一的公用茅坑，两个蹲位，没有门。

每天晚上，院子里回来得较晚的人，负责插上院门的木栓。如果还有更晚的人，那也没关系，随便找来一根小木条，从门缝里拨几下，轻易就能将大门打开。

小院里最有名气也最忙碌的人是贺妈。贺家爸爸在外地工作，不经常在家。贺家妈妈是街道的赤脚医生，别人叫她林医生，小孩子则叫她贺妈。贺妈胖胖嘟嘟，总是穿一身蓝色咔叽布工装。她的主要工作是接生，大北街及其相邻的街道，很多孩子都是她接生的，包括我，出生在这个小院，自然也是她接生的。据说接生完成后，产妇家都会煮两个荷包蛋给贺妈，这让我羡慕得流口水。

贺妈经常笑我，说我小时候老找她要东西吃，每次都"只要一个"，吃完了又"只要一个"。我想要的东西不知道名字，还会自己编一个名字出来。有一次，一直缠着大人要"两将就"，谁都不清楚这"两将就"到底是什么，直到妈妈把我带到街上到处看，才明白我指的是水果摊上的桃子。

经常有人半夜叮叮咚咚敲打院门，喊贺妈去接生。这也让我对生孩子产生好奇，一直想不明白这小孩到底是咋个生出来。几个小娃儿尾随贺妈身后，趴在窗户外边偷看生小孩，一致认为小孩是屙屎一样屙出来的，但小婴儿那么大一坨，又如何屙得出来啊？这个问题困惑了我整个童年。

小院的四户人家加起来有30多口人，最不方便的就是上厕所和洗澡。唯一的厕所——实际上就是一个简陋的茅坑，每次去的时候都要喊一声：有没有人？里面有人的话，则会大声咳嗽一声。有时候配合不那么默契，则会尴尬地男女相撞。

至于洗澡，根本就没有专门的地方。男孩子就在院坝里，穿起内裤洗。王家的女孩子多，在厕所外面的过道上搭建了一个洗衣台，洗澡的时候在过道上拉起一块布帘，烧一桶热水放在洗衣台上，听到滴答滴答的水声，知道有人在洗澡，从过道里去上厕所的人就不会掀开布帘。

当然，这样的情形基本上只发生在夏天，一年当中其余时间要想洗澡，则会和那时的大多数人一样，到马蹄街的公共澡堂排队。

四

从大北街11号院门走进来，通道右边第一户就是我家。

我家只有前后连通的两间房。临小院坝的前一间，是个搭建出来的小偏房，大约15平方米；后面一间稍大，为正房，约20多平方米。面对小偏房的门口，右边是进出小院的通道，有一口一米多高的长方形消防水缸，与我家垂直摆放，面对着小院坝，占了一半以上的长度。家门口的左边，小院坝台阶形成的角落，搭建了一个不足一平方米的室外窝棚，就是我家煮饭炒菜的灶房。

走进小偏房，左边和正中呈L形摆放两张单人床，右边有一个小矮橱柜。橱柜边上安放了一口瓦岗水缸，储存着从马蹄街口担回的饮用水。后来接通了自来水，又用红砖抹上水泥砌成一口水缸，水龙头一般都不会直接打开放水，而是长年累月一滴一滴往水缸里滴，据说水缸滴满了，水表却不会转动。

再进入后面一间，最里面直接靠墙摆放一张双人床，离床30厘米左右，用篾笆形成一道隔断，篾笆上贴了一层白纸装饰。

黑咕隆咚的小偏房里面就是我家，两间大约35平方米

紧靠篾笆的另一面又垂直摆放了一张单人床。大小两张床一摆，屋子里已没有多余的空间了。这间"主卧"里没有衣柜，只有一个陈旧的抽屉和脱了漆的木方桌，还有两口木箱子和几个用来装衣服的纸盒子。

两房之间，有一扇室内窗户相连，而两间房却都没有外墙窗户。外间房靠过道的地方开了几个小孔，而里间房只有一扇门，连着去王家和厕所的小通道。如果想要采光，只有打开这扇门，将微弱的光线连同厕所里飘来的臭味一起引进来。

两间房大白天也阴森森的，而且地面墙面终年潮湿。最头疼的是暴雨季节，屋子里四处漏雨，经常半夜惊醒，看见父母在屋里戴着草帽，拿着水盆水桶接雨水，婆婆则忙着收拾被褥，3个小孩躲在墙角，蜷成一团。

那时候，我家总共有7口人。除了父母加我和两个妹妹，住在一起的还有婆婆，以及婆婆的亲姐姐，我叫她大婆。

说到这个大婆，凄惨的身世给我上了世态炎凉的第一课。

大婆圆脸，肤白丰满，看上去慈祥富态。她性格开朗，和蔼亲切，广结人缘。如果穿越到前朝，大婆是达县城大户人家况家的太太，掌管着况家众多的田产和生意。况家有多富有，从5个子女读过的学校即可窥知：大儿子，日本早稻田大学毕业；大女儿，四川大学毕业；二儿子华西医大毕业；三儿子，南京大学毕业；二女儿，重庆大学毕业。

大婆是以续弦身份嫁到况家的。32岁，在况家当了后娘。由于处事公允，精明能干，很快就受到了子女和佣人的尊重，况家老爷子也乐得由她主政家务。马家乡百分之九十的土地属于况家，每年秋收都是大婆去乡下收租，农民对她的口碑最好。改朝换代之际，况家是达县城最开明的地主，早在新中国成立前两年，就提前把所有田地分配给了佃农。此后，又主动把一切家产都交给了土改工作团。两口子净身出户，在滩头街河边，搭建了一个凉棚，靠卖小吃为生。许多当年的佃农趁黑夜悄悄送来钱粮，他们也一概不收。况爷爷因此避免了被敲沙罐（枪毙），但河边上风餐露宿的窝棚生活，让他很快就病倒了。临死之际，他把子女叫到身边，要他们保证对大婆好。死后不久，况家大女儿就把大婆接到成都居住，后遇到"四清"被清理回到达县，况家大女儿每个月都要给大婆寄来生活费。

大婆和婆婆一样，把我当心肝宝贝。更可贵的是，她对我农村来的母亲从不嫌弃，这一点与婆婆完全不同。据我母亲说，大婆去世那天非常清醒，早上把头梳好，还烧了开水烫脚，坐在椅子上大汗淋漓，我母亲一直扶着她，趁我婆婆不在，还从身上摸出50元钱，给了我母亲，然后不停喘气，喊了一声我婆婆的小名"幺姑娘"，两眼翻了翻，低下头走了，终年72岁。

我家前面这间拥挤的小偏房里，我妈给大婆换了寿衣，大婆的脸变小变瘦了，脸色也变成蜡黄，这是我第一次亲眼见到死人，而且离我这么近，就在同一间屋子。大婆孤零零地躺在地上，就像暂时存放在角落里的一件东西。家里一点办丧事的气氛也没有：没有灵堂，没有花圈，也没有什么人前来悼念。

第二天早上，况家的大儿子拉来一辆板车。这位早稻田大学毕业，当过南京国民政府监察委员，见过大场面的人，此时已作为历史反革命，沦落为淘沙石的苦力。他和我爹把大婆放上板车，一路拉向西外，身边只跟着我家的几个人。这是我经历过最凄冷的丧事，下葬的时候，况家大儿子忍不住眼泪直流，呜咽着说，想不到堂堂况家竟是这种结局。

五

我家没有厨房，烧火煮饭就在室外搭建的窝棚灶房，而淘米、洗菜、切菜，则在小院坝里消防水缸边搭建的洗衣台上。

饭菜做好了，已经放了两张床和橱柜加水缸的15平方米小屋，自然再也容不下就餐的桌凳了，因此我家吃饭很难有围桌而坐的机会。一般都是婆婆或母亲将炒好的菜，分配到每个人的碗里，然后在上面添一大瓢米饭将菜遮住，随便自己端到哪里去吃。

分菜的时候，我和两个妹妹的眼睛都会死死盯住饭碗。尽管如此，我的饭碗里则总会发现一些意外的惊喜。我都不知道婆婆或母亲，是怎样将一小节香肠，或者几片猪肉，或者半个鸡蛋埋进我的饭下面的。总是菜少饭多，因此我们将这样的菜叫下饭菜，就是用少量的菜去下完整碗米饭。

居委会领导展望未来美好生活说，现在是社会主义社会，菜下饭；将来实现共产主义，就是饭下菜了。在我眼里，这样奢侈的生活，离我遥远如宇宙星辰。何曾料想，共产主义还没有到来，现在就完全可以饭下菜，甚至不吃饭只吃菜了。可惜我已经形成的习惯太不争气，至今每次点菜，仍然会不自觉地首选回锅肉、烂肉豇豆之类，具有强烈"下饭"功能的家常菜。我的夫人可以每顿只吃菜，不沾一粒米，但我却即使面对满桌菜肴的大宴，也仍要吃一碗米饭，否则就会认为这一顿没吃过，会觉得饿肚子。我想夫人家当年一定不差菜，哦，对了，她的妈妈就在国营饮食店工作呢。

其实我是没资格嫌弃菜下饭的。比起挨过饿的人，我仅仅晚出生了两三年。我出生的时候，已经熬过了"三年自然灾害"，即使最困难的时候，米面供应不足，也搭配供应玉米，吃过一段时间玉米饼或者玉米糊糊，终究没有挨饿。

我爹虽然只是个搬运工，但他会画画，最大的本事，就是能把人脸画出来，像放大的黑白照片。这门手艺让他偶尔能搞到几斤猪肉，更多的时候，是与猪肉有关的猪杂，或者叫猪下水。在他拉板车运煤的盐滩湾，搬运站的对面就有一个杀猪场，每次杀完猪，或许就能搞到一盆猪血，或者是一笼心肺，或者几串大肠，或者几斤肉皮，这些都成了我在大北街11号的美味，以至于到如今，只要饭馆里有心肺、大肠、毛血旺我都爱点。而最美味的，莫过于猪肉皮炼完油以后形成的油渣，往往会成为以后几天时间，我都要在饭碗里一丝不苟刨食的珍品，如同淘金人发现黄金，每当我在清淡的蔬菜里发现一颗油渣吃进嘴里，那油滋滋的香味呀！嗨，现在花大价钱也点不到这样的"名菜"了。

六

或许是因为我家的两间屋太过狭小，四张床就已摆得满满当当，没有容身活动的空间，所以我从小就不爱落屋（回家），除了睡觉的时间，几乎都在外面混。

我待得最多的地方，是小院里的贺家。他家的幺儿贺德茂比我早出生5天，穿叉叉裤长大的伙伴，又是小学和中学的同班同学。茂儿长得比我壮实，圆脸庞、肉乎乎、面相憨厚。他不爱说话，也不擅长交际，总是待在家里，从小就会煮饭炒菜。他有一个只大他一岁多的哥哥，小名贺儿，长得像干精猴子，又一脸的聪明。把他们两个放到样板戏沙家浜里，茂儿像胡传魁，贺儿像刁德一。的确，他的大名恰恰就叫贺德一。

贺家就在我家对面，临小院坝有一间堂屋，正对我家前屋。从堂屋右侧，上几步台阶往里走进去，里面还套有一个小院坝，边上有一个很大的房间，大概有40多平方米，应该是小院子最大的房间了。小院坝还搭建一个独立的开放式厨房，大概也有20平方米。

贺家本来有7口人，贺爸爸长期在外地工作，贺妈每天忙于在外接生行医，5个孩子全是儿子，老大比我大20来岁，早就在外工作，老二，老三也比我大十几岁，经常不在家。只有贺儿、茂儿与我一般大，从小泡在一起玩。

我开始认识社会，朦胧中了解一些社会知识，正是从贺家那间堂屋开始的。起初是知识青年上山下乡，贺家三哥下了农村，这些年他家总有些农村来的客人，大概都是些生产队长、大队书记之类的人家，一来就是一大群人，挤在我家对面的那间堂屋里，贺家人好吃好喝地招待这些农村来客，临走还送上糖果糕点，这在城乡差别巨大的年代，让我相当吃惊。后来我明白了，如果不好好招待这些农村的队长书记，贺家哥哥就可能一直待在农村，而且还要在乡下受气，境况比农民都不如。这也让我对上山下乡相当恐惧，从小就学画画跳舞，拼命想找到一条避免下乡的途径。

后来，贺家三哥接了老爸的班去外地，二哥在城里街道企业工作，转眼就要结婚了。他们将堂屋装饰一新，那可是整个小院最华丽的一间屋子。我最羡慕屋子里的收音机和大衣柜，只要收音机一响，我都会侧起耳朵探听，如痴如醉。而那个大衣柜，是我见过最高档的家具，落地玻璃可以照见全身，简直太豪华了。

更多的时候，我泡在贺家后面的小院坝里，看茂儿做饭。我看他生火、淘米、洗菜、切菜、炒菜，看了好多年，但我至今对煮饭炒菜一窍不通。有趣的是，在茂儿做饭的空隙，我们会在小院坝里，拿一个篾条编的拱形大笤箕，放在地上，用一根短木棍将笤箕斜撑起来，在地上撒一把米，木棍上套一根细麻绳，一直拉到厨房里。总会有贪吃的小麻雀，从天井里飞下来，在墙垣边跳来跳去，确认无危险，则会跳到笤箕边，低头啄地上的米吃，最终走进笤箕里面。这时候，猛地拉一下绳子，笤箕扣倒地上，正好将麻雀罩在里面。

可怜的麻雀，很快就会被茂儿用开水烫了，剥掉浑身羽毛，再用菜油煎炸，变成我们的一道零食。

七

低矮的小饭桌上，摆放几盘炒菜，有蒜薹肉丝、木耳肉片，炒鸡蛋，都是我爱吃的菜。

王家厨房里，饭桌边只有我一个人在吃。

这是我初中毕业，考入宣汉师范的时候，隔壁王家大姐专门为我做的一顿升学饭，让我在离家之前，敞开肚皮吃一顿大餐。

王家就住在我家后门的通道边，有两间卧房加一间厨房，家庭条件远远好过我家。

王家的两位长辈：王爸爸在肉店工作，王妈在菜店工作，都是那个年代令人羡慕的职业。他们有四个子女，全部都是女儿。大姐在国营二食堂饭馆工作，二姐、三姐在外地国防单位工作，还有一个最小的幺姐，我叫她鸠儿姐姐，只比我大几岁。王家平时只有大姐和鸠儿姐姐，加上王爸和王妈在家。

王爸爸不苟言笑，经常黑起一副面孔，表面上看性格古怪，难以接近，实则外冷内热，菩萨心肠。他一直都很偏爱我。从小到大虽然从来没有和他有过一次长时间谈话、聊天，但只要我去他店里买肉，一斤肉票也会买到两斤肉。更多的时候，则是王爸爸主动说一声：今天让雄儿来一趟，我没有肉票，也会兴高采烈地从他那里把肉买回来。

对我最好的是大姐。她比我大十多岁，长得圆圆胖胖，性格开朗，为人豪爽，敢作敢为。她的丈夫姓陈，巴中人，在地区水文站工作，是成都科技大学毕业的工农兵大学生，常年在外地。陈哥的性格与大姐相反，总是一副乐呵呵的好好先生模样，什么都听大姐的。

王家姐妹不仅对我好，而且对我妈好。她们也和我的表哥表姐一样，喊我妈叫舅妈，是小院里唯一能走进我妈心灵的人。我家的家庭战争，每次都是我妈吃亏，打到后半场，我妈无处申冤，总是会把头撞向墙壁，双拳雷击胸口，弄得伤痕累累，精疲力竭。每次都是大姐或者三姐还有鸠儿姐姐抱住我妈，把她拖到王家屋里，好言相劝，热情宽慰，让我妈孤寂绝望的心灵，还能感受到些许温暖。

我初中毕业考上了不用交学费和生活费的宣汉师范，16岁就走上了不要家庭负担的自立之路。大姐专门给我煮了这顿饭，还给了我10元钱，三姐也给了我妈5元钱。那时候月工资才30-40元，10元钱无疑是一笔巨款。大姐是唯一给我办"升学宴"的人，我有父母，有姑姑和表哥表姐，也没这样对我。随后的三年读书期间，大姐经常给我零用钱。

王家的幺女儿鸠儿姐姐，性格活泼开朗，1978年恢复高考她参加了，没有考上，后来接王妈的班参加了工作。她也把我当亲弟弟一样对待，经常给我买东西，给我零用钱。

在王家，我还认识了大姐丈夫陈哥的妹妹，后来认作了姐姐，这个姐姐在地区妇幼保健站工作。她的好朋友兰姐，在工商银行工作，后来也一起认了姐姐。两个姐姐也经常给我寄钱、送书、买药。在我读师范期间，也就是从16岁到19岁——从少年到青年，吃着"百家饭"走向了独立。每一只伸出来扶一把的手，都是我在生命的逆行中，不至于彻底摔倒爬不起来的关键支撑。

我一辈子也不会忘记。

八

大北街其实很短，但在小时候的我看来，却很长很长。

从我家往北数十来间房的大北街中段，就是我未来夫人的家，但小时候我们却互不相识。她家隔壁院子里就住着我小学最好的朋友张凤国，整条街的娃娃都读的重点小学二完小，只有她在二完小报不到名，几十年后才知道，被当时的居民组长下了烂药。无奈之下，她的父母只能带她读了条件差很多的三民办学校，而我最终转也转到三民办去和她成了初中同学，这可能是只有上帝才有的意志。

大约在20世纪70年代末期，大北街成了菜市场。每天早上，附近的农民都肩挑背扛，将蔬菜瓜果运到这里，没有摊位也没有货架，甚至没有规划画线，直接将农产品和家禽，摆放在路两边的地上卖。而买菜的人，往往会蹲下来查看菜的成色，都是新鲜的绿色食品。卖菜的农民口渴了，还会就近找临街的住户，讨一口水喝。住户也不讲究，拿起水缸边的水瓢舀一瓢，让农民直接捧起水瓢喝。这时候的大北街，人头攒动，人群熙来攘往，人气火爆，如同每天都在过节，开始初步显露出它的

20世纪80年代初期的大北街鸟瞰

商业口岸价值。我母亲的副食摊就是在1983年摆出来的。

到了20世纪90年代初期，大北街由达县市的国营房地产公司统一改造，一夜之间将所有平房全部拆掉，街道两边建起了砖混结构的7–9层楼房。这些楼房全都没有地下室，没有电梯，楼房与楼房之间的间距，可以直接从一栋楼的窗户跨到另一栋楼，房屋户型设计、采光布局都相当局促。唯一亮点只有大北街的临街铺面，竟然一天比一天值钱了。街道两边大多是高档的服装专卖店、黄金珠宝店、时尚烘焙店和银行网点。一间20平方米左右的铺面，年租金也可能达到40余万元。如果转让产权，大北街的商铺售价，可以高达10多万元一平方米。

平房消失了，大北街的居民也消失了。依然还住在这条街的老街坊，也散落在各楼栋各单元楼层之中，再也分不清楚每家每户的具体位置，更不可能一头就钻进某个邻居的家中。凸起的楼房，让大北街一下子变得短了许多，又让人与人之间的距离从此变得很长。

如今，大北街再次改造升级，变成了达州市老城区最耀眼的商业步行街。遥想很多年前的达县城，最繁华的地段当属南门的滩头街、珠市街、箭亭子，这些靠近水码头的地方。时过境迁，城市扩展，昔日的北门偏街成了市中心的南北通道，身价陡增，寸土寸金，蝶变新生，晋升为达州市的城市会客厅、商业第一街。地面铺上了花岗石，安装了地灯和梦幻般的灯带；街道两边修建了大理石面的花台，种上了名贵的树木；街道北端，立起了大型历史文化浮雕墙，还有街巷里栩栩如生的市井生活铜雕像。昔日普通的小城一条街，瞬间变得高端大气上档次。

走在这条几分钟就能逛完的现代化商业街，感觉就像某个大城市步行街区的微缩版，虽然装饰华丽，面容时尚，但却再也感受不到昔日的人间烟火了。

荒漠年代的
文化滋养

电影《芳华》上映以后，一夜之间，芳华成了热门词，经历过电影《芳华》中的那一代人，几乎都会联想起自己曾经有过的青春岁月。

我的青春曾经展露过芳华吗？依稀之间，想到曾经的颜值，帅气和气质，似乎有过人之芳，但无论如何却找不到任何缤纷多姿的色彩，潇洒浪漫的身影，那是无华之芳、孤芳的芳。

一

1976年秋天的下午，教室里突然走进一男一女两名中年军人，打断了上课。两位中年人虽然都穿着军装，但与我们平时在学校看见过的军宣队的军人完全不同。平时看见的军人，脸色和穿戴多少都带有一点土气，但这两位军人，一出现却气质不凡。一身合体的军装仿佛特意为他们定制，皮鞋擦得透亮，

18岁，帅得很干净

气色红润，气宇轩昂。男的高大、帅气；女的苗条、优雅，身穿军队干部服，却更像两名模特，那气质和形象，整个一身的文艺范儿。

两名文艺气质的军队干部，分开在教室的通道里踱步，目光扫视着不知所措的每一个学生。老师没做任何说明，解放军也没说一句话，停留了大概四五分钟，他们离开了教室。紧接着，我听到老师喊出了我的名字，还有另外两位女生的名字，让我们马上离开教室。

这是我刚上初一时发生的一件事，这一年我13岁。随着老师的指引来到学校行政办公室，看见其他班级的另一个学生也被喊到这里，总共四名学生。两位军人开始更进一步打量挑选出来的学生，他们搬弄我的手和脚，让我做出各种各样的动作，跳跃、下蹲、张臂、击掌。被他们仔细检验过的学生，一个个又被喊回教室。最后剩下我和另外一名长得很漂亮的女生，两位军人又把我们俩翻来覆去，折腾了一番，最后把漂亮女生也喊回了教室。行政办公室只剩下我一名学生。

两位军人问了我一句非常让人震惊的话："想当解放军吗？"

我？才13岁？入伍参军？我压根不知道这意味着什么，但还是很慎重地点了点头。

接下来几天，我真的悄悄做起了参军梦。我已经知道两位军人来自成都军区战旗歌舞团，专门到达县市各学校挑选演员，我已经被选上了，马上就可以穿上军装到成都了。我把这个信息藏在心里，期待着正式通知的到来。

通知自然没有来。据未经证实的消息说，学校领导代表我的家长回答部队，说我是家里的独子，家里不同意我参军。我不知道学校领导为什么会这样说，更不知道通知没来背后还有怎样的玄机。那个时候，即便如此重要的时机，我也还不知道去打听跟踪其中的过程和细节，也没有长辈去为我梳理各种关节。那是一个别人背后一句话，就可以改变一生命运走向的年代，那个时代不看脸。

直到后来才听说，成都军区战旗歌舞团在达县市挑演员，全市只选中了我和另一所学校的一名女生。他们还在宣汉县挑选了一名女知青，她的名字叫刘晓庆。

时光荏苒，30年后，电影《芳华》大热，我才明白，如果不是当年那个永不为人知的秘密因素，我早已就是真实的《芳华》中的一员，果真那样，我会是其中的哪一个角色呢？

二

其实《芳华》美化了那个时代。

电影中那些美不胜收的画面：帅哥靓女、优美舞姿、动人旋律，很容易让越来越多不知当年时代背景的年轻后生，错误地以为，那是一个青春蓬勃、五彩缤纷、多姿多彩、纯洁浪漫的芳华年代。

这完全是一个误会。

我的童年时代，从小学一年级开始，尽管还是稚嫩的幼童，男生和女生就分男女界限，哪怕是同桌，也不会说一句话。说了，就是早恋，就是耍朋友，是犯大忌的。以这样的方式成长起来的青年人，男女之间首先要摆明的关系，就是没有任何关系。因为"男女关系"一词，本身已变成了见不得人、不干不净的意思。说某男女有关系，肯定就是性关系。所以，正常的男女，拼命都要显示出没有关系。一个连正常关系都没有的男女社会，又哪有什么青春的色彩和浪漫呢？

因而，《芳华》只是文工团员们的芳华，或者说是编剧导演自己心中美化了的芳华。真正从这个时代走过来的人，生活在文化的沙漠之中，即使个人有一点艺术才艺和天赋，也必须用于"阶级斗争"的形势需要，比如写大字报、办批判专刊，跳忠字舞……这些都只是特殊时期"革命"的激情，与人性中青春的绚丽多姿，没有一毛的关系。

三

读了大量的历史名人传记就会发现，但凡是名人，在儿童时期，总会出现一个有深厚文化修养的人物，在其身后助攻。或者是名人的外婆，或者是名人的母亲，在每晚睡觉之前，给幼年的名人讲授古典诗词、历史典故。哪怕是出生在穷乡僻壤的名人，也会有一位见多识广的长辈，给名人灌输民间神话传说、戏曲人物故事。总之，名人打小就能受到足够多的文化熏陶，名人都有家传的文化底蕴。

但我却一样没有。

我的启蒙年代，在学校学的是阶级斗争，在居委会学到的还是阶级斗争，知道得最多的就是大运动和大批判。以致提到暗无天日的旧社会，我的脑海里立刻就会乌云翻滚，狂风骤雨，长大了都还一直以为，从前的天空，每天都是漫漫黑夜，直到解放了，天才亮了。

这就是我从小接受的文化熏陶。无论是传统中国文化，还是本地乡土文化，没人教，也看不到，哪来的耳闻目染？如果勉强要找出一丝丝文化气息，恐怕只有几首土得掉渣的儿歌和顺口溜，也是好奇心驱使，跟着别人无意中捡来。

比如幼儿时候学会的："红萝卜、蜜蜜甜，看到看到要过年"，还有："金银花、十二朵；大姨妈，来接我。"以及从外地舶来的："胖娃儿胖嘟嘟，骑马下成都；成都又好耍，胖娃儿骑白马。"

稍大一点，学会了几首长句的："拖拉机、四个脚，爸爸妈妈在工作；星期天，来接我，接我回去吃（读qie）苹果；苹果香、苹果甜，吃个苹果当过年。"还有："张打铁、李打铁，打把剪刀送姐姐；姐姐留我歇，我不歇；我在桥脚歇，螃蟹把我耳朵夹成两半截；杀个猪儿补不到，杀个牛儿补半截"。还有一个最长的，勉强记得是："大月亮、小月亮，哥哥起来学篾匠，嫂嫂起来补衣裳，婆婆起来蒸糯米；糯米蒸得喷喷香，打起锣鼓接姑娘，接到当门田坎上；下河栽高粱，高粱不结籽；下河栽茄子，茄子不开花；下河栽冬瓜，冬瓜不长毛；下河栽红苕，红苕不牵藤，饿死两家人。"

到了小学高年级，随着语言表达能力提高，小娃儿开始聚在一起讲故事。这些故事，多半都是野路子听来的民间笑话，口口相传，谁先听到了，就有了冲壳子的本钱。我小时候，会讲几十个这样的故事，如今只记得其中两则笑话，都是假托农民伯伯附体，如同赵本山的搞笑小品。

一则说：一个农民伯伯在菜市场卖鸡蛋，他把一个口袋摆在地上，口袋里装有米糠和鸡蛋。一个妇女蹲下来，摸了摸口袋里的米糠，捏了一下米糠的粗细，然后对农民伯伯说："我想把你的米糠买回去喂鸡，可以吗？"农民伯伯没想到米糠居然也能卖钱，当然说可以。于是两个人讨价还价，最后说好了价钱。没有多余的口袋，农民伯伯就把裤子脱下来，将裤脚打一个死结，然后往裤管里倒米糠。刚倒完，妇女说，"不忙不忙"，又捏了捏米糠说："太粗了，不要了。"农民伯伯抓住妇女不让走，两人发生拉扯，争吵起来。面对围上来看热闹的人，农民伯伯委屈地大声说："这个婆娘，货让她验了，摸也让她摸了，我把裤子都脱了，她才嫌我粗，不干了，还把我的蛋都打破了……"

故事前面都在"埋包袱"，后面连起抖出来，让人猛然大笑。尤其是讲到后面"她才嫌我粗，不干了"，已经让人大笑，最后再甩一个更猛的"还把我的蛋都打破了"，让人笑痛肚皮。

另一则故事也是农民伯伯笑话，每一句几乎都是一个梗：

说一个大山里的农民伯伯走路进城，看见山路边停了一辆翻斗货车，上前对司机说："搭个便车嘛。"司机不耐烦地一挥手说："爬哟。"农民伯伯二话不说，就爬上了翻斗车，司机气得大声嚷道："滚！滚！"农民伯伯抓住车沿说："不得滚，稳当得很。"司机气得走进驾驶室，按了一下按钮，翻斗车哗啦一下竖立起来，猛地将农民伯伯摔在地上。农民伯伯连滚带爬，匍匐在司机面前，连连作揖道："对不起，对不起，我把你的车，踩翻了……"

笑话到这里本来可以结束了，但后面还有更好笑的：

司机看农民伯伯可怜，就让他坐进驾驶室，把他拉进了城里，在一个十字路口放下来。农民伯伯初次进城，摸不清门道，突然感到内急，想解大便，又不知道哪里有茅房（厕所），想起有困难可以找警察这句话，就朝马路中间的警察走去："警察同志，哪里有茅房啊？"警察正忙着指挥交通，刚听他说完，左手伸直，右手弯曲，同时朝一个方向指去，农民伯伯赶紧朝这个方向跑过去。

正是一家电影院门口，许多人正在排队进场。农民伯伯问其中一人："里面有茅房吗？"那人不明白，农民伯伯赶紧说，"就是解手、拉屎的地方。"那人说："当然有哦，购票进场。"啊？拉屎还要花钱买票？农民伯伯心一横，买票就买票，老子今天也洋盘一回。

于是买票进场。门口检票的工作人员对他说："要对号入座，各人坐各人的位置。"农民伯伯一走进去，看见这个密不透光的屋子，比公社的粮仓还宽大，四周严严实实没有窗户，还拉上了深红色的帘子。男女老幼，人挨人坐在一起，面朝同一个方向。农民伯伯无论如何也想象不出，这城里人当着这么多人的面，到底要怎样拉屎？忍不住问身边一女人："好久可以开始呢？"女人见他着装，料想是山民头一次进城，耐心地说："等一会儿，铃声响了，灯全部熄了，屋子一黑就开始了。"

农民伯伯这才放下心来，心想到底还是有一点羞耻心嘛。

他屏住呼吸，等待铃声响起，解开了裤子，全场灯一熄灭，扑哧扑哧，将一肚子屎尿拉出来。一阵尖叫，全场大乱，所有人都愤怒地指向他，齐声大骂："畜生！畜生！"农民伯伯见此情景，一肚子委屈。他再也憋屈不住，提起裤子大声喊道："你们城里人朗艾嘛？屙他妈一趴屎，还要买票，不分男女，一起屙，还要问出生？老子祖宗三代，出身贫农……"

四

盐滩湾离达县城大约几十公里，从达县站坐火车，经过河市镇到覃家坝站下车，沿着河边的小路往回走，步行几公里就到了。

这是一个弯曲的水码头，州河水在这里因弯曲变得异常宽阔，河面上停有十几艘木船，基本上都是来此运煤的船。

从码头向上延伸，有一条45度陡坡状的道路，翻过这个大约一公里多长的陡坡，再往里面走，就是地方国营建设煤矿了。

我爹正是这里的搬运工——拉板车运煤上船。板车上放有四个箩筐，在建设煤矿出煤区的堆场里，用铲子将煤炭装满，然后一路下行直到码头，再由两人将箩筐里的煤炭，一筐筐抬上木跳板，最后倾倒在船舱中。

搬运工不是国营建设煤矿的职工，而是达县城关镇搬运社、盐滩湾搬运站的工人，集体所有制，无固定工资，完全按件计酬，搬多少才有多少报酬。

搬运站设在斜坡道路起始的路边，一栋两层楼的砖房。底层架空，用于堆放板车和集体食堂，二层一个几百平方米的大房间，拥挤地摆放着几十张单人床。这群拉板车的搬运工，有来自城市贫民家庭，没有文化的年轻壮劳力；也有四五十岁，"戴帽子"的地富反坏右分子。他们中有曾经的国民党军官和政府官员，也有高级知识分子，劳改释放犯，鱼龙混杂，形形色色。不管过去是什么身份，来到这里都一样从事高强度的体力劳动。

每逢寒暑假，我爹就让我坐火车来到盐滩湾，目的竟然是学艺术。我爹会一点二胡，我就在这里学拉二胡。坐在搬运站一层的走廊边，面对着斜坡上来来往往、上坡下坡的板车苦力，我咿咿呀呀拉着二胡，杀鸡杀鸭的声音，不知道在他们听来是何感受。我还跟着父亲学绘画，在二楼拥挤不堪，几十人的集体宿舍里，在我爹的单人床边，我架起画架，坐在床上，透过房间里微弱的光线，呼吸着汗味臭味与尘土夹杂的空气，我专心致志，全神贯注，学习素描临摹。

每当我爹的板车拉到搬运站门前，我就放下艺术训练去给爹推车。长长的斜坡上，我爹在前面拉，我在后面伸直双手，撅起屁股推。转瞬之间，就从艺术家变成小苦力，直到将板车推上那个漫长的斜坡，在煤矿的堆场里，将煤炭一铲一铲装满四个箩筐。偶尔会从煤堆里，发现一块腐朽的枕木，赶紧捡到一边，放到板车上的笺筐表面。

回程基本上是下坡，我站在板车后面，双手抓住笺筐上的绳子，像个赶车的马车夫。而下坡其实也费劲，由于陡坡满载，我爹和他那些搬运工伙伴，每个人都是往后斜倾着身子，两手弯曲夹住两个车把，小步往下移动。稍不注意，若力气一松，巨大的惯性将导致整个装满煤炭的板车，直接向前倾倒，那就车毁人亡了。

我就在这样的环境里，接受儿时最初的艺术熏陶。在推车和捡木材的空隙，拉二胡不知道音调音准，只听拉得像不像；绘画也不懂光线几何，同样只看画得像不像。尽管都不专业，但聊胜于无，我毕竟也知道了曾经有过《赛马》《二泉映月》《病中吟》这样的音乐，知道有过达·芬奇、列宾之类的画家，这些都是中小学课本里面没有的。

<h2 style="text-align:center">五</h2>

或许是因为没有更多的书读，我从小就喜欢看电影。

哪怕是在只有8个革命样板戏的时代，我也喜欢看电影。当时的达县城有四家电影院，一个叫人民电影院，位于市中心马蹄街和翠屏路之间；另一个是工人俱乐部，位于荷叶街；还有个大礼堂电影院，在老车坝。这3个都是室内电影院，都只有一个放映大厅。除此之外，在城北的来风路，有一个红旗电影院，是露天影院。

我特别羡慕影院的职工，可以天天看电影，因此我小时候的理想，就是有朝一日，自己能当上电影院的检票员。离小学校最近的是人民电影院，我经常去那里游荡，发现影片快结束的几分钟，检票员允许人员自由进出，我就趁此机会，钻进黑乎乎的放映厅，看一两分钟电影的尾巴。

那时候，在电影正片放映之前，往往要先放一部中央新闻纪录电影制片厂的新闻纪录片，片头都是伟大领袖头像，太阳一样金光闪闪向四周扩散。别人不感兴趣的新闻片，我更乐意看，因为新闻纪录片里多有大城市镜头，那是我不曾见识的地方，会令我十分向往。记得有一次观看伟大领袖接见菲律宾总统马克斯夫人，这个女人的穿着打扮与全中国的女人都不一样，绾着高高的发髻，一身粉红色的连衣裙，敞亮出半个胸口，简直就是资产阶级太太形象。伟大领袖不仅与她握手，还和她脸挨脸亲了一下，这让我印象深刻。

1976年左右，电影院里放映了《青松岭》《柳堡的故事》《金光大道》等电影，感觉比8个样板戏好看很多，电影的插曲也开始在城市流行，很快的时间，连小学生也会传唱："长鞭呢，那个咿呀甩也，啪啪地响哎，赶起那个大车，出了庄也……""九九那个艳阳天来哟，十八岁的哥哥呀坐在小河边……"随时都能听到，这些耳目一新的歌曲，在大人小孩口中哼唱。

有一个叫《决裂》的电影，讽刺一个老教授在给学生授课时，不谈实际问题，而大讲特讲马尾巴的功能，以此批判旧知识分子脱离群众，照本宣科，读死书，死读书，不注重实践应用。这一情节立即成了广为流行的经典桥段，成为校园里流行的最大的笑料，很长时间还有学生在模仿迂腐的老专家。

后来放映《洪湖赤卫队》《刘三姐》《阿诗玛》等解禁的电影，更是万人空巷，一票难求。从那时候起，我就为自己训练出一个特殊的本领：钓票。穿梭在影院门口的人群中，我学会了察言观色，分析判断人群中，谁真正有票，谁有可能卖出多余的票？我发现，钓票的时间并非越早越好，反而是在临近开映前一两分钟内，最容易钓到。因此到这个时间点，我都会站到检票口附近，只要有人稍有动作，我都会第一时间扑上去。

我有位姓庞的同学，父亲是工人俱乐部的放映员，我经常去他家蹲票。他家住在放映厅后面的小院里，一层平房，我在他们家一蹲就是好几个小时，眼巴巴地等着他爸爸回来，从兜里掏出几张票来，然后分得一张，顿时如获至宝。从工人俱乐部出来，荷叶街上还有一家小小的图书摊，那也是我童年的乐园。图书摊主要经营连环画，就是各种各样的小人书，店主是一位中年妇女，面相比较凶，动不动就大声呵斥白看不掏钱的人，但这并不妨碍我在这里，经常泡一两个小时。

比较好玩的是到红旗影院看露天电影，基本上是白天先把票买了，到了晚饭后就呼朋唤友邀约在一起，有的扛着长条凳，有的杠独凳，还有的扛藤椅、竹椅，五花八门，排队进入影院。所谓露天影院，其实就是一个可以容纳几百人的大坝子，按阶梯形状由低到高排列。最好的位置是放映机的两边，大概距银幕十几米远，因此很多人会提前数小时排队，第一个检票进去就在放映机旁边安放自己的凳子。我有时去晚了，只能在最后面，干脆就站在凳子上，看完一场电影。

而最让我悲催的是看特权电影。那时最有特权的莫过于军分区，位于城北边凤凰山下围墙隔起来的部队大院，门口有解放军岗哨。作为部队机关所在地，里面经常放露天电影，而且好多时候放的还是未公映的电影，自然会激发起我的观影欲望。只要得知消息，我都会不辞辛苦跑过去，尽量装得像个部队子弟，若无其事地直闯卫兵哨卡，成功率不到三分之一。大多数时候，我都会被站岗的士兵给拎出来，然后趁人多或者真正的部队家属进入时，又混杂在他们当中，再一次闯关。每一次失败我都不气馁，因为我知道，只要闯关成功，就是一部好看的电影等着我啊。

六

我从小就爱学习，但却知识贫乏。

这不是一个病句，而是那个年代学生的真实写照。小学5年毕业，尽管成绩优秀，但我几乎没有学过一篇像样的古文，没有背诵一首优美的古诗词，更不知道外语为何物。

我能背得滚瓜烂熟的是伟大领袖的《老三篇》和众多的语录，我学到的知识有黄继光堵枪眼、董存瑞炸碉堡以及少年英雄刘文学和舍生取义刘胡兰，我看过的电影只有8个革命样板戏和中央新闻电影纪录片。

幸好我还有一份好奇心。

我的好奇心促使我去探视课本以外的未知世界。在我住的小院子里，对面是贺家二哥的房间，他比我大十几岁，已经参加了工作。他的房间里有一台收音机，只要他在家打开收音机，我都会跑去听，收音机里的一切都让我新奇。有一次趁他不在家，我和他弟弟茂儿一起，旋转收音机的按钮，跳出来各种不同的声音，有些是听不懂的少数民族语言。突然，冒出来一个女人的声音，一直在那里报送不同的数字，每四个数字一组，完全无规律。猛然之间，意识到可能是敌台，是特务在发报，吓得我们马上将收音机关了。

敌台里还会说些什么，我本来很想听一听，但收音机不是我的，我也没机会偷偷收听。后来，在贺家二哥的屋子里，我还看见了一本叫《林海雪原》的书，于是借来阅读，这大约是我读过的第一部长篇小说，和当时的很多人一样，这部书最让我脸红心跳的是有关少剑波爱情的描述。英雄杨子荣的故事，早已在样板戏中熟知了，不知道的是同样的英雄人物，而且还是部队首长的少剑波，不仅会打仗，还会写浪漫的爱情诗，还爱上了一个叫白茹的美女卫生员，还敢和这个美女卫生员接吻……这完全颠覆了我心目中的英雄形象，第一次知道正面人物还会做谈情说爱那些事。

而阅读到真正的文学经典，已经到了初二的暑假。记不清哪里来的一套《红楼梦》，四大本，拿到书我就如饥似渴地阅读，花了几天时间，一口气读完。我带着震惊的心情阅读这部经典名著，许多地方都没看懂，但并不妨碍我对故事情节的着迷。不知为什么，刚刚读进去，我就把自己设定为贾宝玉，然后边读边想我认识的女人，哪个像林黛玉，哪个像薛宝钗。我在该喜欢林黛玉还是薛宝钗之间犹豫纠结，心里想喜欢文艺气质更浓的林黛玉，但又觉得自己的现实生活状况，似乎更应该喜欢乖巧懂事的薛宝钗。

七

恋爱的季节来了。就在我初中毕业入读中等师范学校的时候，我的好朋友张凤国正在达一中读高中。

有一天，他突然告诉我，暗恋上一位高中的同学。在他的描述中，这位同学出身干部家庭，不仅人长得非常漂亮，而且气质高雅，超凡脱俗，有点像个冷美人。起初我以为他只是说说而已，但很快就发现他已经完全陷入痴迷之中了。我第一次看见熟悉的同龄人掉入爱河，整天都会神叨叨地诉说。

那个时候，我们俩约好，每天早晨跑步到人民公园，在绿树丛林中，他背英语单词，我背唐诗三百首。很多时候，不得不停下来，听他诉说痴迷一个人的种种细节，然后就是各种出谋划策，鼓励他勇敢的表白，发起追求攻势。

而我，此时已经与初中班上同住一条街的女同学通信，正自然朝向恋爱的方向走。因此，我感受不到苦追一个女孩的心情，尤其是追求的对象还是个冷美人。

我虽然口头上鼓励张凤国大胆追求，心底里却想的是，如果是我，干部家庭、漂亮出众，首先就像两道高墙，会压制我根本不敢去奢望。我已失去了参加高考的机会，很快就会去当一名乡村教师，青春期随心所欲的浪漫，从此与我无缘，我在今后的任何时候，都必须想到如何先爬出困境。我突然想起了林黛玉和薛宝钗，虽然心里有林黛玉的诗情画意，但今后还得喜欢一个持家有道的薛宝钗，只能喜欢薛宝钗。

这场突如其来的恋情在高考后刹车。临近毕业，张凤国虽然也曾有过机会向暗恋对象表白，还有过几次似是而非的约会，但冷美人终究还是偏冷，总的感觉就是傲娇，不热情回应，也不断然拒绝。万万想不到，高考放榜，张凤国收到了四川大学中文系新闻专业的录取通知书，而那位美女加学霸的暗恋对象却意外地落榜，随后在本地参加工作，嫁给了一位门当户对的世家子弟。

八

在大白天也没有光亮的屋子里，我只能打开屋门，在门槛上放一张小板凳，背靠门框的一侧，坐在小板凳上看书。

门外并不是露天，而是院子里一条不足一米的室内小通道。门对面就是王家的墙壁，直到与门相隔两米的地方才有一个狭长的小天井，可以望见一小块天空。

我捧着书坐在小板凳上，采集小天井斜射进通道里来的微弱光线，同时也呼吸天井边的茅坑里飘来的阵阵臭气。整个童年，我没有自己的房间，没有临窗的书桌，只有这一个小通道边的门槛，是我唯一能捕获光亮又相对安静的一隅。

从小就留下了一段强烈的记忆——严格地说，不是真实的记忆，而是我想象出来的幻觉。在门槛的小板凳上，我的神思从书页上飘走，随风摇曳，飞过了小天井，眼睛里看到的，竟是我从来没有见识过的场景：绿草如茵的大草坪，童话造型的小别墅，五彩缤纷的大花园……

没有任何一篇课文讲过这样的内容，也没有看见过任何一本这样的书或图片，当然也没有任何一个长辈曾经给我描述，但我总是能看到这样的场景，而且置身其中，理所当然地认为，这里才是我的家。

人真的能看见超越个人经历和认知范围以外的场景吗？

在没有文化熏陶的环境里，在学校教育和原生家庭影响之外，还有一股力量牵引我，脱离现实，走向未知的外部世界。这个神秘的力量叫：预感。

1990年，我在第一本诗集《冷漠与温暖的手》出版时，写了一篇后记，题目就是：预感。

没有玩具没有糖果没有生日礼品，没有最起码的社会尊重，没有一个靠得住的亲戚长辈，更没有艰难环境里更需求渴望的那份天伦之乐。

这便是我的童年。

从我懂事的时候起，真正属于我的只有一样，那就是预感。

这预感是在挨着厕所的屋门口，那张坐着看书的小板凳上产生的，是在贪听别人家半导体收音机的小院坝里产生的，是在半夜三更跑去找居委会主任调解家庭纠纷的路上产生的……真正是天意使然，一个又穷又低贱的少年，却偏偏在精神世界里过起了"贵人"生活，那里有精巧别致的房间，有沙发和墙画，有一张属于自己的安宁的书桌……不知不觉，我的神思，就像走熟了的门路一样，总是极容易习惯地踏进那个最容易容纳我灵魂的遐想空间，安然融进幸福家庭洋溢着欢乐和笑声的气氛中……

　　一晃数年过去，时过境迁，原来预感只有在我回过头来的时候才会发现它的灵验。从我15岁独自离家到一个偏僻的县城师范找"饭碗"开始，沿着这条路，来到大巴山深处一座破庙改成的乡村小学栖身，以后在地方行政部门跑腿当差，20多岁的时候，省城大学的寝室里突然有了一个属于我的铺位，不久又在这座城市有了一个"家"。一切变化似乎都显得不可思议，以前不敢想象的情景，一旦置身其中，又立即觉得早已——预感。

　　收容我漂泊不定的灵魂又让我不可把握的莫过于预感。

　　从最初为逃避现实开始，预感，意外地给我带来了好处。当我的条件和能力，每一个时期都从未能如期达到过我想要达到的目标时，预感，则成了我获益匪浅的良师，朝夕相伴的益友。正是这持久而又渺茫的遐想，使我在不满足现状，又得不到任何帮助，又想不出任何切实可行的办法时，还能抓住一棵希望的稻草，牵引我在那个遥不可及而又美丽迷人的幻觉世界，感染、熏陶——在受不到任何良好教育的环境中，预感也能潜移默化，培养着现实所不能养育的素质。

　　现在，当我抬起头来，望着写字台周围的这个家，我甚至怀疑这一切都不是真的。因为三年前当我来到这个陌生的"大"地方时，除了我身上的行李，再也找不出第二件还能认出我的东西。没有任何有利条件和理由，预感却告诉我能留下来，我便不顾一切地四处碰壁，几番死去活来仍然坚信不疑……而一切都过去了，现在的我，却又不知道下一步该干什么。我不得不承认我从来都说不上目标明确，志向远大。当新的迷茫重新笼罩着我的视野，依然充满活力诱惑着我的，竟还是只有预感那潜意识强烈的冲动……

预感，一种神奇而诱人的幻想。它活在感觉之中又不等同于感觉：因为感觉有对过去的回忆，一味沉迷于过去的回忆，往往会使你心灰意懒，消极叹息；感觉也有对现实的感受，感受太细太深，那便是敏感，容易使你纠缠于细枝末节的琐屑小事，充其量使你能变得精明，但不能使你自拔和超脱。唯有预感，则是对未来的超感觉体验，是今天对明天的美好昭示和期待，美好的预感就像你渴望沐浴其中的温泉，使你在干枯的时候被它浸泡。对于孤立无援，陷于绝望的人来说，与其在绝望中不能自拔，不如相信奇迹将会发生；与其被恶劣的环境围攻和侵袭，不如抓住预感这个护卫自我本性的有力武器，驱使你朝着希望的方向发展自己。

我们与其说"跟着感觉走"，不如说跟着预感走；而跟着预感走，就是跟着机会走。机会对每个人来说从来都是均等的，不等的只是每个人寻找和发现机会的能力不同。而预感，最能使你发现和抓住机会。

在每一次预感都失败以后；

在失败了的预感仍顽强活着的时候；

在活着的预感已被遗忘的时候；

就有那么一个姗姗来迟的时刻，总会出乎意料地在我意识深处，突然强烈一闪，原来早就……

这是答案，又似乎不是。

城里来的
乡村老师

一

从达县城里开出的公交车，沿着城东北小河嘴方向，一路朝山里驶去。大约四五十分钟，到了一个叫松石洞的地方。我下了车，目送公交车继续朝前开往终点站——山沟里的304国防工厂。

我下车的地方，两条道路交汇，有一座国营粮管所，耸立着一排排白色的粮仓。有几家零星的杂货店、裁缝铺和小馆子，还有一所村小——盘石公社一大队小学。我在宣汉师范的同学刘飞，早我一年毕业分配到盘石公社，在最远的13大队村小干了一年，这学期才转到离场镇最近的一大队。村小很小，小到只有几间土坯房，如同农舍，墙壁上还有两个破洞，伫立在临河的公路边，不注意的话，很难看出是一所学校。

刘飞在路边等我。他的身后，是水急浪湍的松石洞。在小

3个从城里来的乡村教师

河的出口，拦河坝的瀑水，昼夜不停的唱歌，旁边的小水电站造型精巧、秀气漂亮。而刘飞带我要去的地方——达县市盘石公社中心校，还要沿着水电站旁边的另一条道路，爬一个两三公里长的斜坡。两山相交、地势险要的坡顶，才是盘石公社的乡场，那里还没有直达的班车。

　　时间是1982年9月1日，一个天气炙热的下午。我带着刚盖好市文教局大印的干部介绍信，到我人生的第一个工作单位报到。几天前，当我从市文教局人事干部嘴里听到"盘石"两个字，立即明白，自己被发配到了市里最偏远的乡镇。预料之中的结果，我倒有几分心理准备，只是这盘石是一个大乡，方圆70多公里，有十几个大队，最远的大队离公社还有几十公里，而且不通公路。为了避免被一竿子插到底，我爹通过转弯抹角的关系，找到了公社的"一把手"彭书记，向他介绍了我是优秀毕业生，优秀学生干部，成绩年级第一名，多才多艺等情况，他答应把我留在公社中心校。

所以，我没有直接去学校，而是先到了这里最庄严的公社大楼，面见公社书记。出现在我面前的彭书记约莫40来岁，身材高大，面色土黄，满脸皱纹，穿一身洗白了的蓝布衣服，一副地道的农村干部打扮。他态度和蔼亲切，完全看不出有一点"土皇帝"的样子。见面后，他非常热情地接待了我，还亲自领我来到学校报道。学校的校长看见公社一号人物来了，赶紧出来迎接，笑嘻嘻地接过我的干部介绍信。我就这样走进了学校的大门，感觉在这样一个小小的乡场，貌似一个"有来头"的人。

二

中心校位于乡场正街一个端头显要的位置，四合院布局，左右两边都是古朴陈旧的二层木楼房，典型的川东北吊脚楼。正中有一排三层楼的砖混结构教学楼，中间的空地长有些许杂草，像一个坝子又像一个操场。我去的时候，院坝里还晒有谷子。

刘飞带着我先认识了学校教导处的王主任。在我的印象里，分管教学工作的教导主任，肯定是鼻梁上架着眼镜，文质彬彬的模样，但眼前这位教导主任则满脸粗犷，体魄健壮，活脱脱一个中年农村壮汉，看不出一点"文"的气质。打过招呼以后，刘飞又带我去见分管后勤的肖副校长，一个30多岁的矮个子男人，穿一件白色的褂子，大口裤管，脸上堆满了笑意，又一个质朴、憨厚的农民形象。

比我早一年从宣师毕业，分配到盘石中心校的还有李晋川，他在这里教高中英语。李晋川告诉我，学校的老师有两类人：一类是盘石公社本地人，比如王主任、肖副校长。另一类是外地分配来的人，如"一把手"简校长，以及其他十来个家住达县城里的人，有几个老师已经在这里工作多年了也未能调回城里。他还告诉我，肖姓是盘石公社的大姓，在本地颇有势力。学校里有一个姓肖的老教师，在教职员工中威望很高，说话很有分量，相当于隐形校长。当天晚上，我就让他带着我拜访了这位幕后"大佬"，年纪50岁左右，口中含一根半长的烟杆，面部表情不冷不热，说话不多，点到为止，算是尽到了礼数。

中心校面积不大，但却小学、中学、高中齐全，还管辖全公社十几个大队的村小，最远的13大队村小，已经与邻县接壤，还要走几十里山路才能到达。我被安排在中心校，教初中语文，还兼任公社团委副书记和学校团总支书记，比起那些分到大队村小的中师毕业生，也算不幸中的万幸。

三

报到第一天，学校来不及给我安排寝室，我就和刘飞一起逛盘石乡场。

正是当场天，乡场上赶集的人很多。这是一个只有一条正街的乡场，分为上场、中场和下场。学校在下场的端头，从校门出来下几步台阶，便走进了正街。5米多宽的道路为青石板路，两边的房子多为民居瓦房，木石结构平层，只有下场的学校、畜牧兽医站；中场的乡政府、供销社；上场的企业办公楼、自来水厂、罐头厂、卫生院等单位为砖木结构楼房，其余杂货、饭店、茶馆等店铺，均为木房民居开设。整条正街长约400米，几分钟就可以走通。

天下过小雨，地上的青石板黑里透亮。我和刘飞寻找卖鸡的农民，我指了指一位壮汉面前的公鸡对刘飞说："这只鸡大小合适，问问价。"

"多少钱一斤？"刘飞问。卖鸡的壮汉用脚踩了一下面前的公鸡，慌忙答道："一块钱。"尽管他的动作很隐蔽，但还是被细心的刘飞察觉，立即断定这可能是一只病鸡，果然看见那只鸡脑袋耷拉，鸡冠发乌。刘飞立马还价："八角，卖不卖？"

壮汉稍有犹豫，马上就答应了。称好秤以后，该付2块2角，刘飞又说："2角就算了。"壮汉也一并答应。我和刘飞一人提鸡，一人提菜，朝下坡的公路走去，踩上一路泥泞，我们的裤管绾得老高，但还是溅满了泥浆。

在刘飞的一大队村小土坯房里，他忙着杀鸡、洗菜，烹饪我们的晚餐，我在他的桌子上，开始准备第二天要上的语文课。饭菜弄好了，我和刘飞吃得很尽兴，把鸡肉和菜都吃得干干净净，还喝了半杯酒。饭后，躺在刘飞的床上，我们聊到了一位熟人考上了清华大学，别人给他介绍了华西医大的女生他还不答应。又聊到了身边熟悉的某某考上了川大、财大，感觉别的人都前程似锦、一片坦途，而我们呢，不到20岁就身陷小山村，何日才能回城？如果回不了城里，连农村稍微好看一点的姑娘，谈恋爱也会首选乡政府、供销社之类"好单位"的人，谁会看上乡村教师呢？

头昏脑胀，我俩聊着聊着，不免一阵叹息。雨后河水涨潮，小电站涛声隆隆，把乡村的夜晚反衬得更加空寂，连蝈蝈的叫声也听不见。

四

第二天早上，钟声敲响的时候，我忘记了拿教棍，就走进了初二的课堂。我没有自我介绍，也没有开场白，直接就开始讲课，以至于学生们一时还没反应过来。

讲古文翻译，要写一个嘴字，有学生故意说写不来，我说：

"写不来看你自己的嘴嘛！"学生大笑起来，唯独有一个学生，一本正经地说："老师，我看不到自己的嘴呀！"这下全班学生都笑得更厉害了。

按惯例，顶嘴装怪的学生会受到批评惩罚，但我却反而表扬了他，对全班同学说："你们只知道笑，都没有这位同学反应快，可见他有足够的聪明。只不过这聪明如果用在学习钻研上就太好了，起码来说比一般人更占优势。"结果，教室里又哄堂大笑。但笑过之后，学生们的注意力都集中了。于是我又开始讲课。昨晚备课的功夫没有白费，我看见学生慢慢进入了状态，被我讲课吸引。

我就这样正式成为一名乡村老师了。我不是那种一本正经的教师，比较注意活跃教学气氛，喜欢学生自由表达。我的课堂常常都能听到笑声，随时都很热闹。

那时候，混在年纪和我差不多大的学生中间，却并不能一眼就可以看出我是老师。上班头一天去食堂打饭，老师们有一个特权——不用在窗口前排队，而是直接走进厨房里打饭。我头一次走进厨房，就被维持秩序的教工给轰出来了，一番解释，食堂的师傅终于认出我来，但学生们又起哄了："为什么他不排队？我们都在排队。"

"人家是老师。"师傅说。"他不是老师！"学生们哄声大起。"那你说他是什么？"

"他是高二来补习的学生！"

和年龄差不多的学生在一起，能认出哪个是我吗？

　　原来，在我背起铺盖卷来到这个小小的乡场时，衣冠不整，情绪也很低落的我，早就被人私下议论为城里高考落榜来补习的复读生了。

五

　　我是学校团总支书记，负责共青团和少先队工作。第一次召集全校团员开会，在教学楼的屋顶上，来了50多人，绝大多数人和我年龄相仿。

　　头一次面对这么多同龄人讲话，我没有作老师状，而是尽量表现轻松地说："我初来这里，与过去负责共青团工作的老师交接，其实能够交接什么呢？连一份团员名单都没有，现在来搞个团员普查。"眼看迟到的人一个个探头探脑地钻进人群，我说："有的人还不想来，很多人想来还没资格呢。今天我不熟悉情况，你说是团员就是团员，多轻松！我入团的时候被刷下来好几次，想快点加入还不行呢。"

大家都笑了。讲到团员的组织生活，我说："我不喜欢一过组织生活就开会，长篇大论讲得白泡子翻天，听的人打瞌睡。我不喜欢这样，因为我也打过瞌睡。"大家又笑了。

讨论接下来的团组织活动，吊起了团员们的胃口，团干部的积极性也发动起来。很快组织了一次野外游的活动，几十人的队伍，举起团旗，去附近的犀牛山。那时的犀牛山还没开发，却是达县城北近郊的天然氧吧。这里孤峰突兀，峰峦叠嶂，森林浩瀚，植被原始，如同深闺秘境，深藏千年古风。我们穿行在茂密的松林里，阵阵松涛入耳，层层松毛铺地，浓浓松油飘香，累累松果挂枝。虽大多数人来自农村，但也被犀牛山生生不息、原始古朴的天然风貌吸引，如同发现了一处近在眼前的世外桃源，揭开神秘的面纱，处处令人惊喜。

在林间的空地上合影，以团旗为背景，几十位农村高中和初中学生簇拥着我这位和他们年龄相仿的"老师"，唯一能区别于他们的，是我穿了一件四个兜的米色中山装，胸前别着一支显眼的钢笔，手腕里还夹着一个公文包。

六

我到学校报到已经两天了，肖副校长都没法给我安排寝室，他总是对我一脸笑意，最后笑得有点奇怪的对我说："那只有和L大汉住一间了。"

L大汉的寝室在教学楼一角的三楼，我刚走进去，他就对我说："房租费一人一半。"过了一会儿，L又对我说："两个人住在一间屋，私人的东西不保险。"

我有些无语。搬床的时候，屋里的扫帚本来放在他那边，我让他拿开，他说："拿开放哪里呢？""门边呀。"我说。"那不是就到你那边了吗！"L又说。

我哭笑不得，感觉自己碰到了奇人。一打听，果然大家私下里都称他"神宝"。估计肖校长想把我安排在别的寝室都插不进去，只能塞进L的屋子，但又深知L的脾气，所以犹豫了两天。

L也是城里人。他身材高大魁梧，相貌端正，在盘石学校工作几年，本已算半个元老，但他性格孤僻，说话很刺，一开口就可能把人雷倒。教师政治学习，分组讨论，L一发言就提问："肖老师，计划生育那道题在哪里呢？"

众人哄堂大笑。同样也来自城里，在盘石已教了几年书的宋老师说："L大汉，你女朋友都莫得，问计划生育啥子？"

L说："我偏要问一下来呢？早问早做计划。"

"这样，这样，"老教师谭老师插话说，"你用不着计划，我教你三步走。"

"哪三步走？"L不知众人为何发笑，愣愣地问。

"这三步嘛……"谭老师含一长烟杆，摇头晃脑地说，"这叫爱情三部曲。第一步：积蓄力量。"

众人又大笑。

"第二步嘛：你追我跑。"众人笑翻了场。

"第三步，"他提高嗓门说，"第三步：要死要活。"

每个人都笑得直不起腰来，L也莫名其妙地跟着傻笑。胖胖的宋老师接嘴说："L大汉，记住了吗？"

"啥子？"L大汉霎时收敛了笑容，猛然醒悟说，"L大汉？你说哪个是大汉？"

"你不是L大汉？"

"我是L大汉，那你是啥子大汉？"

"我不高呀！"宋老师一时语塞，"你一米八五的身材，全校最高，叫你L大汉不吃亏。"

"不吃亏，那我叫你宋胖儿嘛。"

"可以呀，我本来就胖。"

"本来就胖。这……这……"L怔得说不出话来。主持学习的肖老师让大家平静下来，继续读文件。不一会儿，两位女老师又激烈争辩起来。争论的焦点是：一个强调抓物质文明，一个强调抓精神文明。L大汉又猛然插一句："要抓就两个一起抓！只抓一个有啥子意思嘛。"

"你说的是抓啥子？"宋老师问。

"不是在说抓谈恋爱的人吗？"L一板一眼地回答。

七

乡村教师的生活枯燥无味，除了上课、开会，基本上都窝在寝室里。

学校不久就给我换了一间寝室，在吊脚楼老房子二楼的第一间，大约十几个平方米。屋里摆了一张木架子床，床上挂有蚊帐，床前放了一张旧书桌。我的一大堆书本，凌乱地重叠在上面。进门的一角，我还准备了一个煤油炉，偶尔可以用来煮一碗面，打两个鸡蛋进去和面条搅合在一起，没有调料，只放点盐巴，嗨，吃起来那味道，又香又鲜。

我很喜欢这间木地板、木墙壁、木走廊的屋子。总是在凌晨时分，万籁俱寂，整个学校和乡场都熟睡了的时候，挑灯夜战的我，完成了一天的工作，打开木屋门，站在木走廊上，望着洒满月光的院坝，将一盆洗脸水倾泻而下，寂静中那"叭"的一声响，落在地上，刻进了我的心里。

细雨霏霏，整个乡场笼罩在雾气弥漫的氛围里。我和李晋川晚饭后出来散步——这是一天中唯一能出来透口气的时候。雨天的乡场上已关门闭户，不见人影，偶尔有一条狗蹿出来也转瞬即逝。青石板的地面被雨水洗过，滑滑溜溜。

我们很快走到街道的尽头，眼前是一幅旷野黄昏的水墨画。脚下一条刚动工的公路才劈出了路坯，四周堆满了几大堆碎石。路的一面是连绵不绝的群山，远处云雾重裹，水汽蒸腾，想必正下着大雨，黑沉沉的乌云给人以压抑之感。而路的另一侧，一个倾斜的山坡，几乎全部由一块巨大的青石板组成，上面零星生长着一些柏树，从石缝里倾斜出身躯，顽强地张开枝丫。大青石斜坡犹如水墨画上的背景，柏树的枝丫则是点缀在画面上的线条。最迷人的是大青石斜坡上，还有一条人工劈出来的小径，如同一条玉带缠在半腰。

我们就沿着这条小石径继续往前走，雨水洗过的青石坡，颜色已转为青绿。有心人在小径的边缘凿了一条小沟，趴在大块山石面上的雨水，由一滴一滴汇成一条小溪，唱着歌，欢快地流向远方。天色渐晚，我让先入行一年的李晋川，给我讲山村教师的生活——他亲身经历的故事。

"第一个是我刚到学校时的故事。"李晋川说：几个学生来给我搬床，搬到我的寝室就走了，我看到这空荡荡的床，怎么睡呀？心里有点焦虑，出门转了一会儿。回来后我愣住了，床上已整整齐齐地铺上了几层厚厚的稻草，我连忙将篾席铺开，坐在上面，松软又舒服。事后得知，几个学生，早上就从各自家里背来了。

李晋川继续说，另一件事，也是在刚来的那几个月，每日感受乡村生活的荒凉，心情沉闷，有时还暗自伤感，通夜不眠，眼睛都熬红了，终于病倒了。我躺在床上，上不了课，神志处于迷糊的状态中，朦胧中似乎有人走进了寝室，都是轻手轻脚的，脚步在我的办公桌前停住了。

"李老师睡了。" "嘘，别叫醒他。"

声音很低，是女孩子的音调，我迷迷糊糊听她们说："留张纸条吧。" "对对对，我们写几个字。"

很快，声音平息下来，我也已经清醒，翻身下床，直接朝桌前奔去，我惊呆了：

桌子上放着一堆鲜艳欲滴的红樱桃，晶莹的露珠还在上面闪耀，显然是刚刚从树上摘下来的鲜果，铺在一块崭新的手绢上面，手绢上绣有一个稚气的姑娘，甜甜地望着我笑。

樱桃旁边有这样一张纸条：

李老师，你病了，我们很伤心。你为了备课熬夜，眼睛里都有血丝了。你多休息吧，早点好起来，我们需要你来上课。

我有些颤抖地将樱桃轻轻提起来，嫩红的樱桃像一串玛瑙，玲珑剔透；又像山村孩子的心跳，天真爽朗；更像一串音符，拨响了我内心隐秘的心弦。

李晋川说：事后，我始终没打听出，是哪几个学生送来的红樱桃，但我至今仍珍藏着这块手绢，一直还是新崭崭的。

八

红樱桃的故事，后来我写成一篇小小说发表，为乡村教师生活涂抹了一层温暖的亮色。而实际上，这样的温暖，却只不过零星半点，老师们需要面对更多的，则是冷冰冰的现实问题。

同样是生病，我所遭遇境况，感受完全不同。

记得那是个冬日的晚上，杨晓春对我说：我的床冷，晚上带床被子，到你屋里来睡。不一会儿，他果真抱着铺盖来了，我忙着看书备课没和他说话。12点以后我才和衣睡下，迷迷糊糊听到一阵微微弱弱又持续不断地呻吟声："哎哟、哎哟……"这声音低沉、恐怖，惊得我翻身起床。只见杨晓春脸色苍白，抱着铺盖在床上打滚。糟了，急病！我慌忙下床，意识到该立即叫医生，可是这深更半夜的……

我跌跌撞撞摸索着走出校门，一阵阴风吹得我打颤。四周黑洞洞的，前方深不见底。眼前没有一丝光亮，石板路上趴着一团黑绒绒的东西，走近了，才看见是一条狗，突然吼叫起来。整个乡场，四面八方都响起了狗的吼叫。死一般寂静的旷野深夜，骤然间群狗乱嚎，回荡山谷，孤零零的我，恍若陷入围攻的狼群，毛骨悚然。我浑身颤栗，两腿发软，好不容易走到乡场的另一端，敲响了卫生院的大门，手忙脚乱帮助医生拿东西，半小时后才终于给杨晓春打了针，吊上了盐水瓶。晓春眼泪花花地叹息：天灾人祸，我们这些在乡坝头教书的人，好造孽哦！

杨晓春身材瘦小单薄，人很机灵聪明，平日还爱说爱笑。他也是达县城里人，离我家住得不远。我离开盘石学校后，他调进了城里的公安局，后来还当了治安队长，在无数次维护秩序，擒获歹徒的冲锋陷阵中，不知还能否想起，当年在乡村学校，那个无助的夜晚。

每逢周五黄昏，城里的老师离开学校，几乎人人都穿一双长筒靴，深一脚浅一脚，步行到山下去搭班车，双脚要么沾满泥泞，要么布满黄土尘灰。有家室的老师，赶场天都会提着篮子，去购买新鲜便宜的农产品，周末回城则满载而归。这个时候，车厢里很热闹，往往有说有笑。

乡村教师工资低，待遇差，条件艰苦，过日子只能精打细算地"抠"。有一次，一位老师十万火急，托我给他带东西回城里，拿过来一看，竟然只是几斤葱头，在城里购买一斤，最多就贵2分钱，但他可以就为了节约这几分钱，不惜让我为他拎着一包葱头回城。

这位老师的头发总是参差不齐，一打听原来为了省钱，就让当护士的妻子在家里给他理发，一个月可以节约几毛钱。他在学校的寝室里养了几只鸡，有一回买了1角8分一斤的苞谷作饲料，刚买回来就听人说，今天赶场，大米才卖2角2分，添4分钱都可以称一斤米了。他猛然意识到不合算，第二天就背起苞谷去场上卖，哪知怎么也卖不掉。听人说酒厂在收苞谷，他又不辞辛苦把苞谷背到酒厂，收货的人给他的苞谷评了个中等，他不知道中等值多少钱，心里扑扑直跳，不敢点头。收苞谷的人发火了，他才心一狠说：中等就中等。结果一结账，竟然比买苞谷的钱多了4毛钱，这让他欣喜若狂，感觉大功告成……

到了星期日的下午，家住城里的老师们，又汇聚在回乡的班车上。汽车像蜗牛一样，爬行在坎坷不平的山间公路。车厢很拥挤，很多人只能站在过道上。尽管装满了人，但却很少有人说话，这时候，每个人都表情麻木，一脸沉闷。

每周一次的来回奔波中，这群乡村教师的心思，不用猜，都是期盼着早日调回城里。

九

从全公社抽调的20余位文艺骨干，汇聚在公社办公大楼，接受市文化馆派来的两位老师指导，为参加全地区农村文艺调演排练演出节目，旁边挤满了前来看热闹的学生和乡民。

我也被抽调到公社演出队，任务是手风琴伴奏。

演出的节目由我创作歌词，地区的作曲家梅光辉作曲。已经记不清具体的歌名和词句了，大概内容是天空晴朗、河水荡漾，大路上来了一群乡村姑娘，叽叽喳喳，嘻嘻哈哈，意思无外乎歌颂社会主义新农村的新气象。这一次选了盘石公社代表全市乡镇参加地区调演，市文化馆非常重视，派出梁老师和王老师亲自到盘石辅导节目创作，挑选演员，排练节目。

梁老师个子不高，瘦削，满脸胡子，架一副眼镜。他是达县籍著名诗人梁上泉的儿子，在市文化馆负责曲艺方面的辅导培训。另一位王老师，30来岁少妇，一身的文艺气质，负责歌舞辅导培训。在公社办公楼排练了几天，又一辆大货车，把一行人拉进了城里，到文化馆继续排练。其他人排练唱歌和舞蹈，我则在文化馆的顶楼上苦练手风琴，双臂又胀又痛。

文艺调演正式开幕的时候，演出队的所有人还住进了城里的招待所，吃会议伙食。演出圆满成功，获得了什么奖我已记不清了。对我来说，最大的收获不是参加演出，而是有机会认识了很多本地的文艺人才，走进了本地文学圈。

在此期间，我参加了城里的文学创作沙龙活动，由市文化馆负责文学创作辅导的李可刚组织。李可刚一表人才，相貌堂堂，当时约30来岁，正是满腔热情的年龄。他为人正派，颇有人缘，自己能搞创作，组织创作交流活动又是本职工作，所以成为文学沙龙最佳的召集人。参加的人员有来自《通川日报》、达县师专、广播电台的人，都是小城里的文学创作者，心中都有一个作家梦。大家约定，每个周末都要聚在一起，各自拿出自己创作的作品，相互传阅，相互点评，相互促进。如果有人在本周发表了作品，立即会受到集体祝贺，赢得赞许的目光。

这个文学沙龙让我深受感染。那是一个圈子、一种氛围、一片磁场；也是一场挑战，对我最大的作用就是激励和促进。

当时只有我一个人在乡村工作，每次从城里回到农村，我都会忘我的投入创作之中，期待周末回城能交出靓丽的作业，供大家点评，由此促使我进入人生中第一个痴迷于文学创作的高峰，也是我在写作上进步最快的阶段。

十

我忘情地投入文学创作，只有一个目的，就是发表作品。而发表作品，可以作为我调动回城的"敲门砖"。这种带有强烈功利企图的"创作"，没有一件发表了的作品，能收进我后来出版的个人专集里。那时候，我几乎是见啥写啥，只要有利于被报刊选中。

见到每周上下车地点的松石洞电站，我就写出了《水电站行吟》：写中心控制室，把一切零乱和骚动踩在脚下，恰似心律的拨动，安稳而平静。写发电机的歌，因为有水力的冲击，歌声才气势雄壮，为了追求闪光的理想，昼夜不停地歌唱。

见到相伴在每周来回路上的小河，我又写出了《我是清清的河》：一条吸引山野孩子们，瞪着大眼睛探索的河流，被青山搂着、蓝天搂着、绿树搂着，把一串绿色的音符，撒向牧童的短笛，撒向蹦跳着幻想的松果，飘荡一河彩色的歌，教每一个孩子放开金色的喉咙，歌唱阳光，和阳光下的生活。

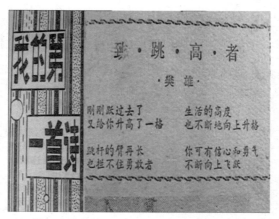

第一次发表作品，只是报纸上的小豆腐块

见到乡场上开张的饭馆，我就写了《小店，泛起欢乐的涟漪》：没有耀眼的招牌，招牌是爸爸不会失传的手艺；没有炫目的广告，广告在女儿迷人的笑容里。开张了，小店的喧闹，划破山乡的浓雾，和浓雾中裹着的忧郁。菜刀和墩板发出欢唱，唱的是爸爸压抑十年的心曲，不屈不挠的声响，从爸爸心灵深处响起。袅袅蒸汽冲开锅盖，开一朵女儿心中的花蕾，结成喷香味美的果实，蒸腾着女儿青春蓬勃的气息。从此，那些卖了山花椒的，卖了白萝卜的，卖了鲜鸡蛋的，卖了毛羊皮的……都带上新买的种子、农具和定亲用的半导体收音机，融入小店欢乐的涟漪。在爸爸和女儿铁瓢的交响中，一个刚刚分娩的政策，笑盈盈地在土瓷碗中生长、发育。

这些"作品"，无外乎抓住生活中的某个场景，然后将这些场景升华到一个光明的高度，确实很容易被当时的报刊，尤其是地方报刊采用。学校的旁边有一个邮政所，负责分发全公社收到的邮件，那是我每天必去的地方。我在这里阅读当天到达的报纸杂志，更重要的是第一时间收到信件，有退稿信，也有采用通知，还有发了作品的样报样刊和稿费的汇款单。

在这个熟悉的场景里，我写了一首《乡邮所，还债的农妇》：一个满脸皱纹的农妇，为了女儿的学费和丈夫的病，邮戳，无数次为她发出求借告助的喟叹。今天，她挤到乡邮所热闹的柜台前，轻声请我为她填一张整整300元的汇款单，附言写上还债的钱，又从包钱的花布手绢里，小心翼翼掏出一张折叠整齐的纸片：同志，我还要订一份……《诗刊》。全诗说的是农民有钱了，不仅还了欠债款，还支持女儿读诗了。最后还写道：我庄严地，为她填写了两份收据，填写今天的农妇，沉甸甸的责任感。哈哈，是不是有点夸张，但我当时的书桌上，的确有一本当代著名诗人李瑛的诗集，已读得烂熟。如今回过头来才发现，我的写作太有李大诗人的味道了。这首诗在《绿风》诗刊发表后，我还第一次收到读者来信，是一个四川去新疆的女孩，托我帮她找爸爸。

1982年11月14日，我偶然听到别人说，《通川日报》发表了我写的一首诗，赶紧找来当天的报纸，看见我的名字，第一次变成了铅字印刷在报纸上。那一刹那，内心的激动如中彩票。这首诗题目叫《致跳高者》，只有短短8行：

刚刚跃过去了／又给你升高一格

跳杆的臂再长／也拦不住勇敢者

生活的高度／也不断地向上升格

你可有信心和勇气／不断向上飞跃

　　报纸上一块小小的"豆腐干"，一元钱的稿费，却调动了我的全部热情。我一边教书一边写作，踊跃参加市文化馆的文学沙龙，一口气在省内外报刊发表了几十篇诗文。第二年（1983）10月，我参加了"达县地区青年文学创作座谈会"，认识了当时正当红的巴山作家群所有代表人物，以及全地区来的青年文学骨干，还有七八位来自《萌芽》、《四川文学》、《青年作家》、《成都晚报》、四川人民出版社、四川少儿出版社的编辑，文学交流活动扩展到全地区，这让我信心大增。

十一

　　一辆北京牌吉普车停在了公社的办公大院，几分钟后得到了通知：我已被借调到达县市政府办公室工作。

　　"市政府？"学校的老师惊奇地睁大了眼睛。以前有老师调回城里，充其量也就是调到城里的某所小学，或者城郊的某中学，我分来这里还不到两年就调回城里，而且直接脱离教育部门进入市政府办公室，这让所有老师都大为吃惊。我听到我任课班的班主任，比我先到盘石工作了几年的宋老师叹息说：我真是个送老师呀，又送走了一个。

通知来得很突兀，说走就走。我一边收拾东西，一边交接工作。回想起一年多以前，层峦叠嶂，丛林茫茫，一条红褐色的土路蜿蜒向上屈伸，隐没在大巴山区特有的青霭中，泥泞里一双半长的筒靴正深一脚浅一脚吃力地向前挪动，留下一个身背铺盖卷，手提网兜的背影，在定格的画面上慢慢浓缩为一个小点……那个背影就是我，刚刚从偏僻的宣汉师范毕业，又沿着这条路走进大巴山更深处的山村学校，走进层层山峦中日出日落般单调的生活。

命运让我过早地错过了起飞的季节，走上了一条与同龄大学生们不同的路。不幸的经历，使我有机会在真实凝重的土地上感悟生活。多少个月明星稀的夜晚，当后山坡上写满了我错乱的脚印，当小木屋的墙上突然朝书桌掉下一只壁虎，当半夜的冷风吱嘎一声吹开破旧的木门，我的心中曾涌现出多少心酸。然而，当晨钟散了浓雾，学生们如鸽群从农舍里飞来，平静的校园开始涨潮；当我的身影倒映在山泉般透明的眼波中，那些足以作我兄弟姐妹的学生，恭恭敬敬喊我一声"老师"……我的心中又荡漾起多少温暖。古老单调而又坚实充盈的土地，孕育出的强大生命力，唤醒了我青春的热情。

　　此刻，栖身于穷乡僻壤木房吊脚楼的逆行者，又将调转方向，投入城市里五光十色的茫茫人海。这一天，我故意没有坐车，而是花了3个多小时，一个人沿着小河边的土公路，迈开双脚，大踏步向城里走去。

◎故乡◎
故人故事

20世纪80年代的故乡达县

记忆中的
故乡地标

每个人的心中都有一个故乡。随着年代的久远，故乡已日渐模糊；随着时代变迁，故乡正在沦陷。我心中的故乡，越来越找不到那些曾经鲜活的细节，仿佛雨中看一片玻璃，仔细辨别，才能在朦胧中，搜寻到那些镌刻在脑海中的故乡地标。

一条稻花飘香的河

是的，我的故乡也有一条河。如同大多数逐水而居的汉民族城市一样，我的故乡这条并不知名的河流，只是渠江上游的一条分支；而渠江，也只是长江上游一段分支。

一小股清泉，从川陕接壤的大巴山南麓陕西城口县望头山发源，流经前河、中河与后河，在宣汉县城汇合后，称之为州河，纳明月江水，从罗江镇入境，再纳双龙河、西河、东柳河、铜钵河出境，在渠县的三汇镇与巴河合并而成渠江。

州河上的龙舟会

州河干流，自宣汉以下，经现在的通川区和达川区河市、渡市至渠县三汇镇与巴河合流，全长108公里。我所熟悉的故乡州河，只是流经老达县县城至河市坝这一段。河道位于城南，自东北向西南流经全城。河的南岸是翠屏山，在我儿时尚属于城外。河的北岸为城区，依次为东城、西城、北外和西外，城北则为凤凰山。我的故乡达县城，正处于两山一河之中。

其实，达县境内本来还有一条河叫巴河，发源于南江县米仓山南麓，流经南江、巴中、平昌，纳通江后流入达县，从铁山以西流经桥湾、石梯，再南流至渠县三汇镇与州河会合。全长373公里，在达州市境内，也有54公里。巴河的水量不比州河小，但由于未流经达县城区，儿时的我并不熟悉。

所以，我的记忆里只有州河。具体地说，只有州河的南门码头。沿着码头的石梯拾级而下，就来到了河边，可以看见有很多木船停泊于此。其中有一艘木渡船，专门为行人摆渡于两岸。作为儿童的我到河边玩耍，基本上是在码头以西的区域，也就是南门码头到红旗大桥这一段河岸。因为码头东面上游的河水，有一段险滩，河水湍急，经常打旋，老一辈的人说，这里淹死过很多人，时常有水鬼出没。但这一段浅水区，水流清澈，河中有很多石板浮出水面，称之为镜花滩，正是下河洗衣服的好地方。我的大妹晓芹，12岁时就端起脸盆，跑到这里来洗衣服，突遇河中涨水，来势迅猛，眨眼工夫淹没腰身。她脚下打滑，站立不稳，跌入水中，被激流掀到了波浪中，幸亏旁边有个钓鱼的中年人，一把抓住了她的两根长辫。她拼命挣扎，竟将钓鱼人也拖下水。岸上同伴大喊救命，引来两名壮汉，扑向水中，奋力拉住钓鱼竿，将他们拖上了岸，才捡了一命。

尽管每年都要听说，又有几个小孩在州河里淹死了，但城里的小孩每到夏天，依然还是会下河里洗澡（达县人把游泳叫洗澡）。记不得我是什么时候学会游泳，又是谁教我游泳？总之在小学的时候，我就独自游到过河对岸。那时没有救生衣和救生圈销售，很多儿童都是肩扛汽车轮胎，或者把自行车轮胎裹缠到身上下水。我连这两样都没有，一般会游到河中心又赶紧游回岸边。在我眼里，州河是那样宽广，胆子最大的时候，我也只敢在离岸边不远的河水中，顺水漂流，一直从南门漂到红旗大桥。记不得是谁给了我最后的鼓励，让我下决心游过河去，当我第一次脚踩河对岸的礁石，简直觉得创造了奇迹，就像电影里宣传的横渡长江的奇迹。

我还有几次机会，从南门码头坐船，到河市坝下游的覃家坝，也就是我爹当搬运工运煤上船的码头。尽管只有短短20多公里，但坐在木船上，欣赏州河两岸的风光，让我相当兴奋。小木船顺水而下，船速缓慢，时间也仿佛停顿。我坐在船头，微风扑面，在河中心看见龙爪塔两岸的回水、看见大中坝湿地、看见河市坝机场，感觉与岸上完全不同。最让我难忘的是在木船上吃的午饭。船工的铁锅里，滚沸的水熬煮河里打捞的鲜鱼，然后随便撒一把葱姜，每人舀一碗，味道竟是无比奇特的鲜美清香，一辈子的鲜美清香，任何食物再也无法超越，至今仍让我垂涎欲滴。

后来查民国《达县志》，方知我的故乡，正是因州河而兴盛。两岸均为崇山环拥，重峦叠嶂的山区小城，水路原来是主要的交通工具。依水而建的街道，则是最繁华热闹的商区。县人卫新浩描绘州河两岸的风光写道："斗门临江曲，花竹罗江湫。水田连万顷，明月上窗早。曲江尽平坦，顺水都布稻。稻香满通川，牛背嗅花笑。"而曾经的文人吴德云，描绘州河水上水运船只的繁忙及岸边街区搬运货物的热闹，这样写道："橹与橹相应，樯与樯相连。大桅细桅如排笋，长帆短帆欲蔽天。此际除却人声沸，唯有江中白浪翻。滩头滩尾数里遥，篓属接踵复摩肩。扛者负者提挈者，万货千夫拥而搀。我已舍舟解衣行，沙滑石滑意蹒跚。"

　　吴德云舍舟解衣跳下船，一口气直奔而去的地方，可能是
南门外正码头，那里是盐、糖、油、米、丝麻、杂粮、山货汇
集地，市尘繁盛。也可能是河滨城濠下的箕星街，有酒食、铜
器、染色、成衣铺；有江西会馆，土窑售货。或者是布市街，
有盐、糖、烟、醋、铁、土瓷、香烛、纸马、猪、羊肉和水府
宫商会。或者是箭亭子清真寺和横街，船户乡人往来驻足，茶
坊、酒店、油烟、香烛。当然更有可能是珠市街、兴隆街、会
仙桥，那里有疋头、洋广杂货、棉纱、纸店、弓坊、皮箱、药
材、山珍海味荟集，洋货大充斥。还有凉水井街、滩头街，那
里可有十余家花栈哦。

　　河边街市虽然繁华，但也有个隐患，那就是洪水。如地势
低洼的横街，夏秋涨水即淹，年年遭灾。1982年7月，达城连降
大雨12天，州河水发疯式的咆哮暴涨三次，最高水位达16.65米，
为清光绪二十八年（1902）以来罕见的特大洪灾，淹没了凉水
井、珠市街、箭亭子等整个河边街区，我当时还在洪水泛滥的
高峰，拍了几十张照片。洪峰过后，街道上形成了十几厘米厚
的污泥，全城的干部群众一铲一框、一盆一桶的清理了十几天。

　　达县市政府（县级）于1981年成立，当年就开始整治河岸，
动工修建滨河路。我年轻的时候，滨河路只建了城区南门码头
这一段，近几年回乡，发现滨河路东北面已修建至野茅溪，西
南边已修建至龙爪坨，而且是沿河两岸均已建成。滨河路又成
了滨河公园，晚饭以后，很多市民都喜欢来到河边，休闲散步、

跳舞玩耍，虽然再也看不到昔日的天然野趣，但毕竟也算拥挤的城区，一个让人放松心情的场地。

每次回故乡，滨河路都是必然要走几回的，但每当我走到南门码头，昔日的河岸风光，已被一座财大气粗的人行大桥遮挡，大桥上居然还盖了顶，布满了餐馆店铺，如同硬生生在州河的正脸上划了一道伤痕。而河对岸，竟然紧贴山岩，修建一排排高耸的住宅建筑群，连汽车也只能在房子下面的地道里跑，奇葩规划，世所罕见，又如同在州河的正脸上再络下一大块伤疤。这一道痕、一块疤，让我心目中的州河，彻底沦陷，始终如鲠在喉。

两座有文化故事的山

两座山我只熟悉凤凰山，但小时候也天天都能望见翠屏山。

达县城"环城皆山，气象宏阔，城南一江如带，江外石壁如屏，俗称翠屏山，即青爱山也"。小时候，我并不知道它叫翠屏山，而是跟随大人叫它周鸡公梁。虽离河较近，但因位于城市对岸一侧，属于城郊，心理距离感觉比较远，故我们爬山，一般都只爬凤凰山，很少会去对岸的周鸡公梁。

翠屏山因戛云亭而青史留名。戛字很奇妙，妙在何处？县人李长祥作有《戛云亭记》，解释道："戛之为言，盖乐工之所以播之器，而乍出乎声者也，与博拊之类等。"也就是说，戛，

达县城北凤凰山

是乐工表演时，拨弄琴弦，发出的那一道声音。这声音来自哪里呢？来自云端，即空中。把这种声音"施之于云"，便有了类似于"听镜读画"的修辞效果。"夫镜可听乎？画可读乎？则云可戞乎？"原来，"吾州当盛时，俗颇好游。每岁元旦后一日即出游焉，至十五六日乃止。亭在山，渡浮桥而上。顾见烟火纷繁，城郭、府第、宫庙、朱楼、高阁、舆马奔腾，冠盖相望。亭之处又最高，人无不趋高者，鼓歌竞作，千喁连声，狂客酒徒，喧嚣满路，自下听之，如云中流响，戞然而鸣"。可见，"戞云"二字，描绘的是络绎不绝从城里过河来上山的人流，人尚在山麓，还没看见山上的亭子，却能听到天空中流淌着嘈杂如街市的声音，仿佛有一条天街，在云遮雾绕的半空中。"戞云"两个字，都不直接说肉眼所见，却又道出耳朵里"听"到的画面，是不是妙不可言？

能够为一座普通的亭子，取出如此富有诗意的名字，水平之高，自然也不同凡响。据民国《达县志》记载："夏云亭，唐元稹建。在治南翠屏山顶，下瞰江流。旧称达邑文风所关。"元稹在唐宪宗元和十年，即公元815年，因"俊爽不容于朝"，在被流放荆蛮十余年后，再贬任通州司马。当时的"通之邑"，由"盛时，户四万室"，已经衰落到"居才二百室"。有多蛮荒呢？元稹初到通州，就看见"江馆无人虎印泥"，也就是在政府招待所门口，居然看见了老虎走过的脚印。更要命的是，这里不仅四周高山峻岭，荒草遍布，杂树丛生，而且气候潮湿，瘴毒滋生，毒蛇、蚊虫到处乱窜。元稹刚来，就患上了痢疾，俗称打摆子，差点要了他的命。而且整个通州"市无货，百姓如草木"，"刺史以下计粒而食"，刀耕火种，以物易物，如同远古。

元稹从京城的纪委书记（监察御史，从一品），被贬为通州司马，职级最低，仅科级（九品）；而且是司马虚职，约相当于今天的市政府参事。每天"睡得日西无一事，月储三万买教闲"。无实权，无事做，就连每月的三万钱俸禄，也无处花费，但这并不妨碍他诗兴大发。谪居通州四年，共写了180多首诗，包括其代表作之一，与《长恨歌》齐名的《连昌宫词》。他人在通州，心系江州与忠州，与同遭贬谪的白居易往来唱和，"篇咏赠答往来，不以数千里为远。""时言诗者，称元、白焉。自衣冠士子，至闾阎下俚，悉传讽之，号为元和体。"

元稹在通州坐了三年"冷板凳"，遇到刺史李实生病去世，朝廷才下诏，让他"权知州务"（代理刺史）。虽只是临时当个老大，但元稹还是雷厉风行，组织民众在州河两岸开荒三十余里，辅导百姓用科学方法耕地、除草、薅苗、施肥。代理刺史职务只有七个多月，积重难返，百废待兴，他竭尽全力治理官场、稳住政局，简化法律法纪。"乃劝州人，大课芟铚。人人自利，若受鞭秩。旋六千里，功旬半毕。"元稹在通州，掀起了垦荒种田，加强田间管理的热潮，仅一个月，六千亩庄稼就有一半得到了薅苗、除草。他还发动通州人修筑堤堰，防止水旱和旱灾。而翠屏山上的戛云亭，可能正是元稹指挥通州人开荒造田的临时休憩处或指挥所。

元稹之后，戛云亭"代远倾没，陈迹仅存"，很多年代，都只剩下一个名字，但它却成了达邑的"文风所关"。明末李长祥曾写道："亭之创不知何时，其毁也亦不知何时。相传州之科名以宋盛，每有五色云起于此山，为异兆，必有验。"乾隆三十四年己丑，有邑之好事者建亭于山巅，企图"压云"以辟邪。当时有相术师则说："城坐坎位，楼耸坤方，土能制水，绝命之乡。合有大患，为民祸殃。"果不其然，未满30年，达县便出现了长达十年的白莲教之乱。嘉庆二年，代理州牧司马铣毁弃山巅之亭，访求元稹建亭旧址，乃鸠工移建此亭于西南之麓。

嘉庆十六年，余永宁任绥定府知府，"士民等以绥定科第稍衰，引李之说归咎于山巅之无亭。欲复毁山麓之亭而移建焉，纷纷来请"。适逢精通堪舆术的忠州刺史张星炜正在绥定，余永宁便邀他和士人一起同登高峰，相度地势。张刺史说"亭建高阜，为郡城害"，与之前相士所说无二。余永宁回府后，重读李长祥夏云亭记旧文，发现李所在的晚明时期，早已亭毁不存，无论山巅或山麓，均已无亭。而查达县科考，明代"共登贤书者五十七人，成进士者十九人，壬午一科中试者六人""国朝乾隆二十四年己卯科，至三十三年戊子科，十年中，举考廉者五人，成进士者二人。迫乾隆己丑，改亭于山巅，至戊申科，十九年间，领乡荐者不过五人。而此亭毁后，获俊者亦有人"。所以，余永宁得出结论："是科第之盛衰，无关乎此亭之有无也。"李长祥所说的五色云起于此山为异兆，是云起于此山，非起于亭也。

同样的故事，在增贵任绥定知府时也曾发生。增贵，旗人，为绥定府任职最长的知府，先后守绥定十五年，卒于任。他持躬清廉，莅事明敏，一上任就罢黜陈规陋习。死时"囊橐萧然，贫不能殓，其清介如此"。时有以拆夏云亭请者，贵诘曰："拆何为也？"曰："县中士人近数十年无得科甲者。风水家以亭位置方向不利，故群议拆之。"曰："不然，吾考诸邑乘，亭建于唐。其后屡有迁移，至本朝嘉庆后，复建于此，往者王、吴诸公（指王正谊、吴铣，清道光进士），其得弟在今亭立之后。士不奋志读书，而归咎于亭，亦惑之甚也。若拆之，而即有获甲第者，吾辈自可居功不得，而吾辈残毁名胜，恐不免有识者骂也。"

说罢翠屏山，再来说说翠屏山以北，城区的尽头，即故乡的另一座山：凤凰山。

凤凰山起自大包寨，"峰峦耸拔，圆净，迥异四山"。因山形如凤凰展翅腾飞而得名，小时候就记得同乡张爱萍将军的诗句："凤凰山上凤凰飞，骏马奔腾骏马催。常忆州河风卷浪，万山红遍待时归。"

凤凰山系南北走向，全长约16公里，宽3–5公里。在市境内长约8公里，宽5公里。山系属于台坪状，低山区。山顶平缓开阔，最高点海拔790米。两侧流水切割强烈，谷深坡陡。由于凤凰山南麓的脚，已经伸进了城内街区，因此山与城紧密融合，不可分割。生活在达县城里的人，几乎把凤凰山当成了后花园。从达巴路口老文工团、军分区门前，喊一辆出租车，不到20分钟就可以出现在山顶。自从修通了上山的公路，许多市民早起跑步，或晚饭后散步，也选择沿路上山，在半山腰呼吸新鲜空气，打望城市风景。

最热闹的当属元九登高。每年正月初九，是达县城传统的登高节，据说是为了纪念元稹。1200多年前元稹离开达县时，邑人依依不舍，登高相送，直到他乘坐的木船消逝不见。对了，元稹来达和离达都是乘船，相送的地点自然在南门码头，登高相望，也应该是城南河边上的翠屏山。几百年的风俗，不知在何时演变为离城区更方便的城北凤凰山，已没必要去深究。只要到了大年初九这天，达县城必然万人空巷，家家户户男女老少都呼朋唤友邀约上山。一时间，上山的各条道路都可以说是摩肩接踵、人头攒动。人们或者在半山腰，或者在山顶，找一块青冈林或柏树林下的空地，铺开塑料布，摆满带来的卤肉、凉面、锅盔和啤酒、饮料，席地而坐，开怀畅饮。这是全城人集体春游的一天，也是家人朋友相约聚会的一天，其场面壮观，乃故乡一绝。下山时，各家各户还不忘顺手砍几根路边的黄筋棍或青冈树枝丫，扛在肩上，寓意带柴（财）回家。

我从小就喜欢爬凤凰山，小学、中学的野炊上过凤凰山，长大后节假日的朋友聚会也喜欢选择凤凰山。只有在山上眺望达县城，山河依旧，才会唤醒儿时熟悉的感受。而近几年每次返回故乡，我都必上凤凰山，甚至专门为上凤凰山而回达县，则属于另外的原因，那便是扫墓挂坟。

凤凰山接近山顶的东侧山谷，就是凤凰山公墓。这是达县城最大的公墓，开发建设已有20多年历史。最早是我婆婆下葬到这里，选址首期开发的墓区，面向山谷，风水极佳。墓前有一棵笔直的松树，不知不觉已长到比大碗的碗口还粗壮。每次返乡，我都要给婆婆扫墓，放一串鞭炮，献一束黄菊花，点两根蜡烛，跪拜磕头。那些年顺风顺水，或许正是老祖宗保佑。

2018年夏天，母亲逝世后，连夜运回达县，安葬在早已选好的凤凰山墓地，隔几个墓位就是大北街11号小院曾经的邻居贺妈。这时候的凤凰山公墓，已不同于20年前的冷清僻静，而是拥挤急促。新墓区已大片大片开发了N区，但每个新区一完工，很快就会就住得满满当当，仿佛曾经的街巷市井，都搬到了这几个起伏的山包。除了我的婆婆和母亲，还有妻的婆婆、父亲和兄长等长眠于此。如今每次上山挂坟，都要打电话给墓地服务区的摊贩，提前预订多束菊花、一大口袋鞭炮、蜡烛、香火，穿梭于不同的墓区挨个祭拜。在墓碑的丛林里，不时能看见又多了一些曾经熟悉或知晓的名字。叶落归根，多少个曾经喜欢爬山登高的达县人，永远常卧此山，而我只会离凤凰山渐行渐远。

有一天我走不动了，有一天我也化归尘土，那时候，还有谁替我来看看山上的婆婆、母亲和亲人呢？

一棵见证历史的树

每个达县人的心中都有这棵树。

这棵树位于凤凰山南麓，面朝城区的方向。正好在半山腰、大道边的北岩上，每个爬山的人都会在树下停留小憩，眺望达城风景。

这棵树见证了我们爬树掏鸟、嬉笑打闹的童年；见证了青春甜蜜的约会和许愿；见证过太多太多的聚会重逢和离情别意。每个达县人的相册里，几乎都能找到一张，以这棵树为背景，记录下的生命瞬间。

凤凰山腰的古黄葛树

这是一棵千年历史的古黄葛树。它底部躯干粗壮，需三人合抱；在一米高的地方即枝干旁斜，往三条主枝干方向扩散，让人顺着主枝干，猫身爬行，很容易就能钻进它的怀抱。它冠盖云集，树叶繁茂，像一把为路人撑开的巨伞；它枝干挺拔、巍然耸立，无论多少人躺在它的身上，坐在它的肩上或头上，他都包容接纳；它历经了上千年风霜雨雪洗礼，年年枝繁叶茂，生机盎然，早已把自己活成了树精。

传说有一天晚上，黄葛树精变成了帅气的小伙子，将枝干树叶布满雪白的丝网，然后托梦给大西街上的一个小女孩。小女孩梦见如此阳光帅气的小伙后，从此魂不守舍，茶饭不思，日渐消瘦。父母着急万分，找阴阳先生一算，方知是北岩寺的黄葛树精作祟，于是带人来到树下，在一片树叶里找到了黄葛树精，用针头狠狠地扎，直到出血为止。还用钉子钉在树上、用火炮驱邪，黄葛树上的丝网消失了，小女孩的病也好了。

说起来，黄葛树的背后，本来就是烧香拜佛求神仙的圣地，那里曾有一座香火鼎盛、名震京师的辉煌寺庙：北岩寺。

明末进士李长祥的后辈，清朝贡生李霱峯把北岩寺的前世今生说得最清楚，他在《补修北岩寺碑记》写道："郡北名院，厥号北岩，立于凤山之中，居于凤翼之内，层峦耸翠，带水环绕。坐坎向离，子夜闻其钟鼓；山青地秀，吕公托迹于垭前。迨甲乎通川之形胜，因立为诸山之袖领，所以世袭僧正，余皆不得而借焉。且滋刹创自唐时，乃余李氏之佛堂也。故宋之末，敕赐行人之官建为护国禅院。明之时，亦命内宫阮氏敕赐重修，诚合两朝而并重者也。痛遭姚贼之变（指明末清初乱军"摇黄十三家"首领姚天动），殿宇为其所毁，所存者只藏经阁与大雄殿耳。幸我朝鼎定，前蒙郡侯沈公命旧僧首名道德者，重修天王殿阁，补葺藏楼，并修斋堂耳房，渐有起色。不料吴逆猖狂（指吴三桂叛清入川），谭、彭作祟（指谭宏、彭时亨乱军），蹂躏难堪，几乎复成姚贼后之故态矣。赖有老僧其名德慧，自幼削发于北岩，因兵火之佺偬避居乡寺，一旦感倾圮而兴悲，追师祖而继志，复来重整。自耕而食，负薪而炊，多端劳瘁，不惮艰辛，不私一身，不积分文，澹泊自甘，勉力撑持。奈天时未至，旱潦频臻，尤未补葺也。藏楼几于崩漏，中殿毁其左阁，环堵萧然，不蔽风日。大佛坏其右祖而将坠，菩萨废其金像而改容。虽有山主寥寥数人，自余叔祖李长祥得中探花，整理楼阁，迄今五十年矣。憾无显贵，补修无由。"

据传，李长祥的祖居就在凤凰山南麓，达县城北的脚楼，如今的北岩寺路226号，曾经耸立一座高大气派的李家祠堂，与北岩寺庙宇一墙之隔。按照李霖峯的说法，北岩寺创自唐代，原本是李家的佛堂。北宋时皇帝赐名为太平兴国禅院。庙宇宏阔，景幽地胜，梵音袅袅。可惜千百年来却不断遭到兵燹匪患，毁了建、建了毁，以致破败不堪，最终彻底消失于岁月的尘烟。

如今已无法探究历朝历代的兴衰往事，但可记住两点：第一，这里曾经"甲乎通川之形胜，因立为诸山之袖领"，是达州八景"北岩夜月"所在地，有诗赞曰：凤凰山月一岩幽，朗月娟娟照孔周。古寺莺花空寂寞，荒城无色任沉浮。风前雪影悬清夜，石上苔痕见素秋。尘迹恼吾无地浣，长怀皓魂独悠悠。

另一点，就是著名的北岩寺钟声。李长祥在《北岩钟鼓楼记》写道："今之甲午年（1654）三月六日夜半，忽有若钟声来城内，越一夜皆然。又一夜又然，其声若自北来，听之在北岩寺。人相与往视之，荆棘耳，无一有。一时人惊，顾喧传神异。"北岩寺灭失年代已久远也，达县城却连续三天听到钟声响彻上空，邑人争相上山查看，却只看见遍地荆棘丛生，说明曾经的北岩寺钟声，早已在人们心中回响。"夜听北岩钟鼓声，山间凤凰彩云飞。"

实际上，曾经的北岩寺，确有一口鸿钟，乃宋宁宗庆元五年，太平兴国禅院主僧惠达，筹集万金，邀请果州（南充）匠人铸造。鸿钟重3.2吨，高约2.5米，由钟蒂、钟顶、钟身、钟底四部分组成。顶面篆书"佛法"二字，顶内由小到大平列三道大环。一至二环间绕钟顶一周有6个小圆孔，二至三环间分别铸有"皇帝万岁""重臣千秋"两组大字，其间饰有太阳和云彩图案，钟身上刻有铸钟始末、马景修所撰铭文，以及集资功德人员和地方官吏180余人姓名。铸文以下又有三道圆环，钟口边缘由八个圆弧组成，形成八足立地。此钟形成时间，比北京的钟王还早三个世纪。鼎盛时的北岩寺，分别建有钟楼和鼓楼，晨钟暮鼓，响彻达城。"鼎器可名，匪道之糈。击竹悟性，击磬回定。不离形器，能发深省。声闻缘觉，勿谓肤浅。既闻既觉，何所闻见。自有如无，自无如有，有无不碍，顿超诸漏。达创此钟，质大声竑。震动大地，匍鑰太清，如镗喻心，如鼓说偈。非声之声，不器之器。作世福缘，敬剔聋瞆。岩石可迁，至音不坏。"（马景修《太平兴国禅院钟铭》）

北岩寺彻底灭失以后，此钟曾被人放置于城东黄龙寺。几经沦落，到我年轻时看见它时，已是20世纪七八十年代，在人民公园市文化馆外面的花圃里，以钟为背景，留下过青春的倩影，但当时并不知道鸿钟背后的故事。据说，大炼钢铁时，人们将鸿钟上的铁关刀投进了炼钢炉，唯有鸿钟本身，屡击不碎，才得以幸存。

古老的黄葛树，屹立于北岩寺的南大门，看它起高楼，看它楼塌了，始终沉默无语。

千百年来，这棵老黄葛树，独自据守在控制达城的关隘道口。它看见过红军的队伍来了，在它身边设立指挥部，攻占了达城。它还看见过国民党的青年军驻守在它身边，用捆铺盖的绳子将逃兵吊在它的枝干上，抡起扁担毒打。它看见过改天换地那一年岁末的深夜，最后一任国民党专员悄悄从署衙后门溜到它的身下，与保安队会合后于次日清晨逃亡平昌。它还看见过新中国的解放军军分区独立营、教导队驻扎在它身边，在这里练兵开靶场。看见过它的身边修通了盘山公路，逐渐办起了供销干部学校、司法干校、职业技术学校……

20世纪90年代生意热的浪潮中，随着上山的人流日渐增加，凤凰山麓一夜之间，兴办了一大批特色农家乐。人来人往，古老的黄葛树，又成为农家乐大路口的首席迎宾。无论世事怎样变化，无论经历多少岁月的沧桑，黄葛树始终还是一如既往的沉默，包容眼前发生的一切，让不同时代、不同时间段的达城人心中，都有一棵属于自己那个年代的黄葛树。

2019年6月，达州市政府将黄葛树正式确认为市树，成为达州精神的象征。它默默无闻却历史悠久，偏居一隅却见多识广，饱经沧桑又胸怀宽广，历经磨难又坚强挺拔。北岩寺这棵千年古树，早已扎根在人们心中，在一代又一代达州人的灵魂里生长。

两座连通古今的桥

我要说的两座桥离我家都比较远，一座叫通川桥，在南外；另一座叫红旗大桥，在城西。两座桥都横跨州河，相当于老城的西南和东南两头。

我家住城内大北街，拐一条街就到了市中心凤凰头。小时候，每当我要出"远门"的时候，就必然会经过两座大桥中的一个，所以想起这两座桥，一定是需要穿过城区的几条街道，跑得很远的时候。

通川桥是连接老城区和南外的通道。小时候，我身边的人都叫它铁桥，其实它原名本来叫"州河桥"，由民国时期的交通部公路总管理处桥渡科赵国华科长设计，1939年2月动工修建，1941年2月全部竣工，3月1日通车。该桥北起滩头街，向南横跨州河至南外的梧桐梁侧。全长303.92米，桥面净宽4.5米，高18.26米，人行道各宽0.5米。系双悬臂梁式钢筋混凝土桥，梁底为曲线型。桥身共16孔：中间11孔，跨径各20米；2孔，跨径各15.4米，钢筋混凝土连续旋臂梁组成。引桥2孔，跨径7.5米石拱；1孔，跨径6米，钢筋混凝土平板。桥面用钢筋混凝土浇筑。桥墩水下为钢筋混凝土浇筑，水上用条石砌成。建桥所用水泥630吨，全部采用英国进口的桶装水泥，连同所需钢材28吨，均由重庆以木船转运到达县。

这座桥与著名的卢沟桥一样，也是一座狮子之桥。负责建

通川桥北侧桥头

桥的汉渝公路桥渡工程处，正工程师兼处长徐芝田，奉命仿照北京卢沟桥，浇铸357个水泥小狮子，安装在桥面两侧石栏杆上。这357个栩栩如生的水泥小狮子，象征着当时全国3.57亿中华儿女，像雄狮一样，众志成城，打败日本侵略者，因此也被称之为"战时卢沟桥"。

　　通川桥的两端，各立有一个高大的水泥牌坊。1940年冬月，交通部公路总管理处科长周凤九来达县验收大桥时，将本来设计蓝图上取名的"州河桥"，改名为"通川桥"，并为大桥两端牌坊撰写楹联："叠石起长虹喜此日万众欢娱共祝通川福利，援人登彼岸愿今后全民团结完成建国功勋。"大桥靠南外一端牌坊正中，由当时的交通部部长张嘉璈，用颜体字书写"通川桥"三字。大桥靠城内一端牌坊正中，由交通部公路总管理处处长赵祖康，用隶书字体书写"通川桥"三字。张嘉璈乃中国金融创始人，著名银行家和实业家，日本东京应庆大学毕业，曾任民国铁道部部长、交通部部长。赵祖康乃中国公路与市政工程的奠基人，毕业于唐山交通大学（今西南交大）土木工程系，后赴美国康奈尔大学留学。曾任交通部公路总局副局长，上海市工务局局长以及国民政府最后一任上海市市长。新中国成立后曾任上海市副市长、民革第五六届中央副主席等职。两位重量级人物，亲自为"通川桥"题写桥名，说明通川桥的修建，确系抗战时期，国内的一项重大建设工程。

通川桥是四川公路建设史上，最早一座用钢筋混凝土修建的大桥，所以本地老百姓都叫它"铁桥"，形容它的坚固耐用。修建通川桥的时候，正值抗日战争的关键时期，是抗战需要的战略大桥。此桥的建成，标志汉渝公路全线贯通，成为向陪都重庆等地转运物资的交通大枢纽，为支援抗战做出了特殊贡献。汉渝公路又称川陕东路，是新中国成立前达县境内唯一的一条公路，境内长68.2公里。通川桥通车后，大竹至万源全线贯通，并接通川鄂公路，同时也部分改变了达县老城的布局结构，人们将大桥北端至公园一带坑坑洼洼的溪沟填平夯实，劈为宽阔的通川路和大车坝，停放军车和货车。从那时起，达县城便有了通川、达通、复权、绥远等几家专业的运输公司，经营达县到重庆的客运业务，以后又有了专业的货运公司。达县人比一般山区县城更早开洋荤，感受到汽车这种"怪兽"的魅力。围绕通川路也建起了大型的百货商店和旅馆、饭店，城区的闹市，也逐渐转移到大车坝。

从小我就感受到，我生活的这座小城，真的是小得玉抑。道路狭窄、房子密集，人群到处打堆堆。唯有公园到通川桥头这一段，大约40米宽的街道，宽敞舒畅，至今也不过时。参与通川桥规划建设的张嘉璐、赵祖康、许行成、徐芝田、金伯彤等先生，个个都是那个年代喝过"洋墨水"、见过大世面的专家，他们为我生活的小城，开辟了一个唯一有点像大都市的亮点街区。每一次，当我走进大车坝，走向通川桥，总会舒一口气，看见更遥远的天空和云彩。

大车坝后来不再用于停车，名字也改称为老车坝，但仍然一直是小城最热闹的市中心。从老车坝到通川桥头，是大城市一样宽阔的街道，而走过了通川桥，则完全到了郊区。

南外给我的印象有两个，一个是新达水泵厂，另一个是初一女同学的家。新达水泵厂与我并没有任何关系，但在儿时的我眼中，相当于这就是世界级的大工厂。太大了，大到道路两边有很多个厂区，每一个厂区的大门都禁卫森严。对于父母都没有正式工作的我来说，国营大厂也等同于衙门，与我无缘。但凡有正式工作，尤其是国营大厂正式工作的人，在我眼里都视之为高不可攀的阶层。我曾背起背篼，流窜于厂区外的道路，企图混进某一个厂区捡废铁，但火眼金睛的保卫人员，基本上每次都让我颗粒无收，我甚至没能走进一个厂区，亲眼看看里面谜一般的存在。

　　而女同学的家却很容易进出。在离新达水泵厂更远的山坡上，有一大片宿舍区和少量的办公楼，那里是省建十五公司的基地。女同学谢倩的爸爸正是这里的"一把手"领导，几个要好的同学相约到谢倩家做客，那时候她家就有大约100平方米，几间卧室加宽大的客厅，比任何一位同学的家更宽大亮堂，因此谢倩家成了每次聚会的最佳场地。而谢倩的爸爸不仅没有丝毫的官架子，反而还有那个年代的家长罕见的宽容与平等，完全放任谢倩带同学来家里玩，每次都让大家玩得开心尽兴。感谢谢倩，感谢已英年早逝的谢叔叔，让我自卑的童年，还能留下唯一见了官员而不压抑的感受，唯一能轻松自如走进干部家庭而不惶恐拘束，真是奇妙的感受，倍显珍贵的感受。难怪有好几年，只要有人提议到谢倩家聚会，即使要走很远的路，我也会兴致勃勃朝通川桥走去。

　　达县城还有一座大桥叫红旗大桥。红旗大桥在通川桥的另一头，通向南坝和西外火车站。

　　红旗大桥位于大西街虹桥和南坝德兴庙之间，在我三岁时的1966年动工兴建，1970年竣工。大桥长289米，高24.4米，宽10米，主桥6孔，每孔净跨38米，承受汽车载重18吨，拖车80吨，是新中国成立后达县城修建的第一座跨州河大桥，也是汉渝公路上第一座混凝土大型空腹式桥。建成通车后，立即取代了通川桥，一度成为出入达城的主要通道。由于修建大桥的时

州河上的红旗大桥

间为20世纪60年代末，当时还是完全的计划经济，修建大桥属于政治任务，主要靠义务劳动，不大可能有偷工减料的行为，因而大桥建成50多年，坚固依旧，的确经受住了时间的考验。

红旗大桥也给我留下两个感受，一个是南坝的工厂和学校，让我感到憋屈压抑；另一个是西外火车站，那是我的诗和远方。

红旗大桥的城外一侧，即南坝，乃州河在这里拐了一个大弯，形成的半岛。南坝有两个大单位，一个是达县地区纺织厂——比新达水泵厂还要大的世界"第一"工厂，据说里面大多数为女工，据说这些女工上班时间须全神贯注盯住机器，工作压力非常大，但对我来说，这样的国营大企业，依然一如既往的神秘莫测，没有机会能走进去一探究竟。

另一个大单位，即达县师范专科学校及旁边的达县师范学校。说到这两所学校，先要说到南坝对岸的龙爪塔，一座突兀而起的山包上，高耸一座白塔，位于"县治西五里许，山如玉印，下临深潭，上有塔，曰龙爪塔。"估计是为镇水妖而建，后以"龙爪清潭"，成为达县八景之一。清末民初，这里办起了龙山书院，著名教育家刘行道为书院主讲。新学日盛，刘行道建议政府将书院改办为中学堂，遂在河对岸的南坝征地，由留洋归来的邑人文瑞图设计施工，建起了县立达县中学，也就是后来达一中的前身，至今已百年校史，人才辈出。达县中学搬走后，这里又成了达县师范学校和更高级的达县师范专科学校，简称达师校和达师专。我初中毕业后，被迫失去了读高中的机会，与达县城两所历史悠久的中学达一中和达高中（县立绥定联合中学），由此断了缘分。我考上了中师，本来该读达师校，也沾点老达县的文脉，却因为市县分设，我所属的县级达县市不含南坝，没有自己的中等师范，而将录取的几位考生派往更偏远的宣汉师范。因此，每次走过红旗大桥来到南坝，我都有万分的惆怅。我读不上达县城最好的两所中学，连本地老牌的中等师范也进不去，至于达师校旁边更高级别的达师专，更让我望尘莫及。

如果今天有个考生被达师专（现又升格为本科的四川文理学院）录取，则肯定意味该考生成绩很一般，只能读个二本。而当年的达师专在恢复高考后，首届学生就将达县文脉发源地发扬光大，涌现出全国著名的巴山作家群，让达师专成为本地文艺青年朝拜的圣地。为了挣文凭，我悄悄在红旗大桥另一侧的市电大报名，通过了成人高考的入学考试，当时的单位却偏偏不批准我就读。无奈之下，我只好报名参加了达师专主办的高等教育自考补习班，勉强和达师专扯上一点关系，周末在达师专的阶梯大教室听过几堂课，刚刚考过了一门功课，意外地遇到了可以到成都读书的机会，故乡达县所有的好学校，最终还是与我彻底无缘。

从红旗大桥穿过南坝，再跨越后来新修的州河大桥，就到了西外，到了火车站，那里是我梦想启航的地方。多年以后，当我再走过红旗大桥，要么是离开，要么是回归。每次从红旗大桥离开，标志着向老城挥手告别，我都心情轻松。而每当列车驶进达县站，我坐上汽车，穿越西外和南坝，只有看见红旗大桥，才算回到老家，迎面扑来的都是亲切。脱离了儿时命运的羁绊，剩下的只有远走高飞、来去自如的轻松。

同样一座桥，当初桥的两头，一边是市电大，一边是达师专，仅有的两所本地"高等学府"，像两座望尘莫及的高山，让我压抑和沉闷。如今，大桥一侧的市电大已消逝无踪，另一侧的达师专已升格为本科院校，并迁移了新址，越办越红火。透过车窗外一晃而过的行道树影，昔日达师专的校舍也隐约闪现。我的内心，只在偶尔会泛起一丝涟漪。因为我已明白，如今的故乡学子，要圆一个大学梦，至少有一所完全可以保底的本科院校，谁也不会再感受到我曾经的压抑和沉闷了。

毛根儿朋友

毛根儿朋友就是穿叉叉裤时的朋友。

四川话的叉叉裤，又叫开裆裤，男孩子幼儿时期穿的裤子，里面没有内裤，"雀雀"露在外面。从这个时候就在一起玩耍、上学，知根知底，毫无做作，几十年来形成了很铁的兄弟伙关系，这样的朋友自然是毛根儿朋友，北方人称铁杆或发小。

每个人或多或少，都有几个信得过、靠得住的毛根儿朋友，我也不例外。

一

1981年，暑假，一天中午。

我正在大北街11号院内，巷道最里面的茅坑里解大便，一个声音，急促不断，喊着我的名字，由远及近，一路跑了进来。是张凤国，气喘吁吁、满头大汗、一脸笑容。他手里拿着一个

一对毛根儿朋友，两个文学青年

牛皮信封，迫不及待，在茅坑里就打开来，将里面的一张纸递给了我。

是四川大学中文系新闻专业录取通知书。

四川大学！四个金光闪闪的红色大字，像一道亮光，瞬间迷晕了我。

薄薄的一张纸，是整个大北街当年唯一收到的，也是分量最重的一份录取通知书。

薄薄的一张纸，将彻底改变大巴山区小县城，一个普通家庭出生的底层"街娃"的命运。

我向张凤国表示祝贺，但却无论如何也不可能像他那样满脸兴奋。因为我知道，当眼前这张薄薄的纸页真实呈现，同样普通家庭底层"街娃"出身的我，从此将与他，走向完全不同的人生路。

二

张凤国是我小学同班同学，小名四娃子，生在大北街中段，离我家大概相隔十几间房子，一个小巷子里。他的父母都是集体企业建筑社的工人，5兄妹，他排行老四，大人们和街坊邻居都叫他四娃子。他家排行老大的姐姐，比他大十多岁，在我们还在读小学的时候，下乡当了"知青"，后来参加工作也到了建筑社，与同社的一位工人、重庆来的"知青"柴哥结婚，两口子都是钢筋工。张家老少8口人，住在小巷子最里端，自建的平房，面积比我家大很多，但由于人口多，也显得拥挤局促。他父母和姐姐、姐夫的收入，都属于计件性质，干一天才有一天的工钱。因此，他家的经济状况也很拮据，生活条件与我家差不多。不同的是，他父母都没有文化，老实巴交，心地善良，性格温和，一家人和和睦睦，不像我家那样打内战。他家虽然也贫穷，却能感受到天伦之乐。

张凤国从小就成绩拔尖，是5兄妹中唯一能读得进去书的人，因而在家里最受宠，和我一样，从小基本不会做家务。我们俩从小学起就走得最近，有事没事，我经常泡在他家里，与他父母，兄弟姊妹，熟悉得像一家人。在他家里，从来都无拘无束，自由自在，任我俩天南地北的神侃，想做什么就做什么，从来没有人干涉过问。饿了，在他家吃饭；困了，在他家睡觉。

经常是躺在一张床上，还要聊到深更半夜。因此，我和他从几岁到现在，50多年了，依然是无话不谈，几乎没有任何个人秘密。

三

大约在小学三年级的时候，我爹教我学画画，张凤国也一起参加。我们在小院坝里撑起小画架，放一个坛子或几个水果，学习素描临摹。虽然我爹的绘画，也是半路出家，半罐子水，压根谈不上系统和专业。但这样的机会，在那个文化荒漠的年代，也十分稀罕，起码能起到引导的作用，让我们在贫乏的学校生活以外，还能积累一点点艺术上的童子功。凤国比我学得快、学得好，后来还喜欢上书法，练就一手漂亮的草书。人到中年，成了书画及古玩玉石鉴定的专家。小时候无意中播下的种子，总会在人生的某个时候，开出花来。

由于我俩都有了绘画的手艺，我们自然成为学校办黑板报和墙报的主力，因此还免掉了几次学工学农、下厂下乡劳动的差事。我们都属于全年级成绩突出、又有艺术特长的尖子学生和班干部，毕业时都被留到了原小学，读戴帽初中。他分到了另一个班，我则与班主任老师不和，仅读了一个学期，就自己办转学手续到了第三民办学校。16岁初中毕业，我的逆行选择，决定了我俩从此将走上完全不同的人生道路。

四

我被迫放弃上高中，来到邻县的宣汉师范读中师，张凤国则升入达县市第一中学，那是全地区最好的省重点中学，百年校史，人才辈出。我和张凤国经常通信，他读的是高中文科班，在1980年代初期，文学热方兴未艾，我俩不知不觉，都成了文学青年。在我苦练写作的同时，他也寄来了他和他的一位同学写的短篇小说，阅读之后，发现他们的写作水平远在我之上，我的压力更大，只有愈加发奋努力。

寒暑假回到达县城，我基本上天天和张凤国泡在一起。有一段时间，我们约好每天早起，跑步到人民公园锻炼。假山上、林荫下，他背外语单词，我背唐诗三百首。有一次，从公园出来，张凤国很郑重地对我说："我觉得你在外面，似乎应该少说话为好。"我一愣，他又说："我原来也经常话多，知道点什么就想摆给别人听，后来才觉得没意思。"改变的原因，他说是看见邹韬奋在《经历》一书中的一句话："喜欢闲谈的人，就是对你瞎谈着别人的事情；令人讨厌的人，就是对你尽量谈着关于他自己的事情。"这句话触动了他，也让我至今铭记。

我们两个少年"文青"，还模仿古代文人，各自给自己取了一个字号，他叫癸卿，我叫子卿，以后很长一段时间，写信都以字号相称。由于我和张凤国几乎形影不离，他高中时期所有要好的同学，也都成了我的好朋友，以至于很多人都误以为，我也是他们高中同学。混在一群踌躇满志的高中生中，听他们讲学业讲升学，讲学校的逸闻趣事，尤其是讲青春期起伏澎湃的暗恋、初恋的故事，我深深地知道，他们是一群自由自在，即将展翅高飞的雏鹰，而我却自我折断了翅膀，再也飞不起来了。

临近高考，我想方设法，在当时很有名气的宣汉中学，搞了一套内部复习提纲，记得有50多道题。我发动中师的几个同学，连夜抄录后寄给他。在学校的模拟考试中，他名列第二，那时就知道，他的高考，稳了。

五

当我从宣汉师范学校毕业，走向大巴山深处的乡村小学时，张凤国已远走高飞，走到了我从来也没去过的省城成都，走进了我想象不出到底有多大的重点大学校园。依然是寒暑假，张凤国从成都回来，还是和我泡在一起，他有川大新闻系的身份了，很容易就联系到《通川日报》《巴山文艺》这些地方新闻文化媒体，我也和他一起，走进了这些吸引我又很神秘的报刊编辑部。大四那年，他竟然申请到炮火纷飞的对越自卫反击战前线，做战地实习记者，可惜我不能同行，满心羡慕。

1985年，我历经乡村、县市数年工作周折，终于到了成都，成为四川教育学院一名在职培训的"大"学生，开始了我的

"蓉漂"生涯，张凤国已从川大新闻系毕业，分配到北京，成为中央新闻单位新华社的记者。金字招牌，权威机构，国家通讯社，这些只有在报刊上才能看见的词语，与小城大北街居民的距离，是那么遥远。

以后每年春节，成了我们固定的见面时间。每次回乡过年，他都要收到地委办公室，宣传部等领导机关的邀请，受到老家父母官的热情接见和招待，这已成为小城的一个惯例。但凡在中央国家机关，省级重要部门工作的老乡荣归故里，都会被邀请到地方衙门里行走，这会让整个家族门楣生辉。在大大小小的春节聚会中，经常能听到一些沾亲带故的人，有意无意透露说，某书记请他家回来的那个人，晚上一起吃饭，脸上倍有光彩。

但张凤国的父母，还有兄弟姐妹，却什么也不知道。回乡十来天，张凤国总是脚不沾地，很少落屋。他的家人依然只知道，他成天和我这样的毛根儿朋友在一起，对于他受到哪个衙门招待，与哪个重要官员在走动，这些在街坊邻居中长脸的事，一概不知，更无从炫耀。多年以后，他的家人，依然过着普通老百姓平常的日子，连本地的一个科长也很难认识。

<h2 style="text-align:center">六</h2>

1986年暑假，我和新婚的妻子，用1000元做盘缠，开始了长达四十多天，行程大半个中国的蜜月穷游。我们从重庆出发，

先在江南玩了一圈，然后从上海坐轮船到大连，又从大连坐火车到了北京，在北京待了十来天。

这是我第一次来到首都，眼前的一切都让我兴奋。张凤国在北京西站接到我们。我住在他的集体宿舍，老婆则到他女同事的集体宿舍打挤。老婆胆小，想翻阅宿舍里的书，也不敢去碰一下。也就在这时候，我第一次看见，张凤国上班的地方，还有军人站岗，进门须严格盘查，警卫森严，这为他的身份，增添了一丝神秘。

张凤国陪我们在北京的各大名胜古迹游玩，有时候也把我带进他办公的区域，这些外人难以涉足的"禁区"，让我亲眼看见，从小耳熟能详，大名鼎鼎的"新华社消息"，就是从这里编发出来的。当时我无论如何也无法想象，几年后我也会来到北京，在同样也有军人站岗的地方——另一家中央新闻单位，工作了几年。

张凤国出生寒门，依靠高考改变命运。大学一毕业，直接进了最高级别的中央新闻单位，顺风顺水。整个青少年时代，几乎从未感受到艰难和挫折。这样的人生经历，养成了他清高自处，万事不求人的性格。从第一次到他工作单位起，我就发现，他从来不会拉关系，走后门；从来不会溜须拍马，投机钻营；也不会动动歪脑筋，挣点外快什么的。对社会上日渐兴起的这一套，他就像个外星人，不知道，也不屑一顾。好在他置身这样一个知识分子成堆的大单位，自然会比小县城的单位带给他更大的包容。规规矩矩、按部就班，凭业务能力立足，同样也能发展成长。几十年后，该有的职称、该有的职位都有了，他从来没有做过火箭，也一样都没落下。

他的妻子，武汉大学研究生，书香门第出身，温良贤淑，不显山露水，却有很强的业务能力。妻子比他晚一年分到新华社，在另一部门，与他同步发展。两口子一直没有孩子，丁克家庭。平日大小家务，全由妻子包揽；一应起居，把他照顾得巴巴实实；让他一辈子过着甜蜜无忧的小日子。我的女儿、儿子，出国留学前，均曾在北京培训，把孩子交给他俩，我可以放心大胆，不再过问。

七

张凤国毕竟是家中最有出息的孩子，改革开放几十年来，父母退休，哥姐下岗，侄儿女升学就业，家中毕竟有各种各样的困难，需要他帮衬一把。但他不是贪官污吏，也不是暴发户，虽身居"高位"，并没有什么特权可以输送，也不可能撒得出大把的银钱，加之出淤泥而不染的个性，所有世俗眼中特权与实惠性质性的帮助，都让他捉襟见肘。每谈及此，有太多的无奈。

岁月如梭，一转眼，父母都老了。

我和张凤国，并非每年都一定能回老家过年。有时候他回了老家，我在外地，他会去看望我的父母。有时候则相反，我回了老家，他在北京值班，我会去看望他的父母。有一次，在街上碰到他的妈妈，走路战战兢兢，已经老年痴呆，差点认不出我来。热热闹闹的春节，我去他家，只见两位老人围坐烤火炉边，眼睛里满是期待。一年当中，他们盼的就是这个时候，能看到从外地回家的子女。总会有太多的失望，但我却从未听见两位老人抱怨过一句不是。

我想，父母都希望子女有出息，但越有出息，实际上反而可能会离父母距离更远。真正照看父母日常衣食起居最多的，反而还是家中最没出息的那一个。张凤国也曾将父母接到北京居住，但两位老人却不习惯北方的生活，执意回到老家。他也曾给下岗的哥哥，没有工作的侄儿，在北京找到活儿干，但干不了多久，都感到不如意而自动放弃。毕竟文化水准、生活习惯，不在一个层面，有时候，一家人也未必心心相通。亲人，未必就会成为知己。鹤立鸡群，反而倍感孤独，这让一家人中最有文化的张凤国，也深感无奈。

随着年岁的增长，张凤国对父母的牵挂越来越浓烈。他给父母在老家买了新房子，改善父母的居住条件。眼看父母已到了风烛残年，几年来，他把所有的假期全部集中在老家，前所未有地推脱了所有的应酬，安安心心在家陪同父母，祥和平静地度过最后的时光，直到把两位老人，先后送走。

八

2000年冬天，我第一次去美国。到了纽约，我独自离团，由张凤国陪我，逛了一整天。

此时，张凤国被单位派驻美国，已经在纽约待了几年，到处都熟门熟路。我不用担心语言问题，又不受旅行团固定线路的约束，想去哪就去哪，开心得很。此前，张凤国曾被派驻香港，也待了几年，我们曾在香港见面。香港毕竟是中文世界，我拿着地图，自己也能找到地方。此次去美国，本来想办因私护照签证，被拒。只好临时参加了一个公费团，以因公护照签证，才得以成行，但却受到种种约束。走马观花，对美国社会民情，找不到更深的感受。

张凤国带我穿梭于纽约的大街小巷，基本上去的都是旅行团不会安排的地方，边走边给我讲解。傍晚时分，我们来到灯火璀璨的时代广场，面对来自世界各地，各种肤色、各种模样的人群，恍若置身梦境。我想起了老家，想起了大北街，两个社会最底层的街娃，当初无论如何也想象不到，有朝一日，会出现在这样的场景。

一晃20年，张凤国回到北京工作，我则经常到美国。儿子去美国读高中，我夫人成了陪读妈妈，每年几次往返美国，已如同寻常。我和张凤国平时很少联系，但到了节假日和重要的时间点，我都会收到他打过来的视频。我们从来没有什么业务合作或资源利用，但却永远有说不完的话题，经常是一聊起来，至少会超过半小时，以至于我夫人都有些嫉妒，说我俩的关系，太不同寻常。我和张凤国说的话，比与她说的话还多。

人老了，聊的话题自然以健康问题居多。张凤国对我的身体有什么毛病，都很了解，经常提醒我，不要忽略身体出现的小问题，给我讲什么可逆、不可逆之类的医学道理。我才知道，他还钻研过中医，对中医原理，养生之道颇有心得。但凡发现我身体有什么毛病，每次打来视频，他都会追踪询问，从来不曾忘记。他一边耐心解说各种注意事项，我一边点头，过了又忘之脑后，依然改不了自己的生活习惯。

如今，张凤国又被派驻纽约，担任北美分社负责人。恰逢新冠疫情，三年时间，长期困守在宿舍里，不能出门，更无法回国。最近与他聊到，今年七八月份，他妻子办完退休手续会去美国探亲，不久以后他也将到站下车。疫情缓解，国门打开，我们相约，在他退休之前，我和妻子一起到美国去，两家人来一次自西向东、横跨美国的自驾游。在这个自由放飞心情的年龄段，我们将深入美国中部腹地，领略北美大地的风土人情，一定会有一趟愉快的旅程。

我期待着。

我的
初中班主任老师

一

1966年夏天，一个寻常的早晨，她从教师集体宿舍走出来，看见校园内的墙壁上，一夜之间贴满了大字报。无意之中扫了一眼，赫然看到自己的名字，在大字报上跳动。走近仔细一看，她惊呆了，仿佛一记重棒，直接击打在脑门上。她有些晕眩，差一点站立不稳。

在铺天盖地揭发批判"三家村反党集团"的大字报中，突然之间，她和学校校长及另一位教语文的老师，被揪了出来，变成揭发批斗的对象。三个人都出生于地主资产阶级家庭，属于暗藏在革命队伍中的阶级敌人，被全国人民穷追猛打的"三家村反党集团的忠实走狗"，党内走资本主义道路当权派的追随者，反党反社会主义大毒草的迷恋者。思想反动，心怀不满，私下里恶毒攻击伟大的党和社会主义制度，是"三家村反党集

毕业30年后，学生夫妻与老师夫妻在一起

团"在地方基层培养的"四家店"，潜伏在红色校园的资产阶级
代理人……

揭发批斗她的"证据"，全部出自她锁在集体宿舍抽屉里的
私人笔记本。那些纯属个人隐私和秘密的文章警句摘抄、情感
抒发文字，赤裸裸曝光在光天化日之下的大字报上，如同在大
庭广众之下被剥光衣服，让她无比羞耻和愤怒。灼灼烈日之下，
也瑟瑟发抖。

这一年，她21岁，刚刚高中毕业，到达县民中任代课教师，
还不到两年。

这一年，一场疾风暴雨、史无前例的政治大运动，已拉开
序幕。涉世未深、爱好文艺，性格单纯的她，在暴风雨来临前
的第一声炸雷中，就被闪电击中，从此改写了人生。

她就是我的初中班主任，王静川老师。

二

王老师出生于书香门第。

王老师的祖父王进仁，曾为辛亥革命后，达县最早一批公派留日学生，回国后在北京著名的《晨报》当编辑。《晨报》初名《晨钟报》，1916年创办，李大钊为第一任总编辑，撰发刊词《晨钟之使命》。瞿秋白曾为该报驻莫斯科通讯员，鲁迅、徐志摩等文化名流曾为该报主笔。20世纪20年代非常著名的少年中国发起者，四川人王光祈，曾在该报发表《城市中的新生活》一文，倡导成立男女生活互助社，即"工读互助团"，受到李大钊、蔡元培、陈独秀、胡适等名流的热烈支持和响应。李大钊、胡适、蒋梦麟等人为《晨报》撰写的《争自由的宣言》，在全国反响强烈。早期的《晨报》，尤其是《晨报副刊》，在当时社会影响巨大，为新文化运动，五四运动，以及马克思主义最初的传播，做出了贡献。王老师的祖父王进仁，此时正在《晨报》工作，应该与这些历史人物，打过交道。

遗憾的是，王进仁体弱多病，因身体原因，不得不回到四川老家，任达县视学，后与书香门第出身的叶家小姐结婚，中年早逝。

三

王老师的父亲王廷高，1924年生，少年丧父。他身材高瘦，飘逸俊秀，天生就是翩翩公子形象。17岁考入省立达县师范学校，后与大他3岁的同班同学彭小姐结婚。彭家乃本地大地主，大家族，家中有国民党军中的少将，也有人后来成了革命队伍中的地区行署专员。

王廷高师范毕业后，在达县教书，先后任东北乡小学、肖宫庙小学校长，干了三年，已经结婚生子的他，又离家出走，在抗战胜利后，考入南京大学新闻系，毕业时已进入新生的红色政权时代，分配到解放军第三野战军团第10兵团，开国上将叶飞的部队，担任随军记者，参与部队清剿国民党残余武装和土匪的战斗。他曾给王老师讲过在福建一带剿匪作战的故事，给王老师留下深刻印象的是，当时部队缺少粮食，把几样食物搅拌成糊糊吃，糊糊中已生了蛆。

1952年左右，王廷高从部队转业到上海交通大学工作，后又随所在院系并入华东纺织工学院，即1985年更名的中国纺织大学，1999年更名至今的东华大学，系教育部直属全国重点大学，国家"双一流""211工程"建设高校。王廷高在上海春风得意，留下彭家小姐和一双儿女（儿子幼年夭折），困守在偏远的达县小城。

此时，昔日的彭大小姐已投身革命，参加了土改工作队，后又到城关镇工作，忙得不亦乐乎。王老师基本上由奶奶抚养成长。书香门第出生的奶奶，为幼年的王老师，打下了深厚的国学基础和学问素养。但奶奶在爷爷去世后，获得过县教育基金的一笔抚恤——十几亩赖以为生的田地，新政后被划为地主成分。跟随奶奶长大的王老师，从读书开始，所填的表格，家庭成分一栏，也稀里糊涂填成了地主。这为王老师的第一次人生挫折，埋下了伏笔。

四

王老师1945年出生。那一年，她的父亲21岁，母亲24岁。从童年记事起，父母就天各一方，但却随时都能感受到，父母从来都不曾和谐相处。不是在吵架，就是在评判吵架。吵、吵、吵的夫妻战，成为原生家庭，留给王老师的第一道伤痕。

1953年，王老师的父亲，终于为妻子办好了调动手续，安排在大学附属小学教书。王老师随母亲奔赴上海，并在上海就读小学，一家人终于团聚。如果夫妻恩爱，家庭和睦，王老师的人生，将改写精彩篇章。遗憾的是，激烈的夫妻内战，再次爆发，以致水火不容。王老师的母亲，一气之下，不顾已有身孕，不惜千里奔波，带上王老师，一路车马劳顿，又回到达县。以后的几十年里，双方既不离婚分手，又不妥协和好。而是隔空对战，相互折磨，长期内耗，直到晚年。

王老师在这样的家庭环境下，形成了她第一个性格特征，那就是独立自强。

所谓独立自强，内涵信息也有特立独行的意思。王老师从小发奋读书，刻苦用功，无论是文理课程，还是才艺技能，一直都是拔尖生。在达一中高64级，学生全是整个达县地区十余个县选拔出来的优等生，王老师的各科成绩，从来都是全年级妥妥的第一名。教她化学的老师，曾经是她祖父的学生，见她每次考试，交上来的试卷，都是满满的100分，以至于到后来，没有发现错误，也故意扣她一分。枪打出头鸟，化学老师爱护她，不想让她太冒尖，但青春洋溢的她，满腹才华，哪里压得住。

她的班主任老师，转业军人出身，教政治课，常常拿起教科书在黑板上抄写，这自然是肚子里墨水不够的表现，自然入不了她这位尖子女生的法眼。无聊的课堂，她只有看自己的书，做自己的事，这些"骄傲"的举动，却看进了班主任老师的眼中。

19岁的女学霸，特立独行，哪里会料到，她一花独放的拔尖，早已成为一些人的"眼中钉"了，而这些人恰恰可以左右她的命运。时值"阶级成分论"开始盛行的一年，她满腔热忱参加了高考，信心十足地等待北大、清华的录取通知书，结果竟然是名落孙山。比她成绩差好长一大截的中下游学生，都满心欢喜地拿到了大学录取通知书，而作为尖子学霸的她，却从此与大学无缘。

事后打听，才知道，她的政审档案表里，因家庭成分填写为"地主"，而被标注上了"不予录取"几个字。享受这种"特殊待遇"的考生，高考试卷早就被放入另类，根本不用拆开阅卷。

五

史无前例的政治大风暴来了，全国性批判"三家村反党集团"，刚打响第一枪，王老师就应声落马。

高考落榜，红色家庭出身的人，可以参工到国营企业，纷纷进了肉联厂、罐头厂、粮油公司、饮食服务公司等紧俏单位。像王老师这样已被打入另册的"地主"后代，只能自谋职业。百无一用是书生，王老师除了读书，只会读书，她唯一能做的职业，只能去当个民办教师，找学校代课。在两所小学代课后，她进了达县民中，学校缺哪一科的老师，她都能上这一科课程。天之骄子的梦想已经破灭，她安分守己，甘愿做一颗螺丝钉。尽管这样，还是未能躲过命运的第二次打击。

很快，运动工作组进驻学校，全县教育系统的老师集中学习。学习班把人分为四类，经过工作组甄别，她有幸未被划入"阶级敌人"的第四类，而是"可教育好"的第三类。上课的资格被取消，她和同样被打倒了的校长等几人，强制接受劳动改造，到凤凰山种庄稼。如果当时有照相机，一定可以拍到，这个身材单薄、文静秀气，戴一副眼镜的弱女子，吃力地挑一担粪桶，摇摇晃晃，脚步蹒跚于山间小道的样子。

停课闹革命开始了，曾经温顺听话的学生，一夜之间，变得凶神恶煞。一个学生造反头目，手拿木棍，耀武扬威地行走在校园，看见被打成"坏人"的王老师，挥起木棍就打。我无法描述，王老师被学生抽打时的心情，但可以猜想，本身天性不屈的她，一定会倔强地"知其辱而保其尊，守其弱而砺其志。信大道如砥，虽身不至而心向往之"（《燃灯者》）。她不会求饶，也不会沉落，反而会在心灵深处，变得无比高傲。

学校瘫痪，教师每个月只能领取9元钱工资，可就连这微薄的9元钱，最后也被"造反"的学生，从学校财务室抢走。一时间，达县民中，只能"作鸟兽散"。

六

在王老师处于人生低谷的时候，一个人走进了她的心中，成为她往后余生、相濡以沫的伴侣，这个人就是杜复然老师。

杜老师与王老师同在达县民中代课，比王老师小一岁，高中在达一中，也比王老师低一届。杜老师的父亲，达县碑庙乡人，少有文化，家中兄弟数人，为躲避抓壮丁，将几亩薄田留给兄弟耕种，自己则跑进达县城，被旧政府机关录为低层职员。新政后，家庭成分划为小量出租，本来不属于反动的地主阶级，但却在档案里查出，旧政府机关的所有职员，都集体加入过国民党，这便留下一个要命的历史污点。运动一来，杜老师的父亲，被踢出新政权的行政机关，沦落为州河滩上，淘沙石的苦力。杜家的家庭条件，与王老师家相比，完全不在一个层次。

杜老师同王老师一样，也是妥妥的学霸，甚至在某些方面，比王老师更胜一筹。在达一中，他既是高中生，同时也是高中生的辅导员。他的考试成绩，总会比第二名，远远高出一大截。但1965年的高考，依然是"阶级成分论"的高峰期。因此，杜老师遭遇了与王老师同样的命运，眼睁睁看到他辅导过的"差等生"，上了大学。而他自己，只能到民中，代课谋生。

在大运动烈火焚烧，学校瘫痪解散的时候，杜老师与王老师恋爱了。书香门第的王家自然反对这门亲事，但一向特立独行的王老师，却认准了杜老师这个人，她一不要彩礼，二不看门第，三不讲条件，自己抱了一床铺盖卷，进了杜家的门。在杜家狭窄破旧，只有几个平方米的小屋里，与杜老师成亲。

往后的岁月证明，王老师确实没看错人。相貌平平、沉默少语，从不显山露水的杜老师，肚子里永远有倒不完的墨水，浑身上下都有使不完的本事。在民中、电大，以及一些中专技校学生的心中，杜老师一直是神一样存在。凡经他教过，辅导过的学生，无不战绩辉煌。就连我这样的数学白痴、在初中毕业数年后，经他短期辅导，也能在全省中小学教师竞逐的省教院招考中，获得75分的成绩。如果放到现在，杜老师绝对是红透本地的教学名师，门庭若市，求他辅导补课的家长和学生会排着长队。

更为可贵的是，杜老师不仅本事大，而且对王老师一往情深，终身呵护备至。可以想象，原生家庭不和，缺少父母关爱，刚成年又连遭命运打击的王老师，在有了杜老师后，受伤的心，会感受到何等的温暖。高傲的灵魂，从此才有了踏实的依赖和支撑。人生得一知己足矣，这一对才华横溢的高考落榜尖子，一辈子惺惺相惜。岁月如梭，与卿舞；光阴荏苒，与卿随；洗尽铅华，与卿享。

七

时间再回到20世纪70年代，新婚伊始的王老师和杜老师，还得四处寻找代课的机会，他们辗转在几所尚未停课的小学打零工，两颗不屈的心相连在一起，携手并进，夫唱妇随，协力熬过眼前的黑暗。

1975年，民中复课，王老师和杜老师成了正式的民办教师，学校为他们分配了寝室，副校长亲自到他们家中帮忙搬家，迎接两位难得的教学骨干。到1978年，复课后的首届初中班毕业，全市统考三科，两科获第一，一科获第二，总评全市第一，超过了生源和办学条件都好很多的达一中、达高中等名校。王老师和杜老师，从此安心校园，教语文、数学，都是高手。王老师还连续带出了79级、82级、85级、88级、91级、94级、97级，7个年级的班主任，20多年时光，矢志不渝，每个年级的毕业生，都把她和杜老师，当成亲人。

他们以教书为乐，同时不忘自我提升，与时俱进。1979年，民办转公办教师招考，他们一考而过。其间，先后在电大、地区教育学院进修、函授，同样是既当学员，又当学员的辅导老师，很多人都是在他们的辅导下，闯过了电大、函授的考试关。他们没有上过正规大学，同样拿到了当时仍很稀缺的大学文凭，双双被评为中学高级教师。随着教学名气的增长，达一中等大牌名校，也曾数次挖过他俩，但林子大了，什么鸟都有，他们不适应人多嘴杂的环境，不会交际应酬，宁愿一辈子待在这个虽不起眼却相对单纯的民办学校，安心教书，俶心满意足。

几十年来，王老师"两耳不闻窗外事，一心只教（读）圣贤书"，形成了她第二个鲜明的个性特征：高雅脱俗。高，是学问深厚；雅，是心灵纯净。时代在变，社会风气在变，面对权势、名利的各种诱惑，王老师始终纤尘不染，置之度外，超凡脱俗。在物欲横流的现代社会，真正做到这点很难，长期持之以恒则更难，那是对本性的坚守。

八

多年以后，王老师早已知道，那个把她私人笔记本偷出来，抄写在大字报上的人，竟然是她同一寝室，一同代课的闺蜜。此人也算知识分子家庭出身，母亲被打成了"走资派"，也让她变为"黑五类"。为争取表现，立功赎罪，主动揭发他人，竟把好朋友的私人笔记本偷出来，向工作组递交了"投名状"。

王老师乐呵呵地说，此人至今仍在与她交往，她也从来没有当面揭穿过往事，她们之间依然保持着正常的人际关系。

这正是王老师的第三个性格特征，宽容善良。在19岁和21岁青春年华之际，两次受到无端打击，扼杀了她本来该有的大好前程，但她并没有因此埋怨和仇视社会，依然初心不变，本来是个什么样的人，就彻彻底底做个这样的人。她把青春期过早的挫折和打击，当成洗尽铅华的"沐浴露"，反而使她从独立自强，走向高雅脱俗。看透了人间的是非，眼睛里便不再有灰尘，反而使她穿透世间的层层迷雾，看到一片巨大而辽阔的天空——可以包容万物生长的天空，自然是善待一切的乐土，哪里有什么运动和仇恨？只有生命本能激发的爱：爱工作、爱生活、爱学生、爱丈夫、爱孩子……

从青年到老年，王老师每天手不释卷，数十年如一日。长年累月的阅读，让她摆脱了现实的羁绊，沉浸在另一个世界。

那是一个可以让思想自由驰骋的世界，也是一个充满无穷乐趣的世界，是世俗灵魂的隐居地。有人说，书读多了会让人变傻，只不过是把读书的意义与现实的功利捆绑，现学现用，绝不是真正的读书人境界，更无法体会读书人真正的乐趣。王老师学生时代的读书，是她独立自强本性激发的行为，多少还有一点与人比拼成绩的意味。但她在明知自己永远进不了大学校园，明知自己一辈子只能做一个普通民办学校的教师后，却依然嗜书如命，阅读量超越很多专家教授。这样的读书，早已没有与任何人比拼的成分，也没有丝毫的功利目的。这样的读书纯属精神追求和享受，只能让她愈发高雅脱俗，也让她变得胸怀宽广，心地善良。

因为读书，已让她进入这样的境界：无论生活有多少坡坡坎坎，她都能始终如一，保持内心的祥和宁静。

九

吾生有幸，在办学条件最差的学校，遇到了最好的老师。不只是学习课本知识，更有人格魅力的感召，人生境界的引导。16岁，我陷入生命逆行的黑暗中，王老师和杜老师，成了我的"燃灯者"。

"他们是真正的精神贵族，真正的理想主义者。他们的理想主义不是创造神话，而是身体力行地试图将神话变为现实。如果谁有幸感受这样的生活状态，有幸在这样的氛围中被熏陶，有幸在这种群体中被点燃，他可能仍是平凡的、贫穷的，但他不会庸俗。"（徐晓《半生为人》）

如今，我看见78岁高龄的王老师，年年岁岁的时光，只会将她高雅的气质打磨得更加鲜亮。这种高雅不是装饰打扮能模仿的，也不是戴个眼镜、抱几本书就能拼凑出来。而是漫长岁月的人文积淀中，从亿万文字中提炼，从骨子里孕育生长。像一坛陈年好酒，时间越长，气息越芬芳。

只有在与当年的学生聚会时，王老师才会变成另一个人。

完全看不到耄耋之年的老态龙钟，反而比那些五六十岁、四五十岁的学生，更加活力四射。忆往昔，风雨如晦，鸡鸣不已。既见君子，云胡不喜。把酒言欢，才女变侠女。王老师面对她昔日的学生，无论有多少人来敬酒，她都会豪爽举杯，一饮而尽。喝高兴了，她还会声情并茂地大声吟诵《将进酒》：

"……五花马，千金裘，呼儿将出换美酒，与尔同销万古愁。"

此刻，一定是王老师深感欣慰的时候。几十年来，她已经桃李满天下，虽然并没有什么显赫发达的人物，但至今仍能和她相聚在一起的学生，至少都与她有一个共同的特征：讲品质，不庸俗。没有奴颜媚骨，更没有奸诈害人之心，坚守本性，做一个平凡而普通的好人。这已经很难得了。

汪婆婆的
家庭官司

那段时间，已近90岁高龄的汪婆婆神色黯然，常常一个人坐在椅子上沉默、发呆。

一场突如其来的官司，把一向性格开朗、意志坚韧的汪婆婆打蒙了。一辈子第一次接到法院的传票，第一次与法院打交道，汪婆婆还没回过神来。

事情还得从汪婆婆家的拆迁还房说起。

一

很多年前，汪婆婆从农村嫁到城里的汪家，很长时间，都住在小县城的打金街。

汪婆婆在国营饮食店工作，一辈子只知道勤勤恳恳干活，任劳任怨工作，成为基层劳动模范，还入了党。汪婆婆的丈夫汪爷爷，其父在十几岁的时候，就曾经是小城天主堂的义工。

县城小巷一景

新中国成立后汪爷爷在新华书店工作，有一个守寡多年的母亲，与儿子媳妇一起生活。改革开放以后，三个人都成了虔诚的天主教徒，经常到天主堂去做礼拜。

20世纪50年代，夫妻俩花了几十元钱，在打金街买了一间平层的瓦房，前门临街，前后有3间屋，约50平方米。他们在这里生儿育女，养大了四个儿子和一个女儿。

后来，大儿子到东北当兵，转业后分配到邮电部门工作，结婚后住在单位的宿舍。二儿子参工到了外地的国营兵工厂，并在那里结婚安家。三儿子接汪爷爷班，在新华书店工作，并与同店的女职工结婚，在书店分了房子。四儿子单位最好，进了当时很紧俏的煤建公司。小女儿读了中专，分配在银行工作。五个子女，在那个年代，都进入了妥妥的好单位，可以说，衣食无忧。

汪家五兄妹，从大哥到幺妹，年龄相差十几岁，却非常和睦团结。在这个大家庭中，汪爷爷是表面上的权威，他沉默寡言，面容不怒自威，让人感觉不好接近，内心则十分柔软，家中大事都让汪婆婆决断。因而，汪婆婆成为这个大家庭实际的决策者。丈夫顺从，子女听话，几个儿媳妇也本分懂事，全家人都和和气气，从来没有出现过利益纠纷，就连三长两短的日常争吵，也从未发生。几十年来，汪婆婆都有绝对的自信，这个家只有她说了算，也只有她最公正，能把各方面都摆平。

变化悄然出现在1983年。

刚刚参加工作不久的四儿子，进了紧俏单位，人又长得帅，在社会上呼朋唤友，喜好打抱不平，抛头露面，外号"飞满天"。一次小小的纠纷，本来是别人惹的事端，汪老四却自告奋勇为兄弟伙出头。偏偏碰到了史上最厉害的一次严打，汪老四被逮捕，开除公职，判刑5年。等到刑满释放，汪老四一下子成了无业游民，衣食无着，顿时与其他几个兄妹的生活层次拉开了距离。汪婆婆看在眼里，急在心里，寻思着为小儿子找一条谋生的出路。

恰好改革开放的东风吹来了。

恰好城市拆迁改造的浪潮掀起来了。

恰好小城的第一批拆迁改造，就选在打金街。

按照当时的政策，汪家父母及四个子女都有正式工作，唯独四儿子无业，办一张个体工商执照，就可以在拆迁还房中，还一间铺面。于是，汪家拆迁谈判的结果是：在原地获得一间20平方米的铺面和一套60平方米的住房，房主人自然是汪爷爷的名字。

于是，拆迁还房的住宅，自然由没地方可住的四儿子居住，而拆迁归还铺面的租金收益，也自然成了四儿子养家糊口的收益来源。一切都因为老四没有工作，没有收入来源，其他几个兄妹都没人与他争利，汪婆婆也打心眼里认为，照顾弱者天经地义。

谁也没料到，就因为这个拆迁还房，几十年后，会引发一场前所未有的家庭官司，更无法预料，这场官司的结果，会让一直以来信心满满的汪婆婆垂头丧气，生无可恋。

二

大约在20世纪80年代中期，打金街的小店铺里出现一位看店的外来妹，个子高挑，相貌普通，面容阴沉，不爱说话，来自渝州一个郊县的农村。经人介绍，与无业在家的汪老四结婚，婚后生有一女一子，两人却从不出去工作。他们的住房不用愁了，商铺的租金收益也足够家庭开支，因此，两人年纪轻轻就当起了"翘脚老板"，日子比有工作的其他兄妹过得还悠闲。

四媳妇嫁到汪家，从来不显山露水。因为本来就不爱说话，两口子又不出去工作，没有社会身份，一切都依赖汪家的住房和商铺生存，四媳妇在汪家一直都显得很谦卑，逢年过节聚会，也从未大声说话。她唯一所做的就是带孩子、照顾丈夫、孝敬公婆。曾经有一段时间，汪家的子女陆续都搬到了成都，只有四媳妇在老家，能照顾两位老人。遇到哪一位老人生病了，基本上都是四媳妇去照料，跑上跑下，送汤递药。在汪婆婆眼里，四媳妇对她一直以来都是低眉顺眼，照顾有加，服服贴贴。

汪家老四有一个坏毛病，就是酗酒。汪家人本来就能喝，从汪爷爷、汪婆婆到五个子女，个个都是"酒中仙"。汪家聚会，不是怎样劝别人喝酒，而是争先恐后，抢酒自己喝。汪老四自从受到牢狱之灾的打击，一蹶不振，唯有借酒浇愁。发展到严重的时候，不是吃饭喝酒，而是把酒灌进饮料瓶，揣在兜里，当饮料喝。这让他的身体每况愈下，才40多岁就喝趴下了，大病小病不断，生命奄奄一息。

酒精危害，也让汪家发生了巨变。先是汪老大不到60岁就喝得胃出血，壮烈了。接着，汪老四年仅40来岁，已积重难返，撒手人寰。不久，汪爷爷因患肠癌去世。过了几年，汪老二又重蹈兄弟覆辙，胃穿孔大出血而亡。五个子女，剩下汪老三，也经常喝得醉醺醺倒在街头。汪家只有唯一的女儿，喝酒不酗酒，还算正常。

80多岁的汪婆婆，几年时间，历经丧夫丧子之痛。换成其他人，或许早已受不了这种祸不单行的打击，但一向意志坚韧的汪婆婆，把所有伤痛都默默吞进肚里。尽管自己已到了风烛残年，但她却幻想在有生之年，凭借她在家庭的影响力，尽可能为儿孙们做点事。

时过境迁，当年都有工作，有身份的几个子女，如今却成了"困难户"。汪老大去世后，大儿媳作为下岗工人，每月只有2000多元收入，还要帮儿子抚养孙子，生活已日渐拮据。二媳妇和三媳妇，也都只有微薄的退休金，生活也不宽裕。而当年条件最差，从来都不工作的四媳妇，所依赖的那间家传小商铺，竟然已变成了小城最值钱的黄金铺面，年年收租年年涨，年收益已经达到40余万元。四媳妇的两个子女都已工作，生活负担早已减轻，用不完的租金收入，还在渝州老家又买了房子。不知不觉中，一辈子不工作的人，收入远远高过在单位辛辛苦苦干活的人。不公平的矛盾，在这个大家庭显现出来了。

按理说，母爱是没有偏心的，如果有，那也永远只是偏心于弱势的一方。在汪婆婆心里，当初让老四一家收取租金过日子，是对没有工作的儿子媳妇的特殊照顾。现在，其他子女家出现生活困难，她也完全有权利给予照顾。因而，汪婆婆有信心说服四媳妇，让出一部分租金收益，帮助其他困难的子女家庭。这间20平方米的铺面，是她唯一能支配的资产，她希望在有生之年，做个完美的交代。

汪婆婆万万没料到，迎接她的不是四媳妇的理解顺从，而是"当头一棒"。这一棒，彻底打掉了汪婆婆在这个大家庭中几十年的权威。而这个权威，汪婆婆的婆婆未曾撼动，丈夫未能撼动，子女未能撼动，却被最不起眼的那个外来媳妇，轻轻一击，倒了。

那个从来都对她低眉顺眼，照顾有加，服服贴贴的媳妇，露出了汪婆婆从来也不曾看见的另一面。

三

曾经有一则故事，说某单位分发福利用品，有人暂时不需要这个东西，就让给了某人——每次都让给某人，慢慢变成了习惯。后来有一次需要这个东西，不让了。某人反而不答应了，认为这东西，天经地义，归自己所有。

汪家四媳妇正是这样的想法。汪家门市的租金，四媳妇独自收了20多年，在她心里，这间门市早就属于她自己独家所有，汪家其他子女无权染指，连产权所有人汪婆婆也无权处置。

而门市的产权证，却一直清清楚楚写着汪爷爷的名字，也就是说，这间门市，是汪爷爷和汪婆婆的夫妻共同资产。

四媳妇的理由是，汪爷爷和汪婆婆，曾经同意让汪老四独自继承这间门市。

四媳妇拿出两页泛黄的草稿纸。原来，在1991年4月，汪家老四喝醉了，发酒疯，拿刀逼迫汪爷爷，要两位老人立下字据，写明拆迁还房归汪老四独自继承。汪爷爷内心并不乐意，汪婆婆当时的内心，或许正有意偏袒没有工作收入的幺儿一家。于是由汪爷爷执笔写下了《关于房屋产权的继承权》自书遗嘱，写明拆迁归还的住宅及门市，产权归汪老四所有，由汪老四支付安置房补差价4000元，并支付2万元给每个兄妹各5000元，今后房屋产权与其他兄妹无关。汪老四还须每年补贴父母1000元。

事后查明，拆迁安置房补差价款，汪老四并未支付，而是由汪爷爷支付。给其他兄妹的5000元，也是从拆迁补偿款和门市租金收益支付。没有工作也没有任何收入来源的汪老四两口子，当时并没有自有资金来买断房屋，而是将"骨头熬汤"，等于白白独吞了父母的遗产。几个媳妇当时都很有意见，但在汪婆婆一言九鼎的权威下，也都只能沉默以对，没人跳出来挣。

这份自书遗嘱，只有汪爷爷和汪婆婆签字，汪家几兄弟都没签字。至今，汪婆婆一家人都不否认有这份遗嘱，但同时都不否认这张纸上写的就是"遗嘱"。既然是遗嘱，则属于遗产继承性质，这一点所有人都不曾有过任何异议。

因而，两位老人为房屋办理了产权证，办证人员前来房屋内丈量复核时，汪老四夫妇对房产证上写汪爷爷的名字完全知情，并无异议，且产权证也一直由四媳妇保管。当时他们只是担心，手写的自书遗嘱还不稳妥。第二年，汪老四又带着父母，到公证处办理了一份公证遗嘱，并在公证处的问询笔录上签字。这更加说明，汪老四夫妇想要的，就是父母的这份遗产。

20多年过去了，汪爷爷至死未将房屋过户给汪老四一家。随着时代的变迁，汪婆婆眼见大媳妇、二媳妇、三媳妇生活拮据，就想修改遗嘱，将自己唯一的资产，大头分给四媳妇，另外分一点给现在的困难户子女，也完成自己在世的最后心愿。当她信心十足地找到四媳妇，曾经对她唯命是从的四媳妇，立马变得冷若冰霜，没有任何通融的余地。单纯的汪婆婆还以为，老四家的两个孙子，会理解她，还会和从前一样与她亲近，等待她的却是两个小年轻，暗藏录音机，"亲热"地套取她的不利"证据"。

汪婆婆这时候还认死理，天经地义地认为，房子本来就是我的，我还没死，就有权利修改遗嘱。即便老头子已经死了，自己至少还有夫妻共同财产一半的处置权。结果，一纸诉状送达她的面前，冷冰冰地通知她，四媳妇和两个孙子都状告她，房子早已"协议"转让给四儿子，房产证是汪爷爷当年"背着"他们私自办理。如今，汪婆婆想处置自己资产，已侵犯了四媳妇和两个孙子的合法权益。

四

汪家五个子女只剩下两个，唯一保持清醒的只有幺女。对于生活条件稍好的幺女来说，父母的房子想传给谁都无所谓，自己从来就没想过分一杯羹。但眼见老母亲的正当权益被莫名其妙的剥夺，老母亲在世的心愿不仅得不到尊重，而且还被践踏。所谓的亲情已荡然无存，只有帮老母亲请律师应诉。

律师看了材料，尤其是看到自书遗嘱之后的公证遗嘱，很明确地说，这明显就是遗产纠纷，老母亲至少有权利修改她拥有那一半财产的遗嘱。这位经常到老家小城打官司，诉讼经验丰富的律师接了案子，去小城一摸底，很快回话说，糟了，事情没那么简单，四媳妇那边，已经找到人在运作了。

汪家幺女从来没打过官司，更没有打过这种家庭官司。她也认死理，房子是老母亲的，这一点谁也说不脱（无法否认的意思），老母亲还没死，就有权利按自己的意愿修改遗嘱，这一点仍然说不脱。她不相信，这样明明白白的官司咋会输呢，拒绝了任何形式的运作。

结果，一审判决下来，真的就输了。

汪家的人顿时被打蒙了，汪婆婆更是一脸茫然。原来法院并不认为这场官司是遗产纠纷，而是将两位老人手写签字的名为《关于房屋产权的继承权》的自书遗嘱，认定为是一份《分家析产协议》。注意，自书的"遗嘱"，突然间变成了"协议"，而"协议"一经签订，自然就无法自由更改了，所以两位老人的房屋产权早就"协议"归属于汪老四单独所有了。

汪家人第一次破天荒听说"分家析产"这个词。但他们何曾开过家庭会？何曾分过家，析过产呢？

如果是《协议》，那标题不是分明写为《关于房屋产权的继承权》吗？什么时候，中国汉字的"继承"不是"遗产"，而成了"协议"？

如果是《协议》，为什么只有两位老人签字？只有单方，而没有对方，算什么"协议"，又咋个可以强迫没有签字的各方来认可执行这份"协议"？

如果已签了《协议》，为什么"协议"产权的受让方，还要带着两位老人去办理公证遗嘱呢？

如果是《协议》，为什么没给"协议"受让方办理产权登记？为什么产权证办到汪爷爷名下，当时和以后的20多年，都没有提出异议呢？

太多太多的为什么，让汪家人都无法理解，这个闻所未闻的所谓"协议"。汪婆婆白丁一个，一辈子从来没做过生意，更没签过任何一份"协议"。以她的文化水平和生活经历，也压根就不知道"协议"为何物。汪家人自然不服判决，上诉到市中院。

但上诉立案不久，律师又得到消息说四媳妇那边又找了人在活动，汪家人还是没当回事。

结果可想而知，汪婆婆这边又输了。

五

汪婆婆的家庭官司，出现了戏剧性的结局。

本来就是汪爷爷和汪婆婆的共同资产，留给子女继承，这一点各方都不曾有过争议。即便当初有这一份遗嘱，但四儿子死在了父母前面，遗嘱已失效。即便承认遗嘱还有效，也只有已去世的汪爷爷那一半有效；汪婆婆的这一半，也有权按她的意愿修改遗嘱，由她指定的人继承。

但按照法院的判决，不是儿子继承老子，反倒是老子来继承儿子了。

其复杂的继承顺序是：因为老两口写过那份自书遗嘱，被认定成了"协议"，也不管"协议"的受让方是否完全履行了"协议"的内容，后面已办的产权证、公证遗嘱等证据，更是通通被视而不见。房子的主人没死，产权证没变，房子已归属于四儿子。四儿子死了，这房子就成了四儿子的遗产，由四媳妇继承一半，汪爷爷和汪婆婆以及四媳妇和两个子女、共同继承另一半，即各占1/2的1/4。汪爷爷又死了，汪爷爷的这1/2的1/4的1/2，又由汪婆婆继承一半，即1/2的1/4的1/2的1/2，汪婆婆和五个子女，继承另一半，即各占1/2的1/4的1/2的1/2的1/6……

这样的判决不仅伤害性强，羞辱性也极大。因为每个人都清清楚楚知道，这份资产，本来就是两位老人的，本质上属于两位老人的遗产。

如果当初汪老四夫妇靠自己本事挣的钱，买断了这份资产，那四媳妇和她的子女，独得这份资产，自然无可厚非。四媳妇和她的子女在打官司之前，自己先提的"理由"就是当初已经"买断"和有"遗嘱"。如果真以这两条"理由"起诉，则官司必输无疑。因为他们无法证明，已支付清了买断的全部费用，且均为自有资金；也无法强行决定，大活人不可以修改自己遗嘱。

把本来的遗嘱变成"协议"，说明四媳妇背后的"无形之手"比她更"高明"。四媳妇如愿赢了这场官司，即使有似是而非的法律漏洞可钻，但本质上却助长了晚辈子孙，对长辈财产权利的巧取豪夺，也是对长辈人格尊严的肆意践踏。作为一直以来就啃老为生的四媳妇，可能早就起了贪念，蓄谋已久。作为已经能够自食其力的两个亲孙子，明知自己父母从来都没工作，不是父母挣钱买的资产，而且已受祖母偏袒，独享这笔资产20多年的收益，养大了自己，却还要在祖母活着的时候，让她当众被宣告剥夺一切权益，蒙羞受辱，只能倒过来从死儿子身上，去"继承"自己资产的一点零头。汪老四在天有知，恐怕也不会容忍他的老婆孩子，对自己老母亲如此残忍。

一场家庭官司，把汪婆婆这个曾经在大家庭心高气傲的掌舵人，彻底打蔫了，很长时间茶饭不思，竟至贫血，奄奄一息。她是真的受伤了，她的生命也终将留下遗憾。

为什么人还没死，自己的资产已无权处置？自己的遗嘱也无权修改？年近九旬的汪婆婆如坠云雾，汪家人也解不透"遗嘱"变"协议"背后的秘密。

开出租车的
包工头

人到齐了，开酒。

几天前，小范围的同学聚会。我难得回一趟老家，约了平时走得近的几个初中同学，还有班主任老师夫妇，在凤凰山的小村庄农家乐相聚。这个农家乐，是初中同学秀儿开的夫妻店。

"还有普儿没到。"秀儿说。

"普儿在干嘛呢？"我问。

"他嘛，在忙着挣钱呢。"有同学笑着说。

我问："普儿又接了一个什么大工程，在工地上脱不开身哇？"

"哪里还有啥子工程哦，"同学大笑，说出了一句让我震惊的话，"他在跑出租车。"

"什么？跑出租？"我一时怔住，"他不早就是包工头了吗？"

"钱都被人骗光了。"同学说，"你想知道他的故事，等他

20世纪80年代的达县火车站

一会儿来了，亲自给你摆嘛。"

一

普儿个头矮小，皮肤黝黑。在曾经的初中班上，属于成绩最差的问题学生。当时，班上有一位和他同姓的"大将"，身材魁梧，膀大腰圆，逞强斗狠，打遍校园无敌手，成为学生中绝对的霸凌。普儿跟在"大将"身边，耀武扬威，寻衅滋事，想欺负谁就欺负谁，一时间风头无两。记得有一次，在罐头厂参加学工劳动，剥橘子皮，我不小心踩到"大将"的脚，"大将"不由分说，挥起一拳就打到我的背上，火辣辣的痛。我稍微表示不满，普儿等几个干将就扑到面前，摆出围攻的架势，让我有气也只能吞下肚，怒目而视，却不敢有动作。

很多年后，曾经的大将已不知所踪，普儿反倒出现在我面前，成为少数几个合得来的老同学。还是那个小矮个，还是那一脸黝黑，此时，普儿身上，已多了几分豪爽气。他喜欢大笑，露出满口整齐的白牙。喝酒举杯，总是一饮而尽。脸色黑里透红，明显喝多了，也不耍滑逃避。老婆不时打电话查岗，他总是以各种喜剧方式应对，看似搞笑，实则把同学相聚，放到首位。

我发现，但凡有聚会，普儿每次都是有约必到。昔日成绩好坏，已不重要，重要的是三观一致，合得来。成绩差得垫底的普儿，比当年许多成绩好的优等生还显得自信大气。曾经的"大将"，据说因吸毒已自我毁灭，而跟着"大将"混的普儿，最容易出问题的问题学生，最终却没有任何问题。

我才知道，普儿已是春风得意的包工头，在万源市承包了5万多平方米的建筑工程，两栋高达30层的商品房，他也敢作为总承包商。我说："这种超高层建筑，技术难度大，工艺复杂，你也敢自己去修建呀？"普儿笑着说："有啥不敢。质量没问题，口碑还很好，不信你去打听？"

这让我对普儿的经历，产生了好奇。

二

在西外的一间茶楼，普儿给我摆他的"龙门阵"。

普儿的父亲是新兴煤矿的采煤工人，井下作业班长，长期出没于矿山坑道。他的母亲，在粮食局下属的碾米厂工作。1985年，普儿接母亲的班，到碾米厂当工人，成为机修班的一名维修工。后来，机修班长提拔做了车间主任，新来的班长管不了普儿，厂里只好把他调到生产车间当班长。由于自己本身就会机械维修，生产过程中机器出了什么毛病，都能第一时间得到解决。因而，他带的班，每个月完成的生产量，总是排名第一。1991年被评为粮食局先进职工，还连续三次上调了工资。碾米厂与面粉厂合并时，只留下两个生产班组，他带的班，是其中之一。

普儿的老婆，比他早一年参工，是国营纸箱厂的工人。老婆的父亲，山西人，南下转业干部，在城关镇搬运社做负责人。老婆的母亲，出身革命烈士家庭，其家人早年曾随张爱萍将军闹革命。那时候，老婆的家庭条件，远远好过普儿。

1995年，普儿老婆家在柴市街有个门市卖了，几兄妹各分得了4万元。此时，老婆的二哥和妹夫，已开始经营出租车，来钱快。普儿受到诱惑，在原单位办了停薪留职，找亲戚朋友借了几万元，总共花费7.15万元，买了一辆重庆产的奥拓车，开始跑出租。最初几年，出租车生意好，普儿请人跑白班，自己跑夜班，每天6点交班，满负荷运转。一天收益约400-500元，净收益约300元。第一年，纯收入达7万多元，归还了借款。

两年后，高一档次的夏利出租车，纷纷出现在街头，奥拓车生意受到冲击，收益每况愈下。到1999年，普儿老婆的二哥，终止了出租车生意。在猎头的操作下，跟随旅行团到了美国，去投奔远房亲戚。普儿又受到诱惑，以3.5万元的价格，连奥拓车带出租经营户头，一起卖掉。想照本宣科，复制二哥的出国路径去美国，结果在签证时被拒。和他一起去办签证的另一个蒲家场人，则顺利拿到签证，至今仍在美国当厨师。

<h2 style="text-align:center">三</h2>

普儿下海不久，老婆就辞职在家带小孩。跑了9年出租车，他虽然有一点积蓄，但生意越来越差。出国被拒，更让他一脸茫然。何去何从，心中无数。

2005年，一个偶然的机会，朋友约他一起去修房子。朋友在建筑工地打挖孔桩，一来二去，与开发商老板熟悉了，可以接到2万平方米，6+1层的多层房屋建造工程。朋友约了普儿和另一个人搭伙，三个人凑了10万元，交了保证金，挂靠建筑公司，干起了施工总承包。普儿从来没修过房子，更不是建筑专业科班出身。他们请了一位有二级建造师资格的工程技术人员，当项目经理，自己则在建筑工地负责收发材料，暗中学习积累修房子的经验。这个项目，最终没让他们赚钱，也没亏钱，权当入门培训。

两年后，普儿在县委机关招待所工作的一位姐姐，揽到了一个工程，同样是修建6+1层的商品房。他们又约了上次的一位合伙人，三个人筹集20万元，交了保证金。施工合同约定，垫资修建到5楼，开始收款。打完地基后，开发商又申请修改规划，获批将6+1层的房子改为22层，建筑面积2万多平方米。审批期间停工，普儿已完成400多万元产值，三个股东垫资100多万元，欠下游人工、材料商垫资300多万元。项目重新开建，开发商给了他们50万元启动资金，重新约定，修一层付款30万元。这个项目，普儿和合伙人，请了一名专职施工员，负责现场施工。普儿则负责主外，与质监站等部门打交道。到2008年，项目竣工决算，净赚200多万元，由此获得人生的第一桶金。

第二年，普儿又和一位朋友合作，占小股，承包一栋22层的建筑，分得一笔利润。同时，他又单独分包这个项目的水电工程，获利40余万元。

到了2012年，普儿和另一朋友合作，承揽了万源市一知名开发商的楼盘施工。2栋，30层楼商品房，建筑面积5万多平方米。合同造价金额8000万元，利润约900多万元。要求交保证金500万元，垫款至土方结束付一半，二楼完工开始正常付款，到决算时付至80%。项目的500万元保证金，普儿自己出了100多万元，基本上是他前面几个项目收益的总和，其余则为东拉西扯来的借款。而项目付款前的硬垫资，约1000万元，则基本上又由他的下家，分别承担。

普儿说，这个项目的基础工程尤其艰难。地基开挖，即遇到流沙石，一边挖一边垮塌。他们用空心砖砌挡土墙，里面灌水泥钢筋，还采用当地不常见的筏板基础。时值寒冬，天空下起鹅毛大雪，他和施工员，昼夜坚守在施工现场。我猜想，曾经在初中成绩垫底的普儿，这时候，俨然已成为有经验的建筑施工专业人员。

四

普儿说，万源市的施工项目质量过硬，以至于在开发商交房时，基本上没收到业主投诉，在当地获得了很好的口碑。但遗憾的是，开发商因为另外一件发生在重庆金融案件，被重庆警方逮捕，后被判无期徒刑。决算以后，应该付他的工程款，因此被拖欠，打了官司，胜诉，但至今仍欠300多万元，收不到。

生活继续，普儿也继续觅活儿干。

2013年，曾经在第二个项目结识的物管公司老总，给普儿介绍了一个巴中某县的工程项目，甲方老板是本市一知名五星级酒店老板的侄儿，拟从该县一家大开发商那里，分一块地出来搞开发，答应给普儿承包2栋30层高楼，5万平方米建筑施工，而且取费标准不下浮，利润丰厚。甲方的条件只有一个，普儿要先付215万元的施工保证金。普儿亲眼查看了开发公司写给这个二手老板的"全权委托书"，认为项目真实，便与开发公司签了合同，将215万元打给二手老板。这一次，幸运不再眷顾普儿，二手老板将收到的保证金，连同其他地方的融资1000多万元，全部用于土地拆迁安置补偿，后继无力，再也没有资金继续投入征地办证，因此永远也走不到开工建设的那一步，普儿第一次被掉进陷坑。

但却并未影响普儿，继续觅活儿。

第二年，经之前的一个工头介绍，普儿认识了本市一个开发项目的小股东，小股东又独自承包了该开发项目的建筑施工，已经给开发公司交了400万元施工保证金。小股东邀普儿合伙承包，分担一半的保证金。普儿查看了小股东支付400万元保证金的转账记录和收据，确认两年前已支付了这笔保证金，又托人打听到，该开发项目正在办理施工手续，即将开始施工。万无一失，便付给小股东200万元。结果，普儿第二次走霉运，开发公司的施工手续始终办不下来，随后已将400万元，退还给了小股东。等到普儿得知消息，小股东早已私自将退款全部挪用了。普儿每一次将小股东抓到面前，小股东都只有跪地求饶，自扇耳光，做可怜状，普儿无可奈何。

接连栽了两个跟头，普儿却并未停止觅活儿的脚步，反而一意孤行，更期望揽一个新工程，以新收入填平旧窟窿，由此被骗进更深的连环套模式，从一个陷阱跳进另一个陷阱。

那个曾经让他第一次栽跟斗的人，又给普儿介绍了一个重庆的土石方工程，介绍费要价3万元，最后达成1.6万元。普儿满心欢喜地到了重庆，土方工程自然没着落，但重庆工程的人，又给他介绍了川北某县的"军民融合"工程。普儿兴冲冲赶到该县，看见了一个气势宏伟的大工程蓝图：占地3个乡镇，总投资一千亿元的"军民融合"项目，刚刚拉开帷幕。普儿亲眼看见了，有当地书记参加的项目动工剪彩仪式，对项目真实性深信不疑。而项目施工承包方，正在大规模修建，负责施工管理的项目指挥部用房，并给普儿出示了项目建设单位（甲方），写给施工方的"总包承诺书"，答应分给普儿1000万立方米的土石方工程，条件是先借款30万元，普儿当即答应，并留在那里等待分包土石方。在此期间，施工承包商又"分包"给普儿一个修建工程指挥部食堂的工程，1000多平方米建筑，全垫资修建，成本费100多万元。

普儿又花出去130多万元，所谓的"军民融合工程"，却迟迟不见正式动工，还从新闻里看见，当初剪彩的那位书记，已进了监狱。为了帮普儿"解套"，施工承包商又给普儿出示了一份合同，证明该公司正在为重庆一家军工企业的建设工程供应三混，已经从内部分到了一个标段，500万立方米的土石方工程，愿意无偿转让给普儿，弥补损失。普儿又赶到重庆，那边的人让他先交了2万元诚意金，然后与他签定了合同，再交28万元，付足了30万元施工保证金……

这30万元，又打了"水漂"。

五

突然之间，普儿发现自己已身无分文，弹尽粮绝了。

从2005年到2018年，普儿做了十几年包工头，除了每个月固定给老婆5000元生活费，所有的资金都掌握在他自己手中，每一笔开支完全随心所欲，受不到任何监督制约。

当他发现自己再也拿不出钱来，去寻揽工程项目的时候，不仅一无所有，而且还欠了银行70多万元的贷款负债。

普儿这才悲哀地意识到，自己再也做不了包工头了。他降低身段，接了一个项目水电班组的劳务分包业务，做了30多万元的活儿，想让老板先借支1万元，日后从工程应付款里扣除，却遭到施工老板的拒绝。

普儿更加悲哀地意识到，自己连水电班组的劳务小分包老板，也做不成了。

无奈之下，普儿只得将当包工头时，唯一买给自己养老的那套房子卖了，刚好够还清银行负债。自己和老婆，则只有租房居住。

或许是天意使然，老婆家还在跑出租车的老挑（老婆的妹夫），这时候恰巧意外地摔坏了腿，无法正常出车，让他代班，普儿又坐进了出租车的驾驶位。

兜兜转转，从原点回到原点。普儿才明白，自己已被打回原形，轮回到20多年前的起步线上。而此时的普儿已年近花甲，60岁的人了，没日没夜跑出租，每天去挣两三百元的生活费，他又能跑多久呢？

普儿说，2013年，他手里的钱，如果不去揽活干，至少可以买10台出租车。如果承包给司机，光是收份子钱，也可以过得舒舒服服。

普儿又说，人倒霉了，喝凉水都塞牙。遇到一回运气差，回回都更差。

他把一切失败，都归结到运气太差上。因为他内心深处，非常明白，凭自己的身份、实力和资源，无论如何都不可能，从正规的招投标中，获得大型建筑项目的工程承包。而服从现实社会流行的，更为灵活的"潜规则"方式，才有可能从遍地开花的建设工程项目中，分一小杯羹。边缘地带、民间方式、无知无畏的野路子包工，让他尝到了甜头，也让他走上发财之路，形成了只能这么干的思维定式，成为他十多年包工头生涯，唯一积累的"专业经验"。

明明已知道，这样干，掉进了陷阱，赔掉了老本，但依然执迷不悟，继续干。因为当初就是这样干，每一次都挣了钱，财源滚滚。现在的不顺，只不过一时运气太差。普儿从没想过，从方式本身找问题，到后来，几乎一直在赌运气。他或许不明白，那些一次又一次，让他血本无归的开发商老板，同样和他一样，也在赌运气。都是手里有100元小钱，就要干100万元的大事。逐利时代，每一个投机者，都只不过随时代的浪潮而浮沉。大兴土木的巨浪，可以把他推向浪尖；严格管控的波涛，又会把他掀翻在谷底。退潮以后，才知道谁在裸泳。凭运气赚的钱，只会凭本事又吐出来。

好在普儿依然乐观豁达，依然一见面，朗声大笑。黑色面孔，露出雪白整齐的牙齿。他聚会来迟到了，酒却一杯也不会少喝，脸色很快就变得黑里透红，他还是豪爽地大声喊道："来，再干一杯！"

看不出他有一丝一毫垂头丧气的迹象。

两把
古月琴

　　大约在20世纪80年代中期，我看见家里有两把古月琴。

　　月琴长约40-60厘米，底部均为圆形音盘，直径约20-30多厘米，短颈、短头，上有四轴、四弦。琴身为暗红色，不知用什么木材制成，虽已年代久远，但光滑如初。原木色的面板，则体无完肤，蒙上了不知哪朝哪代的尘埃。琴弦比较粗，用手指头拨划，声音低沉、沙哑。

　　我对月琴没有兴趣，首先就嫌弃它长相粗短肥硕，着实不好看。我知道家里也没人会弹奏月琴。我爹会拉几把二胡，我也曾跟着学了点皮毛。家里有一把二胡，偶尔会取下来，杀鸡杀鸭地来一段。至于这两把月琴，则几乎已忘记了它的存在。

　　直到几十年后，看见我爹写的回忆文字，才知道角落里这两把不起眼的月琴，见证过时代变迁的血雨腥风，也见证过人生沉浮的酸甜苦辣。多少岁月的往事，已随琴音飘散，而今已沉默不语的这把古琴，却总会让人想到它曾经发出过的声音。

我家的两把古月琴

这是两把有故事的月琴，下面就是我爹讲的故事：

一

1984年的一天，我正在上班，公司通知我到市委陈副书记的办公室去一趟。陈是我母亲娘家的远房亲戚，我的姨表兄。我按约去了他的办公室，他对我说，幺舅去世了，我工作忙走不开，你去万源县的罗文区，代表亲属处理丧事，我比较放心。陈还叮嘱我说，一切听从当地政府安排，至于财产问题，幺舅也没什么财物，随便怎么处理都行。

陈所说的幺舅，名叫郭照明，是陈母的亲弟弟，我从小称之为姨爸。记得小的时候，郭姨爸经常到我家来走亲戚，喊我母亲幺姐，与我们一家人都很熟络。他性格开朗，尤喜欢冲壳子，摆的龙门阵，故事都引人入胜，我非常喜欢听他山南海北的神聊。他一个人住在万源县，新中国成立后随着各种运动接连不断，郭姨爸来达县的次数也慢慢变少，已很久没有听到他的音讯。

此次受托，我不敢怠慢，第二天就坐长途汽车，来到万源县罗文区。由于陈副书记事先已给区上打过招呼，说我是郭照明的姨侄儿，由我全权处理后事，所以区里对我很热情，把我安排在招待所住下，并征求我的意见。我说先拜祭姨爸再说，于是便来到区里设的灵堂，给姨爸磕头。在守夜的几个晚上，我回忆了姨爸的一生，还从当地人的言谈中，了解到姨爸后来的很多故事。

二

时间回到1933年10月，徐向前领导的红四方面军，从石桥河方向打进了达县城，赶走了盘踞达县10年之久的军阀刘存厚，各级苏维埃政权在达县如火如荼地建起来。一时间，达县山河一片红，红色队伍、红色标语、红色歌谣漫卷巴山渠水。全县苏区2万青年，踊跃参加红军，郭姨爸正是这其中的一员。

他个头矮小，相貌难看，脸上还有几颗麻子，但他聪明有文化，尤其是受过高人指点，弹得一手好月琴。他弹月琴不用拨子，而是全用手指弹。更绝的是，他不会简谱，完全靠古法记音，只要有人在他面前唱一首歌，他很快就能用古调弹出来。他是自弹自唱，有曲子他能弹唱，没有曲子的他也能自编自唱。

苏区著名的《十送红军》，经他演唱出来如醉如痴。民间口头流传的乡语谣谚，他也能唱得入木三分：

> 川北有个达县城，城里有个刘瘟神，红军来了瘟神跑，穷苦兄弟笑盈盈。

> 保长甲长歪又恶，整得穷人莫奈何；有朝一日红军到，叫你龟儿子下油锅。

他把月琴弹奏，用于说唱音乐，四川清音伴奏，一个生动曲折的故事也能用弹唱的方式讲完。这种曲艺形式在清乾隆年间，由民间小调发源而成，深受四川人民喜闻乐见，无论是茶馆还是街头，都能看见这种"唱月琴"的艺人即地坐场演唱。如此说唱艺术，自然很适合善于发动群众的工农红军，郭麻子唱月琴，成为苏区宣传的一个亮点。

三

从陕西城口，到四川万源、宣汉、达县、巴中、通江、南江，纵深千里的川陕苏维埃横空出世，成为全国第二大的苏区，震惊了国民党政府。蒋介石任命刘湘为四川剿匪总司令，率六路大军20万人马前来围剿，红军将士浴血奋战，与敌周旋于千里巴山腹地。

1934年，郭姨爸随红军队伍撤离达县，奔向巴中、广元方向。随后，这支队伍自东向西强渡嘉陵江，取得渡江战役胜利，从而正式撤离战斗了27个月的川陕革命根据地，走上了长征路。1935年12月，红一、四方面军在懋功县城以北的两河口胜利会师后，继续长征北上。当队伍走到马尔康境内时，意外发生了。

马尔康，藏语意为"火苗旺盛的地方"，现为阿坝州首府，曾经是红军长征的"北上驿站"。

1935年6月下旬至1936年7月下旬，红军长征途经这里，"三进三出"马尔康，在其境内经过、驻留和往返，长达13个月。1936年7月，由董振堂率领的红五军右纵队经马尔康向包座、班佑前进，成为最后一批撤离马尔康境地的红军大部队。

郭姨爸很可能属于最后撤离马尔康的红军部队战士。尾追而至的国民党川康军和绥靖游击军曾与红军短暂交火。郭姨爸只记得当时正面碰上的小规模遭遇战突然开打，天上有飞机轰炸，地面有不知从哪里冒出来的国民党军围攻，他看见战友们四面奔跑，他也发疯式的奔跑。一边跑，一边把身上的背包全扔了，但怀里却始终紧紧抱住他的月琴。高山峡谷之中，他突然看见一个山洞，便一头钻进了洞里。

不知道在洞里躲了多久，等枪炮声、爆炸声都慢慢平息下来，郭姨爸这才走出山洞，只见四周到处都是残肢断臂，连树枝上都挂着尸体的肉块，有红军的，也有国民党军的，但此时却既看不到红军，也没有国民党军。茫茫崇山峻岭，四周都是原始森林，阴风阵阵，让人胆寒，姨爸这才意识到自己掉队了。他不敢在山上久留，因为此时虽然已结束了战斗，但凶狠的虎豹豺狼却随时都有可能出现。眼看天色渐晚，他又冷又饿，浑身瑟瑟，怀抱月琴四下探望，终于发现猎人走出的一条小径，便毫不犹豫地沿小径往山下走。

走了约4个小时，郭姨爸终于看见山坳中出现一座孤零零的茅草房子。他麻起胆子朝茅草屋走去，看见里面有一对中年夫妇，穿得很破烂，男的还是个瘸子。屋子里空空荡荡，没有一件像样的家具。郭姨爸感觉没什么威胁，这才走到门口，对中年夫妇说：老乡，能向你讨点吃的吗？

中年夫妇看见这位不速之客，矮个、麻脸、一身泥尘，疲倦得已快要倒下，怀里还抱着一件奇怪的东西，看上去又不像是武器。当地老百姓对红军多有好感，看见这位身穿红军服的失散战士，马上热情地将郭姨爸迎进屋子，用牛粪烧起了一堆火。郭姨爸说：太饿了，想找点吃的。瘸子说：家里没什么好东西能招待他，马上给他煮几根红苕。郭姨爸问：国民党军还在吗？瘸子说：早就不在了。一般是飞机来扔炸弹了，国军才会出现，飞机一飞走，国军早就溜了。郭姨爸又问：看见红军部队了吗？瘸子说：红军部队一波接一波，边打边前行，不知去向何方。郭姨爸说：想去寻找红军部队。瘸子说：你不了解这里的地形啊，要么是虎豹豺狼出没的原始森林，要么是荒无人烟的草原沼泽，你一个人，单枪匹马咋个去找？不被饿死，也会被虎狼所吞噬。你一个汉人，还是沿着进川的路，回老家去吧。

当天晚上，郭姨爸借宿在老乡家里，瘸子还让给他一床破棉絮，让他在屋角角酣睡一夜，养足了精神。第二天一大早，瘸子又给他煮了几根红苕，让他吃饱。他脱下红军的衣服，与瘸子换了一身破衣烂衫，沿着瘸子指引的方向，走向家乡达县。800多公里行程，一路上跋山涉水，穿州过府，全凭他怀中的一把月琴，卖唱献艺，乞讨要饭。由于个头矮小，脸上又有麻子，穿得又脏又烂，居然谁也不曾怀疑他曾是个红军。

四

几个月后，郭姨爸颠沛流离回到达县。他的母亲（我叫姨婆），吓得惊慌失措，没敢让他住一晚，就把他赶出了家门。时值红军撤走以后，国民党和土豪劣绅反攻倒算，对红军及其家属都大开杀戒。郭姨爸只好拿着姨婆给的一点盘缠，再次只身逃亡。他一口气跑到了万源县的罗文区，投靠他的结拜兄弟。在蛮荒闭塞的万源大山区，没人知道他的身份和底细。

就这样，万源县罗文区的场镇上，从此多了一个在茶馆里弹月琴、唱小调的郭麻子，此时已改名郭云。这是一个整天都乐呵呵的矮个子男人，他的说唱表演，永远都有说不完、唱不尽的精彩故事。无论是老故事还是新现象，他都能边弹边唱，表演出来。遇到赶场天，他的"粉丝"能拥堵一条街。

　　土改的时候，政府给郭姨爸分了田地，让他在罗文安顿下来。有了点积蓄后，他就买了一处房子，大约200多平方米。经人介绍，他与当地人王氏结婚，几年下来，也没见有孩子。已经人到中年的姨爸，自己反倒一直像个孩子一样任性，整天只知道痴迷于弹月琴、唱小调，其他方面则全然不顾。当时，适逢秧歌舞盛行，他又一头扎进宣传队，满腔热情地把他弹琴唱歌的能力发挥到极致。他可以把新中国成立后的新歌曲，用古调弹出来，自弹自唱，别有一番风味。在罗文，他的名字几乎家喻户晓。如果活到现在，肯定是一个出名的"网红"。

　　郭姨爸走到哪里，身上永远都背着月琴。建国前后那些年，他经常到达县来走亲戚，因此多次听到他亲自弹唱。他喜欢讲红军的故事，讲那些打仗的场景，月琴成为他讲述的背景音乐，时缓时急，高亢低沉，此起彼伏，扣人心弦，很有仪式感，又很有代入感，让人不知不觉就进入引人入胜的弹唱中。

　　新中国成立伊始，郭姨爸就向当地政府提出，他参加过红军，是失散的红军战士，但政府根本没人相信。因为仅凭会唱几首红军歌谣，说几个红军人物的名字，在老革命根据地的老苏区，有太多的人都能做到，难不成都参加过红军？

　　没想到郭姨爸从此却杠上了。虽然他拿不出任何参加红军的证据，但却坚持不懈地要求确认他的红军身份，这耗费了他日后，尤其是结婚以后的大部分时间和精力。为了筹集上访申诉的路费，他抱起月琴在附近的几个乡镇走街串巷，弹琴卖唱。

有了点收入，他就跑到成都，找省民政厅申诉。不知道跑了多少回，耗了多少年，也算苍天长眼，让他踩到了"狗屎运"，居然在省民政厅门口，碰到了以前当红军时的排长，现在已是厅级领导。他激动地大声叫喊排长的名字，老排长大为诧异，凝视良久，才大声笑道：你是不是会弹琴唱歌的郭麻子？是啊，是啊……接下来，所有的难题自然都迎刃而解，有老排长亲自证明，省民政厅确认了他失散红军的身份，每月由当地民政局发给他生活补贴。

五

郭姨爸终于恢复了老红军身份，但好事未必成双，就在他兴高采烈返回罗文时，他发现后院"起火"了。

长年累月在外奔波，完全未顾及家中"烟火"，郭姨爸的老婆王氏已背着他，悄悄和附近一个死了老婆的中年男人相好。郭姨爸得知这一消息时，才知道两个人已经相好了一年多时间。

如果换成别的乡民，肯定会怒火中烧，提刀找人拼命。郭姨爸得知老婆红杏出墙，却显出异常的平静，好长时间一副若无其事的样子，这倒反而让他的老婆和那位相好摸不着头脑，整天提心吊胆。

一天，姨爸吩咐王氏出门去割二斤肉，打一壶酒，再让王氏把菜炒好，然后又轻描淡写地吩咐王氏，去把某人请到家里

来，我有话说。王氏心虚，吓得两腿哆嗦，挪不开步。郭姨爸
平和地说，你不用害怕，放心好了，我没有恶意，你只管去喊
人，让他不用担心，来就是了。王氏无奈，只好哆嗦出门。那
男的得知是王氏老公找他，也羞愧难当，满脸通红，跟在王氏
后面进了门。

人到齐了，郭姨爸斟满两杯酒，自己端起一杯，另一杯递
给那个男人，说道：我知道你和王氏已经私下相好一年多了。
这些年为了办我自己的事，长期在外，感谢你对她的照顾。我
这个人一向对男女问题看得很淡漠，现在我把她正式让给你。
你现在也莫得妻子和子女，你们正好是一对，可以生儿育女。
从今天起，你们俩可以名正言顺地好起来，不要再偷偷摸摸地
下去了，我们可以作为兄弟姊妹。

老红军郭云让妻的事一出，立即在罗文传开了，成了家喻
户晓的笑话。从那以后，郭姨爸依然整天丢心落肠地弹他的琴，
唱他的曲。二十多年来，全靠王氏和那个男人对他悉心照顾，
凡是吃肉的时候，都要喊他去吃；所有的换洗衣服，都是王氏
为他清洗；家务活也基本上由这两个人包揽。郭姨爸每次到我
家来，母亲都要打趣他，莫得出息，为啥把自己老婆都让给别
人？他却乐呵呵地笑着说，幺姐你不懂，凡是妻子和外面的男
人有染时，千万不要完全责怪妻子，首先应该检查自己哪方面
做得不对，哪些地方让她不满意。像我这样的人，长期在外面
东奔西跑，管得了吗？何必要去争争吵吵，动刀动枪，打得个

头破血流，有啥好处？我把她让给他，两个人一起来照顾我，何乐而不为呢。

六

的确，王氏和那个男人，对郭姨爸的照顾相当好，特别是郭姨爸生病后，全靠两人端茶送水、喂饭煎药，倒屎倒尿，尽到了不是家人胜似家人的责任，让妻的笑话逐渐变成了当地的美谈。

在办丧期间，我仔细询问了郭姨爸的左邻右舍，一致都说王氏和那个男人照顾姨爸，超过了弟兄和夫妻之情。我也亲眼看到王氏在姨爸遗像前，发自内心的悲痛万分，那个男人也是含着眼泪在料理后事。

区上问我怎样处理郭姨爸的遗产，我把了解到的情况与区领导谈了，最后决定，一切财产归王氏所有，包括那间大约200多平方米的房子。我当时只提了一个条件：王氏夫妇必须每年清明为姨爸祭坟扫墓，他俩自然十分乐意。后来，王氏在那个男人家生有一子一女，当初继承的房子，拆迁时偿还了两套住房和一个门市。因此，王氏和那个男人的小日子，还算过得滋润。

办完姨爸的丧事，我只带走了姨爸一辈子钟爱的这两把古月琴。我知道，月琴虽已沉默，却诉说过郭姨爸悲喜的一生。

外来户

1. 密约

百货公司的副经理王万才私下约了公司财务主管施诚，下班后到通川桥头的一家小茶馆见面。

时间是1965年夏天，天大热。桥下滩头街，暴晒了一天的石板路，踩上去还有些发烫，平日里熙来攘往的人流都躲进了阴凉处，小茶馆只有瘦削的王万才坐在角落里，一点也不显眼。

施诚穿一件白色长袖衬衣，两只手上还戴着财务人员标识性的蓝布袖套。尽管是太阳落山的时候，施诚从百货大楼所在的东风路走过来，胖胖的身体仍然汗流浃背。

两个人面对面坐在小茶馆的竹椅上。

瘦削的王万才其实还很矮小，与身材敦实、略微有些发福的施诚坐在一起，施诚更像是个领导。只不过两人的面部表情则完全不同：王万才的小脸上时刻都显出聪明狡黠的灵光，而

河边老街

施诚的圆脸上处处都显出几分谨小慎微的木讷。

　　王万才城市贫民出身，新政之前在城里最大的私营百货通州商行当学徒，解放军进城以后，王万才因敢于揭发前老板私藏的财物而受到当时的军代表，后来的商业局长赏识，从小小的学徒工，混成了公私合营后的县百货公司主管经营的副经理。

　　这一天，王万才对眼前的施诚说：约你来，是想问你，想不想发财？

　　施诚诚惶诚恐的脸上顿时冒出了汗珠，他不知道王万才为什么要约他出来，更不明白想不想发财这句话后面的具体含义。

　　原来，王万才所谓的发财，是想拉拢施诚一起做假账，每个月报损几件服装，拿到外面销售后可以得到60元，两人平分。

　　在王万才眼里，施诚是外地人，之前就是珠市街做小百货生意的老板，公私合营后老婆无固定工作，还要养3个小孩，每个月40多元的工资收入肯定入不敷出。由王万才每月批准报损几件衣服，拿到外面私下卖出后分一半给施诚，而施诚只需记一下假账，就相当于多获得了将近一倍的工资，没有理由不同意。

但王万才还是失算了。

当他把自己如意算盘向施诚和盘托出后，他看见施诚的脸已涨成了猪肝色，半晌，才憋出一个字：不……不……不……

2. 外调

施诚没有接受王万才的密约，也并没有对任何人提及此事，但他心里很清楚，自己已经与王万才结下了梁子。

好在百货公司的"一把手"许经理很赏识施诚。一百多号人的百货公司，全城数家大小商店，有文化的人却找不出几个来。许经理转业军人出身，南下干部，虽然上过部队的文化补习班，但本质上却是山西农村的一个放羊娃。

许经理赏识施诚，不仅因为施诚有文化，会算数，有经商从业经历，更因为施诚老实稳重、细致入微，对工作从来都兢兢业业。百货公司经营成百上千种商品货物，本来并不适合许经理粗枝大叶的性格，但因为有了施诚把关，许经理一直都很放心。

入秋，天气刚刚转凉，一条内部消息却在百货公司传得很火。许经理已推荐施诚担任公司副经理，并作为接班人培养。

对于王万才来说，这无疑是一条坏消息。如果施诚当上副经理与自己平起平坐，意味着对自己行为更严格的监督，以后想在公司做点什么手脚就更难了；如果再让他当上经理，那自己完全只有靠边站了。

聪明透顶的王万才把自己关在办公室里，苦思冥想，也找不出施诚在工作中有什么破绽或把柄。几天下来，王万才简直快要憋疯了。偶然之间，他看到桌上一张旧报纸，上面刊登有伟大领袖指示："旧账还是要算，算账才能实行那个客观存在的价值法则……"施诚有什么旧账可算呢？王万才突然灵机一动，想到了施诚的身世，对，所有人都只知道他是外省来的小商贩，他的原始家庭真实状况如何呢？

王万才赶紧找到了那位赏识他的商业局局长，诚恳地说完全拥护组织上选拔一位懂业务的专业人才担任副经理，但由于施诚是外来户，没有人知道他的出身背景和底细，希望组织上派人外调以后才决定。局长觉得王万才说的话入情入理，当即决定派一位人事科副科长和王万才一起，悄悄到施诚的浙江老家展开外调。

而施诚并不知晓外调的事。自从获知自己将要被提拔为副经理的消息，施诚不仅一点都高兴不起来，反倒有一种大祸临头的恐惧。

3. 抓捕

抓捕施诚的时间在傍晚6点多钟。施诚的老婆和3个子女都在家，正准备晚餐的时候。

县公安局来了3名警察，后面还跟有几位荷枪实弹的士兵。警察中领头的人，当着施诚和其家人的面宣布，施诚系历史反革命，国民党潜伏特务，立即予以逮捕。随后给施诚戴上了手铐，当即押走，没让带任何东西。

百货公司内部炸了锅。据隐隐约约传出的消息透露，小小的山区县城百货公司，竟然一直隐藏着一位国民党军的上校团长，而且还是蒋介石身边嫡系的警卫团长。这样一个重要人物潜伏至今，肯定承担有反攻大陆的秘密使命，是不折不扣的国民党特务。幸亏副经理王万才阶级斗争觉悟高，火眼金睛，才揪出了这颗深埋的地雷（第二年"文革"开始，王万才"造反"夺权，许经理成了"牛鬼蛇神"，已是后话）。

宣判那天，施诚被五花大绑押解到公园旁边的灯光球场，胸前挂的牌子上写有"历史反革命"几个大字。和当天同时"公审公判"的其他刑事犯罪分子一道，施诚与十几名罪犯在主席台前站成一排，低头弯腰，挨个接受高音喇叭里的宣判。整个球场人头攒动、座无虚席，绝大多数都是各中小学组织来的学生。那个时候，对于中小学生来说，参加每年都有几次的公审公判大会，如同过节聚会、看热闹。

宣判以后是游街示众。所有当天宣判的罪犯都会被押上大卡车，反绑双手、胸前挂着白纸黑字的大牌子，垂头丧气站在卡车两边，沿全城主要街道巡游一圈。车队的前端由几辆公安摩托开道，后面紧跟一辆挂有数个高音喇叭的宣传车。游街一圈转下来，大约两个小时，整个小城已尽人皆知。

当游街的车队转到南门河坝，躲在低矮棚户里的施诚一家人，都不敢走到大街上，他们只能从窗户里，偷偷窥探寻找施诚站在哪一辆卡车上。过了一天，施诚的大儿子才从贴满大街小巷的布告里，得知施诚被判了有期徒刑12年。这时候，他们一家人都还不知道，施诚随后已被押往离城一百多公里的东乡县深山七里沟煤矿监狱劳改。

4. 女人

尽管住在河滩边，全城最破落的低洼棚户，施诚的女人一点也看不出来像个穷人。

30多岁的她，虽然说不上风姿绰约，但身板骨子旦却透露出几分优雅的贵气。营养不良，有些苍白的脸上，从来都看不到霉运缠身时常有的唉声叹气，反而随时都显出一脸惊人的平静。最引人注目的是，她朴素的衣着，任何时候都干净整洁，梳理整齐的头发，还绾上精致的盘结，与身边同一生活层面的女人，格格不入。

邻居们还记得，夫妻俩怀抱褴褓中的婴儿刚来这里时，丈夫憨厚和善，说一口本地人有点听不明白的江浙普通话，妻子则重庆口音，虽与本地女子气质不同，但口音则热情亲近。他们在珠市街摆摊售卖毛巾、浴巾等小百货，据说从重庆进来的货品，每一件都价廉物美，很快受到本地居民欢迎。几年后，他们的小摊就变成了3间铺面连通的百货商店，一百余平方米，批零兼营，成为大户。

公私合营后，丈夫成了百货公司的干部，每月有固定工资收入，虽然日子过得清苦拮据，但也基本安稳。夫妻俩陆续又有了后面两个孩子，一切都显得平淡而真实。

突然之间，从这个毫不起眼的普通家庭里，竟然挖出一个"国民党大特务"。憨厚和善的丈夫成为被判刑12年的历史反革命，那个气质高雅又待人亲切的重庆女人，则自然成了反革命家属，成了居委会监管对象、每次批斗会的"活靶子"。

自从施诚被抓以后，一家人突然断了收入来源，生活顿时陷入困境。

那一年，施诚的3个子女：大儿子施亮，15岁，初三；二儿子施想，12岁，小学毕业；小女儿施思，7岁，刚上小学。

当天晚上，重庆女人把3个子女叫到身边，冷静地讲了两点。

第一，你们的父亲不是坏人，更不是国民党特务；第二，一家人要团结一心，再难都要活下去。

她当即决定，大儿子施亮辍学，去给城里的开水站挑煤炭，挣苦力钱。二儿子施想每天放学后，先去菜市场捡拾剩菜蔬果，补贴伙食。她白天给人打毛衣、纳鞋底，完成扫大街的劳动改造。晚上还从南外的火柴厂领回一些硬纸壳，带领小女儿连同两个儿子，一起糊纸盒到深夜。

5. 大儿子

大儿子施亮可能遗传了父亲身上的军人基因，才15岁已长到1.75米，而且腰粗膀圆，看上去像个18岁的小伙子。

家里突然没了父亲，孩子中的老大自然成了顶梁柱。施亮对于母亲安排他去挑煤炭、下苦力，没有任何怨言。他手脚勤快，别人跑一趟的时间，他恨不得争取跑两趟。白天累得虚脱，晚上还要帮母亲糊纸盒，经常是手里还拿着纸壳，人已经不知不觉睡着了。

因为有大儿子挑煤炭挣的临工收入补贴家用，三年来，这个家的生活还勉强过得去。然而，真的当大儿子长到18岁的时候，一场意外的车祸，瞬间夺走了大儿子的生命，也瞬间又毁掉了这个家的生活支撑。

噩耗传来，重庆女人瘫软在家已站不起来。二儿子和妹妹飞奔跑向医院，只看见停尸房里一具冰冷的尸体。

重庆女人给监狱中的施诚写信，希望他去恳求领导开恩，特许他请几天假，回来和大儿子诀别。但在那个年代，作为历史反革命的重刑在押犯人，无异于痴心妄想。

大儿子的尸体在停尸房里放了整整7天，重庆女人才绝望地签字，同意火化。

6. 二儿子

与大儿子施亮不同，二儿子施想可能更多遗传了来自母亲的基因。兄长遭遇意外这年，施亮已满15岁，但个头只有1.6米左右，而且身材单薄，文质彬彬，看上去就是读书的料，从小学到初中，成绩一直在全校拔尖。

重庆女人无法让二儿子走兄长的老路，知道这个身板单薄的孩子，担不起煤炭的重量。但家里又一次失去了生活来源，仅靠帮人织毛衣、纳鞋底和糊纸盒的微薄收入，断断续续，毫无保障，根本承担不起几口人每天都要张嘴的吃喝。

二儿子心里也很清楚，自己再也无法上学了，参工，当兵也没有他这个反革命子女的份儿。为了减轻家庭负担，他只有一条路可走，那就是下农村当"知青"。他瞒着母亲报了名，然后只带了一个脸盆、一床铺盖和几件换洗衣服，黯然走向大巴山区扎根落户了。

然而，仅仅过了一年多，噩梦再次降临这个摇摇欲坠的家庭。二儿子施想在农村得了急性肝炎，隐瞒了一段时间，病情恶化，很快到了拖不下去的程度。他被两个山民抬到家时，已经骨瘦如柴，本来就瘦小的身材已蜷缩成一团。为了抢救儿子生命，重庆女人夜以继日地守在病床边，每周她都要卖一次血，用以支付医疗费用。一个多月下来，医生说她已经严重贫血，不能再抽了。严重的时候，她已经几次晕倒在医院的走廊上。

尽管如此，还是未能保住二儿子的生命。

7. 小女儿

小女儿施思比较幸运，只是因为她比两个哥哥小了5-8岁。

施诚被抓的时候，小施思完全不明白咋回事，不明白那么和蔼可亲的父亲，咋个突然之间就成了公安局来抓的坏人。

眼看母亲和两个哥哥在艰难中挣扎求生，小施思突然就变得懂事了。她的身上可能同时继承了父母的基因，既有军人的大气，又有知识女性的清高。虽然年纪小，帮不了什么忙，但她从小学到初中都没有给家里添过一次乱。很多时候在外面受欺负，被人骂成"小反革命"，她都是独自应对，甚至与人扭打一团，回家后她也不会吭一声。每天做完作业，她都主动帮忙糊纸壳到深夜，学习成绩却从未被拉下。

独立、好强，成了施思的性格特征。尤其是两个哥哥不幸夭折后，她与母亲相依为命，经常在夜深人静的时候，她假装睡着，眯起眼睛看到母亲趴在桌子上写信。只有这个时候她才发现，一贯冷静坚韧的母亲，变成了脆弱的小女人，一边流泪一边在信纸上与狱中的丈夫诉说自己的心思。有好几次，她看见母亲写完信，又抱出一个小泡菜坛子，从里面拿出什么东西久久端详，然后又小心翼翼地放回去。她暗中猜想，这个伪装的小泡菜坛子里，一定有母亲隐藏的秘密。

直到高三快毕业那年，施思才找准一个机会，找到母亲隐藏的泡菜坛子，从里面取出一张六寸大小的照片、几枚军功章和一把军用匕首。照片是一张结婚照，一位英俊帅气的国军军官，手挽一位身披婚纱、容貌出众的女郎，正是施思的父母。施思没料到，父亲果真是国民党的军官，而母亲又是什么人呢？他们是如何结合的呢？

这一年施思已经17岁，下了决心要找母亲问个明白。

8. 家世

雨夜，施思终于戳破了妈妈的秘密，重庆女人长叹一声，靠在床头上，第一次向施思诉说家世。

原来，施思的母亲出生于重庆一个大资本家家庭，家里开有一家很大的毛纺厂，抗战时期一直为国军提供毛巾床单及军用被服，母亲的幺叔还是国民党国防部的少将参谋。由于从小家境优渥，母亲一直受到良好的教育，到1948秋，母亲已从国立重庆大学中文系毕业，21岁，青春芳华，幺叔给她介绍了一门婚事，对方是国军上校团长，还是蒋委员长身边的警卫团长，嫡系中的嫡系。两人短暂一晤，竟然双方都一见钟情，陷入了情网。

这位上校团长就是施思的父亲施诚，出生于浙江诸暨一个耕读世家，祖上曾出过进士、入翰林，到施诚父亲一辈已日渐衰微。施诚因反叛家庭包办婚姻离家出走，投考黄埔军校，毕业后从排长做起，能征善战，全凭军功晋升。尤其是对日作战中，施诚屡建奇功，多次荣获"青天白日勋章"和"中正剑"。那时候，正是天下美女倾心的大英雄，何况还是书香门第出身、文武双全的大英雄呢。

所以，施思的母亲与施诚一见倾心，两人在风雨飘摇的1949年春天结婚，随后即随军奔波。两人发誓：今生今世，无论任何情况都永不分离。如胶似漆的一对，到了缺一人不可活的境地。

这年夏天，施诚接到命令，所属师团将全部撤离到台湾，团以上军官家属先行撤离，立即离开驻地到广州搭船。第二天，军统特务开来十几辆卡车，专门搭载这批嫡系部队的军官家眷。施诚特意派两名心腹警卫，随车护送照顾爱妻，他知道此时妻已怀有身孕，泪别之际，取下腰上的中正剑送到妻的手中，然后紧紧握住妻的双手，用带着哭腔的低沉声音，反复说道：一路小心……

9. 双喜

　　施思的母亲讲到这里，几番哽咽，再也讲不下去了。她对施思说，你父亲马上就要出狱了，后面的部分，由他讲给你听吧。

　　施思于是天天算计着日子，期盼父亲出狱。此时施思已经高中毕业，一个秋日的黄昏，家门口突然来了一个老头，浑身破衣烂衫，面色黝黑，乍一看像个叫花子。还没等施思回过神来，施思母亲一见到这个老叫花子，竟一把将其抱在怀中，放声哭喊：呜呜……你终于回来了。

　　施思已经完全认不出父亲了，她心中只有一个40来岁，憨厚和善的中年男人形象。十几年牢狱，而且还是强体力的挖煤劳改，施诚已经被折磨变形，昔日强壮的身躯已开始佝偻，圆脸也变成了瘦脸。出狱以后，施诚仍然属于居委会监督改造人员，被安排到城关公社搬运队拉板板车，还是需要下苦力。

　　施思高中毕业和施诚出狱这一年，祸国殃民的"四人帮"已被粉碎，国家已恢复了高考，像施思这样的"反革命"子女，也能通过政审，参加高考。出狱后的施诚，察觉到国内局势微妙变化，每天劳动之余，他开始写申诉信，写了一封又一封都石沉大海，但他还是固执地不停投递。他还督促施思不要放弃学业，到县高中报了复读班，准备冲刺1979年的高考。

　　就在施诚投出去的申诉信达到100封之后，他终于收到了人民法院重新裁定：撤销原判，宣告无罪，意味着他获得了彻底平反，又变成了正常公民。紧接着，百货公司恢复了他的公职，补发12年工资，这让他还意外地获得了一笔"巨款"。鉴于他的年龄已接近退休，加之体弱多病，已经重新复职的老领导许经理特殊关照，让他恢复工作不久即办理退休手续，每个月能领到几十元退休工资。

就在施诚获得平反的3个月后，施思也惊喜地收到了四川大学经济系的录取通知，真是做梦都想不到，这个"反革命"的子女也能走出小城，到成都读大学，而且还是全省最好的名牌大学。

几十年来，这个祸不单行的家庭，第一次双喜临门。

10. 跳海

临行之前，施思发现父亲又穿上了长袖的白衬衣，两只手臂都戴上了长袖套，瘦脸慢慢变圆，又恢复了憨厚和善的面孔。而施思母亲甚至穿上难得一见的旗袍，扫大街时被强迫剪短的头发又留成了长发，自然是梳妆整齐，绾成了精致的盘结。按照约定，施诚给女儿讲完了当年的故事。

……送走妻子后，施诚度日如年，分分秒秒都在牵挂娇妻，终于在第二个月接到了撤退的命令。他率全团官兵日夜兼程，一路狂奔，只花了6天时间就到达广州，随即登上了守候在码头的军舰。这是一艘长30米，宽15米的现代军舰，施诚亲自坐在指挥舱里，命令舰长立即开船，一分钟也不得耽误。

大约行驶了半小时，负责督军的军统特务来到指挥舱，对施诚欲言又止。施诚递给他一瓶红酒，特务才吞吞吐吐说：你一直对我太好，我才告诉你……运送军官家属的车队半路被乱军劫持，并未能到达广州，更没有登上赴台湾的轮船。

如同五雷轰顶，施诚的整个身体都僵了几秒。

旋即，他冲出监视舱，一边跑，一边抓了件救生衣往身上套，跑到护栏边的一刹那，眼睛都没眨一下，纵身跳进了大海。

施诚奋力朝岸边游去。他抓住一块木头，在茫茫大海中漂浮，几个小时后才漂游到了岸上的一艘小渔船边，用自己的军官服置换了渔民身穿的衣裤，乔装打扮，沿来时的公路，一路往回走。碰到路边有妇女儿童的人群，就上前查看。兵荒马乱，道路上随处可见逃奔的国军、家眷和难民，要想在乱哄哄的人群中找到爱妻，无异于大海捞针。

直到十天以后，进入湖南郴州地界，风餐露宿的施诚已精疲力竭。在路边一家小餐馆，他看见两个头戴草帽埋头吃饭的年轻人，正是先前那两名警卫，方知运送家眷的车队路过此地，即被地方杂牌军强行征用卡车，遣散了家眷。两名警卫将夫人安置在一家旅店，跑到公路边来找车……

此时，解放军已包围了郴州。施诚只好让两名警卫各自逃生。他跑到旅店，却不见爱妻，找遍大大小小的其他旅店，也不见踪影。绝望之际，他垂头丧气，走在河边的一条小巷，却看见迎面走来一位女子，正是千辛万苦找寻的爱妻，两人当即抱头痛哭。

因为不堪忍受小旅店里往来不断的兵痞骚扰，妻不得已，换租了民房。苍天有眼，让他们再度相逢。南下的道路已经阻断，他们只有北上，而国军身份所限，逃回施诚的故乡等于自投罗网，两个人只好朝重庆方向逃命。又经过几个月的奔波，妻的肚子已经越来越大了，这让逃难之路更加艰辛，好在两人携手同在，爱情给了他们神奇的力量。

两人逃到重庆，妻的娘家已人去楼空。好不容易找到曾经的管家，方知家族人员已分别逃奔台湾、香港等地。管家念及旧情，为他们安顿了临时居所，这让他们的第一个孩子得以顺利出生。随着新政后各种运动风声鹤唳，管家建议他们，逃往自己的故乡通州小城避难，以免被揪出来，成为镇压对象。在管家的帮助下，夫妻俩抱起襁褓中的婴儿，逃到了偏远闭塞的通州，后来在珠市街做小百货生意，也是管家从妻子家曾经的工厂发来的货物……

后记

施思从四川大学经济系毕业后，南下深圳。不久，就用父亲补发工资那笔"巨款"，投资创业，成为深圳最早一批私营企业主。

　　施诚和夫人虽然不再工作，却一点也不空闲。市县统战部、政协、工商联、台办、侨联等机构领导纷纷找上门来，授予夫妇俩各种社会职务和荣誉称号，目的是让他们尽可能地恢复联系海外关系，那些曾无缘无故给他们造成杀身之祸的历史尘网，一夜之间，竟然成了众人争抢的香饽饽。

　　而海外关系的恢复和拓展，客观上也让施思的私营企业，比一般人抢占了更多先机，小公司以惊人的速度迅猛裂变。从草根创业的民营企业到享受多种政策优惠的中外合资企业；从单独的个体企业到大型综合性集团公司；从大型综合性集团公司到上市公司。十多年时间，施思已成为拥有数亿资产的跨国公司、上市企业掌门人。

　　在四大班子领导出席、全市顶级规格的通州人返乡投资招商会上，施思旗下的诚品百货连锁集团公司收购通州百货公司签约仪式，成为全市瞩目的焦点。昔日通州百货大楼片区，将建成全市最大的施诚广场和诚品百货商业综合体，这意味着，施诚的名字，将永远镌刻在全城最耀眼的地标建筑。

　　而滩头街的小茶馆里，曾经造反夺权的王万才经理，"文革"结束即被作为"三种人"清理，如今企业改制又被买断工龄永远下岗。他依然蜷缩在小茶馆的角落，望着天花板上吊下来的电视屏幕，百货公司门前，敲锣打鼓的新闻画面，让他两眼迷茫。

小城
生活笔记

官宴：忝列末坐

我进去的时候，宴席都已经开席了。

端坐在中间那位，是家乡的副市长，坐在副市长旁边的就是他今天要请的客人，从省城回乡的一个省局局长，我的同学、好朋友。

依次列坐的有同学家乡的县委书记、有和同学业务对应的市局局长……最后一个空位，留给同样也回乡过年的我，是因为局长同学好心打电话，邀我仓促赶来。

宴会在亲切友好的气氛中进行。尽管在我进来之前，局长同学肯定为我的出场做了恰到好处的铺垫，但我还是觉得自己在这样的场合，显得有点不合时宜。

整整一个春节，天天都只和自己的家人在一起。连续这几年，回到家乡过年就等于陪父母、走亲戚。早已习惯了没有官

20世纪70年代的老家街景

方应酬，也没有官方宴请。突然，又来到这样"官方"的场面，我才发现自己的不适应已经是那样的强烈，这种不适应直接反映在官员的脸上，就是明显能看出，我竟然没有反映出足够明显的热情。

比如敬酒，我只是礼节性的给在座的每一位分别敬一次，就再无举动。而领导们总是有那么多的话题，需要一杯接着一杯。这不，县委书记已提醒我了，可我竟然老实地说：我不会喝酒。县委书记说：你要厅级以上领导的酒才肯喝吗？我说：什么级别的领导都不喝！

我估计县委书记心里肯定咯噔了一下，至少会认为今天碰到了一个不醒世的"二百五"。本来就是省局领导拉来的陪客，却比被请的主宾领导还端起架子。我知道，局长同学肯定已经在我到来之前铺垫了我的身份是个商人，在我可爱的故乡官员的眼里，既然是商人，肯定都是巴结领导才能赚钱的，哪有巴结领导赚钱，还不多敬领导几杯的"怪物"呢？我突然发现，我的身份不仅是个商人，而且现在还可能成了家乡领导眼中的"二"。

我是那么清醒的知道按规矩自己该怎么做，可我就是提不起热情。

我想对家乡的领导解释，在家乡以外，也有不巴结领导也能盈利的商人，他们肯定会认为我是个疯子。我想对家乡领导说，你们请省里回乡的局长畅叙友情，肯定先因为他是局长，才会请他来畅叙友情。而我来参加他的聚会，只是因为他是我的同学，我的好朋友；今后他不是省里局长了，还同样是我的同学，我的好朋友。而在他不当官了回乡的时候，你们则不一定还会这么热情万分请他畅叙友情，至少也会让他像坐在我旁边的这位辞官经商的人一样，有聚会也只能仅仅当个陪客。

在我离开家乡的20多年中，我也曾受到过家乡某些官员热情万分的招待。当我和老婆早年还挂着北京、省厅的某些身份时，总有家乡的官员会在节前就主动来电联系，回到家乡，早就把吃住、用车这些安排得巴巴适适。我记得有一位和我老婆处室有点业务关系的银行女行长，在火车还没停靠到站台的时候，就恨不得飞身上车来迎接我们，满嘴的甜言蜜语，那个热情劲啊，真叫人感动。几年后，当得知我的身份已变成了商人，我的老婆也请病假没在机关上班的时候，恰恰有点小事找到这个银行女行长，足足让我们在门外等候了一个多小时才姗姗出来，满脸的哼哼唧唧，那个酸劲啊，也真让人动容。

所以，我是真心的理解，在我出生这座小城，"官本位"早已深入人心。

无论在本地还是外地发展，无论在其他方面有什么了不起的成就，故乡人的眼里还是"当官"第一。你是文坛上的一支笔，绝对比不过一个"大衙门"的小秘书；你是亿万身家的企业家，自然也比不过组织部或纪委的一个处长。排座次永远是按官位大小来排列的，直到最小的官排完了，才会轮到商人、文人之类。

而很多类似官员请客的场合，商人一般还都是被喊来买单的。不仅买单，还要负责敬酒；不仅敬酒，还要找出很多热情洋溢的话题，反复敬酒。而我今天既不是来买单的商人，也不是来敬酒的商人，这就未免有点出格了。领导已经主动为我找出了话题，我确实不能喝酒，就硬是不喝。领导已经把话都说到，是不是嫌弃他官小了的份上了，我都还是不喝。显然我是那么不合时宜。

其实，这饭桌上不能喝酒的并非我一个人。我知道，这桌上官最小的那位地方局副局长也不能喝，但他却狂喝滥喝。他的年纪比副市长和县委书记还大，却在两位领导的呔喝声中，满腔热情的一次又一次高举起酒杯。领导倡议的每一个喝酒的话题，他都能发自肺腑的大声赞成并积极响应。我不知道他已经喝了多少杯，只记得在我坐他的车回酒店的路上，他在拉着我的手，搂着我的肩，爆发了一大通"胡言乱语"之后，已经倒在后座烂醉如泥，人事不省。

我没有多喝，所以才能像正常人一样从容地走下车。

现在想来，虽然我在官方的饭桌上，位置还不如那个副局长，只能偶尔忝列末坐，甚至大多数时候连末坐的位置也没有我的份，但我饭后能在习习凉风中清醒自在地漫步，所以我有点感觉享受感觉庆幸。

我没有选择"身不由己"。

局长"请"我赴宴

下午5点来钟，局长打电话来问我："在干嘛呢？"

我说："在工地呢。"

局长问："晚饭有安排没？"

我回答说："没。"

局长很热情的说："那赶快过来吃饭哈，老家乡饭馆。"

我有点小激动。因为我一个人在这座城市来搞项目，没想到，有点业务联系的本地局长，还这么关心我的生活，还主动邀请我去赴晚宴。

我乐呵呵地来到局长说的老家乡饭馆。这家饭馆场子不大，设在三楼，牌子也不显眼，临街只有一个住宅楼梯那么大小的通道可以走上去，如果晃眼走过，还真不引人注目呢。

我走近饭馆大厅——其实就是一个大约能摆四五桌的大房间，里面已坐着五六个人，我都不认识。局长很热情的给我介绍：这是某某局的李局长、这是某某局的刘科长、这是某街道办的黄主任、这是陈总、杨哥、李姐……我逐一礼貌地点头，坐下来。我看见局长在吧台前不停的打电话，一会儿工夫，一桌人就坐满了。

局长当着这些我一个都不认识的人，以非常隆重的方式把我推出来。然后，很亲切的问我："今天想吃点啥呢？"

我说："看你们啊，吃什么都可以。"

局长说："看你这段时间工作这么辛苦，先点个甲鱼吧，补补身子。"

我说："要得。"

局长又说："再来一条花蛇吧。到了我们这个地方，吃蛇可是必须滴哦。"

我说："好呢。"

局长继续点菜："对了，对了，还有今天送来的河鲜。真正是刚刚从大河里面打捞的野生鱼哦，平时买都买不到，你今天真算有好口福。"

我忍不住的一直点头，心里不禁涌出一股暖流。多好的领导啊！可不正像这个城市招商引资宣传的那样啊，敞开大门，笑迎八方宾客，凡是在这里投资的人，都会感到家的温暖。

满满的一大桌菜，很快就上齐了。照例是免不了要上酒的，当然要喝就喝最好的酒，才对得起这么热烈的气氛。局长知道我不会喝酒，还主动帮我挡酒，让我少喝点再少喝点，但却一点也不影响一桌人的狂放豪饮。杯酒交筹之中，不知哪个人又提到了谁，局长说："赶紧喊过来"；再提到了谁谁，局长又说："喊过来喊过来"；又提到了谁谁谁，大家都说："喊来喊来"……

转眼的工夫，又有一桌人凑齐了。两桌人举起酒杯，你敬过来，我敬过去，喧闹声不绝于耳。我本不大适应这样的场面，更不适应本不认识又喝高了的人，拉着我的手问他认识的谁谁谁，也是我老表的嫂嫂的亲家之类，我只能强装晓得的点头。手里的茶杯举了一次又一次，虽没喝酒，但翻来覆去这样举杯子，也把我举得手累。

这时候，局长的老婆来了。有喝酒的人坏笑说：老板娘来收钱了。局长老婆一巴掌给那家伙打过去。这时候，我才想起局长今天为啥要请这么多人来吃喝呢？肯定不是娶媳妇，也不像是过生日。哦，对了，今天到底是谁请客哦？我似乎意识到了点什么。在宴席快要结束的时候，起身告辞。刚走到吧台前，局长老婆笑嘻嘻的对我说："兄弟，今天账单一共是9999元，你第一次来就认识这么多好朋友，多打个折扣，只收8888元，祝你发大财哈。"

我晕！但只有一秒，马上镇住！恢复了平静。

　　我也笑嘻嘻的把信用卡掏出来了。本打算结完账，要一张发票，但又一想，我能要吗？要了会有吗？对了，发票刚好用完，改天来补哈。改天？为了一张发票，还敢自投罗网？

　　要不了多长时间，我就弄明白了。这座小城市，还有很多这样外表看起来一点都不显眼的饭馆、茶楼，可能就掩藏在大街背后的小巷子里，也可能只不过就是打通了几套住宅，连招牌也没有的"店"，而实际上却是某要害部门的某科长开的，某某办主任开的，以及某局长和某副市长搭伙开的。

　　本来，按当地规矩，项目的手续办到哪一个环节，就应该主动到对应到那个领导家的饭馆去吃饭、喝茶、打牌。我这个瓜娃子却懂不起，还要局长亲自来"请"我。

　　懂起了以后，可我却还是实在难以忍受，从头到尾坚持吃完这样的宴席。往往都是乱哄哄的氛围中，一边吃，一边来人，越吃人越多，仅仅是不断重复举杯子，这一个动作，都让我受不了。

　　从那以后，再接到某领导邀"请"我吃饭的电话，我大多数时候都是满口应承，但就是故意拖延时间，估摸着一帮人吃喝得差不多了，我才假装事务缠身，紧急赶来的样子，直接去把单买了走人。

　　我知道，我项目上那么忙，吃与不吃都是可以让人充分理解的，但去不去吃，则是至关重要的原则问题。因为那些外表上看起来从不显山露水的饭馆、茶楼里面，不仅堆满了高档的名烟好酒，而且每天都保证会有甲鱼、花蛇，还有刚好从大河里打捞起来的野生鱼。

饭桌上的识人术

饭桌上本来有很多很好的机会，但我却不大爱多说话，尤其是人很多的饭局。因为我不会喝酒，所以也就不会主动发起话题，更不敢去找那些喝酒的话题，引火烧身。

但这并不妨碍我观察饭桌上的人。

比如饭桌上的男人。判断一个男人是否已经老了，可以留意，这个男人在饭桌上，是先看菜还是先看人。如果一个男人一到饭桌前就先盯着菜看，说明其注意力已集中在"食"的上面了，那这个男人的心多半已经老化了。如果男人一坐上桌，就先扫描一下饭桌上的人，还不时瞟几眼端菜的女服务员，说明其注意力还集中在"色"上面，那这个男人的心，多半还很年轻有活力。

呵呵！我也同时比较注意观察买单。如果一男一女在饭馆里吃饭，看到女方在买单。我就会想这两个人的关系，无非两种可能：一是关系非常好，好到都可以不分你我彼此了，比如夫妻、母子、情侣等；二是关系还没有走近，女方还想对男方保持一定的距离。如果出现男女争抢买单的场面，那么我基本可以断定，这两个人的关系，一定还非常疏远。

至于经常被人邀约吃请，到底是好事还是坏事？我想起曾经认识的一个包工头，刚接触的时候我以为此人非常豪爽仗义，不仅看见他经常邀约三朋四友，组织饭局，还每次都积极买单，慷慨大方；敬酒喝酒也干脆利落，称兄道弟，浑身豪气。但真的和这个人有了点合作，才发现他在任何生意利益上都是寸土必争，丝毫也不会让步，更不可能讲什么饭桌上的兄弟情谊。被他经常吃请的人，在生意利益上，稍稍做点妥协，其牺牲的资金，天天办满汉全席也绰绰有余，而落得豪爽美名的却不是吃了暗亏的人，而是这个经常宴请各路人马的"江湖豪杰"。

所以，但凡饭桌上说的话，我都从来不敢当真。

参加饭局的次数多了，对于社交饭桌上的人，我就慢慢总结归纳出只有两类：为自己而吃和为别人而吃的人，还有就是话多的和话少的人。

如果饭桌上都是为自己而吃的人，这样饭局，友情聚会的成分大，一般没有明显的目的性，那饭桌上一定轻松活跃，每个人都话多。如果饭桌上有的人是为自己而吃，有的人是为别人而吃，这样的饭局带有"勾兑"的目的，那饭桌上一定是为别人而吃的人话多，为自己吃的人话少。

曾经有好多人都认为，中国人办事一定要在饭桌上搞定，其实这是个小小的误会。

因为饭局既然是因人而设的一个"局"，对于身居高位，久经沙场的饭场重量级人物来说，难道真的就那么小儿科，一高兴就会当着饭桌上的众人来拍板大事要事吗？

显然，饭桌上的气氛再怎么热烈，饭桌上说的话题也是无关紧要不痛不痒的；饭桌上杯酒交筹大喜之下的任何许诺，也只是不可当真的玩笑；饭桌上有幸和某个重量级人物近距离碰杯交流，这个人天天都在饭局应酬中对新朋故交笑容可掬，但只要一离开饭桌，照样又会板起面孔。

如此看来，饭局很重要，饭桌上气氛也需要营造，佀这只是恋爱的前戏，暖暖场，抛抛媚眼可以，最终能不能终成眷属，还得看私底下的缘分。

所以，能够请人赴宴还真不算什么稀奇，有本事把人约出来"喝茶"，才当真能够谈及点正事。如同纪委一旦请人"喝茶"，那就意味着一定是相当严肃认真滴了。

自讨没趣

居委会的会议室里，李老头正埋着头，专心致志地吃一块饼子。爱开玩笑的肖老头口衔一长烟杆，看着他，灵机一动，想挖苦李老头一下。

"我说李老头"，肖老头吐一口烟圈，慢悠悠地说"我说李老头，八月十五的月亮，像你这个饼子这么圆，可过了十五，月亮缺了，也就像你这块饼子一样缺了，你说为什么？"

李老头一脸茫然。肖老头则一脸坏笑道："人家都说是被狗偷吃了，你说是不是？"

哈哈，周围的人都笑起来。

憨厚的李老头依然啃他的饼子，装着听不懂的样子，搭话道："狗吃月亮的故事，我早就听说过了，并不可笑。我给你摆个狗吃火炮（四川话指鞭炮）的故事。"

"什么？狗吃火炮？"众人觉得新奇，聚拢过来。肖老头以为李老头上了道，高兴地猛吸一口烟，吐出一股浓烟，笑眯眯地，等李老头说下去。

"腊月三十那天，我家的狗，在桌子下面啃骨头，不亦乐乎。我的小孙子装怪，把一颗大火炮丢给了狗，没想到狗一口咬住，吞进了肚子。砰、砰，火炮在狗肚子里爆炸了，烟气尽从狗屁股里冒出来。"

哈哈哈哈，众人大笑，看向口衔烟杆的肖老头。

肖老头正吸了一口烟进嘴里，半天不敢吐出来。

将计就计

夜很深了。万机灵还在宿舍里摆玄龙门阵，一个人滔滔不绝，说个没完没了。

吴胖子已很想睡觉，几次干预，都没让万机灵停下来。于是，他将计就计，说道："那我也来给你们摆个龙门阵，好不好？"

"好，你摆嘛。"万机灵说道。

"从前有个商人"，吴胖子真开始摆了。"从前有个商人出门做生意去了，留下老婆在家，搂着细娃儿睡觉。老婆那天干活累了，睡得很香。谁知第二天一早起来，发现怀中的婴儿，竟被她闷死了。老婆很慌张，知道丈夫今天就要回来，这下咋办呢？"吴胖子讲到这里，众人都听进去了。

"商人老婆也很奇葩，跑到市场上，买了一条4斤多重大草鱼，用小棉被裹了，放到床上。"吴胖子继续说。

"晚上，商人回来了，走到床边，抱起心肝宝贝儿子。鱼尾巴不停地摆动。商人一边抱住儿子，一边哄道：不要摆了，不要摆了，再摆你都是我儿。"

差一个，把我补上

也许是菜肴的美味激发了人们的味蕾，打开了一桌人的话匣子。

老头的嘴已干瘪，眼眶深陷，颧骨凸出。一杯酒刚喝下去，就异常兴奋地，抢过话头说："那些年我挨斗还少吗？光游街示众，起码也有几十次。"

说到过去，老头子有些激动，边比划，边抽动干瘪的嘴唇："斗我的时候，那高帽子这么高、这么高，一声怒吼，被推到台上，像上杀场一样。完了的时候，只听得桌子'啪啪'几响，一声'滚下去'，几个人把我夹得死紧，往下推，哪里还滚得动。"

众人大笑。问老头子："你犯了什么错？怎么被打倒的?"

"说来就更气人了。"老头子涨红了脸："我当局长，本来当得好好的，反右运动来了，单位按人数化指标，算来算去，始终都还差一个人，我让班子成员想想办法，查一查，看谁还能牵扯点历史问题，就把谁补进去。"

老头子说："上报的截止时间快到了。有一天我正在打牌，秘书跑来报告说，全单位都查完了，还是差一个人，咋办？我气不打一处来，随口说道，你们就知道咋办？咋办？差一个人，干脆把我的名字补上嘛！说完，又继续打牌。"

"谁知第二天早上，我真的被揪出来批斗了。原来他们真的把我的名字，报上了右派名单。我肠子都悔青了。"

老头子说完，众皆默然。

小山城的热

热，是一种什么滋味呢？

人们都快脱光衣服了。男人是越小越方便，七八岁以下的小男孩，赤裸全身，无衣可脱。几十岁的男人，也只穿背心和内裤，露出臂膀和大腿，在火热的阳光下，乌黑油亮。浑身汗毛，冒出令人窒息的热气。

老街小巷

　　女子却是越小越受苦了。中年妇女和老姆姆，一回到家，便脱下裙子，短衫，和成年男子一样，只剩下背心和内裤，身体半裸。怕热的胖子，还拼命地摇扇，或者站在电风扇面前，一直不停地吹。遇有客人来访，听到门口喊一声，她们就飞快地躲进里屋，藏起来。

　　最受苦的是未婚的姑娘。夏日来临，脱下繁重的棉袍，露出柔美的身材，单薄衣衫，本是最利于换装打扮的好时光。但随着热的深入，姑娘们也感到苦恼。令人心慌的闷热，仿佛都因为身体上，那层薄薄的衣衫带来。她们也想脱，又不能脱。酷暑折磨，忍不住了，一些姑娘，干脆把自己，关进小黑屋，裸体躺平，谁知却更加难受。密不透风的小屋，热气难以蒸发，只能热上加热。

　　怅然凝望，盛夏的小山城，已凝固成一张画，连空气也似乎纹丝不动。炽热的光线，冒出金星，一根火柴，就能把整个小城点燃。

燃烧的气流蒸腾、弥漫。城南的河水，也像一口大锅烧热了。

好容易熬到黄昏，人们却并不因此稍感舒适。骄阳的余温，裹在地上，冒出蒸笼一样的地气。这是一天中，最让人憋闷、心慌的时候。大街上、滨河边、公园里，一切可以透风的地方，到处都游弋着袒胸露臂的人群，热气里混杂着刺鼻的汗味。

而大街的两边，天色刚黑的时候，便摆满了各家各户的凉床、躺椅和长凳，甚至还有卸下来的门板，上面全躺着半赤裸身体的人，男的、女的；大人、小孩。完全无所顾忌，伸长两腿，仰天而躺。手里的扇子，永无休止地摇动，弄出扑扑声响。这样的场景，是我儿时夏日的"夜市"。穿过如此闹市街区，耳边只听到一个声音：

热死了，热死了。

会场上

提起小板凳，走进挤满人的学校礼堂，我照例还是选座在最不起眼的地方——离主席台最远的墙壁前。

目光掠过黑压压的人头，主席台上还是老样子。讲桌上依然铺有"母校存念"字样的床单，摆一瓶塑料花，一盏台灯。

同整个礼堂的昏暗比起来，台灯放出的光亮，显得有些黯淡。如同黑夜中，透过玻璃，看到的一团柔光。

麦克风前，响起声音了。老校长戴上老花眼镜，低着头，看面前的小本子，开始讲话。校长的旁边，盘踞在一把藤椅上，胖墩墩的教导主任，两眼死死盯住台下，像一只正在搜索食物的老虎。

校长的声音，永远都不会变化声调。不高不低，不快不慢。他是一个老持慎重的人，早已习惯了自己的节奏。他开始组织政治学习，按照平稳如水的声调，在座的人都知道，没有三个小时，谁都别想散会。

我依照惯例，会议一开始就打瞌睡。我坐的老地方，真是好地方。背靠墙壁，不用担心，后面有眼睛盯我。而前面的人不会看见我，我却能看清会议的全景。不知咋的，头一埋下去，就胀痛得很。周围嘤嘤嗡嗡，睡意全无。我抬起头，看见斜前排，个子高瘦的他，叉开两腿，身子前倾，两只手腕撑在膝盖上，两掌抚前额，大拇指在太阳穴上揉动。脸上的眼镜下滑，几乎架在鼻梁上了。

瘦高个的旁边，穿黄衣服的小个子，倚在他的肩上，不停地用手掏鼻孔。先是左手掏了，未感满足，又用右手来掏。掏出来的鼻屎，托在拇指上，用食指轻轻一弹，恰好弹在前面，一个胖子的背上。

前面的胖子真的是腰粗腿壮，肥成了一团。他整个身体前倾，半个肥屁股悬空。两手托脑袋，像在打瞌睡。我看不清他的脸，却能看见他肥硕的颈背，一圈一圈堆积的肥肉。

小个子又掏出一小团鼻屎，眯着眼，瞄准一弹，恰好弹到胖子的颈背里。胖子惊醒，用圆滚滚的手，摸了摸颈项，瞬间明白了。他转过身来，二话不说，用摸颈项的手，握紧拳头，一记直拳打来。小个子慌忙躲闪，身体一滑，倒在了揉太阳穴的大个子怀里。大个子舒舒服服的享受遭破坏，又本能地反手一推，小个子从凳子上跌倒在地。两面受敌，小个子只好眨眨眼睛，做个鬼脸，认怂。一只手，又习惯地伸进鼻孔。

这边刚平静，那边又听到一个故意压得很低的声音说："你的手相有福气。"

我顺说话的声音看去，说话的人，宽额头，尖脸，长一双山羊似的眼睛，眼珠子转动不停。被羊眼睛抓住手的女生，白白胖胖，一脸傻呵呵相。"的确有福气"，羊眼睛摸着傻呵呵女生的手，神秘地说："断掌，还有个八字，活80岁没问题。"羊眼睛又按了按女生手掌心的肥肉说："看看，好多的手纹线哦"，他一边比划，一边把视线移到傻呵呵女生的脸上说，"你一定会找一个非常有钱的老公，一辈子有用不完的钱。"

"真的呀，"旁边一位瘦黑的小女生，赶紧伸出手来，"给我也算一下嘛。"羊眼睛又握住了瘦黑女生的手掌，用另一只手，在她的手心长，摸摸捏捏，比比划划。

我把目光移开，看见前面有个埋头看书的男生，神情专注，对周边的一切，充耳不闻。坐在他后边的女生，几次想拍他的后背，举起的手，又犹豫地收回来。女生只好拿出一张小纸片，揉搓成细条，从后面悄悄挠男生的耳背。男生揉了揉耳朵，又专注地看书。

会议继续进行。前排的人大多朝前倾斜身体，两手形成八字支架，托住埋下的前额。后面的人则干脆趴在前面的人背上。一个连一个，形成一幅相依为命的画面。

两个多小时过去了。校长依然慢声细语地在讲话。

班主任的训词

"XXX，你怎么超假了呢？"班主任把一个学生叫到办公室。

"我……我今早6点钟就出门了，赶到双河，没买到车票。"

"那你为什么不再早一点儿呢？既然你知道买车票需要时间。"

"不，不是这样的。本来6点钟出门，时间足够。天上突然下大雨了。不信您问XX班的XXX，是和我一路的。确实是个别特殊情况。"

"你本来过节跑回家，就属于搞特殊。"班主任老师生气了，脸色泛红："就为了过个节嘛，还违反了纪律。你看雷锋同志，多遵守纪律。你还在学雷锋，学的什么呀？"

学生无语。

"如果你像雷锋同志那样，在路上做好事，耽误了时间，还情有可原。但你说那些理由，根本就不是理由嘛"班主任一口气训道："要说个别特殊情况，别个xxx、xxx，也请了假的，为啥就能按时到校？你以为个别情况，就可以不遵守纪律吗？我党在第一次革命战争失败后，全国四万万同胞，只有二十几个党员，还是能够坚守自己的责任，没有擅自破坏纪律吧。"

班主任老师最后说："你最近的表现患得患失，犯冷热病。作为一个中师学生，要从灵魂深处找原因。您不是还想入团吗？看看你的思想境界，哼，这不是返校迟到的问题，而是思想深处，健康不健康的问题！"

学生愕然。

两个卖菜的老太婆

两个老太婆在菜市场卖菜。一个较胖，穿深灰色土布衣服，白白净净，不爱说话，她卖的羊肉。另一个较瘦，穿淡蓝色土布衣服，精精干干，又很健谈，她卖的白菜。

"羊肉多少钱一斤？"一个买主问胖老太婆。

"四元。"胖老太婆回答。

"有少吗？三元八角卖不卖？"

"没有少，不卖。"

"哎呀，你这羊肉都是剩余的孬肉了。咋还要这么贵呢？我

小城农贸市场

给你称几斤，早点卖完早回去，三元八。"买主讲起价来。

"不卖。"胖老太婆一脸倔强，只回答两个字。

"卖了吧，老大姐。"一边的瘦老太婆说话了，"何必熬那两毛钱呢，说不定今天收市还卖不完呢。"

"一斤少两毛，几十斤就少了几元。我买盐巴钱还不够呢，不少。"胖老太婆说。

买主走了。瘦老太婆为胖老太婆大为惋惜。"唉，叫你卖，你不卖。两毛钱都舍不得，看你今天要卖到好久哦。"

一会儿，有个买主来买白菜。

"白菜多少钱一斤？"买主问。

"三分五。"瘦老太婆答道。

"三分？"

"不卖。"

"我给你全部称了。少五厘吧？"

"不卖不卖。你看我的菜，这么新鲜，自家种的，没打过农药。"瘦老太婆一口气说道。

买主走了。

瘦老太婆还喃喃自语："城里人太小气了，五厘钱都舍不得。"

请客的故事

万机灵经常到朋友家做客，这次该轮到他请客了，但他手头拮据，又很抠门，内心并不想请客。咋办呢？

万机灵决定，假装请一次。

这一天，请来的客人基本上都到齐了，坐满了万机灵的屋子。他故意站在屋门口，装出等人的样子，一遍又一遍，万分焦急地说："咋个该来的才不来哦！"

屋里的客人一听，心下犯疑了。便想到，主人家不开席，一直这么说，是不是在暗示，我们是不该来的人啊？一些和他关系一般的人，只好找个借口，知趣地离开了。

看见有一批人，借故离开了。万机灵又装出很着急的样子，大声说："咋个不该走的又走了嘛？"

剩下的客人一听，心里慌了。原来是指我们，才该走呀！于是，纷纷借故离去。

最后，屋里只剩下一个人，一向自认为是万机灵最铁的朋友。这位朋友对万机灵说："你咋能这样对待客人呢？"万机灵装出万分委屈的样子，分辩说："我又不是说的他们，不是说的他们呀？"

"什么？不是说的他们？原来专门针对我一个人呀。"铁杆朋友大怒，愤然离去。

客人走完了，万机灵松了口气。总算赖掉了请客，改天专门抽个时间，去找朋友们，解除"误会"。

包工头的绝招

那几年，小城的房地产开发刚刚起步，他总是能接连揽到工程。为什么呢？

因为他肯垫资。

有实力的大开发商，还在大城市攻城略地。小城里冒出来的本地开发商，大多是有一万元，就要做一百万元生意的主。以小搏大，垫资，最能迎合本地小开发商的需求。

他以垫资为条件，从开发商下属或合作的建筑商手里，获得了劳务总承包的工程，人工价格也压得很低，小开发商心中窃喜，他垫钱把房子修到可以销售回款的时候，在项目中投资的本钱，往往与开发商或建筑商差不多，赚的却仅仅是一点劳务承包利润，在整个开发利润环节中，只占小头。

皆大欢喜。房子开始挖地基，工程进度也很顺利。他的劳务班组，总会在建筑框架的某一小块地方，或梁、或柱、或承重墙上，少用一点钢筋，多用劣质的砂浆水泥，做上记号，抹平，谁也看不出来，开发商自然也不会知道。

房子建到项目开盘，开发商每月按约定比例，给他付款。几个月后，项目的框架，就要修到封顶了。这时候，他会向开发商提一个小小的要求：把项目的外墙瓷砖、门窗、水电、消防等分包工程，也承包了。

他的理由是，一个劳务总包团队在施工现场，便于协调、管理。

开发商要应付很多关系单位，除了被指定的项目，其他分包工程就当图个方便，可以对他同等条件优先。

然而，他报出来的条件，比市面价高一到两倍。

开发商当然不会同意。好嘛，不同意，他就失踪了，工程依然在施工，但进度却放缓了许多。一个月、两个月、三个月，每月付款，他的人都以各种借口，不开票，不收款，总说不急不急。而他的电话，死活都打不通了。

等到第三个月后，他突然出现，要求开发商把三个月工程款，立即结清。

这是他采用的第一个大招，故意三个月不收款，等缺钱的开发商或多或少，把钱挪用，付不出来了，才突然逼迫开发商，一次付清。此招屡试不爽，付不出民工款的开发商，要么面临停工，造成恶劣影响；要么乖乖就范，接受他高价包外墙、包门窗、包水电。

偏偏遇到一个认死理的开发商，打酱油和醋的钱，从不混用。一次结清吗？开票来收呀，三个月的工钱，都留在账上的。他傻眼了，但马上又抛出第二个大招：通知他的工人，全面停工。

开发商的工程停摆了，心急如焚，他依然还是不开票收款，反而把工人组织起来，围绕在开发项目的各大主要路口，散发传单。斗大的黑字标题，内容是，揭露一家黑心开发商，逼迫施工工人偷工减料，搞假冒伪劣工程。工人们有良心，不服从，黑心开发商竟然拖欠工资，已达三个月之久……看热闹不嫌事大，总会有人围观，起哄。他又当众敲开，早已做好记号的地方，让人们亲眼看见"劣质工程"触目惊心的真相，围观者众口一词，无不同情这位有"正义感"的包工头，纷纷谴责万恶的黑心开发商。

这样一闹，不仅工程停摆，连销售也搁浅了，这便捏住了开发商的命根。打110、找建设主管部门，来人第一句话都会问，欠不欠包工头的钱？欠呀！既然欠，必须立即支付，国家绝不允许拖欠民工工资。可包头不来核对工程量，不开发票，莫法付呀。前面的理由冠冕堂皇，后面的原因却有苦难言，拿不到台面。真是奇葩到家，都见过要工钱的包工头，谁见过故意拖延不收款的包工头呢？

眼看大街上的揭发批判，日渐发酵，开发项目到了生死存亡的关键时刻，开发商只有妥协。要么接受他高价分包，霸王硬上弓。要么说个一口价，账也没法算了，让他多拿一大笔钱走人。曾经窃喜的开发商，无论选哪样，都只能认栽。

州河偶遇

1

夏日的州河，是我儿时的乐园。

蓝天白云，夕阳下的河滩，一堆堆红红绿绿的衣衫。

河中人头攒动。击水声、嬉笑声、打闹声，叫喝声，响成一片。我伫立在齐腰深的水里，迷恋于眼前这夏日的欢乐场景。

"哈哈——"

潺潺的水声夹杂一位少女银铃般的笑声，飘进我的耳朵，我转过头来，"啪啪"，一股水，直接打在我的脸上。眼前猛的一黑，我连忙用手抹脸，睁开迷糊的眼睛。

我看见一位美得惊人的少女。

明亮的双眸，玲珑的鼻，小巧的嘴，羞红的脸上，还挂着来不及收敛的嬉笑。

好个如花似玉的女子。我不敢相信自己的眼睛，揉了揉，又呆呆地盯住她。几个挤眉弄眼的少女，在她身边做鬼脸。

一刹那的对视，面前的少女羞涩地低下了头。乌黑的长发

夏日的州河

下垂，遮住了她的脸。她的同伴走过去，簇拥着她，向另一个方向游去。

　　我从来没见过这么漂亮的女孩，就像水中冒出的精灵，一闪而过。我像磁铁一样被吸引，跟在女孩的身后，耳朵里再也听不到河滩上的喧闹。

　　2

　　慢慢地，西边的夕阳，终于完全掉入了河中。

　　河中游泳的人，陆续上岸。河滩上的衣服堆，渐渐变少。唉，我叹了口气，我就不能再遇见她了吗？

　　昙花一现的少女，就那么一瞬间的绽放，却深深定格在我心里。她的形象跟着我游完泳，跟着我回家、跟着我吃饭，跟着我上床，跟着我做梦……我完全被她迷住了，第二天晌午，日照杆头，我就早早来到河中。

我寻觅她，从中午到黄昏，哪里有她的人影呢？多少个身穿游泳衣，露出迷人身材的姑娘，映入我的眼帘，我却视而不见。目光一心一意，在水中搜寻。我艰难地扭动着身体，在几百米的河滩中，走了几个来回。四个小时过去了，我的身体已被河水泡发胀，连太阳也看不下去了。我怅然若失，低头上岸，穿上衣服，往河边的小巷走去。

可我刚走进小巷，银铃般的笑声便从小巷的台阶上飘下来。我抬起头——竟然是她，真真切切是昨天那个她，在一群身穿泳衣的少女中间。我这才看清，她还有纤纤摇动的身材，白嫩清脆的肌肤，和微微隆起的胸部。

我惊呆了。

她的笑声放肆地从我耳畔掠过，她的身体飘然从我身边闪过，她的笑颜直面而来却又对我视而不见。一股淡香飘散，我的眼前，只剩下空空的小巷，悠长的石梯。

3

我自以为掌握了，她每天下河时间稍晚的规律，便改在夕阳西下的时候，守候在河滩边的小巷口。我想等她来了，才和她一起下河。浸泡在水中看她，没人会引起注意。

但我却等来了，连续数日的大雨。

雷鸣电闪，风急雨骤，茫茫雾气蒸腾，河中波浪翻滚，河水已由青绿，变成浊黄。洪水的季节来了，涨潮的河水已淹没了堆放花花绿绿衣服的河滩。岸边的人家，垒起了沙袋防水墙，忙碌着，将底层的家什，搬运到楼上。

我独自徘徊在，河岸边悠长悠长的小巷，没有油纸伞，更没有再看见过，心中等待的，"丁香姑娘"。

两个人的走廊

这个人之赴邻家，目的在找寻自己

那个人之赴邻家，目的在忘却自己

1

咚咚咚。

走廊里响起她的脚步声。唉，要不是我知道这条走廊里只有她，我一定会以为是年轻的小伙子呢。我没有听到过，任何一个女人的脚步声，有这样敦实、厚重，听过一次，便踩进了心里。

她走过来的时候，就像径直朝我的房间里走来，待我转过头去，才发现我房门其实是关得死死的。我于是便猜想，她走路的姿势，一定是昂首挺胸，大步迈进，或者是提了很重的东西，沉沉挪动。

每当这时候，我总想悄悄把门拉开一条缝，亲眼看看那姿势。一个丰满少妇的身体，每一脚落地，我都能真真切切感到，她身体的肌肉、她的乳房和屁股的颤抖。

咚咚咚。

我知道，总是下午六点半了。

每到这个时候，他就要走了。

我的门半掩着，但我却忍住好奇，没有伸出头去，直到砰的一声响过，走廊里由近及远，消逝了他有些急速的脚步，我才走出屋子，看见那个高个头青年的背影。

他是干什么的？

不止一次，我的脑子里被这个问题纠缠，始终也解不开。我自信我早过了那种天真好奇的少女年龄，但第一次听到，隔壁的门口，转动钥匙的声音，第一次意外地看见，一个英俊的青年轮廓，出现在这条走廊时，我的心便忍不住，狂跳起来。他是谁？他是干什么的？

每到这样的时候，我划亮火柴，手颤抖得厉害，如是几次，才能点燃走廊里的煤气炉。火苗扑腾起来，只觉得脸烫得很厉害。

2

走廊里亮着灯。

我知道，这灯一定是她拉开的，因为我至今也不知道走廊灯的开关在哪里。我在外面吃了晚饭，再回到这间单身寝室的时候，一股暖暖的气流，从走廊里流出来。仅仅因为这条走廊里，还住有一个人，一个年轻的少妇，白天冷清的走廊，此刻充满了生机。

其实，我一次也没有真正看清她的脸，只依稀记得，她的个头很高，头发挽一个美丽的结，鹅蛋脸型，鼻梁挺直，樱桃小嘴，成熟的少妇气质。一个人居住在这层通走廊的单间公寓，引起了我的好奇。

我故意将钥匙插进锁孔时，弄出很响的声音，并放慢开门的节奏。我真希望，她正好开门出来，我也正好和她打一声招呼，或者顺便到她的房间，看看里面到底有怎样的神秘。

但隔壁她住的小屋，似乎永远都关死了房门。

只有电视的声音，从门缝里漏出来，我便一晚上被这恼人的声音困扰。尽管我也把房门关死，尽管我放下了窗帘，那声音，仍顽强地从我的门缝里钻进来，提醒我隔壁住有一个美丽的、单身少妇。

我只有拿起笔，胡乱地在废纸上写一些字。

我只有看我的书，或者随便在桌上抓起一个东西看。

我只有一根接一根的抽烟。

我只有练操一样，在屋子里踱方步。

我却不敢开门。不敢走到走廊，看看那颗发亮的灯泡是否还亮着。我更不敢去敲响隔壁，关得严严实实的门，假装提醒她把电视音量调小一些。我的第六感告诉我，电视的声音，是她故意调大的，她的门也是故意关紧的，但我却不能打开我的门，绝不能，先打开——我的门。

掏钥匙的声音，又是掏钥匙的声音，天知道，他兜里揣了好大一串钥匙。

响亮地插进锁孔，响亮地转动，响亮的打开房门，显然是他故意。隔壁那位青年，用这样的方式，显示他的存在。他难道在期待，我会打开门，看一眼他吗？

我把电视的音量，故意调到最大。

那该死的掏钥匙的声音，那该死的插进锁孔，转动房门的声音，仍然在我耳边萦绕，每一刻都像要插进我的门锁。顿时让我感到，我的房门即将被他推开。我跳下床，赶紧把门反锁。又坐到床上，电视机的声音乱哄哄，屏幕上也乱哄哄，不知道在表演什么。我站起来，换了一个频道，又换一个频道，怎么也看不进去。坐下，站起来，坐下，如是反复。总感到，背后有把钥匙，随时都可能插进我的锁孔。

我实在忍不住，悄悄把门打开一条缝，外面一点儿响声也没有。我的胆子大起来，拿一把扫帚，假装扫垃圾出门，走廊里只有我一间屋子的灯光溢出来。我下意识地望了一眼隔壁，门关得紧紧的，走廊里静悄悄的。

我回到屋里，关了电视，屏住呼吸。我想从这寂静中分辨出什么来，外面依然没有一丝响动。

3

电视节目没有结束，突然就没有声音了。

耳边吵吵嚷嚷的声音消逝无影，我的屋子也一下子变得死寂。我打开门，整个走廊，一片漆黑，唯一那盏灯，不知什么时候，已经关了。一股冷风在走廊里游荡。

而我却分明能感到她的存在，分明能感到，她屋子里的温馨和温暖。

万籁俱静。我突然听到她窸窸窣窣脱衣服的声音，解开皮带扣的声音，钻进被窝时一阵嘘嘘的声音。一股热流涌向我的全身，迅猛地在我的身体燃烧起来。我的心一阵紧似一阵，身体一动不动。

我突然坚定不移相信，隔壁那扇门，此时绝对没有关死。

只要我现在走过去，勇敢地走过去，轻轻推开那扇门，轻轻走到她的身边，一定会看到她平躺在被窝里，眼睛微闭，香气袭人。一切都不出所料，一切都顺其自然。

外面显得有些异样。

我恨我的手，竟然没有多余的力气，把房门推得更重一些。

这是有生以来，第一次故意把门虚掩，留给一位我根本不认识的男人。难道仅仅因为他是我的邻居？仅仅因为这条走廊里只有我和他两人？不，不，我敢对天发誓，我绝不是那种轻浮放荡的女人，我绝对没有一点点勾引他的意思。推门的时候，不重不轻，恰好把门掩上，但却没有关死，这难道是天意？我纯粹是下意识的，纯粹是有点身不由己，我绝对不希望他来推门——不管谁来推门，我都会大喊大叫。

但我的门，却一直虚掩，并没有任何人来推。我莫名其妙，又在心里暗自咒骂：隔壁这个家伙，一定是个懦夫、是个不折不扣的个胆小鬼。

我爬起来，靠墙坐在床上。我的心狂跳不已。我用一只手捂住胸口，也压不住波浪般的起伏。我开始浑身战栗，像第一次有男人走近我那样，感到巨大的黑暗正包围我，急促而粗壮的喘息声逼近我。不，我要叫，我要喊。

"啊——"，走廊里传出，女人拉长的尖叫声。

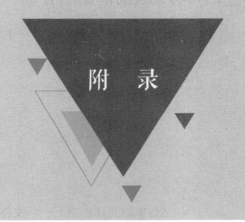

附　录

江西进贤县三阳集乡韬公墓前，清明祭祖

四川樊家人的前世今生

——兼记樊氏根脉探源

一、655年前的迁徙路上，一支拖家带口的队伍

明洪武元年（1368）正月初四，古城南京的天空，焕然一新。曾经的淮右庶民朱元璋，在百官劝进和拥戴下，于南京郊坛，即皇帝位，国号大明，改元洪武。同年八月，朱元璋的大明军队，分三面包围大都城（北京），迫使元顺帝携太子仓皇北逃，元朝覆灭。

改朝换代，鼎新之际，在元代江西行中书省兴隆府，也就是明江西洪都府（南昌）进贤县，南岸北山崇仁里二十八都，68岁的樊克定与堂弟樊克忠两家人，已打点行装，集合子孙妇孺，携家带口，择黄道吉日，"焚香宰牲，上祈先祖考妣，下别房族邻朋"，踏上中国历史上，第一次"江西填湖广""湖广填四川"的漫漫征途，从此有去无回。

与樊克定一起远行的为祖孙四代，阖族人口，加上堂弟樊

进贤县三阳集乡巍峨的樊氏韬公祠

克忠一大家族人，合计约20多人，跻身于浩浩荡荡的迁徙队伍，走向千里之外，遥远而未知的世界。

樊克定和樊克忠两个家族的男女老少，从江西洪都府进贤县出发，翻山越岭，首先将来到110公里外的江西鄱阳县莲花乡瓦屑坝。这里是鄱阳湖畔一个古老的渡口，因生产陶瓷存有大量瓦屑而得名，也是元末明初江右人移民皖鄂两省的集散中心，经此地外迁人口达214万之巨，仅饶州（鄱阳湖一带）就有30万人，故史有"北有山西大槐树，南有江西瓦屑坝"之说。

按照当时的情形，政府官兵将江右移民集中到瓦屑坝码头，然后安排上船遣送。通过鄱阳湖入长江，向东进安庆府，到桐城、潜山、池州、凤阳……向西入黄州府，到麻城、黄安、蕲州……走西路的人，后来被转到四川、河南、云贵的也不在少数。据《中国移民史》等相关资料记载，江西瓦屑坝是中国八大移民点中移民数量最大、历史名人最多的"移民圣地"。

樊克定和他堂弟两家人走的西路。估计他们在这里会先被安排坐船，然后再走陆路，来到了中国移民史上又一个名声显赫的圣地：湖北黄州府麻城县孝感乡。这里距故乡进贤县560公里，如今只需7个小时的车程，他们至少要走15-20天左右。一行人来到的麻城县，仅仅是一个地盘狭小的弹丸小县，只管辖130里甲户籍，分太平、仙居、亭川、孝感4个乡（康熙版《麻城县志》）。有明一代（洪武至崇祯），麻城县有人口记录的240年间，全县人口一直保持在10万左右。到成化八年（1472），因"户口消化"，孝感乡被撤并入仙居乡，麻城县仅辖3个乡，74里。他们无论如何也无法想象，后来已彻底消失的孝感乡，几百年后会成为天下四川移民共同的"精神故乡"。

不知什么原因，樊克定和堂弟两家人，在湖北麻城县孝感乡待了3年，到洪武三年（1370）才入蜀。从麻城进入四川的路线，可分水路与陆路两途。

水路又称峡路，是元末明初两湖移民的主要入川通道，是传统的川鄂交通路线的大路。元、明两代，长江水路驿站的设置和管理已至臻完善。但水路也有弊端，一是耗时长。取狭路入川，必经荆门至宜昌入三峡，溯江而上至夔门，全程逆水行舟，平水季节，木船下行平均日行约65.8公里，上行则仅有18.3公里，乘木船经三峡入川，需3个月左右。二是乘船开支大。清中期以前，长江三峡航道以运载出川物资为主，入川船只大多为官运、漕运、贡运，民间商船极少。三是逆水行舟危险大。三峡航道处处急流险滩，随时可能船毁人亡，让乘客提心吊胆。

而陆路，又称旱路，是传统的川鄂交通路线的小路，由鄂西进入四川。其中最重要的一条小路，从湖北房州，竹山沿堵水西行，越大巴山，沿大宁河南下而入夔州（今奉节）、巫山。也有取道湘西，或取道贵州入川的陆路。

当时的移民走四川，称为"上川"。一个"上"字，道尽了"蜀道难，难于上青天"的艰辛。除了盘缠富足，时间宽松的大户人家，一般人不会选择水路，至少不会完全选择水路。我不知道樊克定和堂弟两大家人，如何走完这段一千多公里的艰难行程。可知的是，在入川以后，兄弟两家，分道扬镳：

堂弟樊克忠一家人，走向江永落户，成为现重庆市江津、永川一带樊姓始祖，在后来的家谱上名为继川公。

堂兄樊克定一家人，走向更遥远的川南宜宾县大塔乡落户，成为现在的四川樊姓始祖，在后来的家谱上，名为曰迁公。这一年，曰迁公已71岁。

二、四川樊姓始祖，曰迁公的身世之谜

600多年来，曰迁公的身世，始终是一个谜团。

对于四川樊姓家人来说，历朝历代只知道，始祖曰迁公来自江西进贤，望族人家，其先祖为豫章一世祖樊韬公。至于曰迁公在进贤时，原来叫什么名字？属于韬公第几世后裔？则一直无从知晓。而对于安土重迁的传统中国人来说，曰迁公为什么会在68岁高龄，还甘冒风险，伤筋动骨，率领本房人口，举家迁往遥远而未知的四川宜宾，则更是茫然无知。

有感于现代交通、信息的发达，第一个谜团终于在600多年后揭开。2017年4月，适逢宜宾樊姓家人重修家谱，樊遵学、樊清两位家门，按照宜宾老谱所载地址，自费前往江西，实地考察，找到了"进贤县南岸北山崇仁里二十八都"，这个老地名现在的位置——进贤县三阳集乡北山村，正是一世祖韬公墓所在地。在这里，他们幸运地看到了《豫章樊氏宗谱》，一辈一辈往下捋，终于在十一世祖的名单里，发现了樊克定、樊克忠堂兄弟两个人的名字后面，写有"生殁未详"四字，将其上下兄弟的出生时间，与宜宾记载的曰迁公出生时间对照，初步可判定两人即举家入川的曰迁公和继川公。同时，他们还意外地读到了，当地樊家人专门记载支系外迁的一本记录簿：《江右樊氏历代支迁》，上面明确写道："克定公居北山，红贼之乱，率族共御，兵变，携弟克忠金谋，经瓦屑坝进楚入川后失考。"这与四川樊家所有宗谱均明确记载的"曰迁公出生于江西进贤县南岸北山崇仁里二十八都，洪武初年因元避难，偕弟继川公徒蹙麻城，洪武三年迁蜀，在宜宾大塔樊家冲落叶"大致相符。由此，可以肯定，曰迁公就是《豫章樊氏宗谱》十世祖叔明之子克定，继川公就是十世祖叔厚之子克忠。困扰了四川樊家人655

年的历史谜团，由此真相大白。

查《豫章樊氏宗谱》，八世祖宗远公有兄弟3人，他又生5子。九世祖秀英公为宗远公第三子，他又生4子。其中，十世祖叔明公为秀英公长子，他又生5子，克定（曰迁）公为叔明公第四子。叔厚公为秀英公次子，他又生4子，克忠（继川）公为叔厚公第四子。还有叔清公为秀英公第三子，他又生2子。叔盛公为秀英公第四子，他只有1个儿子。豫章樊家至韬公起，历十一世，一直为名门望族，仅八至十一世，四代子孙繁衍，已达24人，正是枝繁叶茂，开花结果的盛时。叔伯、兄弟众多，在当地至少不会被欺负的克定（曰迁）公和克忠（继川）公，为什么会抛家舍业，不计后果，远迁他乡，用全家人的生死，去豪赌不可预知的未来？

江西宗谱写明的原因为："红贼之乱，率族共御，兵变而入楚。"《简阳樊氏宗谱》民国版则记为："洪武初年因元避难"，"明太祖与陈友谅战于鄱阳，与继川公（系迁公堂弟）得知传闻，率子孙徙湖广黄州麻城县孝感乡居住，于明太祖洪武三年庚戌，又与继川公率子孙入蜀。据传闻，公本江西望族，曾练民兵助陈友谅拒明，后太祖鼎定，思逮，携家远徙。"

那么，曰迁公到底是因为"红贼之乱"出走，还是因为"助陈友谅拒明"而逃呢？时间上相差有十几年。

在此，有必要回顾一下元末天下大乱，江西省，尤其是南昌一带的战乱情况。

　　韩山童、徐福通领导的红巾军起义，爆发于元至正十一年（1351）五月的颖州，同年八月，徐寿辉的红巾军在大别山起义。九月，攻占了蕲州（今蕲春）和黄州，并在水陆要冲之地蕲水（今浠水）建都，国号"天完"，后迁都汉阳，一度拥有重兵百万。徐部以黄冈为中心，向江西、湖南挺进，1352年攻占江州（九江）、饶州（鄱阳湖地区）。随后，徐与元军纠缠混战数年，多发生于江西、湖南、湖北等地，徐的部将明玉珍，控制了四川盆地和陕西部分地区。到1358年4月，徐的部将陈友谅攻占龙兴（南昌）。同年12月，陈友谅在江州设伏兵，杀尽徐寿辉随从，将其控制。到1360年，又杀徐寿辉于采石矶，自立为帝，建都武昌。1362年，明玉珍在重庆称帝，建大夏国。陈友谅的部将胡廷瑞（胡美）献江南重镇龙兴（南昌）城于朱元璋，朱元璋改龙兴为"洪都府"，以其侄朱文正为大都督，大将邓俞为江西行省参政，驻防洪都。1363年4月，陈友谅趁朱元璋出兵救援安丰（今安徽寿县）之际，发兵60万强攻南昌未果，随后即爆发了鄱阳湖生死大决战，朱元璋以20万大军，以少胜多，大败陈友谅。到1364年2月，朱元璋攻下武昌，陈友谅团灭。

　　由此可见，在1351-1368年，长达18年的乱世中，曰迁公樊克定如果"率族共御"红贼之乱，那抵御的应该是攻占江西九江、鄱阳湖地区的徐寿辉，或攻占南昌的陈友谅，这两位"红贼"，时间是1352-1358年。曰迁公如果因"红贼之乱"而逃，时间只能是这个阶段，那就不可能是"洪武初年（1368）"。反之，如果曰迁公与陈友谅为一伙，"练民兵助陈友谅拒明"，时间是1360年朱元璋获取南昌后的第三年，陈友谅大军围攻南昌，以及随后的鄱阳湖大战。陈、朱决斗，在1364年2月已见分晓，南昌地区已是朱元璋的地盘，为何当时不跑，还要等到四年之后的"洪武初年"？当然，也有可能四年后天下鼎定，害怕新政权清算旧账，那为何只有他们两房跑？整个樊氏家族，曰迁公有5兄弟，继川公有4兄弟，还有另外两房3个堂兄弟，加上父辈5房兄弟，祖辈3房兄弟，几十至百余人口，为何都不跑？难道他们就不怕被清算？

《简阳樊氏宗谱》民国版，还有一个未解之谜，那就是曰迁公重孙伯龙公的出生地。此谱记载："伯龙，字大仁，贡生。大元顺帝元统丁酉二十四年（1357）十月初十四卯时，湖广黄州府麻城县孝感乡刘家沟樊家桥生，随迁公入蜀。"伯龙公出生的时间1357年，比同一宗谱记载曰迁公动身迁徙的时间洪武初年（1368）早了11年，地点是麻城县孝感乡。这是否意味着，曰迁公在1357年前就已经迁徙到麻城，在麻城住了13年多后，才于洪武三年（1370）入蜀？果如此，曰迁公则有可能因抗击红贼"兵变"而避乱出走。那么，该宗谱记载的"洪武初年"离开南昌府则有误。当然，还有一种可能，伯龙公的爹，也就是曰迁公的孙子宝公，或其他部分人员，在1357年前，先于曰迁公迁移到了麻城，在那里生下伯龙公，到伯龙11岁时，曰迁公才来到麻城，与他们会合。离开南昌的时间真相已无法深究，

韬公祠内景

但入蜀的时间没有争议，则可从当时的历史大背景分析出迁徙之因。

三、曰迁之迁，与第一次"江西填湖广""湖广填四川"

发生在元朝末年，明朝初期，大规模的"江西填湖广""湖广填四川"移民浪潮，蔚然壮观，不亚于张献忠乱蜀后，清朝初期第二次"湖广填四川"，只不过后者更广为人知。

"湖广"乃省级行政区划名称，起于元，固于明，清沿明旧制，设湖广行省，辖今湖南、湖北范围。"湖广填四川"本是流行于明代民间的一句民谣，生动地记录了明初以来湖广人民大量移居四川的社会现象。清人魏源在《湖广水利论》借用此民谣写道："当明之季世，张贼屠蜀民殆尽，楚次之，而江西少受其害。事定之后，江西人入楚，楚人入蜀。故当时有江西填湖广，湖广填四川之谣。"

在元末明初特定的历史条件下，发生在中国大地的移民浪潮，遍及中原大地、长江南北。移民的主要输入地区有三个，即华北、江淮和四川，三地在宋元与元明之际的社会动乱中，均遭遇战争和瘟疫带来的巨大破坏，人口锐减。移民主要输出地则是与三地相邻，受战乱破坏较小，相对富裕的山西（主要为平阳府洪洞县，外迁河北、山东、河南地区）、江西（主要为吉安、南昌，外迁湖广）、湖北（主要为黄州府、麻城县，外迁四川）。

据相关学者研究，元末明初，四川移民存在两种类型，一是自愿迁移入蜀，入川者均自行插占土地，官府并未组织或干涉，其后为明确各户土地界址，曾补立"插线契约"，后则演变为法制的"鱼鳞图册"为依据。此种类型移民多发生于明玉珍在川建立大夏政权后，朱元璋登基前的十余年战乱期间。大夏政权推行休生养息政策，赋税十取其一，农民无力役之征，偏安一隅，吸引了湖北、江西一带的自愿迁徙人口，尤其是追随红巾军的农民。曰迁公入蜀时间如果确为洪武三年，那应该不属于这类移民。

另一类移民则为政府组织、渐进式强制性移民，此类多发生在洪武皇帝立国之初。经过宋元战争，明军大将廖永忠带兵入蜀，剿灭明玉珍割据武装战争，四川各地人民或徙或逃，泱泱大省"人物凋耗"，明政府自然不会忽视开发垦拓沃野千里而又地广人稀的四川，自洪武初年即采取措施，有组织地向四川移民，其强制性移民，"不仅在江西移民中存在，同时由两湖迁往四川的移民中也有"（《明清时期的两湖移民》）。

据《明太祖实录》卷一八一记，洪武"二十年三月丙子，汉州德阳县知县郭叔文奏报："四川所辖州县，居民鲜少，地接边徼，累年馈饷，舟车不通，肩任背负，民实苦之。成都故田万亩，皆荒芜不治，请以迁谪之人开耕，以供边食，庶少纾民力。从之。"民国资阳《陈氏宗谱》载：明太祖初起兵时，曾遭受麻城人反对，既登大位，欲尽屠麻城，诸臣恳免不从。刘伯温再三谏阻，始以流罪入川。入川之人，尽以绳索系来。上述可见，朱元璋采纳了地方官的移民建议，采用强制方式移民，由专差强行监押，甚至一路用绳索捆绑，只有在大小便时，才获准解开双手，这也正是四川话"解手"一词的由来。

经过几年有组织的移民，至洪武二十六年（1393），四川人口增至140多万，较元末增加70余万。这些"迁谪之人"诚然有贬谪边徼的戴罪者，但这类人毕竟数量不多，难胜"开耕"之任。其中多数应是被强迫入川的普通百姓。他们既是被迫无奈而上路，如有不遂解差之意，也难免不被加以绳索，承受"流罚"待遇。（《湖广填四川历史解读》）

个人认为，曰迁公之迁徙，如果入蜀时间确为洪武三年，那就大抵应当属于政府强制移民这一类。比如，曰迁公5兄弟只迁一房，继川公4兄弟也只迁一房，另外两房只有2个和1个儿子，则不予摊派名额。

至于曰迁公是否真在麻城县孝感乡居住，则仍可存疑。

在中国移民史上，有八个地方，成为后人寻根问祖的朝宗圣地：山西洪洞大槐树、苏州阊门、江西瓦屑坝、湖北麻城孝感乡、山东枣林庄、广东南雄珠玑巷、福建宁化石壁村。光绪《麻城县志》卷24《耆旧·流寓》，辑录了明清时代先世由麻城入蜀的三位"以文章功业震耀当时，洵足增光梓里"的名人，第一位是明代状元杨慎，第二位是明代思想家来知德，第三位是清代康熙户部尚书张鹏翮，这些都在无形中提高了麻城孝感乡在四川的地望声誉，以至形成了"麻城孝感乡"这块牌子，在四川社会上事实都觉高三分。（《中国移民史》）

有明一代，麻城县总人口不过10万，而孝感乡人口最多数万，且在成化八年既已撤并消逝，四川70余万明初移民后裔的宗谱上，大多写有来自"麻城""孝感乡"，不过是一种象征意义，是移民后代的精神原乡，当不得真。而270多年后的清初第二次湖广填四川移民后裔的宗谱上，大多仍写为一世祖来自"麻城孝感乡"，大多更是求荫自庇的冒籍——编造一个来历清楚且有社会声望的开基祖，以合法身份，登记为政府户籍治下的"编户齐民"，而不致沦为"化外之民"，然后再以纂修宗谱、镌刻墓碑等方式，将其格式化。岁月久远，后裔族人就会把冒籍当成事实，代代传承，这正是产生"麻城孝感乡"现象的历史成因。

四、传说与源流，从四川一世祖追溯到初始先祖

追寻初始先祖，还得从传说开始。

《史记·五帝本纪》记载，黄帝为人文初祖，少典之子，姓公孙，名轩辕。长于姬水，又以姬姓。从黄帝到樊姓始祖仲山甫一脉的源流秩序为：

黄帝—玄嚣—峤极—高辛—后稷—窟—鞠—公刘—子庆—皇仆—差弗—毁谕—公非—高圉—亚圉—公叔祖类—古公亶（以上历十七代）—仲雍—季简—叔达—虞仲—（以下数代不可考）—仲山甫（后经战国至西汉末历代无可考）

黄帝死后，次子昌意的儿子高阳继位（颛顼），高阳死后又传位给黄帝长子玄嚣之孙高辛（帝喾）。后稷是周之始祖，系帝喾妃姜嫄履巨人迹而孕生，也是中国农业的始祖。古公亶父为避戎狄侵扰，迁豳地于岐山，建城郭，筑村邑，安居民众，又设国家机构和官职管理，受到民众拥护。因地处周原，故姬姓从此称周人，国名也称周。古公亶父成为周王朝奠基人，后被周武王追尊为周太王。

据《史记·周本纪》《史记·吴太伯世家》记载：古公亶父娶姜氏，生三子：太伯、仲雍、季历。古公亶父见季历子姬昌

"有圣瑞"，欲立季历以传昌，长子太伯、次子仲雍故意回避至荆蛮，"文身断发，以让季历"。荆蛮人钦佩太伯品德高尚，追随归附有上千家，拥太伯为吴王。太伯卒，无子，弟仲雍立。仲雍卒，子季简立。季简卒，子叔达立。叔达卒，子周章立。"是时周武王克殷，求太伯、仲雍之后，得周章。周章已君吴，因而封之。乃封周章弟虞仲于周之北故夏虚，是为虞仲，列为诸侯"。虞国的首位受封国君，排行老二，故称虞仲。这个虞仲，就是后来的樊姓始祖仲山甫的先祖。遗憾的是，虞国的存在时间和传承世系，史书失载。按照《史记》和《左传》的记载，吴国处在东南蛮夷地区，而虞国则在内地。当吴国的国君传到第十七世的时候，公元前655年，虞国国君贪图晋献公的宝马美玉，借道给南下讨伐虢国的晋国军队，晋军主帅荀息率军攻灭虢国后，回师途中又"顺手牵羊"灭掉虞国，这就是历史典故"假途灭虢"和"唇亡齿寒"的由来，同时也说明，虞国在仲山甫生活的周宣王时期（前827-前781），又过了126年才灭国。

虞仲之后，到樊氏始祖仲山甫登台亮相，又经过了多少代？已无史料可查。《宜宾樊氏宗谱》嘉庆版记载：虞仲之后，世为周卿仕，历包土、贻成、用养、盘新、子溢，六传至仲山甫，不知这个依据源于何处？照此说法，如果以周文王为第一代，仲山甫先祖虞仲，与周成王姬诵同为第三代。到仲山甫时，为虞仲第七代，而与仲山甫同时代的周宣王姬静，则为成王第十代，差了三代。从时间上看，周成王为前1055年-前1021年，周宣王为前827年-前781年，以出生时间计算，相差228年。按25年一代人计算，应为九代。故宜宾嘉庆版宗谱记载"六传至仲山甫"存疑。还有很多资料，将仲山甫列为周公旦后裔，百度百科樊姓词条，甚至说仲山甫是"周文王后代"，"与周武王姬发是四代内堂兄弟关系，故樊姓从产生开始就属于王族，望族"。这更是无稽之谈。

不管怎样，天下樊姓始祖终于出场了，仲山甫这个人毕竟真实存在，所以我姑且将寻根问祖有史可查的部分，从仲山甫开始。

仲山甫，一作仲山父，又称"樊仲山甫""樊仲山""樊穆仲（卒，谥穆）"。周太王古公亶父后裔。山甫名仲，说明他不是老大，无权继承王位，虞国的承继与他关系不大。虽家世显赫，但传至本人乃一介平民。早年务农经商，在农人和工商业者中部有很高威望。周宣王元年（公元前827），受举荐入王室，任卿士（相当于后世的宰相），位居百官之首，他协助周宣王北伐猃狁（匈奴），南征荆蛮、淮夷、徐戎，保障国家安定。同时还进行经济体制改革，废除"公田制"和"力役地租"，全面推行"私田制"和"什一而税"，鼓励农民开垦荒地，大力发展商业。其国防和经济改革成就，造就了西周末宣王时期的繁荣景象，史称"宣王中兴"。

《诗经·大雅·崧高》赞美仲山甫诗曰"崧高唯嶽（四嶽高大是名山）/骏极于天（高大可以顶到天）/唯嶽降神（嶽降神灵

生活气）/生甫及申（出现了仲山甫和申伯/唯申及甫（唯有申伯和仲山甫侯）/唯周之翰（他们是周朝的顶梁柱"）。而《诗经·大雅·烝民》则专为歌颂仲山甫："天生烝民（老天生下了人民/有物有则（有事物有法则）/好是懿德（全都爱好这美德）/天监有周（老天看见周朝政教）/昭假于下（显灵下降为周国）/保兹天子（为了保爱这个天子）/生仲山甫（生下了仲山甫这样的英哲）/仲山甫之德（仲山甫的好美德）/柔嘉唯则（柔和善良是准则）/令仪令色（仪表堂堂风度翩翩）/小心翼翼（恭敬小心了不得）/古训是式（先王遗训是效法的标准）/威仪是若（天子于是选择他）/明命使赋（命令使他布于国）"……全诗还赞美他是统领百官的表率，才德出众，智慧聪颖，早晚勤勉用事，为人师表，不侮鳏寡，不畏强暴，纠正天子过错等等，活脱脱又一个周公旦在世。

宣王壬午年（前819），封仲山甫为樊侯，以国为氏，从此有了一支以祖上侯爵和采邑名为姓的氏族，这就是樊氏，仲山甫乃樊姓得姓始祖。

关于仲山甫的封国，到底在哪里，历来众说纷纭。有说封樊村乡（樊乡、樊川），中国现存最久的乡名，今西安市南19.5公里，长安县内，地址属于西周王室畿内。《水经注》载："沇水上承皇子陂于樊川，其地即杜（牧）之樊乡也。"宋泌《路史》载"樊乡，周仲山甫采邑"。今樊村南侧有村名山甫衙村，传为山甫所居地。后因西戎侵扰，樊国迁至太行之南，黄河之北的阳邑（河南省济源市西南曲阳），故曰"阳樊"。《诗经·大雅·烝民》曰："王命仲山甫，城彼东方"，有此记述。阳樊的称谓，在夏商时期称阳城，"禹都阳城"即此，樊国迁来以后才改称阳樊。

南朝宋人何承天撰《姓苑》说，仲山甫为鲁献公次子，封地在襄阳樊城。此说法有两个明显错误。其一，鲁献公为周公旦后裔，周公旦是武王姬发伯父，文王姬昌兄弟，其父是季历。仲山甫是虞仲后裔，虞仲的曾祖父是仲雍，仲雍与季历是兄弟，各属一支。其二，襄阳樊城，并不属于西周王朝直接控制地区，不可能采邑于此。还有说，樊国封地在后世显族樊重公之南阳，也有误。《姓氏考略》引《广韵》语："樊，望地南阳，系出姬姓，虞仲支孙仲山甫封于樊，后以封地为姓。"只说了南阳乃樊姓望地，但并不等于山甫封地。《水经注》中记载：自朝歌（今淇县，商都）以北至中山（今河北定县）为东阳，朝歌以南至轵（今济源）为南阳。故曰：河内，殷国也，周之名为南阳。周之南阳有阳樊，古称阳城。说明此周之南阳，非东汉樊重公之河南南阳（唐河县）。

除了因封邑而得姓的樊仲山甫，樊姓还有其他几支，与仲山甫一脉并不同源。

樊姓，乃古姓，来源构成复杂。篆文樊字的上部，像鸟兽笼子或篱笆。笼子是原始人群捕捉和驯养动物的重要工具，擅长编制笼子的一支群体，即称为樊族。因为擅长编制笼子，自然也善于构筑围墙篱笆，建起城邑，他们居住的地方，都称为樊。孔子弟子，七十二贤人的樊迟，就来源于殷民七姓中樊这一支，祖上多半会编笼子或筑藩篱。据近代考古发现，湖北襄樊（一说襄阳）在周代也有樊邑，出土有"樊"字陶片，与济源阳樊处于同一时代，可称之为另一支樊氏，但绝不等于仲山甫封地这一脉。河南信阳地区的古樊城，也出土了古樊国的器皿，铭文上表明是东夷族嬴姓后裔，而东夷族是以鸟为图腾的部落，自然肯定会捕鸟和编制鸟笼，但同样不能说成仲山甫封地一脉。

仲山甫之后，仲理、仲皮，在周惠王时为大夫，封樊侯。齐公在周平王时为大夫，封樊，谥曰顷。《左传》载：庄公二十九年（前665）"樊皮叛王"，三十年"春，王命虢公讨樊皮。夏，四月，丙辰，虢公入樊，执樊仲皮归于京师"。相传樊皮叛乱被抓后，周王将阳樊之地赐给晋国，晋文公围樊，樊人不服，后有感于樊人德行，才放樊人出城，樊国遂为晋国所有。樊族被安置在后来称为"樊移庄"的地方（现河南省济源市克井镇南樊、中樊、北樊）诸村庄。如今，"樊移庄"三樊村为樊姓亦少，但仍在沿用古地名。这与太皞伏羲本为宿国的一支，原本在山东济水附近，春秋时宋人将其南迁，才有了江苏"宿迁"这个地名类似。

战国至西汉末，仲山甫樊氏谱牒不详。如今，有人把樊迟后裔樊於期、樊哙也纳入仲山甫一脉。实际上，樊迟与仲山甫根本不同源。

五、班班可考的始祖，竟然是世代显赫的豪门

继续寻根，樊氏家族历史上最重要的人物，东汉初期南阳的樊重，樊宏登场。这是我四川樊氏，至今能够一代不漏，班班可考，追溯到的最远始祖。椒衍瓜绵、金紫煌煌，本大枝盛，显贵豪门，赫赫三十世不衰。南阳始祖樊重至豫章始祖樊韬一脉，历三十一世，其源流秩序为：

樊重（谥寿张侯）—樊宏（寿张侯）—樊儵（封燕侯）—樊氾（嗣燕侯）—樊时（嗣燕侯）—樊盼（复封燕侯）—樊尚（嗣燕侯）—樊稠（封列侯）—樊真（工部郎中）—樊建（尚书，封列侯）—樊坦（章武内史）—樊天德（大司农）—樊贞（侍中）—樊方兴（散骑常侍、益州刺史、新蔡侯）—樊文炽（散骑常侍、益州刺史、新蔡侯）—樊俊（梁兴太守）—樊詧—樊兴（检校右武将军，荣国公）—樊苑—樊元僖（国子监博士）—樊贞德（秘书正字）—樊霖（侍御史）—樊咏（兵部尚书）—樊泽（山南节度使、尚书右仆射）—樊宗师（唐文学大家、绵州、绛州刺史）—樊基（国子监博士）—樊偁（汉州司户参军）—樊知谕（金坛令）—樊潜（汉阳、石隶县令）—樊镇（绕州司户参军）—樊韬

南阳一世祖樊重，字君云，西汉末，南阳湖阳（今河南南阳市唐河县）人，仲山甫后裔。据《后汉书》载：樊重性情温和厚道，做事很讲法度。三代不分家，财物共有。子孙相互礼敬，家里常常像官府一样讲究礼仪。他不仅善稼穑，还懂经营管理。非常节俭，常常是一点损失浪费都没有。他使用仆人、佣工，人尽其用，能够上下同心合力，让财产和收成每年都成倍增长。他家所建造的房舍都是层楼高阁，四周有陂渠灌注。他在庄园内挖池养鱼，牧养牲畜，如同今之立体农牧，井井有条。

有几个小故事讲樊重：一说他讲孝道。盛弘《荆州记》载："樊重母畏雷，樊重为之室，石室以避之。"专门为母亲，用全石叠砌成石房以隔音。二说他有远见。《齐民要术》载，樊重曾经想制作器物，就先种植梓材和漆树，遭人嗤笑。但几年之后，梓树和漆树都派上了用场。过去笑话他的人，现在反过来都向他借这些东西，这正是典故"樊重树木"的由来。三说他止讼挣。樊重的外孙何氏兄弟为争夺财产，闹得不可开交，他甚为不耻，主动拿出自己的二顷田产，来平息纠纷。四说他毁借据。樊重在临终前，让家人把乡邻的借据文契收集在一起，竟达百万之巨，二话不说，一把火烧了。债家十分惭愧，纷纷来樊家还债，但诸子谨遵遗命，一律免除。

德高望重的樊重，坐拥"田土三百余顷""赀资巨万"，可谓有钱。还有个显赫的身份是皇帝的外公——女儿娴都嫁南顿令刘钦，"生光武"，是东汉开国皇帝刘秀的亲妈，可谓有势。有钱有势，却不称霸一方，而是乐善好施，"礼义德行，著于乡里"，被推举为"三老"（西汉的一种政治制度，掌教化），活到八十多岁才无病而终。建武十八年，"帝南祠章陵，过湖阳，祠重墓，追嗣爵为寿张侯，立庙于湖阳。车驾每南巡，常幸其墓，赏赐大会"。

南阳二世祖樊宏，字靡卿，为光武元舅。他出身豪门，年少有志。王莽末年，农民起义接连爆发。刘秀的大哥刘縯（字伯升），在家乡起兵以后，与族兄刘赐一同率领大军攻打湖阳，城中守兵坚守不降。因刘赐是樊宏的妻兄，湖阳守军便囚禁了樊宏一家父老妻儿，逼他出城劝说刘赐退兵。樊宏出城后，不仅不劝汉兵解围，反而留在刘縯军中助阵。湖阳守将大怒，拟杀樊宏一家。大小官员皆劝阻说："樊重父子，礼义恩德行于乡里，虽有罪，且当在后。"当时攻城的汉兵越来越多，声势浩大，湖阳守军惶惶，因而不敢杀害樊宏家人，一家老小才得以幸免。更始帝刘玄即位后，想任用樊宏为将，樊宏叩头辞谢说："书生不习兵事。"更始帝竟将樊宏免职为民。回乡后，他联合本家亲属，修筑营垒壕堑以图自保，闻讯前来依附的弱小农户有千余家。当时赤眉军已攻占了唐子乡，杀了很多人。后又继续前进，准备攻打樊宏的营寨。樊宏便派人带着肥牛、美酒和粮食，前去慰劳赤眉军。赤眉军的将领们此前已听说过樊宏的大名，知道他是个仁慈厚道的人，都佩服地说："樊君一向积德行善，今亲眼所见，我们还怎么忍心去攻打他呢？"于是退兵而去。樊宏的家乡由此避免了一场灾难。

光武帝刘秀即位以后，任命樊宏为光禄大夫，班位与特进等同，略次于三公。建武五年，封樊宏为长罗侯。建武十三年，封樊宏弟樊丹为射阳侯，封樊宏哥哥的儿子樊寻为玄乡侯，封其族兄刘忠为更父侯。建武十五年，定封樊宏为级别更高，食邑户数更多的寿张侯。

樊宏为人"谦柔畏惧，不求苟进"。常戒其子曰，"富贵盈溢，未有能终者，吾辈不喜荣势也，天道恶满而好谦，前代员戚皆明戒也。保身全己，岂不乐哉"。每当朝会时，樊宏总是在规定时间之前赶到，恭敬地俯伏在地等候，直到上朝时才起身。光武帝闻听后，经常敕令随从，直到临上朝才告诉樊宏，以免他提前恭伏受累。樊宏有事上奏时，总是亲自动手书写，并亲手毁削草稿。皇帝征求意见时，他从来不当众回答。樊氏家族的人受到他的影响，没有一人敢违法乱纪。光武帝对他非常敬重。当樊宏病重时，亲自前往探视，并且特意留宿一夜，问他还有什么想说的话。樊宏叩头请求说：自己"无功享食大国，诚恐子孙不能保全厚恩，令臣魂惭负黄泉，愿还寿张、食小乡亭"。"帝悲伤其言，而竟不许"。

建武二十七年，樊宏病死。临终前，他嘱咐丧事从简，任何陪葬品都不能用。考虑到棺椁入土后，不宜再让人看见，

"如有腐败，伤孝子心"，因此与先去世的夫人同坟但异穴安葬。帝善其令，以书示百官，因曰："今不顺寿张侯意，无以彰其德。且吾万岁之后，欲以为式。"光武帝送礼钱千万，布万匹，为樊宏赐谥号为恭侯，赠给他印绶，还亲自前去为樊宏送葬。

樊宏死后，他的大儿子樊儵，拜长水校尉，封燕侯。过了很长时间，光武帝仍然十分悲伤，因而又加封樊宏的小儿子樊茂为平望侯。至此，樊家被封侯的共有五人。建武二十八年，光武帝又赐给樊儵的弟弟樊鲔及其堂兄弟七人5000万钱。

南阳三世祖樊儵，字长鱼，东汉学者、大臣，光武帝表弟。"谨约，有父风。事后母至孝，及母卒，哀思过礼，毁病不自支"。光武帝常派遣中黄门早晚都给他送去熬碎的稀粥，吃完了才慢慢好起来。"就侍中丁恭受公羊严氏春秋""删定公羊严氏春秋章句，世号樊侯学。教授门徒前后三千余人。弟子颍川李脩、九江夏勤，皆为三公"。《后汉书》记录樊儵的主要生平事迹有：

洁身自好。不私交诸王，避免了诸王犯事被牵连。制定礼仪，用谶记纠正《五经》中不同的说法。举荐年长的大儒，不图感恩。正直无私，奏请诛杀有罪的皇帝亲弟弟。劝谏兄弟，不要请求楚王把女儿嫁给自己儿子。惩治贪腐，临终前还在关注河南官员渎职事情，和野王县上供送礼歪风。

永平十年，樊儵卒，"赗赠甚厚，谥曰襄侯"。长子氾嗣位、子郴、梵为郎官，后梵官至大鸿卢。

　　南阳樊重、樊宏、樊儵祖孙三代，隐德不耀，积百余年，乃大德、大隐、大君子。樊重后世，叶袭侯封，积厚流光，又兴盛延绵了七个朝代，历经千年，兴旺不衰。

　　到三十世祖樊镇，字世重，后周时（951-960）授饶州司户参军，由山西池州迁江西饶州，遂居鄱阳之双江。质美博学，治家有道，恩洽宗族，自号鄱阳居士。生子韬，迁钟陵之圩，号三阳居士。居南昌、新建、进贤、宁州、建昌，分于黄冈、安乡、景陵，监利、慈利等处，皆其后也。为豫章一世祖。

　　镇弟蒙，字仲师，原名若水，钦赐名知古，字叔清。丰仪俊伟，少有经济才，举进士不第，鱼钓采石江上，乘小舟载丝绳以度江之广狭。献策取江南，请造浮梁以济师，太祖然之。及师南下试舟于采石，不差尺寸。大军渡江，若履平地。太祖命送若水学士院试及第，授舒州推官，拜右赞善大夫。会舒州堡民为寇，遂擒其魁以献，擢侍御史，后拜谏议大夫、江北转运使，入朝奏事称旨，拜给事中，寻拜三司。上问曰：卿名出何书？对曰：唐尚书右丞相倪若水，亮直臣，窃慕之。上笑曰：可否改名知古。知古公生子名汉，拜龙图阁学士，迁居真州，今仪真县三十里，方山地，名樊家店。汉生二子，长名翚，字祖翔，次名辇，字祖安。翚生祺，字继美。祺生瀚，瀚生茂实，浙东提刑，居缙云。辇生盛，字继隆，登进士，官至户部尚书，自真州复徙南阳。盛生二子，长名清，为翰林学士。次曰湍，为河东节度使。二公因辽金之乱，从高宗南渡，始居常山之叠石,遂为浙江衍派焉。

呜呼,樊之先系出于仲山甫,其神明之胄乎?樊重三世共才,父子礼仪,恩德行于乡里。樊宏谦柔廉退,宗族染其化,未尝犯法。樊倏谨约有父风,守孝道,以春秋教授弟子三千余人,拟于少尼父。叶袭侯封,世为南阳望族,岂非世德之徽耶。唐之樊泽,以武略任将帅,樊宗师以文学策上第,父子相继,克显奇徵。南唐之季,用仲始基,世重、若水兄弟济美,克彰前业,夫非积仁累行,何以有此三阳居士。袭祖父之烈而隐德弗耀,自树一方,五世昌寝,九业始大,盖积德百年若斯之难也。观我樊氏一脉,从东汉至北宋历朝,延续千年,皇皇三十世,受封袭爵数十,公卿将相义烈、科举文章昭著。后世子孙,岂不亿绵延未艾,积善余庆,洵可必哉?

六、祖荫大德绵延,江右始祖仍为四方望族

东汉显族樊重一脉,到三十世樊镇以后,又分两支。一支为镇公(世重)子韬公,居江右(江西、湖北一带),为豫章樊氏一世祖;另一支为镇公弟蒙公(若水、知古)子孙后裔,居江浙吴越一带。我四川樊氏始祖曰迁公为韬公十一世,承继豫章樊氏一脉,其源流秩序为:

樊韬—樊福—樊广—樊皋—樊昌盛—樊世克—樊忠权—樊

宗远—樊秀英—樊叔明—樊克定（日迁公）

巍巍鄱阳湖，水天相连，渺无际崖。作为中国第一大淡水湖泊（水域面积3000-5000平方公里），孕育了豫章大地一片沃土。豫章，乃汉至唐行政区划名称，初为省名，指江西以北地区，后缩小为郡名，专指南昌。古城南昌位于鄱阳湖与赣江交汇处，是整个江西地区的地理要冲和行政中心，为赣江上最重要的城市，华东大埠，自古富庶。南昌城南的进贤县，境内有90万亩山，90万亩水，90万亩耕地，号称"三山三水三分田，一分道路和庄园"，湖山壮美秀丽，气候四季宜人，青山绿水，空气清新，生态资源一流，自古享有"鱼米之乡"美誉。

东汉樊重第三十一世孙，豫章一世祖樊韬，字怀韬，号三阳居士。"为人宽宏雅量，而识见超迈，虽处饶益，而重义轻财，好行其德贤，士大夫以此多之乡里，远迩无间言矣。"韬公生于后晋天福丁酉（937）三月一日。卒于宋天禧戊午年（1018）二月十日，享寿82岁。因其父世重公从池州（山西上党）调职饶州（江西南昌）司户参军，迁居鄱阳。他选择定居在后来的三阳之地，还有个浪漫故事。据南阳族谱载：韬公长而乐山水之趣，从鄱而朔，回游之至于钟陵之黄泥墟，乘月登岸，见山水佳丽，志甚乐之，乃叩舷而为之歌。公故池州人，俗善讴，夜静振林遏云，闻者唏嘘欲绝。墟上有姜公，奇其相，欲以女妻之。公曰：有家大人在，不敢不告焉。乃归，告于参军公，既得参军公命，遂为姜氏赘婿，乃卜居于墟上。因喟然而叹曰：吾先世系出南阳，吾祖起家池阳，父以官居鄱阳，吾又迁居于兹矣。更命其墟曰三阳，而人称之为三阳居士。

从韬公开始，樊氏一族逐渐过渡为耕读传家的乡绅名流，封爵拜相不及前辈，但仍家道殷实，财丰物阜，世代望族。据不完全统计，豫章樊氏，宋代有樊秀逸（淳佑己酉），樊升云(咸淳己丑)，樊克寅、樊化元（丁卯），樊金。明代有樊用允(洪武四年)，樊祖英（永乐甲辰），樊伯静、樊伯炯（永乐乙未），樊公义（永乐戊子），樊公砺（成化壬辰），樊以忠、樊以立（嘉靖己丑），樊一中（嘉靖癸丑），樊良枢（万历甲辰），樊与一、樊与瑶（万历己丑），樊与衡（万历壬午），樊与冲(万历甲午），樊维城（万历四十七年），樊尚默（万历甲辰），樊尚燝(万历丙辰)，樊尚屏（万历己未），樊砺（成化壬辰），樊金等20多位进士，有的还是父子、兄弟均进士及第。到清代，樊氏一族仍有樊尚域（顺治甲午），樊齐英（康熙甲戌），樊重鑑(岁进士)，樊实衍（康熙第五名经魁），樊重达（康熙辛酉解元，己丑进士），樊本烈（乾隆甲子），樊本桂（岁进士），樊恭骏（乾隆辛酉），樊恭桂（乾隆丁丑），樊贞儒（岁进士），樊纯铎（岁进士），樊希晕（光绪丁亥），樊哲楠、樊哲保（丁未岁进士）等14人金科题名。举人及优贡选拔为官的则不计其数。到了民国时代，仍有多人赴日本东京帝国大学等高等学府深造。说明樊家人一直重视耕读的“读”字，即使不科考，也有一批饱读诗书的乡绅耆老。如宋代宁州的樊叔源公，博古通今，高隐不士，善岐黄业，以惠济斯民为心。宋理宗皇后病笃，召公治愈，授以爵禄，赐以袍笏铁卷。

　　樊氏子弟不仅耕读传家，还是忠贞节义的豪杰。建炎四年，宋高宗南渡，御前军帅王虎倡乱，泛巨舰欲陷豫章，大肆俘掠，乡民苦之。韬公五世昌时、昌盛（四川一脉先祖）书生从戎，率子侄数十人，聚族而谋：贼虽声言袭豫章，但窃掠村堡为无食也，此其众无纪律，可一鼓而擒耳。于是举义兵千人，与贼激战。一门赴义，二世死节，阖族牺牲三十余人。皇帝诰封："樊昌时等忠愤铭心，豪杰成性，故能率众从义，抗敌殒身。以张鹰场之伐，且概未几，虎拜之勋。忠君之道有成，厚下之典罔至，允宜襄显，以昭令名"，赠樊氏数人"修职郎""保义郎""忠勇校尉""果毅校尉"，敕赐葬地，特旌庙于所。元至正壬辰，红巾军逼藩城，内外不通，韬公十二世孙明仲、文仲，携子侄用行、用节等，梵叶寺鸣钟，集义士八百，公率义师屡挫贼锋，官府依东南藩屏。及围解，授爵，力辞。十年十一月十五，与江东贼战于新墟，樊家兄弟子侄战死，敕增"进贤县尹""临川丞""崇仁主簿"等，官方吊祭并记节士传，后樊氏昌鄂又获赐"三义世家"。

七、迁蜀樊家人，从长江首城宜宾开枝散叶

"吾祖挈家西徙去，途经孝感又汉江/辗转跋涉三千里，插占为业垦大荒/被薄衣单盐一两，半袋干粮半袋糠/汗湿黄土十年后，鸡鸣犬吠谷满仓"。这首根据世代口碑而记的歌谣，生动地反映了湖广填四川，移民路上的艰辛。

豫章韬公第十一世孙曰迁公，以71岁高龄，带领祖孙四代人，终于来到了当时还是蛮荒之地的川南宜宾县，落叶大塔乡。曰迁公为四川樊姓一世祖，从此在蜀中大地开枝散叶。从四川樊姓始祖曰迁公到简阳樊氏始祖敬公，历经五代，其源流秩序为：

樊曰迁（原名克定）—樊必才—樊宝—樊伯龙—樊敬

识见超拔，才德具备，故能别起一方，缵续成业。

曰迁公和他的祖先一样，特别会选地方，看上了宜宾县大塔乡这块风水宝地。

长江第一城宜宾，中国酒都、中华竹都，地处云、贵、川三省结合部，金沙江、岷江、长江三江交汇处。两千多年建城史、三千多年种茶史、四千多年酿酒史，系国家历史文化名城。大塔乡距宜宾市区28公里，地处岷江北岸，群山环绕之中，形

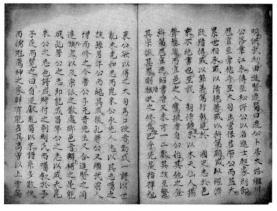

宜宾樊氏宗谱

成一块方圆15公里的小盆地，俗称大塔坝，土地肥沃，盛产桂圆、荔枝和大米，还有本家人尚富种植的万亩香樟，被称为中国的油樟之都。本人曾数次去过大塔，第一眼看上去，就感觉此地不同凡响，属于风景美，人民富那种宝地。望向漫山遍野古老的荔枝树，我曾经怀疑，唐玄宗送给杨贵妃送的荔枝，并不一定来自遥远岭南的一骑红尘，汁鲜味美的大塔荔枝，送到长安，更能博妃子开怀大笑。

曰迁公（1299-1397年）祖孙四代，于明洪武三年，来到了宜宾县大塔乡，插土垦荒，一切从零开始。我注意到，在第一批入川的四代孙伯龙身上，已多了两个字：贡生。说明即使初创伊始，百废待兴，曰迁公祖孙仍不忘耕读传家的家风，随同入川的小曾孙，已考取了呈堂见官不下跪的秀才［清康熙版宜宾族谱注明，曰迁、必才、宝公都是庠生（秀才）。第四代樊德

(应指伯龙) 是万历初年岁进士, 修职郎, 但其他版本族谱均未
提及, 存疑]。果然, 小小的大塔乡, 很快就难以满足创业者的
雄心, 到伯龙时就已经在成都宣化镇罗林沟和仁寿县垒石桥杨
柳沟, 购置了产业。说明他们的收入, 在大塔乡已有了相当的
盈余。

以后, 宜宾樊氏又陆续出现了樊才良, 诰赠正治上卿, 资
政大夫, 户部尚书。樊垣, 嘉靖进士。樊翰 (樊垣弟), 嘉靖已
卯科亚元 (全国第二名)。樊德, 万历初年进士。樊一衡 (樊垣
子), 万历己未进士, 宁夏巡抚, 南明户、兵二部尚书。樊泽
达, 康熙辛酉解元, 乙丑进士、广东学政、广东提督学院转国
子监司业。樊如林 (樊泽达子), 樊正清、樊泽源 (岁进士)。
樊肇新, 道光丙申进士, 翰林院庶吉士。樊宗儒 (清代进士)。
还有个樊卫, 70岁中举, 当了湖广江夏县知县。其中, 樊垣、
樊一衡父子, 乃明末重要历史人物。

樊垣, 字伯师, 号松坪居士。明代常德太守, 以 "天下清
官第一" 著称。公生于嘉靖乙丑 (1529) 年, 25岁中进士, 授
江苏句容县令。一上任就拒绝了胥吏和营廨的几百两银见面礼。
上奏控诉有大学士背景庇护的豪强。拒绝本地官员以三百金向
得宠太监祝寿。当城池被岛夷包围时, 将逃跑的王尚书胞弟抓
进监狱以安人心。他清廉自守, 连可以打 "擦边球" 的地方也
不染指。上京述职, 敬贡的礼物只是一把折扇。上任常德太守,
铄工因官府造币的原料被盗, 拟卖女还官府, 公将其女嫁寒士,

后出仕，以公为楷模。公率先推举"一条鞭法"，减轻百姓负担，宰辅张居正沿用后，成一代名相。公还设巧计，捣毁了两个地方豪强势力。升任云南学政时，念及老母年事已高，以病免归，尽心侍候，虽荐章数上，不为所动。

樊一衡，樊垣子，字君带，号杜皋。蟠龙院学子，万历己未进士。后为宁夏巡抚，南明户部、兵部尚书，加太子太傅。公"博及群书，尤长于史，钩宏贯穿，料事如神"。其"学问之淳，根抵乎二程，熏蒸于阳明"。主要事迹是在崇祯末年，剿灭农民起义的战争中，屡立战功，后升右佥都御史，代理巡抚宁夏。因孝顺91岁老母罢归还乡。为老母制作兰州拉面，而成就川南名吃合什手工面。张献忠入蜀后，公受任南明王朝兵部右侍郎，川陕总督职，启用旧将组成3万大军，击溃敌都督张化龙20万大军，斩首数千，收复叙州。南明军占领重庆后，叙州和重庆的20万大军，皆受公节制。张献忠义子冯双礼来犯，每战则败。张派孙可望率大军增援，双方隔江而持，南明军粮尽，公先退古蔺，后移纳溪，会师泸州。甲申年冬，樊家惨遭献忠兵灭门，公强忍悲痛，居中调度各路兵马围攻献忠，导致敌"势日蹙"。张献忠派多名大将攻川南郡县，公命部将连营犍为、叙州御敌。公之部将曾英等还乘间率30万大军直扑成都，清兵又从北边杀入蜀境。张献忠在部将刘进忠降清后，从成都弃走顺庆，在西冲凤凰山遭射杀。公上书永明王，拟收复全川，被授予户、兵二部尚书，加太子太傅。由于南明王朝内乱，多路人马闯入公辖区，各设官署，十羊九牧，争权夺利，导致公有令不行，有禁不止，孤掌难鸣，最终只能愤而辞职，避匿故乡山中，忧愤而逝。年75岁。后祀乡贤寺。

樊垣、樊一衡父子生平事迹，再一次显示出樊家人耿介、刚直的书生本色。一衡嗣孙樊曙（康熙诰封中宪大夫）写有《樊氏一门蒙难记》，真实地记录了樊家31人被流贼屠杀的惨景。

樊家人在"举家为贼所获"后，个个英勇不屈。76岁的一衡兄一荃，"玩贼如儿，斥曰：吾八弟督兵来，当碎尔骸"，贼知其为一衡胞兄，害之，"殁经旬面目如生"。72岁的君佩公遇贼愤曰："国破家亡，分唯一死"，呼贼加刃，贼果刃之，其子抱父痛哭，贼杀之。夏卿公守母丧不去，贼杀之。一容公起义抗贼被戮，三子具殁于贼。子秀公以贼故，殁于水，斗柄公殁于焚。斗勺公集乡勇讨贼而死。诸母九人：60多岁的一衡原配李儒人，怒骂"死贼奴，我朝廷命妇，谁敢侮我"，捶贼，贼愤加害。庶妇夏儒人不从贼，被"悬发梁间，射数十创，复断两足而死。死数日，手尤挽下裳不可释"。刘儒人绝食死，任太君割耳鼻两手死，张太君酷焚死，涂太君自刭死。斗枢妻斩手足死，映之妻自刎死，懋伦妻投江死。诸女五：一苍公女哭夫呕血死，垣公四女、一衡公季女俱哭夫绝食死，嫡妹二人投岩碎身死。堂妹执义赴水死。诸婿六人：姑夫徐世赏、刘望之遇贼格斗殉命。姑夫李合宗、梁为宪被执至锦城，不受伪职，戕于万里桥。姐夫尹态起义灭贼，兵败罹祸。尹态之叔尹长钱见父方伯受辱，大呼曰："父为忠臣，儿为孝子"，投岩杀贼，为贼所杀。方伯尹公，避魏珰家二十年，以诗文气节自负。贼将至，客劝之遁，答曰："吾岂向草间求活耶？"服朝服，开重门，端坐中庭，望见贼则大骂。贼曰："此必尹乡官？"盖公官西安，以清直著。贼重公名，欲生致焉。肩舆以行，公骂不绝口。贼不能堪，榜掠之，骂愈厉。二妾夏氏、邵氏年五十，各持杖击贼，肢解而死。公实不愿见贼酋，至井盐贻贼曰："我见尔主，备说尔等罪状，人人当杀。"贼惧，戕公。

八、简阳支脉，我的直接祖先，流离80年寻根

同源分派，人易世殊，概然疴叹，念滋厥初。

简阳樊氏，是四川樊氏三大分支之一，以本人先祖一脉计算，从始祖敬公到本人，历十九代。其源流秩序为：

樊敬—樊永恕—樊境—樊承孔—樊大安—樊一明—樊子续—樊成炳—樊王玉—樊茂林—樊葵—樊三耀—樊钱山—樊有兴—樊映榜—樊洪炳—樊廷堃—樊治宾—樊怀义—樊雄（本人）

敬公之父伯龙公，随三代长辈一起移民蜀中，在宜宾县大塔乡，仅四十多年，就积累了第一桶金，开始向外置业。一个在成都宣化镇罗林沟，分给二儿子敬公，由此有了后来的简阳

简阳敬公祠祭祖

一脉。另一个在仁寿县垄石桥杨柳沟，分给三儿子守公，由此有了后来的仁寿一脉。大儿子俸公，则留守宜宾祖业，繁衍了宜宾一脉。

　　成都宣化镇罗林沟在如今的哪里？查有关资料，成都区域只有三岔湖西南角有个罗林沟，之前应该属于双流县，或更早的华阳县，自然也属于成都府，但明初这里是否有个宣化镇，目前尚未找到证据支撑。不过，根据樊家祖先落户选址的特点，靠近大湖边，也是其喜好的习惯。此地离下一站简阳走马岭，甘泉乡，也只有50多公里。不知何故，敬公已在成都罗林沟有了孙子的时候，才抛弃了父辈购置的家业，选择到丘陵起伏的简阳安家落户。一个可以猜测的原因，敬公妻及大儿子永宁、小儿子永恕妻均姓汪，且都有生于简阳草池堰，再次迁居简阳，难道与此有关？

敬公小儿子永恕和永恕的两个儿子，家谱明确记载生于成都宣化镇罗林沟。这一族人还未迁居到简阳，长房永宁的8个儿子，就有5个进士及第，金榜题名，还出了2个举人、1个贡生，这在当时一定是轰动一时的地方大新闻，中榜人数超越了豪华的苏门，即便今日，也会让所谓的牛爸牛妈们叹服。5位进士分别是樊枢、樊柟、樊楼、樊榆、樊柯，他们的出生日期均应早于幺房的儿子，所以应该是生在成都，在成都参加科考。家谱又明确记载，他们死后又分别葬在简阳的老君桥、五桂桥、射鸿坝、赤水铺等翰林墓，说明他们中榜以后，家族才移居简阳。敬公次子永洪，有3子，长子是贡生。敬公三子永成，有2子，情况应该类似。遗憾的是，明末张献忠乱后，敬公之子前三房失考，唯存四房永恕一脉谱系，也就是我的先祖一脉，延续至今。个人认为，敬公之子前三房，随敬公迁居简阳可证，谱失人在。尤其是一门五翰林的永宁公房，必然是当地显赫大户，其后世子孙繁衍，一定大有人在。不知道为什么，明国及如今修谱，对此三房人都不查，不补，无解。

简阳樊氏从第七代子字辈起，分为子禹、子欢、子缤、子培、子慎、子荐、子说、子勉八大房，各自成谱。如今，樊氏后裔在简阳青龙镇银洞村修建了"四川樊氏敬公祠"，每逢清明之季，八房后裔都聚集于此，祭奠先祖。70余万人口的简阳市，樊氏子孙后裔，已达十多万之巨。

到公元1963年，本人就登场亮相了。按以上追寻的各源流秩序计算，本人乃简阳始祖樊敬公十九世孙，四川始祖樊曰迁公二十四世孙，豫章始祖樊韬公三十五世孙，南阳始祖樊重公六十五世孙。有可能是樊姓得姓始祖仲山甫九十二世孙，也有可能是远古黄帝一百三十八世孙。

九、樊氏形象识别，世德只积，兢兢相绳

寻根问祖之旅，无异于一场精神洗礼。

观我四川樊氏一族，始于周都京畿、盛于中原南阳、兴于鄱阳豫章、传于长江叙府。"试念其初，一人之身"。懋种隐德，克隆支本，或迁居宜宾或析处简阳、仁寿，垂600余年，本大枝盛。天府之国，繁衍已数十万人。

读樊氏宗谱而慨然感焉，仲山甫后裔樊重一脉的容貌独特，个性鲜明，其形象识别，至少含有以下几个关键词。

长寿：首批迁蜀始祖曰迁公祖孙四代：迁公活了98岁，妻姜氏93岁。迁公子必才，93岁，妻蔡氏90岁。迁公孙宝，89岁，妻李氏88岁。迁公玄孙伯龙，91岁，妻郭氏94岁。另外，伯龙子，我简阳始祖敬公，95岁，妻汪氏94岁。敬公子永恕，85岁，妻汪氏86岁，敬公孙境，82岁，妻卢氏83岁。在明朝初期，大乱方定，百废待兴，那样艰苦落后的年代，那样的生活水平和医疗条件下，刚刚从江西南昌迁移到四川的樊氏祖孙，不仅没有水土不服，反而连续七代，个个高寿，最短的也有82岁，连

嫁给樊家的女人也同样高寿，只能说明，樊氏一脉基因肯定很好，没有遗传病，才会活得长。豫章始祖韬公、南阳始祖重公，都活了80多岁，也足以证明。

帅气：但凡描述樊氏人物的文字，都会夸赞樊家人长相帅。《诗经》里赞美仲山甫"令仪令色"，意思是不仅仪表堂堂，还风度翩翩，气质迷人。《后汉书·樊宏列传》说他的曾孙樊泛"卓荦不群，有旷度"，完全就是一个帅气的世家公子形象，如同当今之"国民老公"。《唐书》中看上去就"有将帅之器"的樊泽，生得"长有武力"，就是高大、英武，硬朗的将军仪表。豫章始祖韬公之父樊世重，"质美博学"。质，就是外表和长相。世重弟知古（若水）"丰仪俊伟"，又是一个才貌双全的公子哥。韬公本人更是月夜舷歌，风流倜傥的美少年，以至于岸边姜公看了一眼，当即就要把女儿嫁给他。的确，每次参加樊氏聚会，樊家儿郎个个都英俊、高大、威武，几乎看不到矮小猥琐丑陋之徒。樊家女儿也出类拔萃，"不正容不出于房"的皇母樊娴都，就是天下女人的表率，才貌、品行俱佳。

宏雅：体现为宽厚、博学、谦逊、平和。南阳樊重，"性温厚"，樊宏"为人谦柔畏惧，不求苟进"，"吾辈不喜荣势也，天道恶满而好谦"，樊儵"清净自保，无所交结"，"删定公羊严氏春秋章句，世号樊侯学。教授门徒前后三千余人"。樊准（樊宏族孙）之父"好黄老，清净少欲"。樊盼"宏雅有识，博学稽古"。樊英（樊丹玄孙），易学家、术数名家，著《易章句》，世称樊氏学。樊俊"炽度清远，弱冠，有善名"，樊坦"性诚朴"，樊宗师文章"不蹈袭前人一言一句"。豫章樊韬公"为人宽宏雅量，而识见超迈"。樊广"智识度于寻常而亲贤远佞"。樊皋"颖巽过人，好学笃行"。宜宾樊一衡"学问之淳，根抵乎二程，熏蒸于阳明"。均说明樊氏世为书香人家，大多博学多才，见识宏广，因而气度不凡，性格宽厚，待人谦逊，心性平和，儒道气质兼修。

耿介：体现为直率、忠贞和节义。樊重后裔樊建秉性方正，"宦官黄皓用事，朝臣多附，独公不与往来"。樊潜，"廉介质直，不事浮靡"。樊昌时、昌盛兄弟三十多人，建炎之乱，伏节殒身，皇帝诰封"忠愤铭心，豪杰成性"。樊文皎举义兵五千讨侯景，遇伏身亡。樊秀英率兵守土，屡征不起。樊明仲、明文兄弟，奋忠勇、起义兵，悍寇贼而死。樊周节、周凯，代锁于贡铚。樊一章抗节于宸濠。樊玉衡直言上疏诛魏忠贤。樊垣耿介无私，被誉为"天下清官第一"。樊一衡忠勇灭寇。说明樊家人是有学识、有思想、有品行的人，从不与小人为伍，不搞歪门邪道，直节忠义，书生本色。

追寻祖先懿迹，感受最深的还在一个德字。德行天下、德被后世，德生万物。祖宗积德，如同前人种树。《诗经·大雅·烝民》写道"天生烝民/有物有则/好是懿德"。"仲山甫之德/柔嘉唯则"，专门赞美樊氏始祖仲山甫的大美大德，全天下人民都无比崇敬的美德，一定是至高无上的德行，是天下人的楷模，这也几乎奠定了后世樊氏家风，最稳固的基石。

我樊氏一族，自仲山甫受封以来，周秦汉唐，赫赫钟鸣鼎食，暨夫南阳著姓，而后江右望族，煌煌玉叶金枝，熠耀一时，事业文章，彪炳千古。至我四川樊族，曰迁公开基大塔，忠孝节义，耕读传家，煌煌数十万裔孙，遍及巴蜀。《诗经·大雅·绵》唱道："绵绵瓜瓞，民之初生，盖喟周人始生如瓞而其后繁衍如瓜，本微末大，渐远渐盛。""皆由居邠（同豳，地名）者栖窜艰难中，酝酿之厚，培植之周使然耳。"管子亦曰："百年之计，莫如树人。"我历代先祖重公、韬公、曰迁公之传世，何异于此。"欲张故翕，愈有乃分。其末日微久斯远，积厚流光，自他有耀，百世其昌，非虚语也。"昔楚顷襄王问阳陵君曰："君子之富何如？"对曰："假人不德不责，食人不使不役，亲戚爱之。"种德以遗后人，"分地以用天道，实廪以崇礼节"。樊氏历代各宗谱上都有这样一句话："时平则食禄行义，世乱则讨叛死忠"，恰是樊氏一族，世代唯德不破的写照。

后嗣身世，慎终追远，蒙岁月尘埃，余思祖德宗功不能盛播其行，故记之。

四川樊氏24世裔孙樊雄拜撰

2023年4月5日　清明

我的列祖列宗

——从起源到入川始祖后裔至本人祖父

远古时期，黄帝至仲山甫

以下据《史记·五帝本纪》。

黄帝　少典之子，生于轩辕之丘，姓公孙，名轩辕。长于姬水，又以姬姓。娶西陵国女为妻，是为嫘祖。生二子：长子玄嚣，次子昌意。

玄嚣　黄帝长子，生子峤极。

峤极　玄嚣子，生子高辛。

高辛　峤极子，黄帝死后传位于次子昌意之子高阳，即颛顼帝。高阳传黄帝长子玄嚣孙、峤极子高辛，即帝喾。

后稷　高辛子，帝喾妃姜嫄履巨人迹而孕，周之始祖，中国农业始祖。

窟　后稷子，生鞠。

鞠　窟子，生公刘。

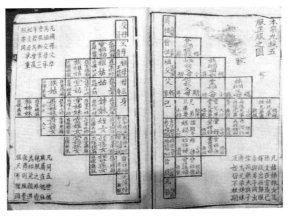

简阳樊氏宗谱手抄本

公刘　鞠子，专心农桑耕织，让民众富有，引来众人归附，王室从此兴盛。

子庆　公刘子，迁都城至豳，生皇仆。

皇仆　子庆子，生差弗。

差弗　皇仆子，生毁谕。

毁谕　差弗子，生公非。

公非　毁谕子，生高圉。

高圉　公非子，生亚圉。

亚圉　高圉子，生公叔祖类。

公叔祖类　亚圉，生古公亶。

以下据《史记·周本纪》《史记·吴太伯世家》。

古公亶　迁豳地于岐山，奠基周朝，后被周武王追尊为周太王。生子太伯、仲雍、季历。季历继位。

仲雍　古公亶二子。嗣其兄太伯吴王位。

季简　仲雍子，吴王。生叔达。

叔达　季简子，吴王。生子周章（嗣吴王）、虞仲。

虞仲　周武王封为虞国君。

虞仲之后不可考　至仲山甫相差220余年，约八至十代。

仲山甫　一作仲山父，又称"樊仲山甫""樊仲山""樊穆仲（卒，谥穆)"。虞仲后裔。周宣王卿士，封樊侯，封地在西安附近樊村乡（樊乡、樊川），后迁阳邑（河南省济源市西南曲阳），故曰"阳樊"。以国为氏，为樊姓得姓始祖。

仲山甫之后　经战国至西汉末，历代无可考。其间有仲理、仲皮，在周惠王时为大夫，封樊侯。齐公，在周平王时为大夫，封樊，谥曰頵。

南阳樊氏，樊重至樊镇

以下据民国二十六年版《南阳樊氏族谱》及相关史料。

一世祖：樊重　字君云，西汉末，南阳湖阳（今河南南阳市唐河县）人，仲山甫后裔。三世共财，礼义德行，著于乡里，被举为三老。有女娴都嫁南顿令刘钦，生光武帝。享寿82岁。嗣爵寿张侯，立庙湖阳。

二世祖：樊宏　字靡卿，为光武元舅。为人"谦柔畏惧，不求苟进"。常戒其子曰："富贵盈溢，未有能终者，吾辈不喜荣势也，天道恶满而好谦，前代贵戚皆明戒也。保身全己，岂不乐哉。"初任光禄大夫，封长罗侯（封宏弟樊丹为射阳侯，封宏兄子樊寻为玄乡侯，封宏族兄刘忠为更父侯）。后定樊宏为级别更高的寿张侯。卒赐谥号为恭侯，赠印绶，帝亲送葬。

三世祖：樊儵　字长鱼，东汉学者、大臣，光武帝表弟。"谨约有父风"，事后母至孝，删定公羊严氏春秋章句，世号"樊侯学"，教授门徒前后三千余人，学者尊之曰少尼父。拜长水校尉，徙封燕侯，（封儵小弟樊茂为平望侯，赐儵弟樊鲔及其堂兄弟七人5000万钱）。卒谥襄侯。

四世祖：樊氾　卓荦不群，有旷度。嗣封燕侯。生子时。

五世祖：樊时　嗣封燕侯，生子建、盼。

六世祖：樊盼　宏雅有识，博学稽古。永宁元年，邓太后复封燕侯。生子尚（查《后汉书樊宏列传》："氾卒，子时嗣。时卒，子建嗣。建卒无子，国绝。永宁元年，邓太后复封建弟盼，盼卒，子尚嗣"）。

七世祖：樊尚　嗣封燕侯，生子稠。

八世祖：樊稠　为节义郎，初平三年拜中郎将，寻拜右将军，封列侯。生子真。

九世祖：樊真　选工部郎中，生子建。

十世祖：樊建　字长元，三国魏晋时期大臣。初仕蜀，后汉景耀四年任尚书。宦官中常侍黄皓用事，朝臣多附，独公不与往来，秉性方正。蜀亡入魏，历任相国（司马昭）参军、散骑常侍。晋武帝即位，出任给事中，册封列侯。生子坦。

十一世祖：樊坦 晋明帝太宁元年为章武内史。《晋书》中记有后赵皇帝石勒（羯人）与樊坦故事："勒以参军樊坦清贫，擢授章武内史。既而入辞，勒见坦衣冠弊坏，大惊曰：'樊参军何贫之甚也！'坦性诚朴，率然而对曰：'顷遭羯贼无道，资财荡尽。'勒笑曰：'羯贼乃尔暴掠邪！今当相偿耳。'坦大惧，叩头泣谢。勒曰：'孤律自防俗士，不关卿辈老书生也。'"赐车马衣服装钱三百万，以励贪俗。生子天德。

十二世祖：樊天德 拜大司农，生子贞。

十三世祖：樊贞 为侍中，生子方兴。

十四世祖：樊方兴 仕至散骑常侍，司州刺史，封鱼复县侯。生子文炽、文皎。

十五世祖：樊文炽 拜散骑常侍，东益州刺史，封新蔡侯。梁大通年间与鄱阳王范，合兵攻东魏有功，迁黎州刺史。公之弟文皎，拜天门太守，太清元年，侯景犯台城，皎举义兵五千独进，所向披靡，深入至菰首桥东，贼将宋子仙伏兵起，战于清溪，死之。炽生三子：俊、毅、猛。

十六世祖：樊俊 炽度清远，弱冠有善名，拜梁兴太守，陈宣帝朝为侍中，赐宴沉香阁，亲承顾问。长弟毅，侯景乱，以功除右中郎将，领游兵随宜农侯萧循讨陆，纳于湘州，力战有功，封夷道县伯，除天门太守。陈武帝禅位，举兵应王林，林败奔齐。太尉侯镇遣使招毅还朝，宣帝大建初，拜荆州刺史。陈后主即位，封逍遥郡公，拜侍中护卫将军。卒于关庙。少弟猛，拜湘州刺史，方矩举司隶，攻武陵王纪，以功封安山县伯，迁司州刺史。归王林，林败还朝。陈文帝天嘉二年，授永阳太守，历散常寺，入为左卫将军。陈后主即位，拜南豫州刺史。贞明三年入隋。俊生子暬。

十七世祖：樊暬　暬生子兴。

十八世祖：樊兴　官至左监门卫大将军，检校右武将军，荣国公赐葬，生子苑。

十九世祖：樊苑　生子元僖。

二十世祖：樊元僖　为国子监博士，生子贞德。

二十一世祖：樊贞德　为秘书正字，生子霖。

二十二世祖：樊霖　字民望，拜侍御史，出为汉中通判，迁居河东，山西平阳府临晋县，地名樊桥。生子咏。

二十三世祖：樊咏　开元中举草泽，授试大理评事，累增兵部尚书。生子泽。

二十四世祖：樊泽　唐朝中期大臣。字时安，少孤，依外家。长有武力，喜读兵法，有将帅之器。举贤良方正，能直言极谏科及第，授左补阙。德宗召对廷英殿，深合帝意。兼御史中丞，出使吐蕃。后由行军司马升山南东道节度使。参与平定李希烈乱，丁母忧。复任荆南节度使，江南尹兼御史大夫，加官为检校礼部尚书。曹王李皋死后，军士变乱，抢劫民财，

"以公威，惠著襄汉间"，复任山南东道节度使，获加官为检校礼部尚书右仆射。年五十卒，追赠司空，赐谥成，德宗为其辍朝一日。生子宗师。

二十五世祖：樊宗师 字绍述，唐文学大家。宪宗元和三年（808）"军谋宏远，堪任将帅"科登第，授著作郎。历太子舍人、绵州刺史、绛州刺史等职。虽为武举出身，在唐古文作家中也独树一帜。《新唐书·艺文志》著录《樊宗师集》291卷，已佚。韩愈在《南阳樊绍述墓志铭》中说他一生写有专著75卷，文、赋521篇，诗719首，并赞叹道："多矣哉，古未尝有也！然而必出于己，不蹈袭前人一言一句，又何其难也！"

二十六世祖：樊基 拜国子监国士。生子儞。

二十七世祖：樊儞 拜汉州司户参军，生子知谕。

二十八世祖：樊知谕 为金坛令，生子潜。

二十九世祖：樊潜 字用仲，仕南唐李景，任汉阳、石隶二县令，廉介质直，不事浮靡，持身以严，嗜好简泊，有惠于民。迁居池州，生二子：镇、蒙。

三十世祖：樊镇 字世重，后周时（951-960）授饶州司户参军，由山西上党迁江西南昌，遂居鄱阳之双江。质美博学，治家有道，恩洽宗族。自号鄱阳居士。生子韬，为豫章樊氏一世祖。

镇弟蒙，字仲师，原名若水，钦赐名知古，字叔清。丰仪俊伟，少有经济才。授舒州推官，拜右赞善大夫。擢侍御史，后拜谏议大夫、江北转运使，入朝奏事称旨，拜给事中，寻拜三司。公生子汉，拜龙图阁学士。汉生二子，长子罩，罩生祺，祺生瀗，瀗生茂实，浙东提刑，居缙云。次子辇，辇生盛，登进士，官至户部尚书。盛生二子，长名清，为翰林学士。次曰湍，为河东节度使。二公因辽金之乱，从高宗南渡，始居常山之叠石，遂为浙江衍派焉。

豫章樊氏，韬公至克定（曰迁）公

以下据《豫章樊氏宗谱》《南阳樊氏宗谱》等资料。

一世祖：樊韬　世重之子，字怀韬，号三阳居士。"为人宽洪雅量，而识见超迈，虽处饶益，而重义轻才，好行其德贤，士大夫以此多之乡里，远迩无间言矣。"生于后晋天福丁酉（937）三月一日。卒于宋天禧戊午年（1018）二月十日，享寿82岁。娶妻姜氏，生于后晋天福戊戌年（938）三月十日。卒于宋祥符丙辰年（1016），享寿79岁。生四子：福、剩、行、实。

二世祖：樊福　怀韬之长子。字天佑，号逸庵。谨厚有父风，治家有则，财丰物阜，而仁义附焉，士大夫相接者，皆表巽之。生于后周显德丁巳年（957）六月五日。卒于宋天禧辛酉（1021）十月三日。娶北常陶氏，生于后周显德戊午年（958）五月七日。卒于宋天圣甲子年（1024）十月八日。生五子：泰、广、捷、翰、美。

三世祖：樊广 天祐次子，字原博，号约轩。"敏而好学，智识度于寻常而亲贤远佞，乡邑推重。昆季五人皆称饶益积而能散，种德以遗后人。"生于宋至道丁酉年（997）三月二十日。卒于宋元丰戊午年（1078）八月二日。娶妻刘氏，生于宋天福辛酉年（1021）十月十日。卒于宋崇宁乙酉年（1105）。生三子：皋、云、谦。

四世祖：樊皋 原博之长子，字九皋，号竹逸。"颖异过人，好学笃行，教子以义。"几个儿子都以烈士受封。生于宋嘉褚戊戌年（1058）九月十四日。卒于宋靖康丙午年（1126）十月。娶妻邓氏，生于宋治平甲辰年（1064）。卒于绍兴戊辰年（1148）九月。生五子：朝、盈、时、盛、世。

五世祖：樊昌盛 九皋之四子，号毅齐。"器宇豪放，志节慷慨，自幼苦学，素以忠孝之道自励，间党识者每以非常奇之。"建炎四年，与兄弟子侄数十人讨王虎之乱死难，赠保义郎，生于宋元褚丙寅年（1086）一月八日。娶妻陶氏，生于元褚戊辰年（1088）三月三日。娶万氏生于崇宁癸未年（1103）八月十二日。生三子：克、行、实。

六世祖：世克 昌盛之长子，讳彦，号存耕，生于宋宣和辛丑年（1121）五月十五日，卒于宋嘉泰辛酉年（1201）十一月二十日。娶妻陶氏。生一子：权。

七世祖：忠权 世克之子，讳衡，号与道，生于宋绍兴甲戌年（1154）一月十七日。卒于宋绍定戊子年（1228）十月十

二日。娶妻刘氏，生于绍兴乙亥年（1155）二月七日。卒于宋
（淳熙有误应是嘉定甲申年）（1224）十月五日。生三子：钧、
溶、铿。

八世祖：宗远　忠权之三子，讳铿。生于宋淳熙丙午年
（1186）五月十四日，卒于宋开庆己未年（1259）十月十三日。
娶妻高氏，生于宋淳熙丁未年（1187）三月二日。卒于宋景定
庚申年（1260）十月十八日，生五子：杰、升、英、儒、共。

九世祖：秀英　宗远之三子，讳锐，号清安。于咸淳初以
北山在天湖之阳，土沃物繁，可渔可樵可耕可牧，自三阳迁到
北山。为北山始祖。生于宋嘉定戊寅年（1218）三月十八日。
卒于大德庚子年（1300）十月二日。基北山坟山。娶妻莎氏生
于宋嘉定己卯年（1219）四月十日。卒于至元甲午年（1294）十
月三日。基马塘之原。侧室艾氏墓马塘东吴家山。生四子：明、
厚、清、盛。

十世祖：叔明　秀英之长子，生于1251年1月9日。生五子：
克任、克用、克太、克定、克方。叔明公四子克定，迁四川宜
宾，名曰迁公，为四川樊氏一世祖。与曰迁公一起，迁四川江
永（现属重庆）的为叔明弟叔厚四子克忠，迁蜀后名继川公，
为江永一带樊姓始祖。

四川（宜宾）樊氏，曰迁公至伯龙公

以下据民国版简阳《樊氏宗谱》。部分括号内文字系原按。

一世祖：樊曰迁　亦名迁禄，江西名克定，叔明公第四子，韬公十一世孙。大元成宗大德己亥五年（1299）年六月十八日卯时，江西省南昌府进贤县生人。元末避乱（按史明太祖与陈友谅战于鄱阳），与继川公（系迁公堂弟，得知传闻），率子孙徙湖广黄州麻城县孝感乡居住，旋于明太祖洪武三年庚戌，又与继川公率子孙入蜀（据传闻，公本江西望族，曾练民兵助陈友谅拒明，后太祖定鼎，思逮，携家迁徙云）。继川公居江永（疑即江津、永川），曰迁公居住叙州府宜宾县大塔乡樊家冲，享寿98岁，亡于洪武丁丑三十年五月十八日丑时，葬宜宾大塔乡棋盘岩，有碑记。姚姜氏，大元成宗大德辛丑七年三月十六日酉时，江西进贤县生，随公入蜀，享寿97岁。亡于洪武戊寅三十一年正月初十四未时，大塔乡故，与迁公合墓。生子一，必才。

二世祖：樊必才　大元仁宗延佑戊午七年（1318）正月十二日卯时，江西进贤县生。随父入蜀。享寿93岁。亡于大明成祖永乐庚寅八年（1410）六月十四日未时，宜宾大塔，故葬棋盘岩。姚蔡氏，延佑己未八年正月二十二日时江西进贤县生，随翁入蜀，享寿90岁。亡于明成祖永乐己丑七年七月十一日辰时大塔乡，故葬棋盘岩。按誊谱公亡作永乐三年，妣亡永乐二年，俱误，兹改正。子四：富（配鲁氏）、贵（配魏氏。按富贵二人俱回湖广，称望族）、宾（配蔡氏，按乱平同岳父回江西守祖业）、宝（留大塔）。

三世祖：樊宝　大元顺帝己卯五年（1339）五月十五日午时，江西进贤县生人，随祖父入蜀，享寿89岁，亡于大明宣宗宣德丁未二年（1426）七月十三日辰时樊家冲，故即葬。妣李氏，同公年×月十四日卯时江西进贤县生，随公入蜀，享寿88岁，亡于宣德丙午元年（按誊谱作永乐丙午十九年）七月十二日辰时樊家冲，故与公合葬。（按誊谱作公卒永乐丁未二十七年误）。子三：伯龙、伯凤（字大信，因成组抽丁出征往山西，遂家焉）、伯鳞（字大本，幼年外出无耗）。

四世祖：樊伯龙　字大仁，贡生，大元顺帝元统丁酉二十四年（1357）十月初十日卯时，湖广黄州麻城县孝感乡刘家沟樊家桥生，随迁公入蜀，享寿91岁。亡于大明英宗正统戊辰十三年（1448）（按誊谱作宪宗天顺戊辰年误）宜宾县六塔乡故，公先置业成都宣化镇罗林沟，后又置业仁寿县垄石桥杨柳沟，与妣合墓。妣郭氏妙严（疑为小字）生与公全同（疑或有误），湖广黄州麻城县孝感乡生，随公入蜀，享寿94岁，亡于大明景帝景泰辛未二年（按誊谱作宪宗天顺辛未年误）五月初四日亥时，同公故处。子三：俸（居宜宾）、敬（居简阳）、守（居仁寿）。

四川（简阳）樊氏，敬公至本人祖父

以下据民国版简阳《樊氏宗谱》。部分括号内文字系原按。

五世祖：樊敬　大明洪武庚申十三年（1380）冬月十三日辰时宜宾县大塔乡生，始迁成都宣化镇罗林沟，后于永乐中年（1424年后）始来简州走马岭五桂桥及甘泉乡辣子沟落叶，享寿95岁，亡于大明宪宗成化乙未十一年十月十二日卯时五桂桥，故即葬。妣汪氏，大明洪武辛酉十四年三月十九日子时，简州草池堰生，享年94岁，亡于大明宪宗成化癸己十九年十月初四日己时，五桂桥故，与公合墓。子四：永宁、永洪、永成、永恕。

此处须专门说明，敬公之后的前三房，永宁、永洪、永成，民国版简阳宗谱对这三房只有简略文字，因明末张献忠乱谱系已失，唯存四房永恕一脉谱系。但值得注意的是，长房永宁（妻亦姓汪），8个儿子，出了5个进士、2个举人、1个贡生，很是了得。他们肯定都生于成都宣化镇罗林沟，又载明葬于简阳老君桥、五桂桥、射鸿坝、赤水铺等地"翰林墓"，说明很有可能是在成都科举，又随父落叶简阳。二房永洪（配杨氏），有子5，出了1个贡生。三房永成（配王氏）有子3。他们是留在了罗林沟，还是也迁移到简阳，无解。但不管怎样，一门五翰林的大房可明确是迁移到了简阳，且为显赫大户，子孙繁衍必在简阳有后，为何民国和如今修谱都不查，不续，无解。

六世祖：**樊永恕**　大明永乐甲申二年（1404）五月初五日午时成都宣化镇罗林沟生，享寿85岁，亡于孝宗弘治戊申元年四月二十八日亥时，葬五桂桥。妣汪氏，成祖永乐乙酉三年九月初八亥时简州草池堰生，享寿86岁，亡于孝宗弘治庚戌三年九月初七日亥时，五桂桥故，与公合墓。子三：境、地、城。

七世祖：**樊境**　大明成祖永乐甲辰二十二年（1424）三月初三日子时成都宣化镇罗林沟生，享寿82岁，亡于武宗正德丙寅元年九月十八日巳时五桂桥故，妣卢氏，仁宗弘熙元年乙巳九月初十日酉时卢家桥生，享寿83岁，亡于武宗正德戊辰三年九月初四日戊时五桂桥故。子三：承孔、承圣、承颜。

八世祖：**樊承孔**　配杨氏，子四：大经、大酋、大安、大智。

九世祖：**樊大安**　配邹氏，子四：一道、一儒、一明、一仙。

十世祖：**樊一明**　子一：子续。

此处说明：从十一世开始，简阳樊氏分为子禹、子欢、子续、子培，子慎、子荐、子说、子勉八大房，各成一谱。

十一世祖：**樊子续**　生卒失考，葬资阳樊家坝中心道兴观，故址壬山丙向，配霍氏，葬高龙场后山顺滩遗址上。子二：成炳、成钺。

十二世祖：**樊成炳**　亡葬樊家坝中心道兴观，故址前左侧阳窝中壬山丙向。配陈氏，葬坝心一枝到显处乾山巽向。子一：王玉。

十三世祖：**樊王玉**　亡葬樊家坝心，距母陈氏墓后右手丈许，子山午向。配周氏，与姑陈氏合葬乾山巽向。子四：茂开、茂林、茂举、茂泰。

十四世祖：樊茂林　配刘氏，合墓老糖房对门二节泡上子山午向。子三：葵、华、萱。

十五世祖：樊葵　葬后河边黄泥堰腰二节龟形泡上壬山丙向，配都氏、尹氏，子六：三尧、三明、三元、三品、三耀、三畏。

十六世祖：樊三耀　乾隆戊辰十三年二月初七日辰时生，道光辛巳元年八月初七午时故，葬樊家坝途结朝祖穴丙山壬向。配方氏，丙寅十一年七月二十八日寅时生，嘉庆丁丑二十二年六月初七日未时故，与公合墓。子二：钱山、玉山。

十七世祖：樊钱山　乾隆癸巳三十八年八月二十五日戌时生，道光甲午十四年冬月十七日未时故，葬樊家坝。配董氏同公年全月二十三日子时生，同治壬戌元年五月二十九日巳时故。子二：长兴、有兴。

十八世祖：樊有兴　嘉庆丁巳二年五月三十日子时生，光绪壬午八年正月初六日亥时故，葬樊家坝。配徐氏，同公年九月十九日戌时生，咸丰己未年三月二十日未时故。子四：映榜、映一、映珍、映千。

十九世祖：樊映榜　道光甲申四年三月初十日子时生，光绪庚辰六年正月二十六日子时故。配朱氏，丙戌六年冬月初八日辰时生，丁未年正月初五日巳时故。子三：洪炳、洪田、洪钧。

　　二十世祖：樊洪炳　道光丙午二十六年三月初三日申时生，民国壬子元年九月初十日寅时故，葬高龙场赖家沟。配何氏，己酉二十九年八月初九戌时生，民国丁卯十六年七月十一日酉时故。子三：廷堃、廷煊、廷玉。

　　二十一世祖：樊廷堃　字天太，监生，同治辛未十年（1871）八月初七日亥时生，民国丁巳六年（1917）八月十三日巳时故。中举未遂，行医乡里。配朱氏，同治庚午九年（1870）四月二十日卯时生，民国己丑十四年（1926）十月初四日丑时故。子五：治国、治宾、治礼、治全、治旺。

　　以下为本人祖父辈5兄弟。

　　二十二世祖：樊治国　廷堃长子。光绪壬辰二月初九申时生，配曹氏，癸巳十月初四日申时生。据说到陕西行医、教书、失联。生子怀敏，小名清纯，民国丙辰五年二月十二日卯时生，随叔父治宾从军，1933年在达县参加红军，下落不明。

　　樊治宾　廷堃次子。本人祖父。字惠然，生于光绪庚子二十六年（1900）全月初十酉时，国军23军营长，驻防达县，1933年后脱离军队经商，可能在宜宾轮船任仓库主任，在泸州宜宾一带开糖厂或经营杂货，1944年3月11日被人谋害致死。配达州杜氏（原名杜克珍，后改名樊杜清）生于1902年，卒于1994年农历5月30日。生子二：长子怀德，1929年生，1951年故。解放军转业。次子怀义，1936年1月14日生。妻张才美1940

年7月14日生，2018年9月16日故，为本人父母。还生有一女怀志，夫杨永茂，均已故。

樊治礼 廷堃三子。又名从州，曾为当地团练队长。光绪癸卯二十九年正月初四日亥时生，1956年故，配霍氏，甲辰三十年七月二十二日午时生，1954年故。生三子：长子怀卿，1922年全月21日寅时生，1988年故。生子邦清。次子怀木，1978年故，生三子，邦全、邦文、邦林。三子怀成。

樊治全 廷堃四子。别号大用。光绪戊申三十年全月十三日戌时生，国军23军排连级军官，驻防达县。1933年后脱离军队回简阳。早卒，妻改嫁。有子怀成，妻文学炳，生子邦树。

樊治旺 廷堃五子。1912年7月22日午时生，曾服役国军23军，卒于万源厂溪，终生未婚。

四川樊氏24裔孙樊雄拜记

2023年4月5日　清明